韦力 ◎ 著

觅畫記

韦力·传统文化遗迹寻踪系列之七

卷二

上海文艺出版社

卷二目录

001　**戴进**
　　　笔力精熟，气韵天成

023　**李在**
　　　细润者宗郭熙，豪放者宗夏珪、马远

043　**沈周**
　　　山水、人物、花竹、禽鱼，悉入神品

060　**唐寅**
　　　画法沉郁，风骨奇峭

076　**文徵明**
　　　与沈周并称"吴门派"领袖

095　**陈淳**
　　　脱去尘俗，而自出畦径

111　**陆治**
　　　务出其胸中奇气，以与古人角

131　**文伯仁**
　　　横披大幅，颇负出蓝之声

145 徐渭
画为第一，书次之，诗又次之，文居下

169 宋旭
山水高华苍蔚，名擅一时

181 孙克弘
善画山水花鸟，又能以水墨写生

197 顾正谊
穷探旨趣，遂成华亭一派

212 吴彬
北宋画格于此君尚存典型

230 陈继儒
写梅取骨，写兰取姿

251 曾鲸
传神一派，至波臣乃出一新机轴也

265 李流芳
笔力雄健，墨气淋漓，有分云裂石之势

286 蓝瑛
画枯木竹石，笔力愈老愈健

303 王时敏
为一代画苑开山

322 崔子忠
笔墨亦佳，宜与老莲分席也

343 萧云从
不宋不元，自成一格

363 杨文骢

有宋人之骨力去其结,有元人之风雅去其佻

382 王鉴

临摹古画尤为精诣

404 陈洪绶

力量气局,超拔磊落

428 程正揆

其疏处直逼古人

446 渐江

善游精鉴,不干世誉,隐沦之外,绝无俦侣

460 李渔、王概

画学之金针,艺林之宝玩

484 髡残

虽极恣肆而无不在规矩之中

505 法若真

笔拙境奇

522 龚贤

扫除蹊径,独出幽异

544 许友

苍楚有致,无一笔烟火气

560 戴本孝

擅长枯笔,深得元人气味

戴进（1388年—1462年）
笔力精熟，气韵天成

戴进乃明代浙派的创始人，这种说法最早由董其昌在《画禅室随笔》中提出："国朝名士仅戴文进为武林人，已有浙派之目。"王翚在《清晖画跋》中称："文进、小仙以来而浙派不可易矣。"中村不折、小鹿青云所著《中国绘画史》中在"浙派"一节明确地称："浙派始于戴文进，诸说一致。"故单国强在《戴进生平事迹考》中给出了这样的定义："在明代前期画坛上，戴进是一位声誉卓著的画家，也是画史上正式命名的第一个画派——'浙派'的创始人。"

戴进创建的浙派乃是中国画史上第一个明确的派别，以此可见戴进在中国绘画史上的重要地位。然而从历史记载来看，他最初并不是一位专业画家，而是一位制作首饰的匠人，这种说法出自张潮的《虞初新志》：

先是，进，锻工也，为人物花鸟。肖状精奇，直倍常工。进亦自得，以为人且宝贵传之。一日，于市见熔金者，观之，即进所造，怃然自失。归语人曰："吾瘁吾心力为此，岂徒得稦？意将托此不朽吾名耳。今人烁吾所造，亡所爱，此技不足为也。将安托吾指而后可？"人曰："子巧托诸金，金饰能为俗习玩爱及儿、妇人御耳。彼惟煌煌是耽，安知工苦？能徙智于缣素，斯必传矣。"进喜,遂学画,名高一时。

戴进制作的首饰十分精美,他的首饰上面常常刻以花、鸟等图案,因此由他制作的首饰价格远超同类饰品,戴进也以此为傲,觉得他的首饰是一件艺术品,人们肯定会世代保存。然而某天,他在市场上看到有人将一些旧首饰熔后制成金块,戴进走上前细看,原来所熔者正是他当年制作的精美首饰。看着自己的心血就这样被轻易熔掉,令戴进大感失落,回来后他跟朋友说,原本自己想成为天下著名的首饰匠,没想到别人如此对待他的心血,所以他想转行从事别的可以不朽的事业。朋友建议戴进不如去搞绘画,将精美的图案从黄金移到绢或者纸上去,只有这样才能流芳千古。

戴进闻听此言,果真放弃了首饰制作,专攻绘画,终于成为了一代名家。对于这段记载的真伪,单国强在《事迹考》一文中称:"此段传说引自清初戴进同乡毛先舒的《东苑文钞》,距戴进已三百年,其可靠性尚无同时代文献可资旁证,且也无金饰实物存世,但从戴进清贫出身推论,他幼时曾任锻工是很可能的,其早期绘画多精细之作,抑或也与此技艺有关。"

其实,戴进原本就有很好的绘画技巧,周晖在《金陵琐事》中写道:"戴文进,永乐初年到南京,将入水西门,转盼之际,一肩行李被脚夫挑去,莫知所之。文进虽暂识其人,然已得其面目之大都,遂向酒家借纸笔,画其像,聚众脚夫认之。众曰此某人也,同往其家,因得其行李。"

永乐年间,戴进前往南京,他的行李被搬运工趁机偷走了,戴进不认识此人,但一面之际,他就记住了这个人的大致长相,于是他在酒店内借纸笔画出此人面目而后分发之,很快有人认出画像中的人物,这些人带领戴进找到了这位搬运工的家中,从而要回了行李。由此可

《三顾草庐图轴》 故宫博物院藏

见，戴进在人物画方面也极其有成就。

从明代郎瑛《七修类稿续稿》卷六中的记载来看，戴进从小就喜欢绘画，这是缘于他的父亲戴景祥原本就是位有名的画师。更何况，制作精美的首饰也同样需要绘画技巧，郎瑛在文中首先写道：

> 永乐末，钱塘画士戴进从父景祥征至京师，笔虽不凡，有父而名未显也。继而还乡攻其业，遂名海宇。镇守福太监进画四幅，并荐先生于宣庙。戴尚未引见也，宣庙召画院天台谢廷循评其画。初展春、夏，谢曰："非臣可及。"至秋景，谢遂忌心起而不言。上顾，对曰："屈原遇昏主而投江，今画原对渔夫，似有不逊之意。"上未应，复展冬景，谢又曰："七贤过关，乱世事也。"上勃然曰："福可斩。"是夕，戴与其徒夏芷饮于庆寿寺僧房，夏遂醉其僧，窃其度牒，削师之发，黉夜以逃，归隐于杭之诸寺，为作道佛诸像。故今花藏、潮鸣，尚多手迹。

戴进的父亲戴景祥因为绘画技巧高超，被征召到了首都，那时的戴进绘画技巧已经崭露头角，但并没有暴得大名，后来还乡努力地研究画理，练习绘画技巧，终于成为了闻名于世的大画家。有位太监把戴进的四幅画作进献给了宣德皇帝，并且推荐戴进入宫中作画。

为什么有这样的推荐呢？因为那时的皇宫需要很多画师，陈师曾在《中国绘画史》中讲到元代未曾设画院，到了明代虽然恢复了画院之制，但规模比不上宋代。朱元璋在位时实行严刑峻法，以至于很多画师被斩首，好在后来的几任皇帝使得一些画师的处境得以改变："尔后宣德、弘治之世，为明代画院最盛时期，犹宋之宣和、绍兴。又宣宗、孝宗皆善画，宛如徽宗、高宗也。而宣德之画院，谢环（山水宗荆、关、米芾）、倪端、顾应文、商喜等同入画院。戴进、李在、石

《溪堂诗思图轴》 辽宁省博物馆藏

锐、周文靖等亦直仁智殿。"

陈师曾把宣德、弘治两位皇帝比喻成宋徽宗和宋高宗,而宣德时期谢环等画师都进入了画院,后来戴进也加入其中。但是按郎瑛所写,戴进的运气不佳,因为他的画艺高超,遭到谢环等人的嫉妒而上谗言,当皇帝还没有召见戴进之时,先请谢环等人评价戴进作品的优劣。当时太监所呈上的戴进四幅画作乃是春夏秋冬四景,谢环看到春、夏两景时就大感佩服,感觉戴进的画艺超过了自己,看到秋景时谢环的嫉妒心大起,不再跟皇帝讲戴画如何之妙,皇帝问他为什么不再吭声,谢环说这幅秋景画的是《楚辞》中渔父的故事,而屈原正是遇到昏君投江自杀,戴进画这样的题材显然有影射之嫌。

宣宗听到谢环所言默默不语,而看到戴进所绘冬景时,谢又接着说,这幅画的内容是七贤过关,这个故事出现在乱世,这等于影射当今世道不好。皇帝闻言大怒,要斩掉进献画作的那位太监。当天晚上戴进正跟他的弟子夏芷在庆寿寺的僧房内吃饭,他们听到这个消息后,想办法把僧人灌醉,偷到了僧人的度牒,然后剃掉头发,化装成和尚连夜逃走,藏在了杭州的寺庙内,此后他们就在一些佛寺内画佛像为生。对于戴进以后的遭遇,郎瑛在文中又写道:

> 吾友张济川家,亦有天王斗圣数十幅。继而廷循使人物色,戴闻云南黔国好画,因往避之。值岁暮,持门神至其府货之。其时石锐为沐公所重,石见其画,曰:"此非凡公可为也。"询戴同郡人,遂馆谷之,然终不使之越己。又数年,谢死,而少师杨公士奇、太宰王公翱皆喜戴画,归则老矣。

看来长期隐姓埋名地躲在寺庙中也不是办法,戴进听说云南黔国公喜好绘画,于是前往云南避难。但戴进并不认识黔国公,于是他就

《春日积翠图轴》 上海博物馆藏

拿着所画的门神到黔国公府售卖。那时的黔国公府画师中最有名者是石锐，石看到了戴进所画门神说，这个人的水平太高了。而后一打听，戴进又是自己的同乡，于是他建议黔国公延聘戴进在府内做画师，但是，石锐始终不让戴进的地位超过自己。

对于戴进是否去过云南，单国强在文中经过考证，认为郎瑛所言不可靠："查《明史》，云南黔国沐公，第一代沐晟，永乐六年封公，正统四年卒，其时戴进寓京，不可能投奔沐晟。第二代沐斌，正统五年嗣公爵，因年幼居京师，由叔沐昂代镇云南，正统十年昂卒，斌始返云南镇守。其时，戴进已六旬高龄，且返居家乡，不太可能远赴云南谋生。石锐自宣德间征召入京，一直是宫廷画家，无入黔国沐公府的记载。至于谢环死，杨士奇、王翱等人看重戴进，他才得以从云南归来，更不符合史实，因为杨士奇正统九年已死，谢环直至景泰三年还有作品。因此，'避祸云南'说纯属子虚乌有。"但有一件事可以肯定，那就是戴进的绘画技巧十分高超，以致引起了同行的嫉妒，为此，他没能受到皇帝的赏识。明陆深在《春风堂随笔》中也讲到了这件事：

> 本朝画手当以钱塘戴文进为第一。宣庙喜绘事，御制天纵，一时待诏有谢廷循、倪端、石锐、李在，皆有名。文进入京，众工妒之。一日在仁智殿呈画，文进以得意之笔上进，第一幅是《秋江独钓图》，画一红袍人垂钓于水次。画家惟红色最难着，文进独得古法入妙，宣庙阅之，廷循从旁奏曰："此画甚好，但恨鄙野耳。"宣庙扣之，乃曰："大红是朝廷品官服色，却穿此去钓鱼，甚失大体。"宣庙颔之，遂挥去其余幅不视，故文进在京师颇窘迫。

陆深明确地说，戴进的绘画水准是当朝第一，并且称谢环和石锐等都是皇帝身边著名的画师，戴进的入京让众画师十分嫉妒。某天，宣德皇帝让众画师在仁智殿呈献自己的画作，戴进所上乃是自己精心绘制的《秋江独钓图》，此画的内容是一位身着红袍的人坐在水边垂钓。当时的画家都知道红色最不好画，而戴进用独特的涂法，使得这幅画显得十分和谐高妙。然而当皇帝看到此画时，谢环却在旁边说这幅画虽然技艺高超，但画格太低。宣德问其何有此言，谢环说大红袍乃是朝廷的官服颜色，怎么可以穿着官服坐在溪边钓鱼，这么做很不成体统。皇帝认为谢环说得有道理，于是不再看戴进的其他画作。因为得不到皇帝的赏识，戴进在京城日子过得很是窘迫。

这个故事同样记载于明李绍文的《皇明世说新语》和何乔远的《名山藏》中，只是字句略有差异，何乔远还在文后加了一句："放归，以穷死。死后而人始重之。"清徐沁在《明画录》中也持类似说法："宣德初征入画院，见谗放归，以穷死，死后人始推为绝艺。戴泉，字宗渊，进之子，山水有家法，惟用墨差重。"

对于戴进的遭遇，高居翰著、李渝译的《图说中国绘画史》中也有这样的感叹："也许是不得不逃离这种令人难以忍受的局面吧，就像非得逃离经常构人入罪的宫廷阴谋一样，明代最优秀的画家之一戴进就在奉职宣宗数年后，弃职而去。他回到出生地杭州附近，试以职业画家为生，却不成功，终因穷困而死。当戴进的重要性受到肯定，而他的风格也不断被人摹仿之后，他终于被追认成某种山水画派的创始人，也就是以其祖籍浙江为名的浙派。马、夏传统自南宋以来，变成了次要的地域性画派，而在浙江继续存在着。戴进复兴的正是此一画派。"

看来后世的记载与郎瑛《七修类稿》中所言有差异，戴进并没有逃离京城，而是在朝中做了几年画师，这个过程中，他依然得不到皇帝的赏识，最后只好回到家乡杭州以绘画为业。但高居翰说，戴进的画作在家乡杭州也没有受到人们的重视，最终穷困而死，直到在其身后，人们才意识到戴进的绘画技巧是何等之高超，从此被追认为浙派的创始人。

实际上，事情并没有这么简单，戴进无法在朝中立足，除了谢环的嫉妒，还有其他原因，明李诩在《戒庵老人漫笔》中载有这样一个故事：

> 宣德间，昆山画士谢廷循虽以画蒙宠，终日侍御围棋。时钱塘戴文进画法极高，与等辈十八人行取至京，皆不及戴者。考试，令戴画龙，戴本以山水擅名，非其本色，随常画龙皆四爪，呈御，上大怒，曰："我这里用不得五爪龙？着锦衣卫重治，打御棍十八发回。"余十七人皆得用命也。盖为谢所轧云。
>
> 苏州周东村说："宣宗又尝问谢曰：'还有一戴文进，闻画得好。'对曰：'是秀才，画欠精致，是隶家画也。'卒不得进。"上海陆子渊司业亦云："戴曾画山水进呈，宣宗称善，令谢视之，谢指摘其失，曰：'好固好，但舟中岂有穿红袍钓鱼之理？'遂弃去弗用。"

宣德皇帝雅好绘画，招聘天下画家入京考试，然而考试的内容是画龙，戴进最擅长的却是山水。那时只有皇帝才可用五爪龙，民间只能画四爪龙，故戴进习惯性地画出了四爪龙。皇帝看后大怒，因为戴进所绘等于没有把皇帝视为天下至尊，故戴进被打了十八棍后被赶出。他们同来的十八位画师，其他十七人都留了下来。过了不久，皇帝又问起戴进的情况，但谢环却说戴进的画确实好，但可惜是俗画，由此而使得皇帝放弃了再用戴进的想法。

如果这段记载不错的话，戴进不能受到皇帝的赏识，主要原因是木秀于林，风必摧之，他遭到了同行的嫉妒，另一个原因则是他在重要的考试中出了错。郎瑛在《七修类稿》"事物类"中还讲到了另外一个故事：

> 尝闻英庙召取天下画工至京，试以"万绿枝头红一点，动人春色不须多"之题，诸人皆于花卉上妆点，独吾杭戴进画茂松顶立一仙鹤。一人画芭蕉下立一美妇，于唇上有一点红也。朝廷竟取画美妇之工，时以戴进不遇为命。窃意当时必以戴画妙则妙矣，然少春色之意。古人以花比美人，一点之红切于题而脱出题情，尤见良工心独苦也，且于动人处尤易是。

这个故事里，皇帝命天下画工入京参加比赛，出的题目是"万绿枝头红一点，动人春色不须多"，大多数画工都是在花卉上作文章，唯独戴进画的却是松树上立着的一只仙鹤，因为仙鹤头顶上有一点红。另外有一个画工画的是芭蕉树下站着一位美人，美人的唇上也是一点红。这两幅优秀画作经过评选，人们都认为美人的那幅更好，他们私下里说戴进的画虽然构思巧妙，但少了些春色，没有扣题，以至于他的画作未能呈献给皇帝。

这些记载都可说明戴进运气之差，同时也可以看出同行之间的相互诋毁。但野史中所载的故事往往有着矛盾之处，除了戴进是否前往云南存疑，他与谢环的关系似乎也并不如郎瑛等人记载的那样恶劣，李开先在《中麓画品》中另有这样的说法："廷循则时所崇尚，曾为阁臣作大画，倩进代笔。偶高文毅谷、苗文康夔、陈少保循、张尚书瑛同往其家，见之怒曰：'原命尔为之，何乃转托非其人耶？'进遂辞归，后复召，潜寺中不赴。"

这段记载称，戴进未被皇帝重用后并没有马上返回杭州，而是住在了谢环家中，谢环有很多画都是请戴进来代笔。后来一些朝官前往其家，见到了真正的作画人原来是戴进，于是他们对谢环的做法十分生气。这件事发生后，戴进才不再为谢环代笔，返回了家乡。

如果谢环多次诋毁戴进，戴进不可能一点消息都不得到，既然如此，他怎么可能还会替谢环代笔呢？他返回家乡杭州后，也不像前文所说的那样画作没人赏识以至于贫困而死。比如明杜琼《杜东原集》中有"题沈氏画卷"一文，该文中称戴进"晚之归杭，名声益重，求画者得其一笔者如金贝"。如此说来，回到杭州后的戴进，其画作广受当地人喜爱，画价极其高昂。这又与其他记载完全相反，究竟哪一种更接近真实呢？只能让专家们继续考证下去了。

然而戴进画作水平之高，在当时并无异议，郎瑛在《七修类稿续稿》中称："先生没后，显显以画名世者，无虑数十，若李在、周臣之山水，林良、吕纪之翎毛，杜堇、吴伟之人物，上官伯达之神像，夏少卿之竹石，高南山之花木，各得其一支之妙。如先生之兼美众善，又何人欤？诚画中之圣。今得其片纸者，如拱璧焉，去后又何如哉？呜呼！公艺精而不售，展转为竞艺者所忌，卒死穷途，岂非其数哉？然而后世名画者，莫可与并。"

戴进去世后名气变得更大，以至于很多人开始效仿他的画风，由此而逐渐形成了浙派。但每人所得只是戴进画法中的一部分，没有人能像他那样集各种画艺于大成。徐象梅在《两浙名贤录》中就夸赞戴进的绘画在各个方面都有成就：

> 戴进，字文进，钱塘人。画集诸家之大成，山水、人物、花草、翎毛无不精妙。盖其笔力精熟，气韵天成，凡一落笔，俱称神品。晚年尤纵逸出畦径，自成一家，真皇明画家第一人，足以照映古今者也……子泉，字宗渊，山水得家传，有气韵，但用墨稍重耳。其婿王世祥，亦善画，稍胜于泉。

《关山行旅图轴》 故宫博物院藏

因为效仿者众多，由此而使得这类画风被命名为浙派。但后来随着吴门画派的兴起，浙派的地位渐渐受到了打压，到明万历年间，吴门画派的声望已经压倒了浙派。明何良俊在《四友斋画论》中首次提出了"行家"和"利家"两分法："我朝善画者甚多，若行家当以戴文进为第一，而吴小仙、杜古狂、周东村其次也。利家则以沈石田为第一，而唐六如、文衡山、陈白阳其次也……""衡山本利家，观其学赵集贤设色与李唐山水小幅，皆臻妙，盖利而未尝不行者也。戴文进则单是行耳，终不能兼利，此则限于人品也。"

何良俊把戴进称为"行家"，沈周等吴门画派称为"利家"。然王世贞在《艺苑卮言》中则认为戴进既是行家又是利家："死后人始重之，至以国朝第一。文进源出郭熙、李唐、马远、夏圭，而妙处多自发之，俗所谓行家兼利家者也。"

在此后的评价中，詹景凤发展了何良俊的行家、利家说，又提出了"逸家""作家"说，詹景凤把"荆、关、董、巨"及元四家列为"正派"，把南宋画苑画家和戴进等人列为"非文人所当师也"，其在《跋饶自然〈山水家法〉》中表达了这种观点："若文人学画，须以荆、关、董、巨为宗。如笔力不能到，即以元四大家为宗。虽落第二义，不失为正派也。若南宋画院诸人及吾朝戴进辈，虽有生动，而气韵索然，非文人所当师也。"

此后，"行家"这个评语从褒义词渐渐变成了贬义词，明沈灏在《画麈》中说："禅与画俱有南北宗，分亦同时，气运复相敌也。南则王摩诘，裁构淳秀，出韵幽淡，为文人开山。若荆、关、宏、璪、董、巨、二米、子久、叔明、松雪、梅叟、迂翁，以至明之沈、文，慧灯无尽。北则李思训，风骨奇峭，挥扫躁硬，为行家建幢。若赵幹、伯驹、伯骕、马远、夏圭以至戴文进、吴小仙、张平山辈，日就狐禅，衣钵尘土。"

董其昌虽然将画派分为了南北宗，然而他却对戴进颇为推崇。那时的浙派在吴派的打压下渐趋式微，王世贞在《跋戴进〈山水平远图〉》中称："戴文进生前作画，不能买一饱，是小厄。后百年，吴中声价，渐不敌相城，是大厄。然令具眼观之，尚是我明高手。"

这段话中的"相城"指的是沈周，沈周的崛起使得浙派没有了声息，以至于王世贞认为这才是戴进的大厄。但是，将绘画分为南北宗的董其昌却意外地赞赏戴进的绘画成就，他在《画禅室随笔》中写道：

元季四大家，浙人居其三。王叔明湖州人，黄子久衢州人，吴仲圭武塘人，惟倪元镇无锡人耳。江山灵气，盛衰故有时。国朝名士，仅仅戴进为武林人，已有浙派之目。不知赵吴兴亦浙人，若浙派日就澌灭，不当以甜斜俗赖者系之彼中也。

潘天寿认为董其昌的这种评价颇为公允，没有门户之争，他在《听天阁画谈随笔》中写道："董氏书画学之成就，平心而论，不减沈文。其论画之见地及鉴赏之眼光亦然。其对浙派戴文进画艺之成就，不但未加轻视或贬抑，且曾予以公正之称扬。其题戴氏《仿燕文贵山水轴》云：'国朝画史，以戴文进为大家。此仿燕文贵，淡荡清空，不作平时本色，尤为奇绝。'董氏绘画，原系文人画系统，戴氏，则为画院作家，其绘画途程，与董氏有所不同。然董氏之题语，劈头即肯定戴氏为'国朝画史大家'，其结语，亦为'淡荡清空，尤为奇绝'。可知董氏全以戴氏之成就品评戴氏，不涉门户系统之意识，有别于任意谩骂之吴派末流多矣。"

明人中推崇浙派打压吴派者，最著名的是李开先，他在《中麓画品》中多处讲述浙派之优，故俞剑华在《中国画论类编》中评价李书说："是书在《画品》中既属独创一格，在品画中，亦可谓独具只眼。

《葵石蛺蝶圖》 故宮博物院藏

不沿袭神、妙、能、逸与上、中、下等名目，而又右浙派而左吴派，对于戴、吴辈，崇奉甚至，对于沈、唐则加贬抑。其议论人每谓失之偏，偏固不免，然斥其偏者，又何尝不偏哉？"而潘运告在其编著的《明代画论》中也称："在明代中期'吴门画派'名声大振而戴、吴一派渐趋衰微之际，《画品》能力排众议，独标一家之言，虽失于偏颇，亦足可贵也。"

虽然有这些人想改变吴派一统天下的局面，但从整体评价来说，后来的浙派终究未能争回自己一统天下的局面。但作为浙派创始人的戴进，无论后世对其有着怎样的评语，他在绘画史上的地位都不容置疑。

2018年11月6日，我再次来到杭州，在盼盼的带领下，又寻访了杭州地区的几处遗迹。然而戴进的墓和旧居均查不到信息，我在网上仅查得他曾住在杭州笕桥的相婆桥附近，如今这一带叫相婆路。虽然我不知道他住在相婆桥的哪个具体位置，但总要到当地一探究竟，于是跟着导航来到了这一带。

因为是老城区之故，停车十分困难，几次掉头方将车停入了小巷内。停车场附近有一家江南锡器博物馆，停好车后，我准备到此馆内打听与戴进有关的信息，然无意中却看到此馆对面的大楼上悬挂着"戴进书画研究院"的匾额。意外收获，令我二人都感到兴奋。

从外观看上去这是一座现代化的新楼，既然有与戴进有关的研究院，在这里肯定能打听到更多的信息。这座灰色的楼房看上去颇具现代展览馆的味道，然其入口处却加上了中式的屋檐，一对石狮子的侧旁挂着三个匾额，其中之一就是"戴进书画研究院"。

沿着门洞走入其中，里面有多家机构，而研究院处在三楼。来到书画研究院门口，这里却上着锁，而且三楼的楼道也关着灯，于是用手机照亮，看到了墙上的"温馨提示"，原来参观需要提前预约。盼

无意间看到了空中的匾额

入口在这里

敲门无人应

按此打电话

相婆路一带已全部改造

雨后的空巷

盼拨打了上面的号码，对方回答说，正在外地办事，让我们明天再来。可是我已买好了前往他地的车票，故请盼盼向对方了解戴进在当地还有哪些遗迹。一番通话后，盼盼告诉我，对方说与戴进有关的遗迹在当地已经荡然无存，但是当地的一些书画爱好者建立了戴进研究会，想利用当地的旧城改造再建一座戴进纪念馆，不过这件事还在讨论之中。

这个结果令我喜忧参半，喜者乃是当地人仍然以戴进为傲，建立起了这样的研究会，忧者则是随着旧城改造，这一带的历史旧貌很难完整呈现。相婆路上所见基本已是新盖的楼房，我未曾看到电话中人所称的旧街区，于是下楼向临街商户问之，原来相婆路的另一侧还未改造。于是我跟盼盼穿过马路，走到了相婆路的另一段，这里果真封闭了起来，只允许行人和自行车通过，机动车则禁止入内。

正因为如此，这一片老街静悄悄的没有声响，只有偶尔路过的行人给这些老房屋增添一点动感。一路走下去，眼前所见各式招牌已见破烂，而我则脑补着当年热闹的吆喝之声。昨晚杭州整夜下着暴雨，今天的雨虽然不大，但也时断时续，然当我们走到这条老街上时，雨水却完全停歇了下来，这给我的拍摄带来了便利。

我们穿行在这些老街巷之中，眼前所见的临街之铺大多被围挡包裹了起来，好在围挡不高，可以探看到这些老房屋的一些情形。有些房屋已然坍塌，更多的则是用一些木梁做着简单支撑。保护与使用之间始终充满着矛盾，而这种矛盾也是我心中的纠结，我当然祝愿这些原有的住户能够住上好房屋，但我也希望鲜活的老社区不要变成假古董式的旅游景点。鱼我所欲也，熊掌亦我所欲也，二者能够得兼乃是我最大的愿望。

走完了老街区，我还是有些不死心，于是掉头回返穿入另一片街区，眼前所见也在拆迁之中，而这一带还有着水量充沛的河道。盼盼

对老屋的偏爱

待拆迁中

夹墙中的历史

感慨临河而居是何等之美妙，但如今河边的楼房也同样是等待拆迁的建筑垃圾。有一座待拆迁之楼看上去建造得十分牢固，这让我想到了某人说过的当今悖论：很多建筑都在强调百年大计质量第一，但每座房屋都是建在仅有七十年产权的土地之上，两者之差的三十年岂不等于是资源浪费？我在一个河边遇到了一位正在锻炼身体的老者，他看我端着相机，笑呵呵地说："拍这有啥用？最终不都化成尘土吗？"这句话可谓是醍醐灌顶，但灌顶完了呢？这件事无法一路想下去。

李在（1400年—1487年）
细润者宗郭熙，豪放者宗夏珪、马远

关于李在在绘画史上的地位，明朱谋垔在《画史会要》中称："李在，字以政，莆田人，迁云南。宣德中钦取来京，入画院，山水宗李唐、郭熙。又云宗夏圭、马远。人物八面生动。评者云：'自戴文进以下一人而已。'有《夏禹开山治水图》传世。"

朱谋垔在此引用他人之话，认为李在的绘画水准仅次于戴进，属于那个时代宫廷画家中的佼佼者。美国学者高居翰在《江岸送别》中则直称："李在和戴进是宣德时期画院两位为首的山水画家。"高居翰直接将戴进和李在并称，可见对其艺术成就之肯定。而朱谋垔谈到了李在绘画所宗，称李在乃是学习郭熙、夏圭等人的画风。《续编图绘宝鉴》中亦持这种说法："李在，山水细润者宗郭熙，豪放者宗夏珪、马远；其人物，评者谓八面生动，故四方重之。"

此说被《福建通志》所引用，《通志》同时点出了李在于朝中跟其他画家待诏于仁智殿："李在，字以政。工画山水，细润者宗郭熙，豪放者宗夏珪、马远，笔气生动，江浙间贵其尺缣。宣德时与戴文进、谢廷循、石锐、周文靖同待诏直仁智殿。"然而郭熙与马、夏画风并不相类，为此，蒋文光主编的《中国历代名画鉴赏》中称："李在也是浙派的大家，山水细润者宗郭熙，豪放者宗马远、夏珪。"

明詹景凤在《詹氏性理小辨》中对李在的两种画风做出了更为细

腻的描绘：

> 李在，字以政，莆田人。尝见其画三四寸及五六寸许人物，或法梁楷，或贯休、夏圭、松年，精妙入神。画山水稍不逮。然仿夏圭大劈斧亦妙。画牛马驴骡并妙，而犬尤妙。孔子曰：视犬之形犹画狗也。盖谓得神，匪徒形也，在实形神兼之矣。独仿郭熙乱云皴，不豁人目，平平，似涉凡庸，然细阅，笔法亦具。

看来李在无论人物、山水、鸟兽均有独到之处，唯独模仿的郭熙乱云皴似乎不到位，但即便如此，詹景凤仍然称如果细品李在的乱云皴，还是能够看到其独到之处。

关于李在的生平记载，资料很少，以我眼界所及，以俞宗建对李在的研究最为全面深入，其所编著的《李在画集》中收有俞宗建多篇研究文章，其中《闽中画派，宗师李在》一文中引用了多家评论，其中有梁桂元《闽画史稿》中所言："其人物笔致苍古，八面生动，开'闽派'之先。"经过这样的引用，俞宗建认为："自明代起，李在是闽中在中国绘画史上最有影响力的丹青大师。李在因其设色和破墨风格独特，故笔者认为李在既是'闽派'的开宗鼻祖，也是'闽中画派'的第一创始人和杰出的领军人物。"

后世学者在研究绘画史时，往往将李在与吴承恩联系在一起，因为李在曾根据元人杂剧《二郎神醉射锁魔镜》创作了一幅名为《二郎搜山图》的画作，此画被吴承恩看到后，写了一首名为《二郎搜山图歌》的诗，吴在诗序中写道："二郎搜山卷，吾乡豸史吴公家物。失去五十年，今其裔孙醴泉子，复于参知李公家得之。青毡再还，宝剑重合，真奇事也，为之作歌。"吴承恩作的这首诗比较长，前面几句提到了李在所绘山水之奇：

《山村图》 故宫博物院藏

> 李在唯闻画山水，不谓兼能貌神鬼。
> 笔端变幻真骇人，意态如生状奇诡。

胡适曾在《〈西游记〉考证》一文中引用了该诗全文，而后评价说："这一篇《二郎搜山图歌》很可以表示《西游记》的作者的胸襟和著书的态度了。"显然胡适的关注点并不是李在，故其在该诗中对一些诗句加了着重号：

> 后来群魔出孔窍，白昼搏人繁聚啸。
> 终南进士老钟馗，空向宫闱啖虚耗。
> 民灾翻出衣冠中，不为猿鹤为沙虫。
> 坐观宋室用五鬼，不见虞廷诛四凶。
> 野夫有怀多感激，抚事临风三叹息。
> 胸中磨损斩邪刀，欲起平之恨无力。
> 救月有矢救日弓，世间岂谓无英雄？
> 谁能为我致麟凤，长令万年保合清宁功。

胡适关注该诗的后半段，主要是想说明诗中描绘的内容与《西游记》中的一些片段相类似。而蔡天初在《透过历史的回望——读宫廷画师李在》一文中提及他查阅了《二郎搜山图歌》中的情节与《西游记》第六回下半部"观音赴会问原因，小圣施威降大圣"相类似。而鲁迅也在《小说旧闻钞》中引用该诗，以此来说明吴承恩是《西游记》的作者。故俞宗建在《李在与〈西游记〉》一文中得出的结论是："李在作《二郎搜山图》在前，吴承恩创作《西游记》在后。看来，莆田籍大画家李在所作《二郎搜山图》承载着与世界名著《西游记》千丝万缕之缘。"

关于李在的历史资料，另一条重要的信息则是他曾教授日本画圣雪舟绘画。关于雪舟在艺术史上的地位，丰子恺在《雪舟和他的艺术》一文中提及："雪舟是日本的'画圣'。他的画风从十五世纪中开始，一直在日本画坛上占据主要的地位。欧洲人也崇仰他的艺术，他在世界艺坛上也是名人。"丰子恺所说的世界名人乃是指1956年，为纪念雪舟逝世450周年，维也纳世界和平大会通过决议公认他为世界文化名人。而对于雪舟的学画经历，丰子恺在文中写道：

>雪舟生于十五世纪初。他十二三岁的时候就出家为僧。他一面弘扬佛法，一面勤修绘画。他是一个所谓"画僧"。日本十二世纪时就有一个画派，叫作"宋元水墨画派"，就是取法我国宋元诸大画家的画风的。这宋元水墨派的始祖叫作荣贺。然而在荣贺的时代，只是模仿日本商人、禅僧从中国带回去的宋元画家作品，未能发挥水墨画的精神。到了雪舟手里，水墨画方才大大地进步，方才体得了马远、夏圭的真精神。这当然是雪舟的伟大天才的成果，但也是因为雪舟曾经亲自留学中国的缘故。

明成化三年（1467），即日本应仁元年，雪舟跟随日本幕府派遣使团乘船前往中国，在当年三月于宁波登岸，而后在当地游览，八月份跟随使团沿运河北上，十一月抵达北京。在此期间，他见到了宫廷画家李在。日本东京国立博物馆现藏有一幅雪舟所绘《破墨山水图》，该画上有雪舟所写一则跋语，该跋全文如下：

>相阳宗渊藏主从余学画有年，笔已有典刑，游意于兹艺，勉励尤深也。今春告归，谓曰："愿获翁一图，以欲为我家箕裘青毡。"数日于余责之。虽余眼昏心耄，不知所以制，逼于其志，辄

拈秃笔，洒淡墨，与之，曰：余曾入大宋国，北涉大江，经齐鲁郊，至于洛，求画师。虽然挥染清拔之者稀也。于兹长有声并李在二人得时名，相随传设色之旨，兼破墨之法矣。数年而归本邦也。熟悉吾祖如拙、周文两翁制作楷模，皆一承前辈作，敢不增损也。历览支绥之间，而弥仰两翁心识之高妙者乎。应子之求，不顾嘲，书焉。明应乙卯季春中浣日，四明天童第一座老境七十六翁雪舟书。

在友人的请求下，雪舟创作了该画，而后在跋语中讲到来中国学画的经历，提到曾跟李在等二人学习破墨之法。雪舟回国后，成为了

《归去来兮图卷之二——临清流而赋诗》 辽宁省博物馆藏

日本宋元水墨画派中集大成者,故而有"画圣"之誉。以雪舟日本画圣的身份,李在能够指导他,则更加可见李在之高明。

关于李在于宫廷绘画时的情形,明郎瑛《七修续稿》卷六《戴进传》载:"先生没后,显显以画名世者,无以数十,若李在、周臣之山水,林良、吕纪之翎毛,杜堇、吴伟之人物……各得其一支之妙。"

按照郎瑛的说法,李在只是传承了戴进的山水技法,其言外之意戴进水平在李在之上。朱谋垔在《画史会要》中称:"戴进,字文进……宣庙喜绘事,一时待诏有谢廷循、倪端、石锐、李在,皆有名。文进入京,众工妒之。"如此说来,戴进前往内府做画师时,李在已在宫中作画。明陆深在《俨山外集》中亦称:"宣庙喜绘事,御制天

纵，一时待诏有谢廷循、倪端、石锐、李在，皆有名。文进入京，众工妒之。"

如果从这段记载来看，戴进的绘画技巧超过了李在等人，以致引起了集体的妒忌。有些记载又称，因谢环等人的谗言，使得戴进被排挤出宫，而有的史料将此事记在了李在名下，如詹景凤《詹氏性理小辨》中就持这种说法："进入京时，李在方柄画院，心妒而排之，遂浩然归。"因为难以查到更多的史料，故无法印证究竟是谁将戴进排挤出宫，然而这些记载能够从侧面说明，李在确实比戴进更早入宫中成为御用画师，并且他在当时就极具画名。明鲁铎写过一首名为《李在山水行》的诗，该诗的结尾部分为：

何物李在善模写，欲与造化混真假。
安得此境置吾人，一时突兀千万厦。
沃壤连溪山复深，安居粒食生林林。
眼前寒士皆大庇，杜陵千载同吾心。

看来李在善于表现各种物体，所绘之画极其逼真，以至于让鲁铎想到了杜甫在《茅屋为秋风所破歌》中所感叹的"安得广厦千万间，大庇天下寒士俱欢颜"。

李在的画作以《琴高乘鲤图》最具影响力，关于此图的出典，相应史料大多会引用汉刘向在《列仙传·琴高》中的所载："琴高，赵人也。以鼓琴为宋康王舍人，行涓、彭之术，浮游冀州涿郡间二百余年。后辞入涿水中，取龙子。与诸弟子期之曰：'明日皆洁斋，候于水旁，设祠屋。'果乘赤鲤鱼出，来坐祠中。且有万人观之，留一月余，复入水去。"

这个故事很有趣，成为后世画家常用的题材，而李在的这幅《琴

《琴高乘鲤图轴》 收录于《上海博物馆藏画》

高乘鲤图》画得颇具匠心,潘耀昌主编的《中国美术名作鉴赏辞典》中谈到李在的这幅画时有如下描绘:"此图表现的是琴高辞别众弟子乘鲤而去的情景。水中乘鲤的琴高依依回首,岸边众弟子拱手相送,狂风骤起,波涛汹涌、白雾茫茫。岸边树叶翻飞,众弟子衣袂帽带亦随风飘举。人物神态生动,不管是琴高的飘逸之气。还是众弟子的虔诚之态,都表现得很充分,衣纹线描劲拔流畅、颇见功力。这是一幅人物故事画,背景山石树木的画法,融合了郭熙的细润和马远的刚健之风,属院体风格。"

针对李在的绘画成就,该《辞典》给出的评语为:"李在属浙派画风影响下的院画家。《画史会要》说他'人物八面生动,评者云自戴文进以下,一人而已'。可见他的人物画较为著名。詹景凤《詹东图玄览编·卷四》中录李在两卷画,评价道:'大抵李长在大劈斧,人物、犬牛,一入郭熙乱云皴,便泛泛然。而李画却法郭熙者多。'郭熙为北宋宫廷画家,作品曾得苏轼等人赞扬,被认为格调高古,有文人气。明代院画家多以南宋马远、夏圭画法为宗,而李在上追至郭熙,可见是院画家中较有眼光的一位。"

该文将李在归于浙派画风,有不少学者也持此观点。然李在在绘画上亦有其独创性,正如潘真进等编著的《书画影艺》中所言:"李在,生卒年不详,字以政,官云南知县。其时,李在与兴化府的画家戴进、周文靖等同召入京,为画院待诏,授职为值仁智殿。在宫廷中,他效法宋代名家名画,擅长山水画,师承郭熙、马远、夏珪,善继承,勇创新,笔法劲健豪放,墨气淋漓,得烟云雾霭之趣。有工细和粗笔两种面貌,形成自己独特的艺术风格。"

更为难得的是,上世纪八十年代居然从墓中出土了李在的画作真迹。1982年4月,江苏省北部清江城城南的淮安附近发现了王镇夫妇合葬墓,在出土的文物中有二十四幅画作和一幅书法,其中有两幅是

《阔渚遥峰图轴》 故宫博物院藏

李在所绘,分是《米氏云山图》和《萱花图》,其中《萱花图》上还有李在自题的七绝一首。对于画作的详情,俞宗建在《李在生卒年考索》一文中又进一步写道:

> 1982年4月明代淮安名士王镇墓出土的随葬品中有二件李在的作品,一件是《米氏云山图》。纵28.2公分,横116.2公分,用米颠画风以积墨法表现丛树与云山,用笔大胆老到,墨韵浓淡相宜,意境深远。另一件是《萱花图》。纵28.2公分,横51.2公分。以粗笔写叶,细笔点花,把萱花盛开之美姿和花蕾含苞欲放之生机刻画得十分生动精到。图左上方还题一诗:"帘卷薰风夏日长,花含鹄嘴近高堂。筵前介寿双亲乐,颜色辉辉映彩裳。"画史上均记载李在以山水见长,兼擅人物,从未提及花鸟。此作出土弥补了画史阙佚,原来他是个山水、人物、花鸟俱佳的多面手画家,因此专家学者称此图实为"贵中之贵,珍中之珍"。

纸质物品从地下出土极其不易,而李在的真迹竟然能出土两幅,这真是奇异之事。更为奇特的是,民国年间李氏宗祠中曾发现了一本李在的人物画谱,可惜此画谱却被无知幼儿毁掉了。俞宗建于《李在人生三部曲》一文中写道:

> 李氏宗祠位于草堂山麓郑坂村(今莆江村)内,与李在故居一墙之隔。宗祠始建于明永乐年间,清乾隆重建,民国壬申(1932年)秋因台风暴雨,宗祠后墙倾倒再次维修,村民吓发搬只楼梯,李友光爬到天楼门,从中取出一个木箱,发现房契、乡志、洪潮通书、《郑坂李氏族谱》,李文耀当时七岁,取走通书及族谱(系康熙辛丑[即1721年]修订),还有一本画有人物图谱

门牌号

祠堂大门外侧

（约三十多幅，应为李在绘画或所用图册，被吓发儿子北高取去折纸为"飞机"把玩）。

2019年4月10日，在林怡老师的安排下，我与林星老师一同来到莆田市，在这里见到了多位爱书人，其中之一竟然就是闽中画派研究专家俞宗建先生。俞先生谈起当地的画家可谓如数家珍，可见他对这些史料极其稔熟。在众位朋友的带领下，我们前往莆江村去探看李氏宗祠，该宗祠的门牌号为"莆江村33号"。

进入院中，看到了南方风格的精美祠堂，这些祠堂的彩绘大多十分漂亮，梁柱上不仅有许多精美的木雕，同时还有些绘画形式的历史故事。祠堂的前厅有几位老人在那里打牌，我凑上前看了几眼，不懂这种牌的玩法。穿过中厅来到祠堂的正厅，这里亦是南方特有的敞开式建筑。侧墙上嵌着一块功德碑，上面列明李氏宗祠创建于明代，后来李氏后人共同捐款将该祠堂又复建了起来。

祠堂的正前方摆放方式与别处略有差异：眼前所见是一排网格式花窗，看不到神龛内的木主。俞宗建找来了当地的熟人，此人应是祠堂的管理者，他从侧旁打开一扇门带我们入内。里面是窄窄的一条廊道，神龛就在这里面，摆在正中的就是李在的牌位，看来李在被视为李氏在莆江的初祖。

参观完祠堂，俞宗建又带我们去看李在的墓碑，其在《明代宫廷大画家李在墓碑发现记》中，写到了他无意间于李在裔孙李文耀家的杂物间发现了此碑。关于该碑的情况，他在《李在生卒年考索》中首先谈及："李在生于明建文二年（即洪武三十三年，公元1400年）农历三月初九，字以政，号龙波居士，族谱中称春谷公。卒年时间是1487年，享年八十八岁。其遗骸后由长子君洋（号启东）从北京迁回莆田江口镇郑坂村，安葬于大宅里，后再迁至今草堂山。"

祠堂外观

祠堂前院

画栋

神龛前有隔窗

李在牌位

对于后来李在墓的情况，该文中又写道："1958年，李在墓被破坏，在迁墓的过程中，李在的墓碑被运石的村民视为普通石头作为公厕的踏脚石。后被稍有文史知识的文耀发现，搬到旧屋，放在堆杂物的破屋内。2013年4月26日，宗建特请文耀带领到江口草堂山李在墓地探幽寻踪，问及为何有墓无碑之事，文耀才忆起那块废石。几经周折才找到，后经仔细辨认，方知正是李在和其子启东的墓碑。"

关于李在的家世，俞宗建在《墓碑发现记》中写道："据《李氏世系通考》族谱，李在是大唐开国皇帝李渊（有二十二位儿子）的后裔，李在是李渊第二十个儿子李元祥的第三十二世裔孙。"而俞先生又在《李在与李富梅峰书院》中考证出亚洲首富李嘉诚乃是李元祥的第四十六世孙。没想到李嘉诚也跟李在为同一族。

我等步行来到一个院落，这个院落的场地较大，侧旁二层楼的建造风格像是几十年前的大队部。俞宗建说这是李氏海外姻亲投资所建。此楼的正中护栏上嵌着"陇西郡"三个字，落款则为"一九六三年"。

我们进入楼房角落的一间平房内，这里应当是杂物间，在这里看到了俞宗建寻得的那块墓碑。杂物间内光线不好，众人将此碑抬入院中，但我依然看不清上面的字迹。同来的朋友立即端过一盆水泼在墓碑上，终于看到了上面的字迹，但我仍然难以辨识。俞宗建说他辨识此碑上的字迹也下了不小的功夫，他告诉我说墓碑上刻着"高要尉春谷偕子启东李公墓"，落款为"孙男光肇华泣血立"。俞宗建解释说，李在读书时的名字为以政，而族谱上则记载他的名讳为春谷。蔡天初在文中写到李氏后人的辈分排名就是按此延续者："李在读书名字'以政'，族谱记载讳称'春谷'，号龙波居士。在祠堂内墙壁上，见到挂着自明代起启用至今的十五字'表德名'，右柱上第一字为辈分名'谷'，左柱上以读书名'政'开头，各取李在'讳'和'字'中的第一字相对称呼应。"

神龛内景

建造格局有些特别

建造年代

泼水后的墓碑

虽然李在的这块墓碑看上去颇为粗糙,但想到它的遭遇,已然感到能够留存至今是何等之难。如果没有林怡老师辗转托人,就无法找到俞宗建先生,我也就没有可能看到这些难得之物。而今目睹此碑时,我没来由地想到了那句俗语:人熟是一宝。

沈周（1427年—1509年）
山水、人物、花竹、禽鱼，悉入神品

沈周与其弟子文徵明一起被视为吴门画派的创始人，对于该派的形成，中村不折在《中国绘画史》中有如此追溯："明代的山水画中，称汲取唐王维以降，荆、关、董、巨、李成、二米、赵子昂、高克恭及元季四大家等之流者为吴派，因为这一派的名匠巨擘大多是吴人的缘故。"接下来中村不折又谈到了元季四大家之后南画的著名人物，而后称："当时沈石田及其门流文徵明的名望压翰墨坛中，倾倒一世。"

中村不折所说的第二段话只是讲到了沈周与文徵明在明代画坛中的领袖地位，并未提及他们两位是吴派的领袖人物。郑秉珊在《沈石田》一文中则称："文徵明与石田齐名，后世并称'文沈'。吴门画派就是他们两人创立的，是明代的最大画派。"然高居翰在《图说中国绘画史》中谈到吴派创始人时，却只点到了沈周："他们大部分出身世家，受过严格的儒家教育，浸融了洋溢于明代中期社会里的安全感和优越感。他们之中很少人展现出像无数元代画家所具有的那种反社会倾向，或者好似明末和清初的独创主义画家们所表现的那种热烈的突破精神。稳健与平衡才是他们绘画的主要调子，由创始人沈周奠定了下来。"

高居翰在这段话的前半段讲述了进入明代后，文人画的活跃区域，特别提到苏州乃是士大夫文化的中心。正是因为有这样一大批画

《京江送别图卷》局部　故宫博物院藏

家集中生活在苏州附近的吴县,所以才渐渐形成了吴派。关于该派的发展及延续,中村不折又在其专著中提到了吴派中的董其昌、陈继儒等人对于沈周和文徵明的继承,同时他们更加强调尚南贬北之论,而这种论调符合了那个时代的思潮,由此而遮盖了浙派如日中天的局面:"万历以降的画苑,完全为吴派的独占场,甚至使继绍明代文化的清朝二百多年的山水画独属南宗。"

由以上的论述可以判断,吴派在明代中后期成为了江南地区最具影响力的一个画派,而该画派的领袖人物就是沈周。

沈家原本是苏州地区的旺族,到明末时期,长洲沈氏渐渐衰落下来。沈周的曾祖父沈良琛迁居到了相城,相城乃是苏州的郊区,而后其家又渐渐有了起色。如果追溯沈家绘画的渊源,从相应资料记载来看,应当是源自沈周的祖父沈澄。沈澄的画作后世并无留传,然而《完庵集》中有一篇题为《题月舟山人所藏沈茧庵同斋父子诗画》的诗作,而茧庵乃是沈澄的别号,由此可见,他确实有绘画才能。

明代永乐年间,因为沈澄在当地的影响力,他被朝廷征召。但沈澄不喜欢出外做官,他拒绝了征召,而后隐居于家乡,主要精力用于读书绘画,倒也因此颐养天年,活到了八十八岁的高龄,故乡人称其

为沈征君。

沈澄有两个儿子,长子名沈贞吉,次子叫沈恒吉,而恒吉别号同斋,也就是《完庵集》那篇题目中所提及者。兄弟二人都拜陈继为师,与之学习经学,后来又跟著名的画家杜琼学习绘画,刘凤在《续先贤赞》中称"贞吉恒吉,皆善绘素",兄弟二人取得的绘画成就在当时就颇受肯定。徐沁在《明画录》中夸赞沈恒吉:"画山水师杜琼,劲骨老思溢出,绝类黄鹤山樵(王蒙)一派,两沈并列神品,寿俱大耋。"沈氏兄弟二人受父亲的影响,均未出外做官,只在家乡读书绘画。

沈恒吉的儿子就是沈周,幼年时拜陈宽为师。陈宽乃是陈继的儿子,也是位著名画家,同时收藏了不少黄公望、王蒙等著名画家的画作。后来沈周又拜赵同鲁为师,赵氏在诗文方面很有成就,并且精通鉴赏,沈周在他那里学到了不少本领。跟父辈一样,沈周也恪守家训,不出外做官,只是读书作诗绘画。几代人都不看重功名,这样的家族并不多见。钱榖在《吴都文粹续集》中谈到沈家称:"当其燕闲,父子祖孙相聚一堂,商榷古今,情发于诗,有倡有和。仪度文章,雍容详雅。四方贤士大夫闻风踵门,请观其礼,殆无虚日。三吴间一时论盛族,咸称相城沈氏为之最焉。"

这真是一个其乐融融的大家族，不靠权阀，结庐乡间，一心只以读书学问为乐。然而人生世间总有些劳役是无法躲避的，比如沈恒吉就被任命为当地的粮长，每过一个时期就要到南京汇报工作。沈恒吉对此没有兴趣，于是就派儿子沈周代表自己去完成这项公差，而那时沈周年仅十五岁。

沈周来到南京时，见到了户部侍郎崔恭。此人也是位文士，沈周写了百韵诗奉上。崔恭看后很感意外，怀疑这等成熟的作品是否真的出自这位十五岁少年之手，于是出题让沈周当场作诗。而沈周一挥而就，崔恭看后，大为激赏，将沈周比作唐代的王勃，因为王勃也是少年英才，一挥而就，写出了千古名篇《滕王阁序》。崔恭觉得让如此有才华的年轻人担任粮长这种无聊工作，显然是浪费人才，于是给苏州的地方官下令，免除了沈家粮长的劳役。

以上这段记载出自文徵明《沈先生行状》。《行状》中提到沈周是在十五岁时替父到南京办差，而这里把年龄提早了四年，如果说十一岁的沈周就替父亲办事，似乎太小了一些，更何况，文徵明乃是沈周的弟子，他所作的《行状》应该更为可靠，想来以十五岁更贴近事实。

如前所言，沈周拜师学过诗文，在这方面也有很大的成就，当然这跟其天生聪颖有很大关系。清梁章钜《巧对录》中载有这样一个故事："沈石田先生尝偕陈启东会饮于吴太史家，时贺解元恩、陈进士策同在座。石田不善饮，酒至辄辞。启东曰：'吾有一对，君能对之，当代君饮。'先生颔之。启东曰：'恩作解元，礼合贺其荣也。''其荣'贺字。先生应声曰：'策为进士，职当陈嘉谟焉。''嘉谟'陈字。合座无不击节。"

沈周确实才华横溢，可惜的是，他在诗词方面的光芒被绘画成就所遮掩。清许起在《珊瑚舌雕谈初笔》中称："石田翁不仅画掩其诗，而其文亦有绝佳者，即如此疏（《化须疏》），用事妥切，铸词深古，

布辔简静好学为
完庵先生曾孙人以科甲期之壬戌科
果登第尝有桂枝贺且秋闱在後
杏一本以等俟如完庵遗泽班致也
与尔近居颜而近今年喜尔擢科名
香花旧是完庵种又见春风属後
生 沈周

《杏花图轴》 故宫博物院藏

字字皆有来处，即古人集中亦不可多得，何况近今。后进好轻诋前辈，动辄高谈史、汉，亦可嗤已。"

关于沈周的书法成就，明李日华在《沈石田募须疏》中则称："沈石田天赋异禀，苞茹奇奥，不独绘事超奇，书法雄丽，吟情洒落，称三绝而已。即游戏之文，亦擅三昧。尝见其《募须疏》一首，虽子渊僮约，鲁直跛奚，亦不是过也。"而沈周书法的来由，《明史》中则称"字仿黄庭坚"。张金梁在《明代书法史探微》中也留意到《明史》中所言："（沈周）由于不重科举，书法学习便不受'台阁体'左右，其喜黄庭坚之书中锋劲健，以便与画山水所追求的锥画沙笔法相结合，便大加练习，成就斐然，开明代习黄庭坚书之先河。"

看来，沈周的不以功名为念，也影响到了他的书风，不受当时流行字体的影响，而是专仿黄庭坚，形成了自己的特色。但也有人认为沈周的书法成就并不太高，与他同时代的李应祯在《沈氏藏石田先生所拓大姚村图歌》的跋语中称："相城沈启南妙于诗画，然字不甚工。后乃仿黄山谷书辄得其笔意。盖书画同一机也。今观此卷，虽不纯用米家笔仗，要之自有一种风致，可爱可爱。"李应祯认为沈周的诗和绘画成就很高，而书法却一般，不过他也承认沈周模仿黄庭坚的字颇有特点。

关于沈周的诗风，民国陶惟坻、施兆麟等辑的《相城小志》载："书无所不览，文摹左氏，诗拟白居易、苏轼、陆游，字仿黄庭坚，并为世所爱重。尤工于画，云烟满纸，片楮尺幅，流传四方。名流交相推重。"

总之，沈周在诗、书、画三方面都有自己的成就，正如明王世贞在《沈周像赞》中的总结："先生博学无所不通，喜为诗，其源出白香山、苏眉州，兼情事，杂雅俗，当所意到，訾謷不得休。书法双井，矻矻未化。至丹青之学，久而天下愈宝之，以为北苑、巨然、徐熙父子复出，胜国诸贤勿论也。"

沈周虽然被后世称为诗、书、画三绝，但三者之中，人们还是认为以绘画成就最高。对于其绘画的渊源，明何良俊在《四友斋画论》中说：

> 沈石田画法，从董、巨中来，而于元人四大家之画极意临摹，皆得其三昧，故其匠意高远，笔墨清润。而于染渲之际，元气淋漓，诚有如所谓诗中有画、画中有诗者。昔人谓王维之笔，天机所到，非画工所能及。余谓石田亦然。

何良俊把沈周的绘画与唐代王维相并提，并引用了苏轼在《东坡志林》中对王维的夸赞之语："味摩诘之诗，诗中有画；观摩诘之画，画中有诗。"而吴宽也在《题启南写赠袁德纯同年万壑春云图》的诗中对沈周有着同样的夸赞语："吾乡沈子今王维。"

王维虽然绘画极高明，其身份更多的是一位大诗人，所以吴宽在《跋沈石田画册》中又称："石田翁为王府博作此小册，山水、竹木、花果、虫鸟，无乎不具，其亦能矣。近时画家可以及此者，惟钱塘戴文进一人。然文进之能止于画耳，若夫吮墨之余，缀以短句，随物赋形，各极其趣，则翁当独步于今日也。"

在这里吴宽将沈周与戴进相比较，戴是明前期著名的宫廷画家，吴宽认为他所见到的沈周这本画册水平不在戴进之下，更何况戴进只会画画不会写诗，而沈周在诗作方面也很有水准。那么吴宽所言是否为实情呢？王鏊在《石田先生墓志铭》中称："石田之名世莫不知，知之深者谁乎，宜莫如吴文定公。"王鏊认为吴宽确实是沈周的知音。

沈周的绘画成就在其当世就受到了高度首肯。明嘉靖年间，苏州名士王穉登写过一篇《国朝吴郡丹青志》，文中列出苏州二十五位知名

《庐山高图》 台北故宫博物院藏

画家，其中"神品志"仅一人，就是沈周。而此志中附列三人，分别是沈贞吉、沈恒吉和杜琼。接下来的"妙品志"列了四人：宋克、唐寅、文徵明及文嘉。由此可见，王穉登认为，沈周乃是明代画家中的第一人，而他在《丹青志》中又对沈周的成就有着高度夸赞："沈周先生启南，相城乔木，代禅吟写，下逮僮隶，并谙文墨。先生绘事，为当代第一，山水、人物、花竹、禽鱼，悉入神品。其画自唐宋名流及胜国诸贤，上下千载，纵横百辈，先生兼总条贯，莫不揽其精微。"

如前所言，吴宽对沈周最为了解，然在他的《题石田画》诗中却有这样的描绘：

> 粗豪浓墨信手写，长卷初开是谁者。
> 溪泉山石断复连，亦着茅亭在林下。
> 石翁足迹只吴中，意到自忘工不工。
> 平生所见亦不少，但觉一幅无相同。
> 伪作纷纷到京国，欲以乱真翻费力。
> 我方含笑人独疑，真迹于今惟水墨。
> 此诗此画虽率然，老气勃勃生清妍。

吴宽说，他看到了沈周的一幅风格"粗豪"的长卷，而且他见过沈周的不少画作，每一幅都不相同，盛名之下，如今到处都是沈周的伪作，但他认定眼前所见的这卷肯定是真迹。

既然真迹，为什么会是"粗豪"呢？郑秉珊在《沈石田》一文中说道："石田在四十岁以后，一方面是画学已有成就，一方面是求画的众多，应接不暇，所以渐画大幅，并且粗枝大叶，草草而成。但精致工细的作品也是有的，因此传世的沈画有粗笔细笔两种，名之为'粗沈'和'细沈'。而'细沈'因流传较少，就更为名贵了。"

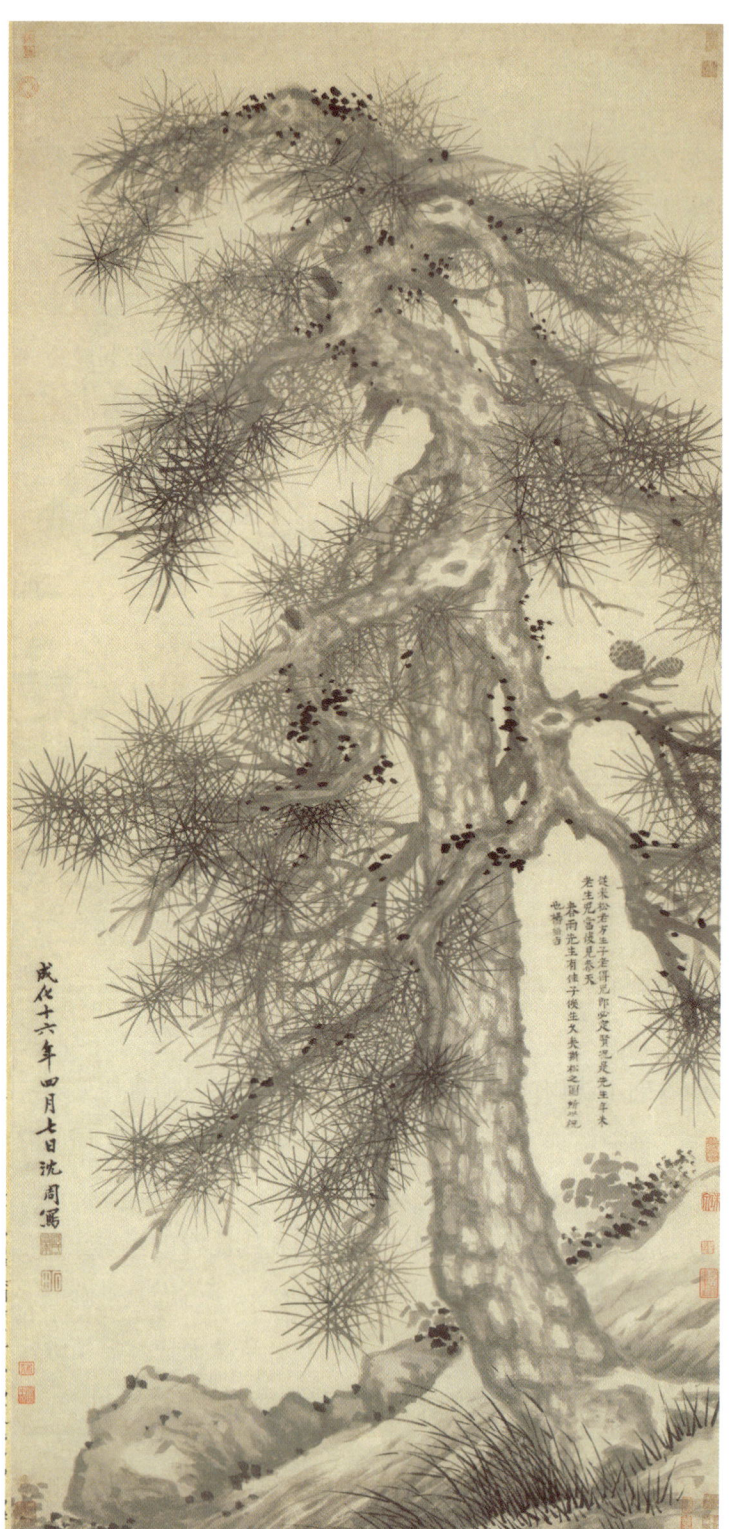

《松石图轴》 故宫博物院藏

不知道这算不算是萝卜快了不洗泥，沈周的画太受欢迎了，以至于求画者盈门，他没有时间再细细耕耘，于是产生了大量粗画，因此他的画作被后世归为了两类——粗沈和细沈。粗沈属粗豪之作，但不一定是假画，而吴宽的诗正好是一个侧面印证。

沈周的绘画能有这么高水准，首先应当得益于他的眼界，文徵明在《华尚古小传》中提到沈周时称："时吴有沈周先生号能鉴古，尚古时时载小舟，从沈周先生游。互出所藏，相与评骘，或累旬不返。成化、弘治间，东南好古博雅之士，称沈先生，而尚古其次焉。"

华尚古就是当时的大收藏家华珵，与沈周是好友。因为沈周看过大量历代名迹，所以对鉴定颇为在行，他们两人时常雅聚，互相鉴定对方的藏画，这使得沈周看到了更多的名画，故而眼界超乎凡人。沈周同时也很勤奋，一直在努力地临摹眼前所见的动物与植物，也就是绘画上所讲求的写生。美国印地安纳波利斯艺术博物馆收藏的一幅沈周画作上有着这样的自题："诸果十种，盖余戏笔耳，然以写生之不易，则知余亦非戏也。"对于沈周在写生画方面的成就，董其昌在《题沈周写生册》时则称："写生（花鸟画）与山水不能兼长，惟黄要叔能之……我朝则沈启南一人而已，此册写生更胜山水。"

前文曾经提到，向沈周索画者不绝盈门，其画作的价值亦扶摇直上，清李佐贤在《书画鉴影》中录有莫是龙的一句话："我朝自石田翁画名世，而宋元诸人遗墨遂减价矣。"沈周画作的价格竟然影响到了宋元古画，可谓一奇。而买画之人蜂拥而来，沈周为此穷于应付，他的朋友黄应龙在《画记》中写道："尝至翁读书处，见束剡藤万个，叠鹅溪满篋，被人旦催夕迫，如凤逋旧欠，无所逃避，因指而言曰：'吾在，债不休，吾死，则已矣。'"

黄应龙在沈周的书房看到堆在那里的各种画材满坑满谷，而索画之人一天到晚地催促，这种情况让沈周很是无奈，甚至说只有死了才能了此画债。可见，他的绘画成就反而成了一种负累。面对此况，沈周不得不想办法予以解决，而解决的办法，可由韩昂《图绘宝鉴续编》中得知："因求画者众，一手不能尽答，令子弟模写以塞之，是以真笔少焉。"

沈周忙不过来，开始让弟子代笔，而徐邦达先生考证出，为沈周代笔的不仅仅有他的弟子，也包括他的儿子沈云鸿。

即便如此，他的画作在世面上仍然供不应求。祝允明在《记石田先生画》中写道：

> 其后赝幅益多，片缣朝出，午已见副本。有不十日，到处有之，凡十余本者。时昧者惟辨私印，久之，印亦繁，作伪之家便有数枚。印既不可辨，则辨其诗。初有效其书逼真者，已而先生又遍自书之，凡所谓十余本者，皆此一诗，皆先生笔也。遂琳玞满眼，有目者虽自能识，而亦重可叹笑矣。

市面上涌出了太多署名沈周的假画，按照祝允明的说法，沈周的画上午刚出家门，中午仿造品就出来了，过不了几天，与之相类似的画作遍地都是，于是买画之人就从印章方面来鉴定真假，这种方式对于造假之人形不成多大障碍，因为造假者可以照着真品刻制几枚，于是鉴定家又从画的题诗方面辨别真伪，但渐渐这种办法也不管用了。对于这种状况，明张凤翼在《处实堂集》中称："沈启南先生画集诸家大成，故年来大为赏鉴家所重，而好事者多捐厚赀购之，遂启奸窦，临摹辈出，自出具眼，鲜不乱真。"

面对着市面上充斥的假画，不知道当年沈周是怎么处理的，而孙承泽在《庚子销夏记》有这样一段记载："石田画传世者多，然真伪相半。当石田晚年时自收其画，间有伪者，亦自误收之，况至今耶！"也许造伪者画技也很高超，有些画作连沈周本人都未看出端倪。然而，这其中也不排除沈周为人厚道，看出而不道破的可能。文徵明在《沈先生行状》中写道:"先生为人修谨谦下,虽内蕴精明,而不少外暴。与人处,曾无乖忤,而中实介辨不可犯。"

看来沈周有着与人为善的好性格,明姜绍书的《无声诗史》中记载了另外一个故事:

> (沈周)尝以重直购古书一部,陈之斋阁。一日,客至,见而谛视之,问书所从得。先生曰:"客何问也?"客曰:"公幸无诧。书,吾书也,失之久矣,不意乃今见之,倘得其所从,我将质焉。"先生曰:"有验乎?"曰:"卷某叶,某尝书记某事,或者犹存乎。"先生发而视之,果验,即全而归之,终不言售者姓名,亦不噍呵售者。

沈周花高价买得了一部古书,没想到却是被人偷出来的赃物,某天,被失主认出来了,他立即将书归还,却闭口不提是从谁那里买到的,也许他是担心失主会报复那位转卖之人。从这个故事可见沈周为人十分厚道和宽容,也正是因为这样的性格,使得他为画所累,《无声诗史》中还载有这样一段事:"每欲至窝,远近相传曰:'沈先生来矣。'候之者舟哄河干,屦满户外,乞诗乞画,随所欲应之,无不人人满意去。"

人们只要一见到沈周就会围上去,希望求得一幅画,而沈周竟然来者不拒,对于大家的要求,一一给予满足。虽然生性宽厚,但沈周也有被迫绘画之时,清方孝标在其撰《书石去非册子》中记载了这样一个故事:

> 盖石田以行谊诗画高天下久矣,名公卿或造门,求一望颜色不可得。而忽有长洲令某,树塞门成,求画麒麟者,或以石田应,

令即署一牒，曰："呼画工沈周来役。"石田欣然往，跪阶下，受命，再拜出，为之，三日毕事。令视之，一麟也，而赑屃身负钱数千贯，状不得行，异之。胥曰："将为公位高而金多祝也。"令颔而喜。

有一位县令只把沈周看作画匠，派手下找来沈周，命他为自己画麒麟。沈周虽然是一流大画家，在父母官面前也只能低头，但怎么画却是他的自由，于是沈周不仅画了麒麟，还多画了只大乌龟，龟身背着一大堆的钱，没想到这个县官看了还挺高兴。

未几，觐京师。时华亭相柄国，而某冢宰，又其乡人也。令见相，与之坐，问政事未毕，遽曰："石田先生无恙否？"令茫然，相曰："岂有令吴而不知沈先生者乎！"令惶骇，汗出额，蒲伏叩头谢过。又往见某冢宰，献黄金为寿，冢宰却之，曰："尔令吴，但得沈先生片纸画，重此百倍矣。"令益莫知所为，徘徊中夜，起问胥曰："今二公皆言沈先生，沈先生者，谁耶？"曰："即向为公画麒麟者也。"令顿足愧恨。归长洲之次日，即操币载羊酒谒沈先生，而石田先一日他往矣。后二公即以此恶令之为人，而夺其官。吴门人云。

这位县令入京后，到处送钱贿赂当朝大官，而那些人纷纷问起沈周的情况，并且拒绝收下他送的钱，转而向他索要沈周的画。这位县官由此才知道原来沈周如此有名，不禁大为悔恨，而那些大官们也因此而知道了他的为人，没过多久就让他罢了官。

沈周的画作如此受人欢迎，究竟好在哪里，他又有着怎样的绘画理论呢？他在绘画理论方面的贡献，主要集中在"苍润"二字。此二字的出处乃是他所写的一首题画诗，诗中有如下两句"笔踪要是存苍润，墨法还须入有无"。对于"苍润"二字，后世绘画理论家有着各种各样的解读。沈周《江村渔乐图》卷后题跋写道：

> 有明一代画家以石田为第一，犹刘文成之于诗，董文敏之于书也。故当时有"殊方异域皆知沈周先生"之语。石田自题其摹云林小景句云："笔踪要是存苍润，墨法还须入有无。"盖"苍润"二字自拈出后，衡山遂以之题盛时泰轩额，李肇亨及王麓台又以之镌小印，是为北苑正脉要诀，而实自石田发其蕴也。

沈周墓位于江苏省苏州市太平镇阳澄湖边，也就是相城区沈周村西。以他的名字作为村名，可见当地人对这位先贤的尊崇之心。2012年6月8日，我乘坐马骥先生表哥的车前去寻访。出苏州城向东北方向行驶三十公里到达相城镇，此地以前叫太平镇，现在又改名为阳澄湖镇，阳澄湖大闸蟹天下闻名，看来经济利益高于一切。

进镇穿过湘城小学，行驶在镇西的沈周路上，看到这个路名感觉离我寻找的目的地很接近了。在镇外阳澄湖客运中心北面一百多米有一片水塘，标记是沈周墓之所在。在路边停下车，走过小石桥，前面是一座石质小亭，亭子两边的草地上摆放着一些残石构件，显示着当年"破四旧"的成果。

沈周墓处在一亩见方的台地上，上六步台阶即是石牌坊，看得出牌坊是新补配的。石牌坊后即是墓丘，墓碑上写着"明沈公启南处士之墓"，隶书，不见落款。墓前有江苏省文保单位的铭牌，落款是"吴县革命委员会立，一九七三年十一月"，把革委会和文保单位放在同一个牌子上，让我顿时有了时空错乱之感。

整个墓的上方呈半圆形，正面是一条直线，后面则为圆弧状，在正面石碑的右侧还立着一个小石房子，这种形式我以前没有见过，墓后面有圆弧状石墙裙，墙裙上还有倒扣书本状的石屋檐，这种形式也较为奇特。

拍照完毕沿着小路往回走，又看到躺在地上的石构件，感觉很眼熟，猛然想起墓前的石牌坊跟这些残件完全一样，看来新的石牌坊并非臆造，而是有所本，但既然如此何不将旧件重新修补加以恢复呢？这其中的缘故恐怕是我不能理解的。

文保牌

躺在地上的石构件

墓丘处在台地之上

唐寅（1470年—1523年）
画法沉郁，风骨奇峭

唐寅是明代名气很大的才子，在诗文方面，他与祝允明、文徵明、徐祯卿并称为"吴中四才子"；在绘画方面，他与沈周、文徵明、仇英并称为"吴门四家"。王鉴在《染香庵跋画》中称："成、弘间，吴中翰墨甲天下，推名家者，惟文、沈、仇、唐诸公，为掩前绝后。"这四位大画家又被后世并称为"明四家"。

关于唐寅的绘画风格，后世有着不同的归类，有人说其面目属于南宗，也有人说是北宗，而关于吴门画派，董其昌在跋杜琼《南村别墅图》中称："沈恒吉学画于杜东原，石田先生之画传于恒吉，东原已接陶南村，此吴门画派之岷源也。"从这个传承来看，吴门画派应属南宗，故清人徐沁在《明画录》中称："南宗推王摩诘为祖，传而为张璪、荆、关、董源、巨然、李成、范宽、郭忠恕、米氏父子、元四大家，明则沈周、唐寅、文徵明辈，举凡以士气入雅者，皆归焉。"

徐沁直接将唐寅归在了南宗，然而清钱杜在《松壶画忆》中则称："勾金创于小李将军，继之者燕文贵、赵伯驹、刘松年诸人，以及明之唐子畏、仇十洲往往为之，然终非山水上品。"在这里，钱杜直接将唐寅列在了院体画派中，这显然是北宗。为什么会出现两种不同的说法？清盛大士在《溪山卧游录》卷一中说："云林、伯虎笔情墨趣，皆师荆、关而能变化之，故云林有北苑之气韵，伯虎参松雪之清华，其皴法虽似北宗，实得南宗之神髓者也。"

看来，唐寅在绘画的技法上具有北宗特有的笔墨，然而其整体画风却是南宗面貌。清王文治在评价唐寅的《云山图轴》时称："唐居士画多用北宗，此幅独仿米家墨戏。而云烟出没之态，几与高尚书伯仲，贤者不可测，固如是耶。"由此也可说明，唐寅的绘画风格既有北宗也有南宗，这也是人们对唐寅画风产生不同归类的原因。

唐寅的画风兼具南北二宗，这应当与他的绘画老师周臣有很大关系。陈师曾在《中国绘画史》中专有一节名为"院体画之一派"，对于该派的情况，陈师曾在其专著中称："此派属于南宋院体画之一派。明时属于此派者，有冷谦、周臣、唐寅、尤求、石锐、陈裸、陈言、沈昭、朱玉、张焕、沈硕诸人。此派之作家能作细丽之青绿山水，又善金碧界画、设色人物，如石锐为明代界画之高手。明末以降，南宗浸盛，院体画不为当世所赏，故往往不传。其用笔较浙派为细巧，往往有轻软幽雅之致，盖与吴派相同。"

陈师曾在这里提到了周臣及其弟子唐寅都属于院体画派，而其解释称院体画的某些特征恰好与吴派相同。关于周臣的情况，陈师曾在文中说道："周臣字舜卿，东邨其号也，吴人。画山水人物，峡深岚厚，古面奇妆，有苍苍之色。画法宋人，学马远。若与戴静庵并驱，则互有所长，未知其果孰先也；亦是院体中一高手。"

陈师曾明确地说，周臣乃是院体画笔法。那么唐寅拜周臣为师，当然也会显现出院体画的面貌。陈师曾也认为唐寅虽是周臣的弟子，但他的绘画技巧却远在其师之上。为什么会有这样的出蓝表现？陈师曾在文中解释说：

唐子畏师周臣，而雅俗迥别。或问臣："画何以俗？"曰："只少唐生数千卷书耳。"唐子畏名寅，又字伯虎，自号六如，吴

《事茗图》局部　故宫博物院藏

人。试应天府，录为第一。其学务穷研造化，奇趣时发，或寄于画。其画自宋李营邱、范宽、李唐、马、夏，以至元之赵子昂、王叔明、黄子久数大家，靡不研解。行笔极秀润，缜密而有韵度。董其昌云："唐伯虎虽学李晞古，亦深于李伯时，故人物、舟车、楼观无所不工。"由是观之，伯虎之画，其所师资甚博，不专守一家。远过其师者，又不独在艺能。后世东邨之名不及伯虎，正赖此数千卷书耳。知弟莫若师，盖有由也。

有人很直率地问周臣，为什么他的画作会有些俗，不如其弟子唐寅雅。周臣回答得也很坦诚，他说自己比唐寅少读了几千卷的书。然而关于周臣的这段话，在清王应奎的《柳南随笔》中有着另外的说法："昔人谓唐子畏画师周臣，而雅俗迥别。或问：'臣画何以俗？'曰：'臣胸中只少唐生数十卷书耳。'余谓此论却未尽然。如吾邑乌目山人，

彼胸中与周臣何异？而画却不俗。"在王应奎记载的这段对话中，唐寅读书的数量由数千卷变成了数十卷，以读书的多少来决定画风的雅俗，至少王应奎不认可，而后王应奎举出了王翚的例子，因为王翚也没有读那么多的书，但是画却不俗。

陈师曾则认为，唐寅虽然拜周臣为师，但他同时研究了很多古代不同流派的作品，而后融会贯通，才呈现出自己的面目，最终成为远超其师的大画家。然而周臣在技法上的教授，还是在唐寅的画作中留下了痕迹。徐小虎在《画语录——听王季迁谈中国书画的笔墨》一书中记录下了王季迁对唐寅继承周臣笔法的看法："他有双重个性。他的院体训练得自周臣，而在纸本上又画另一种不同的风格。"

就后世流传情况来看，唐寅的哪些画作有着院体画的风貌呢？王季迁明确地说："其实唐寅的绢画几乎全是院体……而画在纸上的作品又是另一回事。"具体到唐寅继承了周臣的哪些笔法，王季迁说道；

"第一,他学周臣学得很像,其次是他放弃了斧劈皴的用笔并延长它们,加上线条性,因此我们谈他的细笔画时都是画在纸上的作品。当这些画在绢上时大部分就倾向用斧劈皴,你偶尔也会发现用细线画的绢画……而内部的皴都是一连串长、细而平行的线,这就是他自己的面目和成就。"

唐寅确实是一位天才,他并非出身在世宦大家。祝允明在《唐子畏墓志铭》中写道:"其父广德,贾业而士行。"可见唐寅的父亲是生意人,具体做什么生意,祝允明未曾提到。而唐寅在给文徵明的一封信中称:"计仆少年,居身屠酤,鼓刀涤血,获奉吾卿周旋。"由此可知唐广德开了一家酒店,唐寅就出生在这样的环境里。唐广德和天下大多数的父亲一样,希望自己的儿子能够谋取功名光宗耀祖,故其一定要让儿子去上学读书。祝允明在《墓志铭》中写道:"将用子畏起家致举业,归教子畏,子畏不得违父旨。"

唐寅虽然聪明异常,但对读书却并不用心,黄鲁曾在《吴中故实记》中称其:"性则旷达不羁,补府学生,与张灵为友。赤立泮池中,以手击水相斗,谓之水战。"唐寅居然会跟朋友在学校前的泮池中打闹,可见十分顽皮,日子也过得很滋润。可惜其成年之后,家中发生了一系列的变故,这些变故对唐寅的人生态度产生了很大的影响。唐家究竟发生了怎样的事情,江兆申经过查证各种资料,最终得出了结论,他在《关于唐寅的研究》一文中写道:"综合以上材料,合理推断:唐寅在二十四岁(弘治癸丑,公元一四九三)深秋,死父亲,死妻子;二十五岁(弘治甲寅,公元一四九四)开春嫁妹,接着死母亲,和妹妹自杀。本来很热闹很融洽的一个家庭,转眼之间,凶连祸结,只剩下兄弟两人。"

发生这些事情之前,唐寅所在的家庭虽然不是大富大贵,但也不愁吃穿,在其十六岁时,他结识了世家子弟文徵明,江兆申在《关于唐寅的研究》一文中写道："成化乙巳（唐寅十六岁），是年获交文徵明。时徵明父文林以过劝居乡，甚爱先生之才，故先生得日请益于坐隅。与文徵明同交祝允明、都穆，四人相与为友。"

文徵明真是位不错的朋友，他的出身虽然与唐寅有很大不同，但他觉得唐寅很有才，于是给他介绍了一些不错的朋友，使得唐寅开阔眼界。这些朋友中包括了祝允明和都穆，然而与都穆的相识，却给唐寅带来了灭顶之灾。

认识祝允明，给唐寅的人生带来了转机。祝允明在《唐子畏墓志铭》中写道："（子畏）幼读书，不识门外街陌，其中屹屹，有一日千里气。不或友一人，余访之再，亦不答。一旦，以诗二章投余，乘时之志铮然。余亦报以诗，劝其少加弘舒，言万物，转高转细，未闻华峰可建都聚，唯天极峻且无外，故为万物宗。子畏始肯可，久乃大契。"

祝允明劝慰唐寅应当努力读书博取功名，那时的唐寅虽然也喜读书，但对科举却并不热衷，在祝允明的劝慰下，唐寅决定参加一回考试："一日余谓之曰：'子欲成先志，当且事时业。若必从己愿，便可褫襕襆，烧科策，今徒籍名泮庐，目不接其册子，则取舍奈何？'子畏曰：'诺，明年当大比，吾试捐一年力为之，若弗售，一掷之耳。'"

唐寅听从了祝允明的劝告，准备下一年参加科考，他说自己努力地读书一年，就考一回，考上就算，若考不上他再也不参加了。于是在明弘治十一年（1498），唐寅前去参加乡试，没想到一举夺魁成为了江南解元。

唐寅参加的这场乡试，受到了主考官的赏识，阎秀卿在《吴郡二科志》中记载："洗马梁储校寅卷，叹曰：'士固有若是奇者耶？解元在是矣！'"

这次的主考官乃是顺德人梁储，十分欣赏唐寅的才气，于是将唐寅的成绩列为第一名。不但如此,梁储还将唐寅推举给程敏政:"储事毕,归。尝从程詹事敏政饮。敏政方奉诏典会试,储执卮请曰:'仆在南都,得可与来者,唐寅为最,且其人高才,此不足以毕其长,惟君卿奖异之。'敏政曰:'吾固闻之,寅江南奇士也。'储更诣请寅三事曰:'必得其文观。'储令寅具草上,三事皆敏捷。会储奉使南行,寅感激,持帛一端,诣敏政乞文饯。"

唐寅很感激梁储对自己的提携。待梁储返回南方时,唐寅特意求程敏政给梁储写了篇作品,但正是因为这件事,使他惹上了大麻烦。

唐寅考中举人后,与江南巨富徐经一同北上参加会试。他们进京之后,按照惯例,到处拜访当时的名人,除了去看望乡试主考官梁储,还去拜见了同乡前辈吴宽、王鏊,当然也要去拜会试主考官程敏政。接下来的考试很顺利,然而很快外面出现了传闻,有人说程敏政泄题给徐经和唐寅。给事中华昶听到这个传闻后,立即到皇帝那里参劾程敏政。尤侗在《明史拟稿》中说:"(寅)弘治戊午,举乡试第一,主考洗马梁储还朝,携其文示詹事程敏政,相与叹赏,遂招寅往还门下。储奉使,寅乞敏政文以饯。己未会试,敏政为考官,同舍生徐经以币交敏政家人,为给事华昶所参。词连寅,俱下狱。掠问无状,竟坐乞文事,论发浙藩为吏。"

尤侗的这段记载比较简单,大意是徐经贿赂程敏政家人,由此而得到考题,结果却连累了唐寅。祝允明在《墓志铭》中也说唐寅是受了徐经的连累:"既入试,二场后,有仇富子者,抨于朝,言与主司有私,并连子畏。"袁袠在《唐伯虎集序》中也持这样的观点:"会试礼部,众拟伯虎复当首选,伯虎亦自负。江阴徐经者,通贿考官故尚书程公敏政家人,得其节目,以示伯虎,且倩代草文字。"

查《明孝宗实录》弘治十二年(1499)二月丁巳,户科给事中华昶的奏折,其所奏原文如下:

> 今年会试，臣闻士大夫公议于朝，私议于巷，翰林学士程敏政假手文场，甘心市井。士于初场未入，而《论语》题已传诵于外；二场未入而表题又传诵于外，三场未入而策之第三、四问又传诵于外。江阴县举人徐经、苏州府举人唐寅等狂童孺子，天夺其魄，或先以此题骄于众，或先以此题问于人，此岂科目所宜有，盛世所宜容？臣待罪言职，有此风闻，愿陛下特敕礼部场中朱卷，凡经程敏政看者，许主考大学士李东阳与五经同考官重加翻阅，公为去取，俾天下士就试于京师者，咸知有司之公。

华昶的奏折明确地点到了徐经和唐寅的名字，并且说二人得到题目后曾向别人炫耀，或者拿着题目问别人应当如何来写答案。后面的说法显然难以成立，毕竟唐寅聪明异常，否则也不会轻易考得解元，更何况以常理来推，既然题目是徐经花钱买来的，私下告诉了唐寅，唐寅为什么还会跟别人炫耀呢？这不等于自掘坟墓吗？显然这种说法经不住推敲。

既然有人举报，皇帝下令彻查。程敏政当然否认这件事，因为程敏政准备录取的进士名单中并没有徐经和唐寅。徐经在被捕之后，先承认贿赂过程敏政的家人，后来又推翻了自己的所说，称是怕严刑拷打才胡乱承认。而皇上又派人复查此事，最终也未能将事情查得水落石出，判决的结果则是："于是命敏政致仕，昶调南京太仆寺主簿，经、寅赎罪毕，送礼部奏处，皆黜充吏役。"（《明孝宗实录》）

这件事情闹得比较大，后世对此有着各种各样的猜测，主要的猜测点乃是何人将这件事告诉了华昶。明孙继芳在《矶园稗史》中写道："弘治己未，程篁墩敏政鬻试目，给事中华昶发其事，始于举子都穆，玄敬为昶西宾，言之昶，因举劾。昶与穆誓死不相累，故昶虽被掠答，终不及穆。"

看来这件事跟都穆脱不了干系，一者他是唐寅的好朋友，所以他可能了解一些底细，二者都穆又是华昶的家庭教师，因此华昶很可能是从都穆那里得到的消息。而钱谦益在《列朝诗集小传》丙集《都少卿穆》中也持这样的说法："余闻之故老，玄敬少与唐伯虎交，最莫逆。伯虎锁院得祸，玄敬实发其事。伯虎誓不与相见，而吴中诸公皆薄之。玄敬晚年深自悔恨。其殁也，不请铭于吴人，而远求胡孝思，盖亦其遗意云。"

钱谦益自称是听老辈们讲述的故事，都穆跟唐伯虎是莫逆之交，但不知什么原因，都穆却在背后捅了朋友一刀。虽然华昶跟都穆相互发誓绝不说出此事，但世上没有不透风的墙，以至于在江南地区，很多人都看不起都穆的为人。唐寅后来也得知这件事乃是都穆所为，于是发誓永不与之相见。

这件事对唐寅打击极大，他在《与文徵明书》中写到了自己受此打击后的惨状："兹所经由，惨毒万状，眉目改观，愧色满面。衣焦不可伸，履缺不可纳，僮奴据案，夫妻反目，旧有狞狗，当户而噬。反视室中，瓯甌破缺。衣履之外，靡有长物。西风鸣枯，萧然羁客，嗟嗟咄咄，计无所出。"

这件事对唐寅造成的打击，不仅是绝了仕途，更重要的是很多人相信这是真事，因此而鄙薄唐寅的为人。在这样的艰难时刻，他的朋友吴宽却仗义地站出来替其辩护，张月尊、周道振所辑《唐伯虎全集》中录有吴宽所作辩护之语："今岁科场事，累及乡友唐寅。渠只是到程处为座主梁洗马求文送行，往来几次。有妒其名盛者，遂加毁谤。言官闻之，更不访察，连名疏内。后法司鞫问，亦知其情，参语已轻，因送礼部收查发落。部中又不分别，却乃援引远例，俱发充吏。此事，士大夫间皆知其枉，非特乡里而已。渠虽尝奏诉数次，事成已无及矣。今便道告往浙省屠老大人，惜其遭此，定作通吏名目者，如渠到彼，切望与贵僚长杨、韩二方伯大人及诸僚友一说。念一京闱解元,平生清雅好学,别无过恶,流落穷途,非仗在上者垂眄,情实难堪。俟好音到日,或有出头之时,谅亦不忘厚恩也。"

吴宽明确地说,其实很多官员心里都清楚唐寅是被冤枉的,唐寅本人也数次辩解,叵惜没人替其辩污。吴宽说唐寅并无过恶之事,而今却落得末路穷途,希望朋友们能够在这种景况下拉唐寅一把,一旦唐寅机运回转,他定然不会忘掉朋友们的雪中送炭。

正是这场厄运,成就了一位大画家。唐寅返回了苏州,之后就以卖画为生。三十八岁的那年,唐寅在苏州郊外建起了桃花庵别业以及梦墨亭,逐渐形成了自己的画风以及书风。明王穉登在《吴郡丹青志》中,将唐寅的绘画归入了妙品:

> (子畏)才雄气逸,花吐云飞,先辈名硕,折节相下,庶几青莲之驾,无忝金龟之席矣。中南京解元,坐事废,逃禅学佛,任达自放。画法沉郁,风骨奇峭,刊落庸琐,务求浓厚。连江叠巘,纚纚不穷,信士流之雅作,绘事之妙诣也。评者谓其画远攻李唐,足任偏师;近交沈周,可当半席。

从这段记载可以看出,王穉登也认为因为科场案事件,使得唐寅将精力转到了艺术上面。对于他的绘画成就,文徵明在唐寅所绘《江南烟景图》上写下了这样的题记:"子畏画本笔墨兼到,理趣无穷,当为本朝丹青第一。白石翁遗迹虽苍劲过之,而细润终不及也。"

然而明王世贞在《艺苑卮言》中有着另外的评价:"伯虎才高,自宋李营丘、范宽、李唐、马、夏以至胜国吴兴、王、黄数大家,靡不研解,笔行极秀润、缜密而有韵度,惟小弱耳。"

除了绘画,唐寅在书法方面也颇有成就。朱彝尊在《静志居诗话》

《墨梅图》 故宫博物院藏

黄金布地梵王家
白玉成林晓浸花
对酒不妨浓弄墨
一枝清影写横斜

卷九中提到了唐寅的书法："然于画颇自矜贵，不苟作，而诗则纵笔疾书，都不经意。"

关于唐寅的书法面貌，吴湖帆在跋唐寅《平康巷陌帖》中称："六如书学李北海，能神似。"吴湖帆认为唐寅的书风神似于李邕。相对来说，对唐寅书法成就评价最高者乃是启功先生，启先生在其《论书绝句一百首》中说道："明贤书，迨乎中叶，旌旗始变……祝允明出，承徐有贞、李应桢之绪，略轶藩篱，未成体段……惟六如居士，以不世之姿，丁弥天之厄，抑塞磊落，雄才莫骋。发之翰墨，俱见跅弛不羁之致。其于书，上于北海，下似吴兴，以运斤成风之笔，旋转于左规右矩之中。力不出于弩弩，格不待于准绳，而不见其摹古线索。天赋之高，诚有诸贤所不能及者。"

回到苏州后，唐寅虽然靠卖画也过得不错，然而科场案始终是他心中抹不去的阴影，科场案发生于明弘治十二年（1499），二十年之后也就是到了正德十四年（1519），唐寅作了一首名为《梦》的七律：

> 二十年余别帝乡，夜来忽梦下科场。
> 鸡虫得失心犹悸，笔砚飘零业已荒。
> 自分已无三品料，若为空惹一番忙。
> 钟声敲破邯郸景，依稀残灯照半床。

二十年过去了，科场事件仍然是其心中最大的隐痛。其实唐寅也一直想通过其他的方式改变自己的处境，比如他在四十五岁时受宁王朱宸濠之聘来到了南昌，然而他在朱宸濠府上住了一段之后，发现此人有造反之心。何良俊在《四友斋丛说》中记载："宸濠甚慕六如，尝遣人持百金至苏聘之。既至，处以别馆，待之甚厚。六如居半年余，见其所为多不法，知其后必反，遂佯狂以处。宸濠遣人馈物，则倮形箕踞，讥呵使者。使者反命，宸濠曰：'孰谓唐生贤？直一狂生耳。'遂遣之归。"

朱宸濠听说了唐寅的名声，于是派人带着钱到苏州聘唐寅前往。唐寅来到南昌后，受到了很好的招待，然而住了半年之后，就发现朱宸濠有反叛之心，但是想要离开显然也没那么容易，于是他就开始装疯，很快又被朱宸濠打发回了苏州。

对于唐寅的这件事，后人多有夸赞。比如何大成在《唐伯虎全集序》中大夸唐寅的机智："伯虎当宸濠物色时，名已败矣，身已废矣，英雄末路，能不自点者几人哉？伯虎佯狂自污，卒以获免，此岂风流跌宕之士所能窥其际乎？其殆几于智者欤？"

几年前，我在南昌找到了宁王府旧址，在那里看到了一些跟唐寅有关的遗迹，至少他住在宁王府的那间房屋被恢复了起来。唐寅靠着自己的智慧，得以从宁王府全身而退，后来王阳明平定宁王之乱，唐寅没有再受到牵连。但事件毕竟还是对他有着很大的心理影响，令其晚年深居简出，五十四岁就郁郁而终。

然而唐寅在苏州建起了桃花庵，却是他生命中颇为愉快的一段经历。民间流传着许多唐寅和桃花庵的故事，其中佚名所撰《唐伯虎轶事》中载有这样一段："唐子畏居桃花庵，轩前庭半亩，多种牡丹花，开时邀文徵仲、祝枝山赋诗浮白其下，弥朝浃夕。有时大叫恸哭。至花落，遣小僮一一细拾，盛以锦囊，葬于药栏东畔，作《落花诗》送之。寅和沈石田韵三十首。"

唐寅跟他的几位密友在桃花庵前面的花园里雅聚，他们搜集牡丹花瓣，而后装在锦囊里，埋在栏杆下面。而葬花之举，当然以曹雪芹笔下的黛玉最具名气，如果以时间来论，很有可能曹雪芹是受唐寅葬花的启发，才构思出黛玉葬花的情节。无论如何，唐寅的这个举措，也足可以说明他是位多愁善感之人。

2012年6月7日，我继续在苏州寻访，本程的寻访得到了马骥先生的大力协助。而这一天的主要寻访点就是唐寅之墓。唐寅墓位于江苏省苏州市苏福公路横塘镇东。然而我从网上查得的资料则称唐寅墓在市郊横塘乡王家村。驱车来此，已是苏州市内的一块地界，原来的资料记载不知说的是哪辈子的事儿。

如今的唐寅墓修成了旅游景点，名称叫唐寅园。门票四十五元，马兄说几年前来时还不收费。虽然现在有很多景点都开始收费，但马骥觉得这个价格还是有些贵，因为他知道这个园子面积其实不大。他的念叨立即受到了售票员的回应，对方称这个价格中还包括导游费。

果真，我们刚走入院内，就有一位女导游跟了过来，开始拿腔拿调地向我们讲解跟唐寅有关的故事，显然我们都不爱听这些八卦，于是跟这位导游说，钱付过了不用退，但讲解就免了吧。这句话让导游颇不高兴，我马上告诉她自己来此只是为了找唐寅之墓，她顺手向前一指说："走到顶头就是。"而后一扭身就回了房间。

院门影壁的后面即是梦墨堂，乃是沿用了唐寅所建房屋的名称。然而走进梦墨堂，却看到这里建成了旅游用品商店。穿过梦墨堂，一路向前走，园子的尽头有二三亩地大小的台地，台地中央即是唐寅墓。墓围用规则石块垒成，墓顶裸露着黄土，墓碑上书"明唐解元之墓"，碑上有石质的碑亭，碑亭前面的两个柱子上刻着对联："花坞菰村双丙舍，春风秋夜一才人。"碑前的地上还有一个棺材形的香炉。墓两边的树上挂满了红丝带，墓的左侧有一排仿古房子，门口写着不同堂号，马兄说这些都是新建的假古董，不看也罢。

我想，唐伯虎长眠于自己所建的别业之中，这也应当是一种好归宿。

梦墨堂

文保牌

台地上的唐寅墓

唐寅故居乃是长长的一排

文徵明（1470年—1559年）
与沈周并称"吴门派"领袖

　　文徵明在文学艺术方面属于全才，他在诗文上与祝允明、唐寅、徐祯卿并称为"吴中四才子"，在绘画上，又与沈周、唐寅、仇英合称"吴门四家"，而在这四家的影响之下，又逐渐形成了吴门画派。关于吴门画派的历史地位，林家治在其专著《明四大家研究与艺术鉴赏：文徵明》一书中称："'吴门画派'是我国古代最杰出、最有影响的画派，这个画派敢于冲破明代各画派所崇尚的形式主义，大胆地有选择地继承唐、宋、元各家的画法，在自己长期的艺术实践中别开蹊径，开创了新的艺术境界。这种气概和艺术特色，为历代画派和各家所公认。毫无疑问，'吴门画派'成为了我国明、清四百余年画风的主要倾向。"

　　吴门画派的创始人乃是沈周，但在沈周时代，吴门画派并不能与浙派等大的画派相抗衡，陈传席在其专著《中国山水画史》中提到了这一点："就影响而论，沈周是吴门画派之祖，他奠定了吴门派的基础。但沈周时，浙派势力十分强大，吴门派尚不足与之抗衡。沈周死后，他的弟子中，文徵明最为出色。"由此段话可知，沈周去世后，继承其衣钵最为出色者乃是文徵明。同时："在沈周死后五十多年中，文徵明是吴派的实际领袖，也可以说吴门派的真正领袖是文徵明。再后，吴门派影响扩大，遍及整个吴地，形成吴派。明代中后期的绘画就是

風裾月珮空露紳秀頎亭、以玉人而又更風常在目自和殘墨與傳神 徵明

葉幽在深谷竹採雅相望對此良無垠清氛拂硯池 蔡羽

瀟瀟芽甡个个葉都於塵埃挺仙姿閒中設復招來友誰不云丝契性宜

《蘭竹圖》 台北故宮博物院藏

吴派绘画，一直延续到清初画坛的主流仍是吴派一类，所以说文徵明的影响是十分巨大的。"

为什么文徵明在吴门画派中有如此重要的地位，这源于他对吴门画派的继承与广泛传播，仅在文氏家族内，就产生了文彭、文嘉、文伯仁、文元善、文从简、文淑、文从昌等一系列著名的画家。正如方薰在《山静居画论》中所言："文氏弟子，妙有渊源。包山、五湖、西室、夷门诸子，大都瓣香停云，各参其法，而成一家。风骨清超，毋为浅视。"除了文氏家族，后世著名的画家如陆师道、陆治、周天球、钱榖、居节、陆士仁、朱朗、孙枝等也都是吴门画派中的著名人物，这个派别在明清时期对中国画坛影响巨大。

吴门四家中，后世大多将文徵明与唐寅相比较，认为这两位都是继沈周之后吴门画派的领袖。文、唐原本也是不错的朋友，但在性格方面有着较大的差异。唐寅天资聪颖，年少之时就已闻名于乡里，文徵明却到八九岁时还不太会说话，十一岁"始能言语"。明弘治十一年（1498），文徵明与唐寅同赴乡试，唐寅考得了第一名的好成绩，被称为解元，文徵明却名落孙山。再后来，唐寅赴京参加会试，却被卷入了徐经科场案，这件事对唐寅的性格影响极大，自此之后他放浪形骸，文徵明对其多有规劝，但唐寅听不进去，为此两人还差点闹翻。

唐寅曾经因为宁王之聘前往南昌，当时文徵明也有此聘，文嘉所撰《先君行略》中称："公年渐长，名益起，而海内之交多伟人，皆敬畏于公，故天下倾慕之。宁藩遣人以厚礼来聘，公峻却其使。同时吴人颇有往者，公曰：'岂有所为如是，而能久安藩服者耶？'人殊不以为然。及宁藩叛逆，人始服公远识。"

文徵明有着先见之明，未入藩府即认定宁王的飞扬跋扈早晚要出事，而后果不其然。而唐寅去到南昌后方才察觉宁王有造反之心，假装发狂终于全身而退。这件事让唐寅了解到，其实文徵明在很多问题上比他更有智慧，以至于想拜文徵明为师。然而两人毕竟是多年的朋友，不方便以师徒相称，唐寅于是想效仿孔子去世后，弟子们想拜颜渊与子路为师的故事。唐寅在《又与徵仲书》中明确地写出了这个愿望："……颜路长孔子十岁，寅长徵仲十阅月，愿例孔子，以徵仲为师，非词伏也，盖心伏也。诗与画，寅得与徵仲争衡；至其学行，寅将捧面而走矣。寅师徵仲，惟求一隅共坐，以消熔其渣滓之心耳，非矫矫以为异也。虽然，亦使后生小子钦仰前辈之规矩丰度，徵仲不可辞也。"

唐寅明确地称，虽然他比文徵明大十个月，但愿意拜其为师，他说自己不是做谦虚状，乃是出于心服。在诗词与绘画方面，唐寅自认为不输于文徵明，但在为人处事方面，他觉得自己比文徵明差得很远。而文徵明在为人方面，能让唐寅如此信服也有其缘由在。比如文徵明在《大川遗稿序》中称："弘治初，余为诸生，与都君玄敬、祝君希哲、唐君子畏倡为古文辞。争悬金购书，探奇摘异，穷日力不休……"

年轻之时，文徵明跟祝允明、唐寅、都穆都是很好的朋友，常在一起切磋诗文。而后唐寅被卷入科场案，始作俑者居然是都穆，为此文徵明讲到自己的朋友时称："未几，数人者或死或去，其在者亦或叛盟改习……"这句话中所称的叛盟者显然包括都穆。在为人方面，文徵明的确能做到明辨是非，想来这也是唐寅敬重他的原因。而正是这样的性格，使得文徵明成为了继沈周之后吴门画派的领袖。

从历史渊源来看，文徵明并非祖居苏州，文徵明之父文林在给《文氏祖谱》所撰的序言中称："吾文氏，汉成都守翁之后。五代唐庄宗时，帐前指挥使轻车都尉讳时，自成都徙庐陵。至宋咸淳间，宣教郎宝为衡州教授，子孙留家衡山，衡之文氏，实始于宝。"

文林自称他的祖上乃是汉代的文翁，到了宋代，文翁之后迁居到了衡山，而这也正是文徵明号"衡山居士"的来由。从文林所写序言中看,自宋代之后,文氏家族出外做官者主要是武官,并且他们这一支有可能跟文天祥有一定的关联:"且云吾家与信国公天祥同所出,自镇远府君以来,世以武弁相承,遂失其绪。今衡山族中当犹有知者。"

由于家谱的失传,文林也排列不清他的家族跟文天祥之间的辈分。而后到了文徵明的曾祖父文惠时,其家族方定居到了苏州,并且由文惠开始弃武从儒。文惠之子文洪考取了明成化乙酉科举人,文洪后来任涞水县教谕,自此之后,文氏家族在儒学方面渐渐有了起色。

文洪有三个儿子,其中长子是文林,后来文林与二弟文森共同考取了进士,自此之后,文氏家族成为了苏州地区颇有影响力的士族大家。文林考中进士之后到处为官,文徵明则跟随父亲辗转多地。弘治十年(1497),文林被任命为温州知府。当时他有病在身,于是向朝廷写了辞职信,但未得到朝廷批准,只能带病到任。那时文徵明正在家乡,听闻到这个消息后,立即带领苏州名医前往温州,然而等他到达之时,父亲已经在三天前去世了。按照惯例,当地有关部门筹集了一笔不小的抚恤金,文徵明却拒绝接受,他在给温州卫指挥佥事陈汝玉的信中写道:"彼上官及僚友之意,但知故事如此。而士之取舍,不可不择。诸公怜其贫困不给,或有所周,其意良厚。而不肖万一缘此以裕其家,则是以死者为利。不肖诚无状,亦何至利先人之死哉!《礼》:'君子不家于丧。'恶以死者为利也。"

文徵明在信中称,他很感谢父亲同僚和朋友们的馈赠,对于这些他并不是不领情,之所以要拒收这笔钱,乃是其认为不能靠死人来获利,这样不符合儒家的礼制,故坚决拒收。从这个侧面,也反映出文徵明做人坚持原则。

文徵明在科考方面运气不怎么样,从明弘治乙卯(1495)开始到嘉靖壬午(1522),按每隔三年一次科考,在这个时段内总计有十次科考,而文徵明参加了九次,却始终未能考取功名。他在第九次科考落第后的第二年（1523），也就是明嘉靖二年，受到了工部尚书李充嗣的举荐，入太学为贡生，而后参加了吏部考试，获得了翰林院待诏之职，参与编修《武宗实录》，故后世称他为文待诏。

文徵明在朝中任职三年多，感受到了朝廷内部之争，为此两次上书提出辞职，在嘉靖五年（1526）终于得到批准。他在五十八岁时返回了苏州，此后将自己的精力全部用在了书法与绘画创作上。文徵明的长子文嘉在《先君行略》中写道："到家，筑室于舍东，名玉磬山房。树两桐于庭，日徘徊啸咏其中，人望之若神仙焉。"这样的逍遥日子，一直过到九十岁，文徵明无疾而终。正是因为他的长寿，才使得他在书法绘画方面影响了一大批人，由此而使得吴门画派扬名于天下。

关于文徵明的师承，《明史》本传中称："学文于吴宽，学书于李应祯，学画于沈周，皆父友也。"这三位人物都是当时颇为显赫的大家，同时又是文徵明父亲文林的朋友。吴宽乃是明成化八年的状元，后累官至礼部尚书，在朝中颇具影响力。弘治八年（1495），文徵明二十六岁时，吴宽因丁母忧返回苏州，于是文徵明跟着吴宽学习古文。这件事同样记载于文嘉所撰《先君行略》："温州公于吴文定公宽为同年进士，时文定居忧于家，温州使公往从之游。文定得公甚喜，因悉以古文法授之，且为延誉于公卿间。"

文徵明的书法老师李应祯也是文林的同僚，在父亲的安排下，文徵明向李应祯执弟子礼。在年轻之时，文徵明书法较差，前往长洲岁试时，还因为字迹不佳而被置于三等。李应祯乃是当时的书法名家，在他的指导下，文徵明书艺大进。但李应祯教导文徵明一定要脱离古人的书法风貌，只有这样才能展现出自己独立的面目。文徵明在《又跋李少卿帖》中说："公一日阅某书，有涉玉局笔意，因大咤曰：'破却工夫，何至随人脚踵？就令学成王羲之，只是他人书耳。'"

那时的文徵明在模仿苏东坡的书风，李应祯训斥文徵明说："何

秋日见淮中黄葵试花戏填小词寄风入松

秋来夷艳试宫妆 蜜染蒸罗裳 翠翎斜映鹦哥觜 淡拂鲁姬面目黄 芳意檀心晕染 新妆粉颊涂黄

低徊剪剪英长 雷汛天香晚凉 好是无肠赖倚 垂丝晓 倾阳别枝西风劲 若舍傍日倚东墙 偶几写百庐楂遂因此书以赋之

癸巳八月十六 淞朗

必跟在别人的脚后跟转,就算你模仿得再像,跟王羲之写得一模一样,那也是别人的书法,跟你本人没有任何关系。"这句话当然对文徵明有很大的触动。那么李应祯认为应当怎样学习书法呢?文徵明在《跋李少卿帖》中记载了老师所言:

> 家君寺丞在太仆时,公为少卿,徵明以同僚子弟得朝夕给事左右,所承绪论为多。一日,书《魏府君碑》,顾谓徵明曰:"吾学书四十年,今始有得。然老,无益矣!子其及目力壮时为之。"因亟论书之要诀,累数百言。凡运指、凝思、吮毫、濡墨,与字之起、落、转、换、大、小、向、背、长、短、疏、密、高、下、疾、徐,莫不有法。

李应祯总结出了一套学习书法的要诀,他跟文徵明讲,这是自己四十年学习书法的心得,可惜自己垂垂老矣,于是他把这些心得全部传授给了文徵明。文徵明对老师李应祯的书法看得很高,称李应祯的书法成就"当为国朝第一"。其实,李应祯在书法方面不但给文徵明以很大的影响,同样也影响到了祝允明,因为祝允明就是李应祯的女婿,同时祝又是文徵明的好友。

《明史》中讲到的文徵明三位老师,其中在绘画方面乃是沈周。关于他跟老师学画的过程,文徵明在《补石田翁溪山长卷》的画跋中有如下描绘:

> 王君虞卿,尝得石田先生画卷,联楮十有一幅,长六十尺。意向已具,而点染未就。以徵明尝从游门下,俾为足之。自顾拙劣,乌足为貂尾之续哉?忆自弘治乙酉,谒公双娥僧舍,观公作《长江万里图》,意颇歆会。公笑曰:"此余从来业障,君何用为

之?"盖不欲其以艺事得名也。然相从之久,未尝不为余尽。大意谓:"画法以意匠经营为主,然必气运生动为妙。意象易及,而气运别有三昧,非可言传。"他日题徵明所作荆、关小幅云:"莫把荆、关论画法,文章胸次有江山。"褒许虽过,实寓不满之意。及是五十年,公殁既久,时人乃称余善画,谓庶几可以继公,止昔人所谓无佛处称尊也。此卷意匠之妙,在公可无遗恨,若夫气运,徵明何有焉。嘉靖丙年午四月望,后学文徵明识,时年七十有七。

文徵明写此跋时已七十七岁,跋中提及五十年前在双娥僧舍拜见老师沈周时的情形,而文中所提到的"弘治乙酉"也有的版本作"弘治己酉"。周积寅在《吴派绘画研究》中经过考订,认为当为"己酉"。以此来论,文徵明是在二十岁时拜沈周为师。然而唐勇刚在其博士论文《文徵明书画鉴藏活动研究》中认为:"美术史中均记录文徵明在二十岁时正式向沈周学习绘画,但实际上文徵明在师从沈周之前也许就已经拥有绘画的本领。对此,历来的美术史写作都很少提及,也不清楚文徵明本人最初的绘画技能的来源。其实,文徵明最早接触绘画,应该就是从擅画的母亲祁守端身上,可以想象,他在幼年时期就已经在母亲的指导下开始了绘画实践,也正是这样的经历奠定了他一生与书画结缘。"

原来文徵明幼年之时,就已经在母亲祁守端的教导下学习过绘画。唐勇刚在其论文中提及1956年上海书画会主办的"宋元明清书画展览会"中,就展出了一幅祁守端所绘的《竹》,而此画在2001年春又出现于中国嘉德的艺术品拍卖会古代书画专场中。

关于文徵明的母亲祁守端绘画之事,汪汝燮的《陶风楼藏书画目》著录有《明祁守端女史花卉轴》,该书中引用了钱载的题记:"明文温州名林,安人祁氏,名守端。工诗善画。沈石田所称今之管夫人也,惜年不永。"但钱载所言是否准确呢?该书中又称:"钱载所云,不详语所自出。祁夫人善画,他无所征。"

而对于文徵明书法的启蒙老师,唐勇刚在其论文中有如下见解:"上海博物馆现藏有一本《明贤墨妙》,其中就有文林书札一开,观其书法风格,有学习苏轼书风的因素,字迹隽秀流畅,具有较高的书法造诣。文徵明早年习字也是从苏东坡入手,这方面或许受到了文林的影响。"

看来,无论是书法还是绘画,文徵明在拜名师之前都已经具有一定的基础,再加上他天生喜好这些,于是在汲取历代大家养分的同时,又能创造出自己的风格,由此而形成了有着独立面目的书法绘画风貌。文嘉在《先君行略》中称:"性喜画,然不肯规规摹拟。遇古人妙迹,惟览观其意,而师心自诣,辄神会意解。至穷微造妙处,天真烂漫,不减古人。"

文徵明的艺术成就,按照陈传席在《中国山水画史》中所言可作两分法:"文徵明花鸟、人物、山水皆擅,尤以山水画成就最高。他的山水是学沈周的,有很多地方和沈周相似,也有'粗''细'两种突出的风格,世有'粗文''细文'之说。不过,沈周的画是以'粗'最具特色,成就也最高。而文徵明的画是以'细'最具特色,成就也最高。"能有这样高的成就,跟其眼界宏富有很大关系。詹景凤在《詹东图玄览编》附录题跋中载有如下一段对话:

项因谓余:"今天下谁具双眼者?王氏二美则瞎汉,顾氏二汝眇视者尔!惟文徵仲具双眼,则死已久。今天下谁具双眼者?"意欲我以双眼称之。而我顾徐徐答曰:"四海九州如此广,天下人如彼众,走未能尽见天下贤俊,乌能尽识天下之眼。"项因言:

《临溪幽赏轴》 故宫博物院藏

"今天下具眼，惟足下与汴耳！"

大收藏家项元汴十分自负，认为当世的鉴赏大家王世贞、王世懋兄弟不过就是"瞎汉"，收藏大家顾从德、顾从义兄弟同样"眇视"，真正具有鉴赏力的人则是文徵明，但文徵明已去世多年，如今真正眼光如炬的鉴赏家只有他自己和詹景凤了。项元汴的最后一句话显然是效仿了《三国演义》的"青梅煮酒论英雄"一节中，曹操对刘备说："今天下英雄，唯使君与操耳，本初之徒，不足数也。"当时刘备闻听此言吓得筷子掉在了地上，而项子京说出此话时，不知道詹景凤会有怎样的表情。如此自负的项子京，居然对文徵明这样高看，文徵明何以能有如此高的鉴赏力呢？

文徵明在《赵伯驹春山楼台图卷》的跋语中称："余有生嗜古人书画，尝忘寝食。每闻一名绘，即不远几百里，扁舟造之，得一展阅为幸。"为了看一幅名画，要乘船走几百里，当年船速是如此之慢，几百里的路估计要走上好几天。但即便这样，文徵明也会不辞辛苦地前去一看。而他在这方面的爱好，何良俊《四友斋丛说》中亦有记载："衡山最喜评校书画，余每见，必挟所藏以往，先生披览尽日。先生亦尽出所蓄，常自入书房中，捧四卷而出。展过，复捧而入，更换四卷。虽数返不倦。"

正是基于开阔的眼界和自身的刻苦练习，文徵明逐渐形成了自己在艺术上的独特面目。其在书法方面，以小楷最受后世称道。王世贞在《艺苑卮言》中称："待诏以小楷名海内，其所沾沾者隶耳，独篆笔不轻为人下，然亦自入能品。所书《千文》四体，楷法绝精工，有《黄庭》《遗教》笔意，行体苍润，可称玉版《圣教》，隶亦妙得《受禅》三昧，篆书斤斤阳冰门风，而皆有小法，尤可宝也。"

关于文徵明小楷的本源，文嘉在《先君行略》中说道："始亦规摹宋元之撰，既悟笔意，遂悉弃去，专法晋、唐，其小楷虽自《黄庭》《乐毅》中来，而温纯精绝，虞、褚而下弗论也。"

看来在书法方面，文徵明曾经临摹许多名人墨迹，故而明谢肇淛在《五杂组》中给出了如此高的评价："古无真正楷书，即钟、王所传《荐季直表》《乐毅论》皆带行笔。洎唐《九成宫》《多宝塔》等碑，始字画谨严，而偏肥偏瘦之病，犹然不免。至国朝文徵仲先生始极意结构，疏密匀称，位置适宜。如八面观音，色相俱足。于书苑中亦盖代之一人也。"

按照谢肇淛的说法，虽然到唐代之时才形成了真正的楷书，但那时的唐楷不是偏肥就是偏瘦，直到出现了文徵明，才有了肥瘦适中的正楷字。为什么文徵明能在楷书方面有如此高的成就呢？黄佐在给文徵明所写的《墓志铭》中记载有这样的细节：

> 盖公于书画虽小事，未尝苟且。或答人简札，少不当意，必再三易之不厌。故愈老而愈益精妙，有细入毫发者。或劝其草次应酬，曰："吾以此自娱，非为人也。闲则为之，忙则已之，孰能强予耶？"

文徵明对于书法之事极为在意，哪怕是给朋友回信，也会写得一丝不苟，只要觉得书札中某个字不好，就会立即重写，有人劝他不必如此认真，书札不过是一种朋友间的应酬，文徵明却说，他把字写好不全是为了别人，这也是自己快乐的一种方式。正是这种精神，使得他的小楷名扬天下，故而王世贞在《文先生传》中称："书法无所不规，仿欧阳率更、眉山、豫章、海岳，抵掌睥睨。而小楷尤精绝，在山阴父子间。八分入钟太傅室，韩、李而下，所不论也。丹青游戏，得象外理，置之赵吴兴、倪元镇、黄子久坐，不知所左右矣。"

王世贞称文徵明的书法有多方面成就，但最为精绝的还是小楷。然而王世贞的弟弟王世懋却对文徵明的小楷评价不高，王世懋在《衡山先生小楷卷跋》中称："衡山先生……时作小楷，多偏锋，太露芒颖，年九十犹作蝇头书，人以为仙，然行笔未免涩强，其最称合作者，以字行后五六十时也。"但无论怎样，文徵明在九十岁时还能写出蝇头小楷，仅凭这一点就足以令人叹服。

关于文徵明在绘画方面的模仿对象，有不少的文献中都称其师法赵孟𫖯，董其昌在《画旨》中称："文太史本色画，极类赵承旨，第微尖利耳。同能不如独异，无取绝肖似。所谓鲁男子学柳下惠。"钱杜在《松壶画忆》中亦持此论："文待诏画法师赵松雪及梅花庵道人，而灵秀之气出自腕下，往往有出范围之作。后之人欲瓣香停云，须先领会其清超静穆之神韵，然后丘壑位置，自然合格，渐脱渣滓而留清虚，则近道矣。"故而文嘉在《先君行略》中称："公平生雅慕赵文敏公，每事多师之。"

其实，文徵明的绘画不仅是本自赵孟𫖯，对于其他的大画家，他也都有学习。王穉登在《吴郡丹青志·妙品志》中评价文徵明称："书名雄天下，画师李唐、吴仲圭，翩翩入室。"而陈继儒认为文徵明的绘画乃是融合了许多大家的特长，陈在《妮古录》中说道："文待诏自元四大家，以至子昂、伯驹、董源、巨然及马、夏间三出入。而百谷《丹青志》言先生画师李唐、吴仲圭，此言似绝不知画，且亦何以称待诏里客也。"

到了现代，潘天寿在其专著《中国绘画史》中也持这样的观点："生平雅慕赵松雪诗文书画，约略似之。所画山水，松雪而外，又兼叔明、子久之长，颇得董北苑笔意；合作处，神采气韵俱胜，单行矮幅更佳。晚年，师李晞古、吴仲圭，翩翩入室，逍遥林谷，益勤笔砚，小图大轴，皆有奇致。"

《洛原草堂图卷》局部　故宫博物院藏

按照文徵明自己的说法，他对米芾、米友仁父子的绘画也有着特别的偏爱，北京故宫博物院所藏的文徵明所绘《仿米云山图》中有文徵明自书跋语：

> 余于画，独喜二米云山，平生所见南宫特少，惟敷文之迹屡屡见之，所谓《潇湘图》《大姚山图》《湖山烟雨》《海岳庵》《苕溪春晓》，皆妙绝可喜。《苕溪》尤秀润，旧题为元晖，而沈石田先生独以为南宫之迹，大要父子无甚相远。余所喜者，以能脱略画家意匠，得天然之趣耳……余暇日漫写此卷，然人品庸下，行笔拙劣，不能于二公为役，观者以畦径求之，正可发笑耳。乙未冬十一月晦。

正是因为文徵明转益多师，才成就了他多方面的艺术才能。故而，徐邦达在《古书画伪讹考辨》中评价他说："工诗文，善篆、隶、正、行、草书、画山水得赵孟頫、王蒙、吴镇遗意，亦善兰竹。曾师事沈周，后自成家，与沈周并称'吴门派'领袖。"

文徵明在一些书画作品上的落款，有时写为"文壁"，而文壁乃是他早年之名，可是后世的著录中则大多写成"文璧"。究竟哪一个才是正确的？徐邦达在《古书画伪讹考辨》中明确地写道："文徵明三兄弟，长名'奎'，次徵明原名'壁'，三名'室'，都是星宿的名字。所以'壁'不能作'璧'——从'土'不从'玉'。凡是写作'璧'字款的，一定是伪本。"

我在网上查得，文徵明墓位于江苏省苏州市相城区元和镇文陵孙家门林。2012年6月8日，我前往苏州寻访历史遗迹。到苏州一地的寻访，天经地义地要打扰马骥先生。然此程正赶上他在主办行业内的一个重要会议，故其请开出租车的亲戚带我寻访。马骥的这位亲戚姓周，周先生为人谦和，我对耽误他的生意感觉很不好意思，他却说这样的寻访让他也学到不少的知识。

对于文徵明墓所处的地点，周师傅在看了行程单后，说肯定没有了，因为这一带就是他的出租公司所在地，他常在这一带路过，却从未看到过这里有名人墓。然而我却不死心，请他把我带到这一带。眼前所见果真是大片的商业住宅开发区，好在这个区域内保留下了一块郁郁葱葱的绿地，直觉告诉我，这里面很可能有名人墓。我走进里面探看，果真遇到了一座，走近细看，乃是孙武墓，虽然眼前的墓冢是重新修造的，但能够遇到这位远古的大英雄，还是觉得特别高兴。

然而我的目的是要找到文徵明墓，站在孙武墓的高台上四周探望，周围完全没有古墓的痕迹。我不死心，于是向树木深处继续寻找。爬上一个杂草丛生的小土坡，远远望到了石牌坊，直觉告诉我，这可能就是我的寻找目标。于是我继续前行，趟过杂草丛看到了墓丘。转到正面，墓碑上果然写着"明公文徵明之墓"，原来我是从墓的背面走过来的。

　　文徵明墓前三十米处，有新立的石牌坊，石坊后面是原有的神道，而神道两侧还剩余两匹石马，两马的嘴部均被砸掉了。石牌坊旁有江苏省文保单位石牌，沿着石路向前走，石马前五六米又是一对石虎，规制还算完整。

　　文徵明的墓碑表面涂着黑色，镶着黄边，"明公文徵明之墓"几个字均为红色。整个墓冢和周围是由长方形石块砌成，两边还有五十公分宽的水道，以防雨水渗入墓内。

　　我在探访之时，周师傅也找了过来，他看到我寻找到了目标，也为我高兴。周师傅告诉我，此处原为第五大队的地块，整块地已经卖给了旁边的开发商，这片树林和墓地在拆迁之列，恐怕没有多长时间，这两座名人墓又将变得无迹可寻了。听到他的这句话，我多少有些不开心，但此刻周师傅心情很好，因为他刚才回了一趟出租公司，到公司内找到一些老人，从他们那里帮我打听文徵明墓的所在之地。让他没想到的是，公司奖励给了他五十元钱，因为他前几天在车的后座上捡到了顾客遗忘的相机，他将相机送回了公司。他说在车上捡到最多的东西是手机，自己已经捡过二十多个，都还给了失主。我看到他兴奋的样子，自己也很为他高兴，我夸赞他能有如此公心，于今而言十分难得。但他却谦称公司里的司机都会这么做。能跟这样有品质之人在一起相处几天，我的心情也大感舒畅。

墓丘边上的排水沟

石马

还有一对石虎

文保牌

文徵明墓碑

幽静

陈淳（1483年—1544年）
脱去尘俗，而自出畦径

陈淳字道复，号白阳山人，与徐渭并称"青藤白阳"，并称的原因乃是两人都在花鸟画大写意方面具有开创性的突破。关于这一点，卢辅圣主编的《中国花鸟画通鉴》在引言中写道："为了凸现'青藤白阳'在写意花鸟上的特殊性，史学家们在'写意'之前加了一个'大'字作为区别，因此，在绘画史上，'青藤白阳'也就等同于'大写意'样式，或者说是'大写意'的典范。从'写形'到'写神'，再到'写意'，是花鸟画的演化特征，也是人物画、山水画的演化特征，亦即是中国绘画演化的基本特征。"

在"青藤白阳"这个并称里面，虽然徐渭排在了前面，但陈淳要比徐渭大三十八岁。因为陈淳是苏州府常州人，故又被视为吴门画派中的重要画家。单国霖在《笔墨飞动，气格清逸——陈淳书画艺术风格》一文中对陈淳在吴门画派中的地位有如此评价："陈淳是画史上称之为'吴门画派'中的一员，然而他在绘画上能超越其师文徵明，不受文派主体画风的羁束，在花鸟和山水画领域俱能另辟蹊径，别成新调。就他的艺术成就和对后世的影响而言，称得上是'吴派'中仅次于沈周和文徵明的第三号人物。"单国霖还进一步认为："尤其是他的花卉画，创立文人写意花鸟画的新风格，自他之后，激起了水墨写意画系的波涛汹涌，汇成了花鸟画历史上又一高峰期。"

看来，陈淳对吴门画派既有继承又有突破。因为他既是吴门画派开创者沈周的私淑弟子，又是文徵明的实际弟子，这两位吴门画派大家的绘画观念对他都有深刻影响，然而陈淳却能出蓝胜蓝，形成独特面目，成为中国花鸟画大写意派的创始人之一，这正是他超迈时代之处。明代王世贞在《弇州山人续稿》中评价说："枝山书法，白阳书品，墨中飞将军也，当其狂怪怒张，纵横变幻，令观者辟易。"

就出身而言，陈淳属于世家子弟，他的祖父陈璚官至南京都察院左副都御史，父亲陈钥乃是有名的诗人，张寰所撰《白阳先生墓志铭》中称：

祖讳璚，南京都察院左副都御史。考讳钥，为郡阴阳正术。母林氏，浙江左布政使加右副都御史致仕符之女。君膺内外之懿，挺明秀之质，望之若瑶笋琪树，鸾翔凤举，使人心醉。既为父、祖所钟爱，时太史衡山文公有重望，遣从之游，涵揉磨琢，器业日进，凡经学、古文、词章、书法、篆籀、画、诗，咸臻其妙，称入室弟子。选补邑庠生，时流推重，令誉日起，诸名公忘年引纳。而君温雅谦抑，退然若不敢当，诸公愈亲敬之。洎正术公卒，哀毁过礼，葬祭如法。既免丧，意尚玄虚，厌尘俗，不屑亲家人事。租税逋负，多所蠲免，而关石簿钥，略不訾省，日惟焚香隐几，读书玩古。高人胜士，游与笔砚，从容文酒而已。

陈淳的母亲也是出自官宦世家，家庭氛围对陈淳有着较大影响。他在家中受到了祖父和父亲的疼爱，那时当地最有名的画家就是文徵明，陈淳的父亲陈钥又跟文徵明是极好的关系，在父亲的引荐下，陈淳拜文徵明为师，向他学习绘画、书法以及经学诗词等，因此文徵明对其有着深刻影响。

父亲的去世给陈淳带来很大打击，甚至令他不理家业，家境迅速地衰落下来，然陈淳对此毫不在意，依然陶醉于书法、绘画之中。《白阳先生墓志铭》中写道："而君一不以动，益事诗酒为乐。兴酣，则作大草数纸，或云山花鸟，兼张长史、郭恕先之奇，君自视亦以为入神也。至天水胡公、闽中郑公相继为君稽豁，而家已倾矣。……感疾不治，卒于家，嘉靖二十三年十月二十一日也。"

陈淳去世时竟然连葬资都由他人来出，可见其晚年是何等之穷困潦倒。陈淳家境的衰落，除了丧父带来的打击之外，与其性格也有一定的关系。文徵明家法很严，对弟子的画风有严格要求，而陈淳却能突破老师之藩篱自辟蹊径，形成独特的画法。王世贞在《弇州山人四部稿》中有如下记载："家弟一日问待诏：'道复尝从翁学画耶？'待诏微笑谓：'吾道复举业师耳，渠书画自有门径，非吾徒也。'意不满之如此。"

看来陈淳的画风跟老师文徵明有较大区别，以致有人问文徵明："陈淳是在跟您学画吗？"文徵明微笑着说，自己只是教陈淳念书而已，他的画有着自己的面目，因此算不上自己的弟子。以此可见，文徵明对陈淳画风的转变颇为不满。

对于陈淳在绘画上独辟蹊径不遵师法的原因，不少的研究者都会引用陈仁锡在《无梦园初集》卷四《家乘·白阳公小记》中所言："公师事文衡山先生，衡山性恶妓，公尝有'有癖惟携妓'之句。一日，延衡山于家，歌舞毕集，衡山正色欲罢席，公曰：'文先生以某门下士，故礼法苦我耶？'自此绝不作细楷字，亦绝不作小山水图，笔下浩然，自诧以为神，旬日后，衡山见之大惊。"

然而对于这段话中"自此绝不作细楷字，亦绝不作小山水图"一句，后人有着不同的句读方式，大多数文献将此句归为陈淳的自言，如果按此解之，整个一段话的意思则是：文徵明很讨厌妓女，而陈淳却有此偏好。某天陈淳请文徵明来家中，还请了一些歌妓来助兴，文徵明见此情况颇为生气欲罢席而去，陈淳跟老师说："难道因为我是您的弟子，所以您就要用礼法来约束我吗？"自此之后，无论在书法还是绘画上面，陈淳都抛弃了文徵明所授之法，而是任由自己的性情来搞创作。十几天后，文徵明再看到陈淳的作品时，也为之大惊。

从整体上看，陈淳只是与文徵明性格不同，所以陈仁锡在文中描绘说陈淳放弃了老师所授之法。但是，如果把那句话看成是陈淳自言，则会显得陈淳不尊师重道。而张昆明在《陈淳书法文献史料研究刍议》一文中亦提到了这个问题："最关键的是对'自此绝不作细楷字，亦绝不作小山水图'这段文字的断句，因为是否为陈淳所说，则会影响到对陈淳品性的把握。如果把它当作是陈淳所说，则说明陈淳下定了和自己老师文徵明彻底决裂的决心，因为是在宴席上，可能有人作陪，当面说放弃自己老师最擅长的小楷和小山水图，是对文徵明极不尊重的行为，性格就显得比较刻薄了。"

从张寰所撰《白阳先生墓志铭》来看，陈淳是一个"温雅谦抑"的人，不可能对老师说话如此无礼，更何况，《停云馆帖》中有祝允明书小草书《古诗十九首》，此帖后有陈淳所作之跋：

> 余尝观诸家书法，知古人用心于字学者亦多矣。余虽愚陋，受教于吾师衡山先生之门，间语笔意，恨莫能从也。今吴中名书家辄称枝山、衡山二公，其抗衡者欤。休承出示此卷，不能不兴仰止之叹。嘉靖丙戌春日，陈淳谨识。

从此跋中可以看到，陈淳对其师文徵明颇为推崇。这些都可说明，陈淳不可能对其师说出如上不敬之语，但这段不敬之语即使是陈仁锡所言，亦可侧面看出陈淳正是突破了文徵明的画法，才展现出自己独特的绘画风格。臧懋循在陈淳的《乐志图并书仲长统论卷》中所书跋语:"吴中称书画兼长者,文待诏而下,陈复甫、陆子传、王禄之数人而已。然陆以山水、王以花鸟,各有专工,而复甫并操之。至夫淋漓跌宕,离合于古人而抒其才藻,往往有出待诏上者,故其品在季孟间。此卷尤为复甫得意之作,良可宝也。万历辛丑五日,臧懋循题于秦淮客舍。"

至少臧懋循认为,陈淳的书法绘画技巧在有些方面已经超过了其师文徵明。陈淳突破文徵明画法的方式,乃是直接效仿文徵明的老师沈周。嘉靖二十三年(1544),陈淳创作了《花卉卷》,其在此画的题记中写道:"写生能与造化侔,始为有得。此意惟石田先生见之,惜余生后,不得亲侍笔研,每兴企慕,恨不得仿佛万一。"

陈淳恨不得自己能与沈周同时,以便为他研墨抻纸,学得沈周之技法。他在所作《书石田图上》一诗中也表达了这样的渴望之情:"闭户觅真意,展转复失真,石叟操至理,弄笔辄入神。小子亦何言,往往拜后尘,堂上见匡庐,把酒空逡巡。"更为重要的,乃是沈周的观念对陈淳有重大影响,他在此前还画有《花觚牡丹图轴》,陈淳在此图中写道:

> 余自幼好写生,往往求为设色工致,但恨不得古人三昧,徒烦笔研,殊索兴趣。近年来老态日增,不复能少年驰骋,每闲边辄作此艺,然已草草水墨。昔石田先生尝云:"观者当求我于丹青之外。"诚尔,余亦庶几,若以法度律我,我得罪于社中多矣!余迂妄,盖素企慕石翁者,故敢称其语以自释,不敢求社中视我如视石田也!

陈淳多次引用沈周所言"观者当求我于丹青之外",可见对这句话

《牡丹花卉图》 故宫博物院藏

《秋塘花鸭图》 台北故宫博物院藏

《梅花水仙图》 故宫博物院藏

有深得我心之感。陈淳也认为绘画不应当只是形似，更应当从画外求心，这种观念正好暗合沈周所言，也正是陈淳能够开创大写意花鸟画法的主观思想所在。虽然说沈周有那样的理论，然他并没有形成与理论相符的成熟画风，到了陈淳这里，其晚年画风基本符合了师祖沈周的观念。

阴澍雨在《吴派花鸟画的当代启示——以陈淳为例》一文中评价到："陈淳在承继沈周花卉题材的基础上做了大规模的拓展，同时又对沈周绘画中造型变化比较复杂的题材进行了大胆的取舍。这种对题材的继承与取舍也间接地反映出陈淳对绘画风格走向的选择。在进行花鸟画创作时，创作者所考虑的造型因素越多，其笔墨结构所形成的独立审美价值就会越小，主观情感的抒发与流露也就越受到限制。陈淳舍弃复杂的造型结构是率意书写的绘画风格的需要。"阴澍雨认为，在花鸟画的发展过程中，陈淳起到了由工到写的承接作用。

对此，《中国花鸟画通鉴》中对陈淳总结道："他在写意花鸟画观念、意境方面的深层思考，使花鸟画具备了理性高度，从而引发了写意花鸟画的飞跃。陈淳墨戏漫兴式的创作实践，意味着中国写意画的真正到来。"

我们再说回陈淳为什么要放弃文徵明的画法，刘羽珊在《基于艺术心理学的陈淳绘画艺术师承关系转桓刍议》一文中，从心理角度予以了分析，此文中的第四节题目为"背离师门的心理依据"，刘羽珊在此节中称："从文艺心理学的角度看，画家所画都是其刻骨铭心的印象。艺术家只能'在自己熟悉的生活敏感区掘一口深井，形成自己的素材域'。每个画家都有自己心理层面的'意'，即内心的文化储存。显然，陈淳心理的'意'并不与文派花鸟画风格相合，他有自己的心理定势和艺术理想，他逐渐领悟到，老师的技法并不适合他。"此段话引号中所言，乃是出自夏中义的《艺术链》，刘羽珊认为："文徵明所画，限于兰花墨竹，题材不宽。文门子弟法度严格，技法无从突破。'但恨不得古人三昧'，陈淳心理的潜意识层有一棵已经发芽并且正在挣扎成长的艺术理想的痛苦的幼苗。"

该文又从文徵明和陈淳的不同境遇予以了分析，世宗改元后，工部尚书李允嗣巡抚吴中，将文徵明举荐于朝，文徵明被授予翰林院待诏，同时参修《武宗实录》，这些境遇都使得文徵明对朝廷有着感恩之心。而陈淳在三十二岁时，父亲陈钥去世，家业由此而迅速衰落，陈淳虽然在国子监读书，但仕途上并未有什么发展，故四年后返回苏州，其人生境遇显然与文徵明不同。因此刘羽珊认为，这也是陈淳背离师门的内在原因。而对于两者之间在绘画理念上的区别，刘羽珊在该文的小节中写道：

> 陈淳的艺术追求是他审美理想、人生理想的追求。文徵明规矩严谨、拘泥细节的画风，使他在观察物象、准确描摹、精细呈现的基础牢靠稳固；沈周观物之生，不求形似，不受束缚，自由抒发性灵的风格，让陈淳能够在牢靠稳固的基础上脱却窠臼，张扬升华，由"技"而"艺"，由绘画而人生。特别是他以草书入画的探索和成功，赋予了笔墨内涵丰富的文化属性，其中不仅蕴含了中国画的骨法气韵，更富有含蓄典雅、寄情畅神的审美意趣。"若以画求我，则在丹青之外矣"，成为陈淳的一生追求。

陈淳在花鸟画法上的突破不仅仅是效仿沈周的某些画风，明王樨登《吴郡丹青志》记载道：

> 陈太学名淳，字道复，后名道复，更字复甫。天才秀发，下笔超异，画山水师米南宫、王叔明、黄子久，不为效颦学步，而

萧散闲逸之趣，宛然在目。尤妙写生，一花半叶，淡墨欹豪，而疏斜历乱，偏其反而咄咄逼真，倾动群类。

可见，陈淳师法者还有米芾、王蒙、黄公望等。难得之处乃是陈淳能够吸取这些大家之长，但同时又能有所突破。相对而言，这些大家中对陈淳影响最大者乃是二米，他在自作《山水卷》中写道："米家父子，前无古人，后无来者。极力揣摹，终落迹相，亦变化规矩之变耳。"而在所绘《烟峦叠嶂图》中，陈淳亦自称："人恒谓画曰：'丹青必将设色而后为专门。'而米氏父子戏弄水墨，遂垂名后世。"可见二米绘画观念对陈淳有着何等之影响。方薰在《山静居画论》中也注意到了这一点："天池天赋卓绝，书画品诣特高，狂猣处非其本色，陈道复于时自出机轴。二家墨法，有王洽、米颠之风。"

虽然方薰的这段话同时评价了徐渭和陈淳，认为徐渭和陈淳都受到王洽和米芾的影响，但也可说明米家山水画法对陈淳有着重要的启迪作用。而陈淳所作一首诗，更能体现他对二米的崇敬之情："兰舟来去任西东，书画琴棋满载中；试问如何闲得甚，一身清癖米家风。"故王世贞在《弇州山人四部稿》中称："道复善词翰，少年作画亦学元人为精工，中岁忽斟酌二米、高尚书间，写意而已，其于花鸟尤有深趣，而浅色淡墨久之渐无矣。"

对于陈淳画技的整体评价，他的同门师弟王毂祥在《跋陈白阳仿米云山》中称："陈白阳作画，天趣多而境界少。或孤山剩水，或远岫疏林，或云容雨态。点染标志，脱去尘俗，而自出畦径，尽得意忘象者也。"方薰在《山静居画论》中称："白石翁蔬果羽毛得元人之法，气韵深厚，笔力沉著。白阳笔致超逸，虽以石田为师法，而能自成其妙。青藤笔力有余，刻意入古，未免有放纵处。然三家之外，余子落落矣。"

陈淳能有这样的突破，其中一个原因在于其将书法融入了绘画之中，这一点对书法水平的要求也比较高。关于他在书法上的成就，明王世贞在《艺苑卮言》中称："道复正书初从文氏，欲取风韵，遂成媚侧。行书出杨凝式、林藻，老笔纵横可赏，而结构多疏，亦南路之滥觞也。"而具体到陈淳如何将书法用于绘画之中，单国霖在《笔墨飞动 气格清逸——陈淳书画艺术品格论》一文有详细论述：

> 在花鸟画表现技法上，陈淳晚年综合各家各法，集大成而自出机杼，无论双钩、勾花点叶、没骨、点虱、晕染、水墨浅色等体，俱能运斤成风，纵横自如，并且发展出点花勾叶、意笔没骨等新方法，丰富了花鸟画的表现技法。基于陈淳又是一位擅长行草书的书法家，在他的画中自然融入了书法的笔意，如画兰竹飞舞如作草书，洒落痛快，勾石若书飞白，松灵俊逸，勾花瓣顿挫点虱，犹如书法的挑趯波磔，充满着书法的线条美感。

关于陈淳的旧居，朱爱娣在《从陈淳宅居环境观其书画风格》一文中作了系统梳理，此文的结语为："陈淳出生于苏州的一个官宦之

五峰山山侧

公墓内景

家,属书香门第,一生拥有三座宅第:一是由其祖父陈璘所建、父亲陈钥扩建,位于吴县城南查家桥西的城南草堂;二是其父亲陈钥所建,位于长洲县陈湖西大姚村的五湖田舍;三是由其自建,位于吴县穹窿山南、灵岩的白阳山居。"

到如今,这三处遗迹都没有了痕迹。根据张寰在《白阳先生墓志铭》中所言,陈淳去世后葬在了白阳山,而陈淳号白阳也是因为他的父亲葬于此山。朱爱娣在文中写道:"据《(乾隆)苏州府志·吴县疆域图》,小白阳山在穹窿山以北不远处。故'先陇'即其父亲陈钥墓,'山阳'即小白阳山山阳。总之,'白阳山居'位于吴县小白阳山以南的穹窿山南、灵岩山左。以'白阳'名之,则为纪念其父亲葬于小白阳山。"

关于陈淳之墓,早在民国年间,李根源曾到白阳山寻访过,结果未曾寻到,然其将寻访过程记录于《吴郡西山访古记》中。即便如此,白阳山依然是与陈淳有关的唯一遗迹。此山如今已改名为五峰山。中国考古学会所编的《中国考古学年鉴1984》中称:"五峰山又名白阳山,海拔1132米,位于苏州市西南17公里处,属吴县藏书乡。"郁永龙所著的《苏州百座寺观教堂》中亦称:"五峰山,又名白阳山(又作

钤盖票价很环保

主殿竟然是仲景殿

向山脚下眺望

白羊山），亦名清流山。位于藏书镇东部、天池山南端。因山有五峰，故名，海拔101米；北峰称银顶山，海拔111米。东与大焦山、灵岩山相毗邻。"

看来我也只能到五峰山去探访一番，希望能寻找到与陈淳相关的遗迹。2018年12月29日，乘王学雷先生之车，在卜若愚先生的陪同下，我们三人来到了藏书镇。此前马骥先生已联系好当地的朋友，在这位朋友的带领下，我们开到了五峰山山脚下，将车停在了五峰山公墓颇为开阔的停车场内。这位朋友先到公墓办公室去了解情况，向多人打问，均无人听说过陈淳或陈白阳之名。在打听的过程中，我注意到停车场内停着整排的新车，看来这里暂时成为了某汽车销售公司的新车停放处。

在拍照的过程中，一位大妈问我来给谁扫墓，我告诉她"陈白阳"这个名字，她摇着头说不知道，而后又猛然告诉我，五峰山上有道院，到那里说不定能找到我要寻找之人。白阳山人跟道院有什么关系，我无法产生这样的联想，但既然来到了白阳山下，总要上去探看一番。于是三人重新上车，在那位朋友的带领下拐入另一条山路，而后将车停在了登山的入口处。

站在山脚下望去，感觉白阳山也就一百多米高，这让我怀疑《中国考古学年鉴》上所说的"海拔1132米"应该是多了一位数，郁永龙在文中所言应该更准确。沿着台阶向上行走，在入口处形成了集市。一般而言，寺庙、道观前的集市所售之品大多与宗教相关，然而这处集市所售者多数是一些生活用品，这些物品看上去与道观毫无关系，这让我想到了小时候赶集时的热闹，眼前的这个集市，似乎时间凝滞在了四十年前。

走到山门前，工作人员示意要买票，卜若愚走上前花二十元买了四张票，票面上的价格乃是手钤上去的，钤盖的方式有些粗糙，不过这样在调整门票价格时倒不用重新印制门票，想来也是一种环保的方式。

道观的面积不大，仅两进院落，处在峰顶的主殿悬挂着"仲景殿"的匾额，这让我想到了药王庙。来此正赶上中午，庙门前有多位妇女坐在那里吃盒饭，然四处张望却未见有售盒饭的。这让我不禁感慨起送餐业之发达，还有人会将盒饭送到山顶上。

走入大殿，正中供奉着一位古人，估计这就是张仲景，两廊各立着三位穿着古装之人，因为没有摆放名牌，不知道是哪些神仙。在大殿内探看一番，未曾找到白阳山人字样，却闻到了阵阵酒香，卜若愚走近细看，他看到张仲景像前摆着几十个酒盅，里面都斟满了酒，旁边的酒瓶上显示这是洋河大曲。我记得这也是当年的十大名酒之一，如今市面上颇难见其身影。旁边的功德箱则杂乱地扔着一些硬币和纸币，看来这里确实民风淳朴。

既然大殿内找不到痕迹，于是我走到殿外围着院落四处探看，眼前所见是延绵不断的群山，完全看不到古人的墓碑。不知道我们在山脚下所看到的公墓是否已将这些古墓迁入其中，亦不知此公墓建于何时。但既然李根源来此山都未找到陈淳之墓，以此推论起来，他的墓也不太可能迁入公墓之中，但既然陈淳在此山隐居多年，并且又葬于此山，而今踏上白阳山，也算是寻得了其旧迹所在。

陆治（1496年—1576年）
务出其胸中奇气，以与古人角

陆治是明代吴门画派中的重要人物，周午生在《潜光隐耀——评明末画家陆治的花鸟画》一文中说："相比宋元来说，晚明山水画并无大的建树和历史性突破，但是以文徵明与其弟子为核心的吴门画派则为当时以及后世的山水绘画立上了标杆，以文徵明为前，陆治居其次，但陆治相比同代画家而言，更可称其为个中翘楚。他是文徵明极重要的弟子之一，一位绘画面貌极为鲜明的画家。"

周午生认为陆治在吴门画派中的影响力仅次于文徵明，但他同时又称："其山水深受宋元画和文氏画风影响，风格奇峻，自成一家；其花鸟，工写兼具，脱胎于前辈而能独出己格，与陈淳并列为晚明花鸟画大家。"

关于陆治在吴门画派中的地位，早期董其昌在《唐宋元名画大观一册》中说过这样一段话："元时顾阿瑛、曹云西、倪元镇皆江以南收藏之家，物聚所好，故黄子久、王叔明、陈仲美、马文璧辈，盘礴风流，为一时之盛。近代沈石田，去胜国百年，名迹犹富，观其所作卷轴，一树一石，尺寸前规。吴中自陆叔平后，画道衰落，亦为好事家多收赝本，谬种流传，妄谓自开堂户，不知赵文敏所云：'时流易趋，古意难复！'速朽之技，何足盘旋？此册实予四十余年先后结集，既为好事者易去，而遗书娄水年家玺卿逊之复购之。逊之画已独步海内，又得唐宋元为师友，与之俱化矣。"

董其昌讲述了自元代以来大收藏家的审美取向，之后讲到了吴门画派创始人沈周画作的价值，而后直言该派从陆治之后就衰落了下来。正是出于这样的论断，有人将陆治视为吴门画派最后一位大家。然也有人认为董其昌的这段评语属于典型的党同伐异，高居翰在《山外山：晚明绘画》中称："苏州与松江相去不及五十英里，两地一直到了晚明时期，才在绘画的表现上成为劲敌，不过，在书法方面，两地却早已各树一帜，互相较劲。"

高居翰这段话指的是董其昌站在松江画派的立场上来贬斥吴门画派，高居翰又称："董其昌曾多次指出他对（苏州）吴门绘画的贬抑看法，同时也对吴派没落的原因，提出了几种解释。在为朋友的画作题跋时，他以'脱去吴中纤媚之陋'称颂之，而对于同侪陈继儒的山水作品，他则写道：'岂落吴下之画师甜俗魔境耶？'董其昌认为，此一现象应部分归咎于苏州地区的藏家。"而后，高居翰引用了董其昌在上文中评价陆治的那一句话。

对于吴门画派提出批评者不仅是董其昌一人，李日华在《紫桃轩又缀》卷二中亦有如下贬斥之语："近日书、绘二事，吴中极衰，不能复振者，盖缘业此者以代力穑，而居此者视如藏贾。士大夫则瞠目不知为何事，是其没世而不救者也。余尝谓苏、黄、米、薛与董、巨、荆、关之在今日，皮毛之遗，徒见珍异，而命脉之断久矣。"

李日华直言吴门书派和画派都衰落得很厉害，并且看不到重新振兴的迹象。而万木春在《味水轩里的闲居者：万历末年嘉兴的书画世界》一文中有如下一段话："实际上，他对同时代的名家——不管是苏州人也好，松江人也好，只要不是嘉兴本地人——均持鄙视态度。只是他小心翼翼地把这种鄙视藏匿在表面的客套之下，使人不易发觉而已。"这里的"他"，指的就是李日华。

李日华是嘉兴籍的画家，所以他对吴门画派和松江画派一并贬斥。处在同一个时代不同地域的画家，均将其他画派视为竞争对手，然若抛开这种不公正的竞争语来看，其实到晚明时期，吴门画派也的确显露出了衰败迹象。张铭伟在其硕士论文《沉沦与挟变——论晚明吴门画派后期与松江派绘画之争》中称："陆治和陈淳、文嘉是同一代的画家，并且他们有可能是吴门画派最后的大师了，他们的绘画还没有过多地被诟病，但细审之，或许已经露出了危险的端倪。"

关于陆治的师承，后世有两种说法：一是认为陆治为文徵明的弟子，另一种说法则只是称陆治受到了文徵明的影响，并没行拜师之举。对于前一种说法，清钱杜在《松壶画忆》中明确地称："陆包山山水有两种皴法，而以小斧劈为最，秀润苍浑皆备，不愧停云高足弟子。"钱杜直言，陆治乃是文徵明的高足。关于陆治跟文徵明学画之事，美国克利夫兰艺术博物馆所藏《溪山道隐图》中有陆治所写跋语：

> 余少喜效云林墨法，文太史谓余仅有所似，尝题曰："倪迂人物自高闲，淡墨苍烟点笔间；二百年来遗迹少，真传一派属包山。"晚年漫应既多，笔亦遒劲，窃意过之。隆庆丁卯，客有持其小幅示余山中者，谛玩久之，殆不如也。翻思旧观，乃检古纱窗黏纸，仿佛为之。客亦缪谓颇能速肖，遂题而归之。

陆治自称年少时喜欢仿倪瓒的画风，曾将这类画作出示给文徵明看，文在他的画作上题了一首诗。以此可证，陆治的确向文徵明请教过画技。

但陆治是否拜文徵明为师呢？俞剑华在其专著《中国绘画史》中有如下论述："陆治字叔平，居包山，号包山子，吴县人，尝游祝、文二先生之门，其于丹青之学，务出其胸中奇气，以与古人角，工写生，

《端阳佳景图》 台北故宫博物院藏

得徐、黄遗意。传写山水，能出己意。晚年贫甚，隐支硎山。求其画者请之而强必不可得，不请之乃或可得。"

在这里，俞剑华只是说陆治曾跟祝允明、文徵明学画，并没有明确地说拜师之事，孔六庆在其专著《中国花鸟画史》中亦称："游祝允明、文徵明门，为陈淳师弟。"然从俞剑华的论述来看，陆治虽然学画于这两位大师，但却有自己的独特绘画面目，并未亦步亦趋地模仿这两位大师。江苏省地方志编纂委员会所编的《江苏省志·人物志一》中对陆治的师承及画风有着相类似的说法："曾从祝允明、文徵明、沈周学诗文书画。晚年清贫，筑室支硎山下，种菊自遣。擅画花鸟、虫草、翎毛，得徐熙、黄筌遗风，工笔与写意，风格清秀，生趣盎然。山水取法王蒙、倪瓒，画面简净爽朗，内容广泛，线条刚劲，山石用焦墨皴擦，风骨峻峭，设色善青绿。山峰、崖石线条常刻意地运用倪瓒的折带皴，转折处明显呈现尖角状。亦工行楷，长于摹写，摹宋元花卉虫草，独见机杼。"

而对于后一种评价，张子靖在其硕士论文《陆治画风研究》中有这样一段话："陆治与文徵明以及其子弟的文人画家交往近二十七年之

《蔷薇扇面》 故宫博物院藏

《锦圃鸣春图》 台北故宫博物院藏

久,直至嘉靖三十八年(1559)文徵明谢世,陆治与文氏的交往才基本画上句号。但细阅他与文徵明交往的记载,并未表明他们有明确的师生关系,他与钱穀等人不同,陆治并不是文徵明的入室弟子,只是因仰慕文徵明追随其画风罢了。"

而张铭伟在其论文中称:"被高居翰称为继文徵明之后下一位优秀画家的陆治明显比陈淳更具代表性,画史一般言他的绘画师于文徵明,但柯律格认为:'这或许是后人的建构,因为真正的当世材料十分有限。'(柯律格《雅债——文徵明的社交性艺术》)"对于这段评语,张铭伟道出了自己的观点:"我认为,陆治早年应确是师从文徵明学画的,但不是入室弟子,加上陆治中年后画风有所变化,导致他和文徵明之间的师徒关系没有那么明确。"

由以上的引文可知,在绘画方面对陆治影响较大者是文徵明,在书法方面则是祝枝山。由于陆治未曾考取功名,基本上是以绘画为生,以购画的方式对陆治予以最大赞助者则是王世贞。

陆治的高祖父陆显在宣德年间曾任长山县丞,陆治的父亲陆铭做过乐清县学教谕,这些都属于低级官员。陆治也仅考取了秀才,由此获得了官府的饩廪,然而他考运不佳屡次落第,一直没有考上举人,陆治觉得长期白吃官府的饭很不好意思,故而多次请辞,最终隐居到了支硎山中。关于陆治在支硎山隐居时的状态,明文震孟等撰写的《吴中小志续编》中称:

> 时有陆治叔平,亦善绘事,饶风雅,筑室支硎山下,云霞四封,流泉回绕,手艺名花几数百种,岁时佳客过从,即迎致花所,割蜜脾、劉竹萌而进之。苟非其人强造者,以一石支门,剥啄如弗闻矣。偶傥嗜义,当贡,以与其弟,腴田数顷,尽弃以构其先祠。于友朋谊甚笃。

这段描述把陆治在支硎山隐居时的状况写得诗情画意,并且说他把家中的田地给了弟弟,对自己讨厌的人坚决拒之门外,对喜爱的朋友则热情招待。《吴中小志续编》中还将钱穀和陆治两人合在一起写了一篇小传,在这篇小传的结尾有如下论语:"论曰:昔人谓画能使人远,则非远心人,乌辨此乎?读书万卷,烟霞四封,逸气磅礴,应于心手,历千年犹足想见其人也。故余窃谓吴中自两先生没,而画品绝,盖其品绝矣!"

以此可见,钱穀和陆治的画都为时人所称道。那时的陆治基本以卖画为生,从历史记载来看,王世贞是买其画较多之人。王世贞是明中晚期著名的文人,官至南京刑部尚书。嘉靖三十九年(1560),王世贞的父亲因事被捕而后遭到处死,为此他辞官隐居故里太仓达七年之久,这一阶段他跟苏州的一些画家有了较为密切的交往。隆庆元年(1567),王世贞离开太仓返朝为官,三年后他的母亲去世,王世贞又回到太仓守孝三年,这个阶段他再次与苏州画家有了密切的接触。万历二年(1574),王世贞重回京城任职,两年后他再次辞职返回故里。万历十六年(1588),王世贞升为南京刑部尚书,任此职直至去世。

王世贞与苏州画家交往最密切者有两位,一是钱穀,二是陆治。关于王世贞与陆治交往的最早记录,见于王世贞在嘉靖四十五年(1566)所写《访支硎陆叔平》一诗:

> 握手无论相见迟,江东耆俊总看谁。
> 君深绿绮弦中语,我爱蓝田画里诗。
> 旋收涧溜供茶鼎,更遣春山佐酒卮。
> 临别为言堪忆处,嫩篁新月坐天池。

这一年陆治已七十岁,而王世贞四十岁。虽然两人有着不小的年龄差，但并不妨碍他们成为密切交往的朋友。两人握手言欢，王世贞深感自己认识陆治太晚。王世贞第一次来到陆治家时，在那里看到了陆所绘的一幅《春日桃花图》，王见后颇为喜爱。然他在此前已听闻过陆治为人耿介，若有人向其索画，很可能会遭到拒绝，也许是为了避免出现这种尴尬局面，王世贞未曾张口。但是，那时的陆治很想请王世贞给自己写篇传记，但也不好意思直接跟王提出这样的要求，于是请王穉登来转述自己的意思。想来王穉登后来也说到王世贞喜欢那幅《春日桃花图》，因此最后的结局是皆大欢喜，王世贞为陆治写了篇《陆叔平先生传》，陆治则把《春日桃花图》赠给了王世贞。王世贞在《艺苑卮言》中也提到了赠画之事，以及陆治的耿介性格：

> 叔平负节癖，晚益甚。有一贵官子因所知某以画请，叔平为作数幅答之，乃赍币直数十金以谢，叔平曰："吾为所知某，非为公也。"立却之。余迈先戚庐居，则致吊，更数月见，遗《桃源图》大襞纸，曰："区区三岁之力，以博一笑耳，非敢有请也。"后更托余所知来，意欲求为传。余素高其人，许之，叔平乃大喜，赍币拜请。余文成，会襄先事，叔平蹩躠行至墓所，余报谢，邀留竟日夕。其所居萧然也，呼羊酒剧饮。自是，从洞庭游，得余诗辄分为十六景，画以见贻。又为余临王安道《华山图》四十，皆有妙致。余固未之敢请也。凡叔平画，强之必不得，不强乃或可得。

陆治把那幅《春日桃花图》赠给了王世贞，从文中可知，这幅作品乃是他陆陆续续画了三年之久的精心之作，难怪让鉴赏大家王世贞一见倾心。后来，王世贞邀请陆治乘船同游洞庭湖，陆治根据王世贞所作十六首诗画了十六幅画作。对于这件作品，王世贞也十分喜爱，在这组图上写下了如下跋语：

> 余以壬申之秋九月游洞庭，而陆丈叔平时亦从诸少年往，盖七十七矣，而簪履在云气间若飞。归日始草一记及古体若干首，以贻陆丈，存故事耳。居明年之五月，而陆丈来访，则出古纸十六幅，各为一景，若采余诗之景不重犯者而貌之。其秋骨秀削，浮天渺弥，的然为太湖两洞庭传神无爽也。

出于这样的喜爱，王世贞还准备再请陆治画《游太和图》，但可惜这件事未曾实施陆治就去世了。他在《再题〈游太湖图〉记》中称："余以癸酉游太湖，游之明年，而陆丈为余图。图成之二年，而余果避言还里。过陆丈，时已病矣，犹津津谈明年当为公貌太和，以媲太湖，作天下大观。亡何，竟捐馆。……而陆丈竟不能践八十二之约，以成我太和观，则可叹也。"

对于这种成组的纪游图，张子靖在其论文中认为："早在吴门画派自沈周开始就已有纪游图的先例。但所绘纪游图大多是单幅画，即便以组画的形式出现，也仍然是景点甚少的画卷，沈周的《西山观雨图卷》和文徵明《天平纪游图轴》都是如此。"看来吴门派以前的纪游图大多是单幅，直到陆治和钱穀之后，才有了成组的出现："到了吴门后期，即陆治、钱穀一代，随着王世贞邀人作画的风气盛行，一种多景点的纪游图册多了起来。陆治与钱穀为王世贞所作的纪游山水画在画页总数上十分惊人。最有代表性的作品当属钱穀及其学生为王世贞所绘的《纪行图册》，多达八十二开，而陆治的《游洞庭图册》也有十六开，其中景色既来自身经目历，亦与王世贞的游记和纪游诗相表里，故被称为《游洞庭诗画册》。"

在吴门画派之前，已经出现过成组的纪游图。早在明洪武十六年（1383），王履就画了一组《华山图册》，此册有四十图之多。万历元年（1573），王世贞在太仓一位收藏家的府上看到了王履的这册《华山图册》，对此深为喜爱，于是在这本图册内写了一篇长跋，该跋中有这样一段话：

> 洪武中，吾州王履安道独能以知命之岁，挟策冒险，凌绝顶，探幽宅，与羽人静姝问答，归而笔之，记若诗，又能托之画，而天外三峰高奇旷奥之胜尽矣。画册凡四十，绝得马、夏风格，天骨遒爽，书法亦纯雅可爱。安道殁，归之里人武氏而失其四，后于长干酒肆见之，宛然延津之合也，倾囊金购归，为武家雅语，垂二百年，而吾友人李宪使攀龙复能登其巅，所至书吾姓名于石，而吾又托友人王参政道行刻石莲花峰。今夏复从武侯所借观安道画册及诗记，磅礴累日，太华既两有吾名姓，而吾胸中又具一太华矣，是何必减三君子耶！为大粲笑识其末。万历改元岁琅琊王世贞于练川舟中书。

王世贞看到王履的《华山图册》后十分喜爱，想起了朋友李攀龙曾经登上华山之巅，并且还在华山顶上的一块巨石上写上了王世贞的大名，后来王世贞又曾经托朋友在莲花峰上刻石，如此说来，华山与王世贞有着两番因缘。而今在收藏家武侯这里借观王履的《华山图册》，这更让他神往华山之游，可惜他无暇亲往登临。

王世贞对王履的《华山图册》十分喜爱，因此想请钱榖临摹一份，但不知什么原因，这个愿望未能实现。此后不久，恰好陆治来拜访他，于是王世贞又想请陆治来临摹《华山图册》，然他考虑到陆治已七十八岁，故不忍张口。没想到的是，陆治看完《华山图册》后十分喜爱，主动提出要为王世贞临摹此图册。陆治临摹完此图后，也写了篇后记：

> 余读沧溟李先生游华山记，三复而始，若神游削成，然未得

《丹林翠嶂图》 台北故宫博物院藏

其象也。复于凤洲王先生所得见前哲王安道所图四十帧，不觉惘然自失曰："此以山川为宗，故能摩弄造化而游刃涂辙之外者，则又身在华岳，真见沧溟景中之文矣。"乃将摹而合之。然余之拟议安道，犹安道之于华山。运斤处不免有意，又安得相忘于意象与王先生观之骊黄之外哉！

从这段后记可知，陆治临摹王履的《华山图册》并没有原模原样地照本宣科，用他自己的话来说则是"运斤处不免有意"，看来他在临摹之时加入了自己的理解及绘画风格。这种加以己意的临摹方式似乎并未令到王世贞满意，当他得到陆治的临摹之作后，又写下这样一段跋语：

余既为武侯跋王安道《华山图》，意欲乞钱叔宝手摹而未果。逾月陆丈叔平来访，出图难其老，侍之，至暮，口不忍言摹画事也。陆丈手其册不置曰："此老遂能接宋人，不至作胜国弱腕，第少生耳。"顾欣然谓余："为子留数日存其大都，当更为究丹青理也。"陆丈画品与安道同，故特相契合，画成当彼此以意甲乙耳。不必规规骊黄之迹也。

这段话讲述了陆治对《华山图册》的喜爱，因为陆治拿在手中就不愿意放下，然而陆治的临摹品却与原作有一定区别，按王世贞的话来说则是"画成当彼此以意甲乙耳"。但正如前面所引，这并不是说陆治的临摹品达不到原作水准，而是原作与临摹品之间的区别恰是陆治有意为之。但总体而言，王世贞对陆治的画风颇为喜爱，王世贞在《弇州续稿》中称："胜国以来，写花卉者，无如吾吴郡。而吴郡自沈启南后，无如陈道复、陆叔平。然道复妙而不真，叔平真而不妙，周

《岁朝图》 台北故宫博物院藏

之冕似能兼撮二子之长。"

王世贞认为吴门画派中的画家大多擅长花卉,并且沈周之后就属陈淳和陆治了。但他同时又说,这两位大画家的花卉作品各有瑕疵,不如周之冕能取其两家之长。看来王世贞既能看到陆治作品的优点,也能看到其缺点。然而陆治在花卉方面也确实是位名家,清邹一桂在《小山画谱》中说道:"有明一代之画,若沈周、王问、王穀祥、陆治、孙克弘、鲁治、陈淳、周之冕等,皆能花卉。"

王世贞对于陆治的赏识,使得陆治的名气更为世人所知,朱燕楠在《陆治与王世贞书画交游考》一文中详细梳理了二人的关系,而后给出的结论为:"在吴门诸多的后辈画家中,陆治的艺术面貌突出,山水、花鸟兼长。他以隐士自处,其个人生平以及画艺,多由王世贞代为书写与审定。其中,王世贞与陆治的书画交游,以王世贞主导的书画作品制作为主。依仗王世贞在吴中文坛的地位,陆治个人声望得以提高。"

就绘画技巧而言,陆治也是转益多师,他也曾模仿过王蒙的画风,他在所绘《高士听泉图》的跋语中写道:"余少师黄鹤山樵,颇亦窥其蹊径,复以草草漫应,久不为之。盖山樵笔意古雅,多萧闲林壑之趣,非澄怀弄笔,罕臻其妙。嘉靖戊申之秋,山居累月,悠然有山樵之思。遂作此幅,虽笔墨苍老,差胜于前,而山樵之意,失已多矣。"

潘文协在《画是无声诗——读明陆治〈唐宋诗意图册〉》一文中仔细分析了苏州博物馆所藏该图。这组《唐宋诗意图册》总计有十二幅之多,每一幅图都是按照一首唐诗的意境所绘,对此该文引用了张丑在《清河书画舫》中的一段评语:

唐人妙句,一经名士图写,更足千古。其杰出者,定当以子畏"山中一夜雨,树杪百重泉"为最;徵明"宅近青山同谢朓,门垂碧柳似陶潜"次之。其前则用嘉"水回青嶂合，云渡绿溪阴"、廷美"阊门柳色烟中远，茂苑莺声雨后新"、启南"春日莺啼修竹里，仙家犬吠白云间"；其后则仇英"花远重重树，云轻处处山"、陈淳"云里帝城双凤阙，雨中春树万人家"、陆治"川原缭绕浮云外，宫阙参差落照间"、文伯仁"云间树色千花满，竹里泉声百道飞"、文嘉"蓝水远从千涧落，玉山高并两峰寒"，皆其烜赫有名者也。

看来陆治与当时的许多大画家，如沈周、陈淳等均能以诗中有画、画中有诗之笔来展现古人的诗境。而对于其运笔方式，潘文协在该文的结尾中总结道："在风格上，整套册页画法以浅绛为主，渴笔干皴，勾勒坡石，取意足而已；花青、淡赭晕染，格调清丽尤在微妙之间。笔墨峭秀，赋色雅淡，不但可谓确切地传达出了诗句的意境和江南平淡悠远的气息，还力矫文徵明之后末流画家纤媚甜俗之习，颇为难得。画上小楷题字，亦清劲古澹，颇得文徵明之神韵。"

关于陆治在苏州的痕迹，《沧浪区志》编纂委员会所编的《苏州地方志·沧浪区志上册》的列表中写道："名称：陆包山祠；所在地：庙堂巷8号；备注：祀画家陆治"，而我将此设定为寻访目标。

2018年12月28日，我在平江华府副总经理朱雪春的带领下，由富筱栋驱车来到此巷。该巷狭窄，只能将车停在巷口，而后步行入内。在巷口看到两个介绍牌，上面都没有提到陆包山祠，按照门牌找到庙堂巷8号，这里是一所前些年盖的楼房，大门紧闭，侧旁悬挂着"上海外贸休养院"的铜牌。朱总上前敲了几次门，里面都无人应答，故我们决定先到此巷探看情形。

就宽度来说，庙堂巷大于苏州许多小巷，至少这里可以进车。一路向前走，看到了一些老的院落。进入院内，看到这里有用破扶椅覆

《虎丘塔影图》 天津博物馆藏

 巷名介绍牌
 大门紧闭

盖着的一口古井。移开扶椅视之，井圈完好，感觉像是明代制式，不知道当年陆治是否使用过这口井。向井内探望，感觉里面的水面距井口不足两米。江南水资源丰沛，不知道这给盖楼房是否带来较大影响。

前往不远，看到一个小的夹道，朱总说这样的夹道是大户人家建房时特意留出的防火墙，或者叫逃生墙，他赞叹这种墙在设计上的巧妙。由此穿行到另一个院落，这里的状况与其他老院落相仿，都有几十年前的私搭乱盖现象。以前住房紧张，住户们只能尽量地蚕食院中的隙地，毕竟生存是第一大道理。而在这一带的老街区内，看到不少"党员在行动"的金属牌，这些牌上都介绍着附近的历史。还有一处院落名叫"随园之家"，我不清楚这是否跟袁枚有关系。

走到庙堂巷中段的位置，看到了一处重新修造好的老院落，本欲进内一探究竟，门卫却说这里不对游客开放。然而在门口看到了介绍牌，上面写明这里叫畅园，并且可以预约免费开放，每天上、下午各限五十人，开放时间是每月第一个双休日。这两个条件我们都不符合，故进内一看的愿望无法实现，于是继续前行。

从16号院穿入，在这一带看到了较为完好的砖雕门楼，但大门已经被缩小了三分之二。走入院中，里面的房屋保护得也颇为完好，只

是不知道这是谁的故居。在这一带的墙上我们又看到了一块"党员在行动"金属牌，此牌中对庙堂巷有如下描绘："庙堂巷东出养育巷，西出剪金桥巷。始称于宋，古有东岳仁圣庙，故名。旧时律师居此者甚多。巷内有包山祠堂、一文厅以及畅园等古建筑。巷长406米。"

看来庙堂巷内确实曾经有过包山祠堂，只可惜此牌中没有标明祠堂的具体门牌号。在这个院落内遇到一位坐在躺椅上晒太阳的老人，朱总用苏州话问他陆包山祠的具体位置，一番交谈后，确定了巷口的那个休养院就是当年的陆包山祠。向老人道谢后，我们又回到了该楼前。旁边有个洗衣店，两位工作人员看我们向内东瞧西看，于是问我们有什么事。我问她们如何能进入休养院，她们说这里不对外开放，我问是什么原因，对方却说这里始终不开放。看来问不出所以然，我只好走到大门前，通过一个小小的方洞向内探望，看到院落里有一个小花池，但花池是用水泥砌就的，显然不是旧物。花池的后方是一座钢筋混凝土的楼房，看来包山祠在此除了剩下这个地名，已经看不到任何痕迹了。

院落保持完好

此牌上提到了包山祠堂

站在门口向内探望

未曾整修过的小巷

文伯仁（1502年—1575年）

横披大幅，颇负出蓝之声

文伯仁是文徵明的侄子，也是吴门画派中的重要人物。潘天寿在《中国绘画史》中称沈周、文徵明和唐寅是吴门三宗匠，但这三大宗师唯有文徵明将此派发扬光大，文氏一脉在画坛上留有名声者亦代不乏人。潘天寿在其专著中又写道："独文氏一派，人才辈起，而成停云一派。如长洲陈道复淳之淋漓疏爽，不落蹊径；吴人居士贞节，萧然简远，有宋人之风，均能各树丰标，离合文、沈。又苏州朱清溪朗，常熟陆华甫昺，金陵王潜之元耀，泰州李继泉芳，均称入室。而衡山之子彭，字寿承，号三桥；嘉，字休承，号文水；台，字允承，号祝峰；从子伯仁，字德承，号五峰；嘉之子元善，字子长，号虎丘；元善之子从简，字彦可，号枕烟老人；以及文氏之远孙震亨、从昌、从忠、从龙、点等，均能世其家学。伯仁尤为文家之英秀。"

文氏一族人才辈出，文徵明的两个儿子文彭和文嘉都在绘画史上极具名气，但两人跟文伯仁比起来，还是略逊一筹。潘瑞在《文伯仁的绘画艺术》一文中首先讲到文彭与文嘉在绘画风格上的特点："文彭和文嘉是文徵明的子嗣，都擅长山水画创作。在朱谋垔《画史会要》中，道明了文彭和文嘉的画风：'彭画苍郁，嘉画疏秀；彭似梅花道人，嘉似云林高士。'根据朱谋垔对文彭绘画的评价，可知文彭是在继承文氏画风的同时，也取法元代山水画大师，但文伯仁与文彭二人师法的是不同的元代画家，促使二位诠释出了截然不同的文派山水面貌。"

文彭、文嘉和文伯仁因为各有取法，故呈现出来的面貌亦各有不同，潘瑞文中继续写道："文伯仁与文彭取法元代大师画风的不同，决定了文伯仁和文彭二人山水画面貌的不同，即文伯仁郁茂似王蒙，文彭苍郁似吴镇。文彭借鉴了吴镇的苍郁画风，笔下山水厚重纯朴，苍茫沉郁。而文伯仁师法王蒙，用细劲线条勾画出山水的俊俏多姿，且皴法多变，多表现山林的静谧幽致。文嘉山水师法倪瓒，山石多披麻皴，树木扶疏，下笔简率，意境平淡天真，形成了'疏秀'的画风。反观文伯仁师法王蒙，笔墨细密，用笔清劲，画面布局繁复，景物繁密，突出山川的岩峦郁茂之境。"

也许这些特点正是文伯仁被潘天寿誉为"文家之英秀"的原因所在，而无论文伯仁最终取法于谁，他都会受到其叔父文徵明的影响。

明代姜绍书在《无声诗史》中记载了一个颇为传奇的故事："文伯仁，字德承，号五峰，衡山之犹子也。画山水，名不在衡山下。好使气骂坐，人多不能堪。少年时，与叔衡山相讼，系于囹圄，病且亟，梦金甲神呼其名云：'汝前身乃蒋子诚门人，凡画观音大士像，非斋戒不敢落笔。种此善因，今生当以画名世。'觉而病顿愈，而事亦解矣。伯仁少传家学，时以巧思发之，横披大幅，颇负出蓝之声。"

这个故事里说，文伯仁的名气不在其叔文徵明之下，但脾气不好，常常意气用事，所以他身边很少有朋友，有一次竟然还跟叔叔文徵明对簿公堂打起了官司，结果文伯仁败诉关进了监狱。文伯仁在狱中得了重病，病中梦到一位金甲神叫他的名字，这位金甲神告诉他，其前身是蒋子诚的弟子，当年画观音时很是虔诚，因此这辈子也会画名满天下。可能是这个梦让文伯仁心情大好，病也很快得以痊愈，而他跟叔叔的官司也得以很快了结。

这个故事在朱谋垔的《画史会要》中也有相类似的记载，然两段记载都未提及叔侄二人对簿公堂的原因。潘瑞在其硕士论文《文伯仁山水画研究》中称："根据历史记载，矛盾始于文奎和文徵明之父文林离世之后，把文家继承权交给二子文徵明，而非长子文奎。导致文奎迁出文家祖宅，而文伯仁为了替父亲讨要说法，不惜代价与叔叔文徵明进行诉讼，结果文伯仁败诉入狱服刑。文徵明和文奎兄弟间的隔阂，到了下一代文伯仁时矛盾不断激化。"

事情始末究竟如何，我未查到相应史料，但文伯仁脾气不好，在其他文献中也有记载。王世贞在《文伯仁溪山自适卷》的题跋中写道："东南佳山水，太湖之抱于三吴者，最号清远，然大较山不胜水。自富阳而溯新安之黄山、白岳尤奇峻，然往往水不能胜山。五峰文伯仁家吴中，足以穷水之胜矣，而犹未快，乃因游新安，遂尽览其奇，而发之于丹青。余近得一寓目，真若坐篮舆翠微间，使人应接不暇。区区山阴道上行，乌足以当之哉？此君秽而好骂坐，不知胸中何以富此一段丘壑也。"

看来文伯仁不仅画艺出名，脾气坏也是出了名。以此来推论，他跟叔叔打官司而败诉，可能过错方并不在文徵明那里，或许跟文伯仁脾气暴躁、意气用事也有一定的关系。更何况，文伯仁在年幼之时于绘画上受到文徵明的许多指点，例如李日华在《味水轩日记》中载有万历三十七年（1609）某画商请他鉴定两幅山水画，这两幅画分别是文徵明和文伯仁所绘，李日华仔细欣赏了这两幅画后在日记中写道：

> 文五峰《溪山飞雪图》一轴，凡层累四五段，杂树大小偃仰，坡麓错杳，深山雪中之观。中段石岗上一人张盖，一人披褐，一童子以袖蒙顶，而皆曳屐，其将为袁安之访乎？上段一舟维坡岸，一舟行树杪，一翁执盖坐舫头，其将为山阴之棹乎？又上一

《溪山仙馆图》局部 台北故宫博物院藏

层,作平屋二间,青帷素几,一客拥书孤坐,意态傲兀,岂所谓云隐山房五峰子自寓耶?笔法学营邱、摩诘,较衡老觉多苍涩之气。大、小阮声价,当付千古后人著眼。

看来李日华对文伯仁的这幅画作十分欣赏,他将该画的构图做了层层分析,认为文伯仁的这幅《溪山飞雪图》笔法乃是本自李成和王维,这幅画的水准在某些方面甚至超过了文徵明。故而,李日华将文氏叔侄比喻为竹林七贤中的阮籍和阮咸。

从个人经历看,文伯仁曾来到北京,在北京居住了四年,并且于此结识了松江华亭文人何良俊,何在《四友斋丛说》中写道:

文五峰德承,在金台客舍,为余作《仙山图》。余每日携酒造之,看其着笔是大设色,学赵千里者,其山谷之幽深,楼阁之严峻,凡山中之景,如水碓、水磨、稻畦之类,无不毕备,精工之极,凡两月始迄工。

文伯仁曾经给何良俊作画,而何每天带着酒到文伯仁的住所,仔细观看他作画的具体过程,认为此画的设色之法乃是学习宋代的赵伯驹。文伯仁的这幅画作画得十分细腻,耗时两个月方完成。

在北京期间,文伯仁还画过《燕台八景》,王世贞对此画写过如下跋语:"永乐中,人主移跸大都,而一时馆阁诸先生扈从者,光侈其事,分胜标咏,大抵损益胜国之遗,如所传《金台八景》,然往往多七言近体,汤王孙所以见屈于刘尚医者此也。自李、何后,护格绝不作谄长语,而丹青之托,则杜堇古狂外,亦不复再见。文德承薄游燕市久,取王蓝田画中诗法,别贮奚囊,隐隐有卢龙龙虎气,览者果公子牟耶,江湖间亦足慰魏阙思矣。"王世贞认为文伯仁所绘《燕台八景》

颇有王维诗中有画、画中有诗的高妙。

文伯仁离开北京后来到了南京，于此又结交了一帮朋友，潘瑞的论文中引用了盛时泰在《栖霞小志》中的记载：

> 山中原无所谓白鹿……与文德承名伯仁者，俱吴人，解茗事结社而居，自采茶炙之，汲泉以试，是事在嘉靖乙卯丙辰间。时平湖陆光祖为祠祭，宝应朱日藩为主客，华亭何良傅为仪制，其兄良俊为孔目，与予辈数人，实为诗倡和之，其后稀矣。

此段话中提到的何良傅是何良俊的弟弟，看来文伯仁在南京的一些关系，也有一些是通过何良俊而结识。这个阶段他还结识了盛时泰，并且为盛时泰创作了《金陵古今名胜十八景》。对于此画的价值，吕晓所著《明末清初金陵画坛研究》中称："文徵明的侄子文伯仁长期生活于南京，曾于隆庆壬申作《金陵十八景》（上海博物馆藏），十八景分别为：三山、草堂、雨花台、牛首山、莫愁湖、摄山、凤凰台、新亭、石头城、长干里、白鹭洲、青溪、燕子矶、太平堤、桃叶渡、白门、方山、新林浦。为典型的文派精丽纤秀的风格。"

而万新华在《地方意识与游冶品评——十七世纪金陵胜景图文形塑探析》中亦有相类似的评语："隆庆壬申端午，盛时泰的好友、长期生活于金陵的文伯仁创作《金陵古今名胜十八景》册……为典型的文派精丽纤秀的风格，每开有乾隆皇帝对题，是目前现存最早的金陵胜景图像。"

从以上的引文看，文伯仁的画风大多本自唐代的王维和元代的王蒙，李日华在《味水轩日记》中写道："文五峰小幅山水，皴法虽似黄鹤山樵，而树石布置，全学唐人，自下累上，几五六层皆松树，极敧偃遮露之状，上至缥缈峰顶，皆小松如发，乃五峰平生杰作也。"而单

《樵谷图轴》 故宫博物院藏

国霖在《中国美术全集·明代绘画（中）》的开篇语中称："文伯仁、陆治和陆师道等人的山水，也都出自文徵明的门庭，但在气运和笔墨方面，都有一定的个人特色。如文伯仁在山水结构上，吸收了王蒙的方法，峰峦叠嶂奇兀，林木郁茂，突破了文徵明较为平实疏朗的格局，同时笔力也更为峭劲绵密，画幅气势苍郁雄特，自成一格。诚然，有时布局过于迫塞是其缺点。"

然而詹景凤在《詹氏性理小辨》中说过这样一段话："山水得王黄鹤之趣为多，而法小米者次之。用笔秀丽而意致冲远，工已深矣，道已通矣。然独水墨为佳，一入浅绛便缭草不精莹，致学二赵重着色便入恶道。"可见詹景凤认为文伯仁的山水主要是模仿王蒙笔法，同时也融汇了米友仁的技巧。詹景凤觉得，文伯仁的绘画以水墨最佳，而重彩风格则水平不高。

潘瑞在其论文中重点分析了文伯仁所绘的《四万山水图》，这四幅作品的名称分别为《万竿烟雨》《万壑松风》《万顷晴波》和《万山飞雪》，所绘内容乃春夏秋冬四景，因名称中皆有"万"字，因此而得名《四万山水图》。潘瑞在论文中详尽分析了其中的《万壑松风》，首先在文中描绘了该图的构图方式，认为其取法王蒙和文徵明，而对于该图的布局，论文中写道："该画繁而不乱，有条不紊地安排在狭长的画幅中，将观者的视角吸引到中央两侧山体交错的小径之上，沿着小径直到高耸的山顶。通篇使用敏锐的干笔，用笔风格与倪瓒相似。构图突破平实而趋繁茂，用笔更加细劲。从画中岩石块面复杂的肌理可以看出，画风以细密著称的文伯仁发展了文徵明的繁复构图形式，又自出新意，更加精工细作，异彩纷呈让人应接不暇。"

对于这样的构图方式，潘瑞在文中有如下总结："文伯仁的画法是下笔前先精心设计，循序渐进，属于'渐修'方式。而非董其昌提倡'顿悟'的路子，讲求墨趣即兴而发；以书入画，疏简中求意趣；追求'顿悟',标榜业余。排斥画风求工的仇英,对苦心经营的文伯仁有所贬低。因此用董其昌的观点来看文伯仁的画,不免会觉'迫塞'。然而从另一视角探讨,也正是文伯仁山水画特色所在,'迫塞'即吴中名士王穉登所云'伯仁岩峦郁茂,若或未见其止,足当赤帜绘林'中的'岩峦郁茂',文伯仁的山水画若真如董其昌所说,过于繁密迫塞,需要精简画面,那到时文伯仁也就不成其为文伯仁了。"

以此可见,文伯仁的绘画技法。而此图上还有董其昌所写跋语:"此图仿倪云林,所谓士衡之文,患于才多,盖力胜于倪,不能自割,已兼陆叔平之长技矣。"董其昌认为文伯仁的这幅画在构图上乃是仿倪瓒,同时也有陆治的风貌。但总体而言,文伯仁的绘画风貌主要是王蒙面目,这正如明蓝瑛、清谢彬在《图绘宝鉴续纂》中所言:"文伯仁,字德承,号五峰,长洲人。善画山水人物,每效王叔明笔法,得俨然之意。"

如果换个角度来看,文伯仁能够取得如此高的绘画成就,说不定也和他与文徵明关系不佳有一定的关系。文伯仁在年轻时受到文徵明的较大影响,而正因为关系不佳,才会想着努力摆脱叔父的影子,希望有所突破,而其突破方式就是跨越过文徵明直接取法于宋、元大家。故而,潘瑞在其论文中给出了如下总结:

> 文伯仁将文氏笔墨秀雅润泽的细笔山水同王蒙繁密风格相结合,形成自身独特的郁茂画风。在吴门画派中,文徵明取法自赵孟頫、吴镇、王蒙三位大家,绘画布景繁复,设色明丽秀雅。此种细笔山水确立了中后期"吴派"的基调,在吴门画派中追随者众多,而文伯仁则于时风之外独出心裁,师法王蒙深得黄鹤山樵之真髓。文伯仁并没有刻意拉开与文徵明的距离,而是上溯源头,取法宋元大家,追求文氏画风神韵的更高层次。作为吴门画派的

《松风高士图》局部 辽宁省博物馆藏

后继者和文派山水中的一员，他通过自身的创新将吴门画派画风不断传递下去。

明隆庆二年（1568），文伯仁离开南京，迁居到苏州虎丘西侧，而后终老于此。遗憾的是，文伯仁的墓如今却寻不到痕迹，幸运的是，他在苏州城内所建的五峰园得以保存至今，故我于2018年12月28日在平江华府精品酒店副总经理朱雪春先生的带领下，前往苏州阊门内下塘街五峰园弄去探看文伯仁所建之园。

五峰园弄是很窄的一条小路，我们把车停在了附近的桃花桥旁。看到桥名，让我想起了桃花坞版画，我问朱总这种版画是否仍然在生产，其称已经没有原本的作坊，只是有些艺术家做些相关的小型创作。

走入这个区域，眼前所见依然是小桥流水人家，虽然其中也掺杂进一些新建的楼房，但基本风貌没有大的改变。这让我赞叹美景如昔。朱总称他小时候就住在这样的环境里，虽然这些老房子看上去很有艺术味道，但住在里面其实并不舒服，尤其到了梅雨季节，家中的墙壁都会渗出水来。看来很多事情一旦了解实况，顿时会有大煞风景之感。了解得越少越有吸引力，交朋友又何尝不是如此呢？

此时虽然已是冬季，但阳光还不错，江南的冷可谓透彻骨髓。走到小弄之内，望着两边的房屋，里面黑得难以见到阳光，估计这种老房子在冬季住起来也不会比梅雨季节好到哪里去。我在一个老房子门前看到一位老太太艰难地拄着助行器，走到阳光之下去负暄，这一刻让我体会到了旧城拆迁时不少人的矛盾心理：既想搬离较差的居住环境，又留恋于往日时光过滤后剩下的美好。天下之事两全可谓难矣。

我跟朱总边走边感慨，他赞同我的观点，也认为新的楼房要舒适得多，但邻里关系变得更为冷漠。这让我又想起文伯仁的为人，他那样有个性，不知道邻里关系处得如何。他的故居五峰园处在此巷的尽

窄窄的五峰园弄　　　　　　　　　　　五峰园正门

头,如果这一带的建筑格局未曾改变的话,当年的文伯仁出门时要不断地经过他人家门口,不知道他走过这条小巷时面部会呈现怎样的一种表情。

如今修缮后的五峰园看上去中规中矩,门口悬挂着入园需知,这里免费参观,门牌号为"五峰园弄15号"。走入园中,感觉总体面积不大,也许是处在深深的小巷之内,这里基本上没有游客,只有一些上了年纪的老人在这里休闲晒太阳。园中的主体则是被称为"五峰"的那五块太湖石,处在院落的正前方,我走到近前一一给它们拍照。这五块太湖石处在几米高的假山之上,站在小山上往下望,院落中仅有一座正厅,于是走下山推门入内。

里面一位老人问我有何事,我说只是想拍张照片。我看到堂中悬挂着"五峰山房"的匾额,里面摆放着一些藤制桌椅,看来如今这里在作为茶室使用,可能是天气阴冷的原因,今日的茶室中仅有几人在那里打牌。

走入正厅,看到前面还有一排侧房,这里悬挂的匾额叫"柱石舫",不清楚是否与文伯仁有关,但能够看得出这是新近修复的仿古建筑。我们在院子内将可看之物兜了一圈,没有再找到与文伯仁相关的遗物。

介绍牌

进入园中

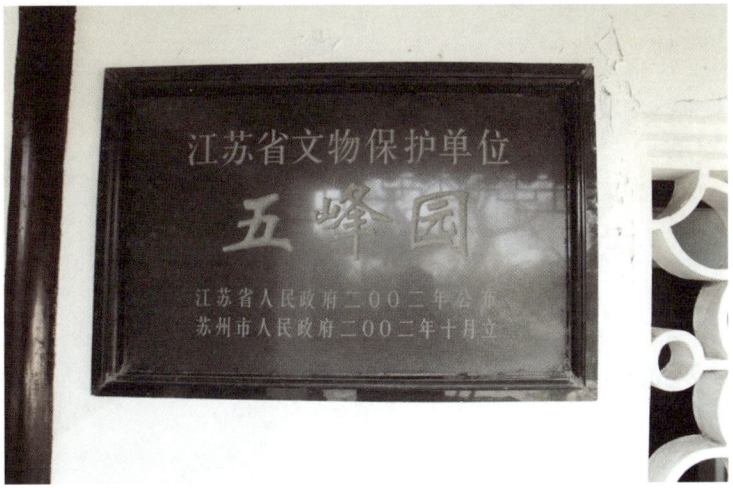

文保牌

正前方是那五块太湖石

五峰山房

柱石舫

徐渭（1521年—1593年）
画为第一，书次之，诗又次之，文居下

徐渭是明后期著名的画家，他的绘画风格对后世有着较大影响。郑板桥曾刻有一方印，章文为"青藤门下牛马走"，齐白石在《老萍诗草》中称："青藤、雪个、大涤子之画，能横涂纵抹，余心极服之，恨不生前三百年，或为诸君磨墨理纸，诸君不纳，余于门外饿而不去，亦快事也。"不仅如此，齐白石还作过这样一首诗："青藤雪个远凡胎，缶老衰年别有才。我欲九原为走狗，三家门下转轮来。"这就是被后世津津乐道的齐白石自称"青藤门下走狗"说法的由来，而"青藤"乃徐渭之号，可见无论郑板桥还是齐白石，都对徐渭的艺术创造力顶礼膜拜。

徐渭的绘画究竟有着怎样的创造力呢？张维欣在《徐渭绘画风格初探》一文中总结道："他的绘画，打破了工整严厉的花鸟画风，开创了大笔恣意挥洒，纵横睥睨的大写意风尚，极大地丰富了水墨花鸟画的表现力，为中国绘画史的长卷增添了浓墨重彩的一笔，对后世的中国画影响极其深远。"而周耀威、张华文在《徐渭大写意花鸟画的构图艺术探析》一文则从构图布局角度点出了徐渭在这方面的突破："徐渭擅长花卉，用笔放纵，水墨酣畅，追求'不求形似，但求生韵'的艺术效果。他的画风不仅在笔墨上突破前人，其构图也积极创新，既继承了宋代花鸟的画面布局特点，又大胆突破；不仅追求主次、虚实、

《黄甲图》局部 故宫博物院藏

顾盼、起合等形式,对画面的黑白分布、题款钤印的位置也很讲究。"正是因为有这样的创造力,所以在他之后的四百多年里,陈洪绶、朱耷、石涛、赵之谦、虚谷、吴昌硕以及近现代齐白石、潘天寿等大家,无不受其影响。

一位画家能有如此的创造力,当然跟他的天分有重要关系,但人生经历和性情等因素也是重要原因。关于徐渭的生平,袁宏道在《徐文长传》中有如下简述:

> 徐渭,字文长,为山阴诸生,声名藉甚。薛公蕙校越时,奇其才,有国士之目。然数奇,屡试辄蹶。中丞胡公宗宪闻之,客诸幕。文长每见,则葛衣乌巾,纵谈天下事,胡公大喜。是时,公督数边兵,威镇东南,介胄之士,膝语蛇行,不敢举头,而文长以部下一诸生傲之,议者方之刘真长、杜少陵云。会得白鹿,属文长作表。表上,永陵喜。公以是益奇之,一切疏记,皆出其手。文长身负才略,好奇计,谈兵多中,视一世士无可当意者。然竟不偶。

徐渭是绍兴人,年轻时就有很大的名气,然而在科举方面却极不顺利,二十岁时考取了秀才身份后,接连参加了八次举人考试,却始终没有考得功名。在他第七次落第后,浙江总督胡宗宪听闻徐渭大名,将其招入幕内。那时的胡宗宪威震东南,人们见到都会吓得匍匐在地,只有徐渭虽为幕僚,却对主公无丝毫媚态。有一次,胡宗宪猎获了一头白鹿,这在当时被认为是吉祥之事,于是胡命徐渭代作一贺表,表章上达,嘉靖帝读到后很是高兴。这件事流传开来,于是天下人皆知徐渭写得一手好文章,胡宗宪也因此更加看重他。而徐渭的才能不仅仅表现在妙笔生花上,他的武略不输文才,又多计谋,当时的胡宗宪

《墨花九段图》局部　故宫博物院藏

正在清剿倭寇，很多作战计划都是由徐渭出谋划策的。

明曹臣在《舌华录》中载有这样一个故事："会稽徐渭，嘉靖间为胡梅林公幕客，甚被亲遇。胡谓徐曰：'君文士，君无我不显。'徐曰：'公英雄，公无我不传。'又语公曰：'公惠我以一时，我答公以万世。'徐渭真长者哉！"

徐渭有才，自然颇受器重，胡宗宪也确实十分照顾他。某天，胡跟徐说："你仅仅是个文人，如果没有我的话，天下人怎会知道你这么有才。"徐渭闻言，并不顺杆爬，而是不卑不亢地回答："您虽然是位英雄，但如果没有我的文笔，您也不可能扬名。"同时他又补充了一句："您对我的照顾只是一时，而我对您的报答则是流芳千古。"可见徐渭虽然知道胡对自己的恩遇，但他觉得自己替胡宗宪所作的贡献，已经将两人的关系扯平了。

宾主间的这番对话，很能显示出徐渭恃才傲物的性格，然而这份桀骜却很令胡宗宪赏识，很多公私文牍都让徐渭代笔。那个时段，严嵩把持朝政，胡宗宪也努力地跟严嵩搞好关系，而徐渭在胡宗宪幕府

中工作了五年，自然也多次代胡给严嵩写信。在严嵩八十大寿时，胡宗宪命徐渭写了篇《代贺严公生日启》，文中对严嵩极力夸赞："伏念某官，河岳储精，凤麟协瑞，生缘吉梦，盛传孔释之征，出遇明时，绰有皋夔之望。历几迁而入相，同一敬以格天，四海具瞻，万邦为宪。"

这几句话真把严嵩捧为了千古完人，对于这样的马屁文章，徐渭曾自称："予从少保胡公典文章，凡五载，记文可百篇，今存者半耳。其他非病于大谀，则必大不工者也。噫，存者亦谀且不工矣。"显然他对自己所写的此类阿谀奉承之词也有清醒认识。话虽如此，然而当严嵩倒台时，还是不可避免地牵连到了徐渭。嘉靖四十一年（1562），胡宗宪受严嵩案牵连被削籍为民，三年之后，又被人举报"妄撰圣旨"。而在此之前，嘉靖帝原本想再次起用胡宗宪，听到胡居然犯有这样大不赦的死罪，立即改变主意，将其投入了监狱。胡宗宪也明白这样的罪名难逃一死，所以入狱不久就自杀了。这等变故，对徐渭的刺激很大，以至于他极度担心事情会牵连到自己。

胡宗宪第一次被罢官时，转年徐渭应召进入了尚书李春芳之幕，但是，他做李春芳的幕僚仅一年就辞职而去。这其中的原因，张汝霖在《刻徐文长佚书序》中称："时上方崇祷事，急青词，柄政者来聘，而文长知少保与有郄，不应。其后少保以缇骑收，文长恐连，遂佯狂。寻乃即真。"按照张汝霖的说法，当时嘉靖帝崇尚道教，命令大臣们写青词，李春芳想让徐渭代笔，而徐知道李春芳跟胡宗宪关系不好，不肯答应干这样的事。但肖鹰认为张汝霖的说法不正确："张说与史实不合，因为徐渭对李春芳，先是接受了李氏六十两银子定金应召，再在李府入幕数月之后请辞。如若因为李春芳与胡宗宪'有郄'而拒入幕之聘，徐渭当是一开始就拒绝，而不是在接受定金、入幕数月之后再行辞绝。"（《"旷世奇人"徐渭精神演变再考》）

更何况，此后徐渭还给李春芳写过贺寿词，所以肖鹰认为："实际上，是在与李春芳相处一段时间之后，有胡宗宪案的前车之鉴，应当是'畜于志，虑于终'的焦虑，使徐渭不顾李春芳的威逼利诱，而决意辞归。"

当胡宗宪再次被捕入狱时，徐渭担心事情牵连到自己，于是开始装疯，结果没过多久，他就真的疯了。钱谦益在《列朝诗集小传》中写道："少保下请室，文长惧及，发狂，引巨锥剚耳，刺深数寸，流血狼藉，又以锥击肾囊，碎之，皆不死。妻死，辄以嫌弃妇，又击杀其后娶者，论死系狱，愤懑欲自杀。"

徐渭的自残方式可谓骇人听闻，此后他又杀了自己的续娶之妻，并为此被捕入狱。袁宏道在《徐文长传》中也载有此事："卒以疑杀其继室，下狱论死。张太史元汴力解，乃得出。晚年愤益深，佯狂益甚，显者至门，或拒不纳。时携钱至酒肆，呼下隶与饮。或自持斧击破其头，血流被面，头骨皆折，揉之有声。或以利锥锥其两耳，深入寸余，竟不得死。"

袁宏道在这里用了"疑杀"二字,那到底徐渭是否真的杀死了继室呢?袁在文中未曾直言,他只说徐渭被捕后被判了死刑,后来在张汝霖之父张元汴的竭力营救下得以获释。袁宏道又称出狱后的徐渭"佯狂益甚",看来袁不认为徐渭是真疯。但之后徐渭的一系列行为,确实发展到了令人瞠目结舌的地步,比如说他拿起斧头砍自己的头颅,头骨都被砍折了,还用锥子猛扎自己的双耳,直至鲜血淋漓。这时的徐渭已经出狱,如果是"佯狂"的话,为什么还要采取如此古怪而残忍的自残方式来折磨自己呢?而按徐渭自己的说法,他是得了"狂症",他在《海上生华氏序》中自称:

予有激于时事,病瘿甚,若有鬼神凭之者,走拔壁柱钉可三寸许,贯左耳窍中,颠于地,撞钉没耳窍,而不知痛。逾数旬,疮血迸射,日数合,无三日不至者,越再月以斗计,人作虮虱形,气断不属,遍国中医不效。

按照相应记载,徐渭前后共计有过九次自杀,这样的极端行为恐怕不能用"佯狂"二字来解释。而对于其杀妻之事,其他文献中还有另外说法。明顾景星在《白茅堂文集·书徐文长遗事》一文中写道:

文长之椎杀继室也。雪天有僮蹋灶下,妇怜之,假以亵服。文长大詈,妇亦詈。时操欋收冰,怒掷妇,误中妇死。县尉入验,恶声色问欋字作何书?文长笑曰:"若不知书生未出头地耳。"盖俗书"欋"作"牛"也。尉怒,报云:"用牛杀。"文长遂下狱。他日,太守出素罗帏,令书艳句,文长箕踞咄咄。太守怒,戒勿与食,文长即不食,就柱下蠹木,日啮方寸而已。旬日,颜色如常。其后御史欲出文长,虑狱辞久具。一老吏曰:"改'用牛'作

'甩乇',便属误杀。"盖俗书"抛"作"甩"也。文长遂得出。入出皆一俗字,甚矣,俗书之弊也。

这段记载看来很像八卦故事。说是某年冬天,下起了大雪,徐家的一个仆人蹲在灶旁烤火取暖,徐渭的后妻见此情形萌生怜悯之心,给了一件便衣让他御寒。不巧的是,这举动被徐渭看到了,他勃然大怒,于是两人对骂起来。而此时徐渭正拿着铁钯在锄冰,盛怒之下,他把铁钯扔向了后妻,不巧的是铁钯正好击中其要害,后妻因此而身亡。

既然出了人命,官府派来县尉调查。在徐渭叙述发案过程时,县尉不知道铁钯的本名"欋"字怎么写,县尉的无知受到了徐渭的调笑。按照当地民间的写法,"欋"字亦可写作"乇",于是徐渭一语双关地说,"欋"字就是书生没有出头啊。这讥讽的语气令县尉十分生气,于是没有按实况在案情报告中记录案发过程,写明此系误杀,而是直接说徐渭用"乇"杀死了后妻。既然是故意杀人,徐渭当然被判入狱。即便已经被关入狱中,徐渭还是势不低头,有一回当地太守命他写几个字,徐渭表现得很倨傲,一副不合作的态度,结果又得罪了太守,命令狱卒不给他饭吃,徐渭只好啃食烂木头来充饥。

然而,这位徐渭果真是奇人,竟然靠啃食烂木活了下来。御史张元汴闻知此事后,爱惜徐渭是位奇才,想将其搭救出狱,但是判决书上已经写明了徐渭是用乇杀妻,这么确凿的证据,改变判决绝非易事。好在一位老吏有办法,告诉他将判决书上"用乇杀"的"用"字下面添一笔,将"用"字改为"甩",甩是抛出的意思,抛出手中的铁钯,不等于杀人,相当于是误杀。老吏的计策果真管用,最后徐渭被释出狱。所以,顾景星感叹说:徐渭入狱是因一俗字,出狱也同样是因一俗字。这样的情形,怎不令人长叹。

且不管这种说法的真伪，徐渭杀妻却是事实。当然这个行为很有可能是他处在发病期，缺乏行为控制能力，否则无从解释他的九次自残。徐渭杀妻之说在社会上流传开去，有人认为是出于精神方面的疾病，也有人指责他太过残忍。徐渭本人在被捕入狱后，曾给朋友郁言写过一封信，他在这封《上郁心斋》的信中对此进行了辩解：

> 顷雁内变，纷受浮言。出于忍则入于狂，出于疑则入于矫。但如以为狂，何不概施于行道之人？如以为忍，何不漫加于先弃之妇？如以为多疑而妄动，则杀人伏法，岂是轻犯之科？如以为过矫而好奇，则蹀血同衾，又岂流芳之事？凡此大凡，虽至愚亦知所避，求诸众恶，惟明公或在所原。顷者如闻月旦，亦步雷同。夫明哲之言，既共视以为低昂；里闬之论，又人取以为依据。今明公于某，实握此二端以相临，如见弃于公，虽家置一喙而何益……抑不知河间奇节，卒成掩鼻之羞；贾宅重严，乃有窃香之狡。

这段话中的"河间"一词本自柳宗元的《河间传》，讲述的是一位贞妇变成淫妇的故事。"贾宅"一词，则出自西晋贾充之女贾午与韩寿私通的故事。徐渭引用这两个掌故，是在暗指他的后妻张氏有外遇，而徐渭对此不能忍受，故而将其杀死。郁言在考中进士前，跟徐渭曾经是邻居，同住在一条巷内，故徐渭写信给郁言做了这样的辩解。江兴祐在《徐渭杀妻一案始末考辨》中认为徐渭写此信的目的，乃是因为郁的同榜进士岑用宾时任绍兴知府，徐渭想通过郁言的关系，传达信息给岑，以此来解释自己杀妻乃是事出有因。然而徐渭在晚年又改变了这种说法，他在自编年谱《畸谱》中也提到了杀妻之事，只说自己是狂症发作，丝毫没提张氏的外遇。

如何来解释徐渭前后不一的说法呢？明末冯梦龙所作《情史》中有一篇《徐文长》，此文将徐渭的杀妻之举归结为因果报应："渭尝出游杭州某寺，僧徒不礼焉，衔之。夜宿妓家，窃其睡鞋一只，袖之入幕。诡言于少保，得之某寺僧房。少保怒，不复详，执其寺僧二三辈，斩之辕门。渭为人猜而妒，妻死后再娶，辄以嫌弃。续又娶小妇，有殊色。一日，渭方自外归，忽户内欢笑作声。隔窗斜视，见一俊僧，年可二十余，拥其妇于膝，相抱而坐。渭怒，往取刀杖，趋至，欲击之，已不见矣。问妇，妇不知也。后旬日，复自外归，见前少年僧与妇并枕，昼卧于床。渭不胜愤怒，声如吼虎，便取铁灯檠刺之，中妇顶门而死，遂坐法系狱。后有援者获免。一日闲居，忽悟僧报，伤其妇死非罪。"

按照冯梦龙的说法，徐渭曾经在杭州某寺游览时，受到了该寺僧人的怠慢，于是怀恨在心，决定报复。某晚徐渭住在了一位妓女家中，而后偷走了妓女的一只鞋，返回后把此鞋出示给胡宗宪，说绣花鞋是从某寺的僧房内找到的。胡闻言大怒，立即派人抓了该寺的几名僧人，将他们斩首。后来的某天，徐渭从外回家，看到妻子跟一年轻僧人在家中调笑，此后不久，又被他撞见了一副不堪入目的场景，于是在盛怒之下杀死了妻子，为此被捕入狱。虽然最终在友人的救助下得以出狱，但某天他终于想明白了：自己当时的所见只是一种幻觉，而这种幻觉正是被他冤杀的僧人所施报复，于是他开始为误杀妻子而伤心。

当然这更像是故事而非事实，但冯梦龙说徐渭嫉妒心很强，这一点却并非胡编，因为陶望龄在《徐文长传》也曾写到这一点："渭为人猜而妒。妻死后，有所娶，辄以嫌弃，至是又击杀其后妇，遂坐法系狱中。"

徐朔方在《徐渭年谱》中也本持这样的说法，"他怀疑继妻不贞，亲手将她杀死"。而江兴祐在其专文中认为"这一说法值得商榷"，而后该文对徐渭杀妻之案进行了详细的考辨，最终说明徐渭杀妻乃是因为社会环境的巨大压力，使其得了狂症。徐渭刚入狱时，称妻子有外遇，不过是替自己开脱的一种借口。入狱期间，他注释了道教著作《周易参同契》，并在服刑的第三年，被解除枷锁之后开始练习绘画，同时把狂草书法融入绘画之中，由此而创造出被后世广泛称道的画风。

一个人的特殊经历，对其书法及绘画风貌当然会产生重大的影响。徐渭自幼失怙，成年后，又屡屡失意于科场，使他对科举制度深恶痛绝。他在《题自书杜拾遗诗后》中表达了这种愤懑：

余读书卧龙山之巅，每于风雨晦暝时，辄呼杜甫。嗟呼，唐以诗赋取士，如李杜者不得举进士；元以曲取士，而迄今啧啧于人口如王实甫者，终不得进士之举。然青莲以《清平调》三绝宠遇明皇，实甫见知于花拖而荣耀当世；彼拾遗者一见而辄阻，仅博得早朝诗几首而已，余俱悲歌慷慨，苦不胜述。为录其诗三首，见吾两人之遇，异世同轨，谁谓古今人不相及哉！

但他无法改变社会的现实，只能将自己的忿忿之情融入到诗歌和绘画书法之中。袁宏道在《徐文长传》中写到了徐渭的人生悲剧：

文长既已不得志于有司，遂乃放浪曲蘖，恣情山水。走齐、鲁、燕、赵之地，穷览朔漠。其所见山奔海立，沙起云行，风鸣树偃，幽谷大都，人物鱼鸟，一切可惊可愕之状，一一皆达之于诗。其胸中又有勃然不可磨灭之气，英雄失路、托足无门之悲。故其为诗，如嗔如笑，如水鸣峡，如种出土，如寡妇之夜哭，羁人之寒起。虽其体格时有卑者，然匠心独出，有王者气，非彼巾帼而事人者所敢望也。文有卓识，气沉而法严，不以模拟损才，

《墨葡萄图》 故宫博物院藏

> 不以议论伤格,韩、曾之流亚也。文长既雅不与时调合,当时所谓骚坛主盟者,文长皆叱而怒之,故其名不出于越,悲夫!

正所谓国家不幸诗家幸,一个人的痛苦遭遇反而能激发出强烈的创作欲,而徐渭将这些感悟融入绘画之中,当然能够创造出超乎寻常恢弘霸气的绘画风貌。高居翰在《山外山:晚明绘画》中关注到了这一点:"徐渭的作品虽有极度浓烈的情感,激猛得有时甚至到了暴力的程度,但对于不知道画家生平的人来说,不一定会由画中猜测到徐氏的悲剧性格。而事实上,如果选择以西方心理学的角度来分析,还可能轻易地从画作来判断出画家是个才气洋溢,极为善感,但基本上很正常的人。徐渭作品表达的是心理上的抒发而非压抑,这极可能是作画效果的关键:画家把创作当作是排除心中苦恼的渠道,因此绘画对他而言,乃是治疗而非病兆的象征。观者凝神重览画中所记录的律动,心中所得到的反应,应是解放而非不快之感。"

关于徐渭在绘画上的个性追求,他在《画百花卷与史甥题曰漱老谑墨》诗中写道:

> 世间无事无三昧,老来戏谑涂花卉。
> 藤长刺阔臂几枯,三合茅柴不成醉。
> 葫芦依样不胜揩,能如造化绝安排?
> 不求形似求生韵,根拨皆吾五指栽。
> 胡为乎,区区枝剪而叶裁?
> 君莫猜,墨色淋漓雨泼开。

由此诗可见,徐渭强调打破前人的束缚,他反对模仿,认为个性解放才能创造出有着独立面目的绘画风格。后世所留传的徐渭画作,

以《墨葡萄图》最具名气,徐渭在此图之上题诗如下:

半生落魄已成翁,独立书斋啸晚风。
笔底明珠无处卖,闲抛闲掷野藤中。

这首诗既是徐渭的身世自慨,同时也表现出他对自己绘画风格的极度自信。对于该图的特点,张维欣在《徐渭绘画风格初探》中评价说:"《墨葡萄图》中许多凝滞不前、转折舒缓、扭曲夸张线条的运用,有时纵笔如风驰电掣,兔起鹘落,纵横挥斫,锋芒毕露,枝叶纷披离乱,藤条低垂劲挺,狂肆浑脱的墨葡萄散于枝叶间。画面不着一色,却五彩俱备,整幅画面墨色淋漓,气韵天成。"

徐渭在绘画、书法、诗、文创作方面都有自己的独到之处,对于这四方面的成就,陶望龄《徐文长传》中记载了徐渭的自我评价:"尝言书第一,诗二,文三,画四。识者许之。"然而后世却不这么看,祝嘉的《中国书学史》中引用了陶元藻《越画见闻》中的评价:"文长笔墨,当以画为第一,书次之,诗又次之,文居下。其书有纵笔太长处,未免野狐禅。"看来,他的自我评价跟后世的看法差异较大,后世更看重徐渭在绘画史上所创造出的成就。

在地面的石板上看到了"道光"的字样

旧居厅房

青藤书屋入口

徐渭的故居名为青藤书屋，此故居经过修缮，基本完好地保存在绍兴老城区内。2012年我曾参观过青藤书屋，但因为相机拍摄出了问题，返京后才发现当时所拍的图片无法使用。时隔近六年，也就是2018年4月19日，我再次来到了绍兴，因为两天后要在绍兴图书馆举办一场讲座，我特意提前两天到达，以便在该地区访古。行程之一，就是再次参观青藤书屋。

因为来过一次，故再次前往轻车熟路。走入那条熟悉的小巷，无意间发现路面铺就的青石板竟然刻着道光年间的字样。看来这是一块塔铭碑，古为今用，真不知道在这人文渊薮的绍兴，还有多少历史被踩在了脚下。

在探访途中，无意间看到某堵老墙上挂着青藤书屋的指路牌，此条路与上次所来并非同一条。看来，能够达到徐渭艺术之地的路不只一条。虽然鲁迅说，其实地上本没有路，走的人多了也变成了路，其实即便有路可走，也少有人愿意踏上陌途。但我觉得，陌生之地反而能遇见意外的风景。这条小弄名为"开元弄"，仅从弄名就可想见该巷的历史，说不定这里早在唐初就已经形成了如今的格局。此弄的50号是一座绍兴典型的"台门"建筑，对于绍兴台门的研究，据我所知，以方俞明先生最为深入，我却未曾听他说起过此条巷的这个台门归哪位名人所有。

由开元弄转到了大乘弄，前行不远就是青藤书屋所在。其石库门左墙上嵌着全国级的文保单位铭牌，保护范围乃是将青藤书屋和徐渭墓一并列入。2012年寻访青藤书屋的同时，我也寻访了徐渭墓，同样因为所拍照片质量不佳，因此打算次日再去瞻仰徐渭墓。

青藤书屋的院中依然是翠竹丛丛，走入室中，先是一个小厅堂，如今这里布置成了客厅的模样，左手边的一个房屋挂着青藤书屋的木匾，此匾出自潘天寿先生之手。走入书屋，里面是展厅，四围的墙上挂满展板，介绍着徐渭的生平。此屋悬挂着"洒翰斋"的匾额，落款为天池，而天池亦为徐渭的别号，看来这是徐渭本人的手笔。书斋的后方是一小院，面积仅有几十平方米，院后还有一口古井，从井口望下去，看不清里面的情形。

重新回到前院，房前方乃是一长方形的水池，池塘的右侧方有一本古藤，相关资料记载，此藤乃是徐渭手植。

在青藤书屋内浏览半小时仅遇到了一位老者，他跟我讲述起自己对青藤绘画的理解，但不知什么原因，这天的我并没有谈兴，只想静悄悄地观赏眼前的一切。

虽然这处旧居几百年来很有名气，但它究竟是不是青藤书屋，却有着不同的说法，有人甚至认为青藤书屋这个说法都是后世伪造的。李善文所撰《"青藤书屋"及徐渭别号考》一文所持就是这种观点。此文先是简述了徐渭一生的经历及居所，比如文中引用了徐渭在《畸谱》中所言"渭生观桥大乘庵东"，对于这句话，李善文认为"并未提及'青藤书屋'之名"。然而，今日的青藤书屋仍然处在大乘弄内，如果这个地名一直未曾改变的话，按照徐渭的说法，此处正是其出生之地。李善文在文中又引用了《嘉庆山阴县志》中所言："榴花书屋在大云坊大乘庵之东，徐渭降生处，中有大安石榴一本。"

李善文认为"这里明确指出徐渭出生的故宅名'榴花书屋'"，故其认为榴花书屋跟青藤书屋不是一回事。其实古人往往有多个堂号，未曾指明并不等于不存在。徐渭所绘《青藤书屋八景图》中有一篇《记》，此记原文如下：

予卜居山阴县治南观巷西里，即幼年读书处也。手植青藤一本于天池之旁，颜其居曰"青藤书屋"，自号"青藤道士"，题曰"漱藤阿"。藤下天池方十尺，通泉，深不可测，水旱不涸，若有神异，额曰"天汉分源"。池北横一小平桥，下乘以方柱，予书"砥柱中流"。桥上覆以亭，左右石柱联曰："一池金玉如如化，满眼青黄色色真。"左右叠石若岩洞，题曰"自在岩"。筑一书楼，可望卧龙、香炉诸峰，予题有"未必玄关别名教，须知书户孕江山"之句，遂名其楼曰"孕山舫"。额"浑如舟"三字，盖取予画菊诗中"身世浑如泊海舟"之意。舫之左有斗室，名柿叶居。其后即樱桃馆。少保公属作《镇海楼赋》，赠我白金百有二十为秀才庐，予以此款作筑室资，额曰"酬字堂"。今作《青藤书屋八景图》，因略志数言，尚为之记。万历庚寅秋九月十有一日，寿藤翁

文房用具

徐渭书,时年七十岁。

李善文认为这是一篇伪作,而后他从五个方面来考证此画及此题之伪,其中第二条为:"徐渭自失去出生故居之后,便未再回去过,所谓'予卜居山阴县治南观巷西里,即幼年读书处也',开首第一句便露出马脚!七十岁的徐渭明明住在樱桃馆——他的亲家家里,这一点,《畸谱》写得很清楚,徐渭的许多存世诗文亦可证明。可见,作伪者对徐渭的生平似乎熟悉,但绝非真正的熟悉,故其文实在陋劣。"

既然如此,那其他的历史文献中对青藤书屋的记载如何解释呢?比如徐渭作过一篇《题青藤道士七十小像》:"吾年十岁植青藤,吾今稀年花甲藤。写图寿藤寿吾寿,他年吾古不朽藤。正德辛卯吾年十岁,手植青藤一本于天池之旁。迄今万历庚寅,吾年政七十矣,此藤亦六十年之物。流光荏苒,两鬓如霜,是藤大若虬松,绿荫如盖。今治此图，寿藤亦寿吾也。田水月又题。"

对于这段自题，李善文也认为是伪作："显然，此文连同上文，皆好事者伪托之作，其内容不符，明矣。至其诗文，亦陋劣不堪，徐青藤宁作此等语耶？！"

然而对于青藤书屋的记载，此前有钱泳在《履园丛话》中的详细记载："青藤书屋在绍兴府治东南一里许，明徐文长故宅，地名观巷。青藤者，木莲藤也，相传为文长手植，因以自号。藤旁有水一泓曰天池，池上有自在岩、孕山楼、浑如舟、酬字堂、樱桃馆、柿叶居诸景。国初陈老莲亦尝居此，皆所题也，后屡易其主。乾隆癸丑岁，郡人陈永年翁购得之，翁之子侄如小岩、九岩、十峰、士岩辈皆名诸生，好风雅，始将天池修浚而重辟之，复求文长手书旧额悬诸坐上，即老莲所题诸景亦仍其旧，并请阮云台先生作记，一时游者接踵，饮酒赋诗，殆无虚日。嘉庆戊申，余重游会稽曾寓于此，为作《青藤书屋歌》

徐渭手植青藤

云……盖文长无后,有墓在木栅乡,将湮没矣,而陈氏昆仲复为修葺而祭扫之,又文长身后之遇也。"

李善文认为,钱泳此文中谈到的徐渭所植青藤乃是"相传",所以他还是认为这种说法无法确指——此即青藤书屋所在地,他的结论是:"'青藤书屋'这个名称,是后人因徐渭曾自号'青藤',于是拿它来命名他生前的居所,好事者更据其一生事迹,踵事增华凑成八景之数。一句话,是徐渭先有'青藤'这个号,后人才附会出'青藤书屋'这个名。而不是相反。当然,与之有关的书画作品,包括《青藤书屋图》《青藤书屋八景图记》《题青藤道士七十小像》等均伪作无疑。"

既然如此,那如何来解释该处被定为全国级文保单位这件事呢?李善文在文中未曾提及,然而他在小注中却说:"晚明绘画大师陈洪绶曾居青藤书屋,故该地虽非徐渭故居,作为后人相沿已久的一个纪念遗址,还是有它的意义的,仍然值得保存。"这样的话,是否应该把青藤书屋改名为陈洪绶故居呢?显然这样的命名绍兴人民不会答应。

参观完青藤书屋的第二天,我一早乘坐方俞明先生之车与绍兴图

徐渭墓园入口处

文保牌

书馆的唐微老师一同前去瞻仰徐渭墓。徐墓位于绍兴市越城区鉴湖镇的一处茶山上。沿途前行，我看到两个路牌，然而从大道转向山脚下的路却并无指示牌，驶入山坡路后，一路看不到任何标志。六年前我第一次探访徐渭墓时也是这种状况，好在当时的出租司机曾经载客来过此地，虽然走了不少弯路，总算找到了目的地。方俞明先生也只是记得此墓的大概，却在路上仅问过一人就走对了方向。

我们的车停在了一片树林之内，方兄称前行之路无法通车，而所停之处距徐渭墓已经很近。今日阳光不错，路边一片片绿油油的茶园，看上去生机盎然。方俞明在另一处山上也包下了大片茶园，他边走边向我讲解着制作茶叶的复杂工艺。而后又拐入了一条小石板路，在小路的中段终于又看到了徐渭墓园的指示牌。

沿着石板路前行一百多米，看到了一处仿古建筑的后墙，由此墙右转，就来到了徐渭墓园的门前。方兄快行几步走入园中，与看园人交涉了几句，而后挥手叫我跟唐微入内。进门看到一间仿古小屋，门楣上用篆书写着"管理室"三个字。时近中午，一位中年男子正在吃午饭。上次前来时，印象中所见的管理者并非此人。管理室的后侧有着二十余米长的碑廊，里面的碑刻大多用玻璃保护了起来，拍照颇为不易。

转过碑廊，正前方的位置乃是徐渭父亲之墓，此墓的右侧还有徐渭兄长之墓。方俞明介绍说，此处乃是徐渭的家族墓园。墓园的左侧就是徐渭墓，墓碑乃是由沙孟海所写，看来旧碑已无存。徐渭墓有着一米多高的石围，墓顶裸露，上面长满杂草，不知是否为当年的状况。

徐渭墓的后方有一座新制的小亭，小亭的后方则是徐渭纪念室，从位置上看，这里应当是前来墓园路上看到的那堵仿古白墙。走入纪念室，正中端坐着徐渭塑像，雕造手法颇为现代，塑像左右两边为展室。我等先进入左侧房屋，在里面看到一些仿制的徐渭画作，其中还

徐渭父亲墓

徐渭兄长墓

徐渭墓

纪念室

有一幅徐渭的画像。徐渭曾写过一篇《自书小像》：

> 吾生而肥，弱冠而羸不胜衣，既立而复渐以肥，乃至于若斯图之痴痴也。盖年以历于知非，然则今日之痴痴，安知其不复羸羸，以庶几于山泽之癯耶？而人又安得执斯图以刻舟而守株？噫，龙耶？猪耶？鹤耶？凫耶？蝶栩栩耶？周蘧蘧耶？畴知其初耶？

按徐渭自己的说法，他小时候很胖，青年时瘦了下来，到了而立之年又渐渐变得肥胖。从此画像上看，徐渭并不瘦，但也难以从面相上看出其与世俗的不相谐。展室的玻璃柜内还摆放着一些《徐文长集》的复制本，以此来展现徐渭的文学成就。

进入另一间展室，这里同样是以展板的形式悬挂着一些仿制品，其中最有名气的，当然是其代表作《墨葡萄图》。这幅画作我在不同的画册上看到过很多回，总感觉图案上画的像是紫藤。当然专家的意见不会有错，也许这种画法正是徐渭特立独行的另一种表现形式。

对于徐渭的画作，张岱在《陶庵梦忆》中给予了很高的评价："今见青藤诸画，离奇超脱，苍劲中姿媚跃出，与其书法奇绝略同。昔人谓摩诘之诗，诗中有画，摩诘之画，画中有诗；余亦谓青藤之书，书中有画，青藤之画，画中有书。"

张岱将徐渭与唐代王维相提并论，可见他是何等看重这位乡贤。而在后世关于徐渭的传说还有很多，比如有人认为《金瓶梅》的作者兰陵笑笑生可能就是徐渭，这样的猜测本自袁中道在万历四十二年（1614）所写《游居柿录》中的一段话：

> 所云金者，即金莲也；瓶者，李瓶儿也；梅者，春梅婢也。旧时京师，有一西门千户，延一绍兴老儒于家。老儒无事，逐日记其家淫荡风月之事，以西门庆影其主人，以余影其诸姬，琐碎中有无限烟波，亦非慧人不能。

在这里，袁中道并没有直接称兰陵笑笑生就是徐渭，仅说了一句作者乃是"绍兴老儒"，正是因为他的这句话引起了后世的广泛猜测，有人认为"绍兴老儒"就是徐渭，但不论是与不是，这些都足以说明徐渭在后世有着广泛的影响力。我两度来到他的墓前，已然表示了我对这位前贤的景仰之情。

宋旭（1525年—1606年）
山水高华苍蔚，名擅一时

洪丕谟在《看懂中国绘画》中称宋旭为"开苏松画派先声的前辈画家"，并且进一步解释称其："山水师法董源、巨然、吴镇和沈周，画风温和秀润，略变'吴门画派'的作风，开'苏松画派'的先声。后来'松江画派'的主坛人物赵左、沈士充，都出于他的门下。"虽然松江画派的主要人物出自宋旭门下，然而后世并未将他归为该画派的创始人，这是源于他乃嘉兴人，只是客居于松江。但不可否认的是，他的确对松江画派的兴起起到过重要作用。

陈传席的《中国山水画史》第七卷第七章中讲到了华亭派、苏松派和松江派，这里三派并提，并且把宋旭和华亭派排在了首位。对于宋旭的作用，该节中写道："基本面貌似近吴门派，又有变化，《明画录》称其'所画山水，高华苍蔚'，印之其画，正符。所以他的画与吴门派实际已不同了。但也绝不是截然不同。《明画录》又称他的画'名擅一时'。他的画对苏松、云间等派影响甚大，但因为他原籍不在松江，一般说，这地区的几个画派不以他为首。实际上，他是这个地区几个画派的奠基人。"

关于宋旭的绘画师承，《哥伦比亚大学明代名人传》中称："作为一名画家，宋旭不同于其后世画家们，他既工山水，又兼善人物。他的书法喜用八分书，同时在他的画作题跋和落款中也经常使用这种字

《山水册》（之一） 故宫博物院藏

体。宋旭开始习画时，当时的画坛领军人物是沈周。于是宋旭师法沈周，深入研习其绘画作品，从中获益颇丰。宋旭常作巨幅山水，所画峰峦树木，气势恢宏，苍劲古拙。"而尚辉在《松江画派》中亦称："（宋旭）善诗工书，学画于沈周，基本面貌近于吴门派，但又与之有所区别。"

关于其画风上的转变，《明代名人传》中称："十六世纪末，以顾正谊、莫是龙、董其昌三人为首的华亭派发起了南宗画派运动，主张效法元代绘画大师画风，宋旭也开始师法元代山水画。在画风的转变上，宋旭主要受莫是龙的影响，两人又是临乡（莫是龙为松江府华亭人），于是成为挚友。"但宋旭与三位华亭派的领军人物有何区别呢？该《传》认为："值得注意的是，南宗画派的领军人物顾正谊、莫是龙、董其昌等都出身上层士族，而宋旭和其弟子则都出身平民，他们

《山水册》（之二） 故宫博物院藏

当中没有任何人做过官，也没有通过任何科举考试。和士族出身的画家们不同，他们没有留下详细的生平撰述，也没有成卷的著作。只有赵左因和董其昌有一定的交往，也发表一些画论，《无声诗史》记其画论一则，阐述了他对于山水画创作中要重视山水的动态之势的艺术见解。"

宋旭虽无专门的著述，但也有画论传世，明唐志契在《绘事微言》中记载其所论如下：

> 宋石门云：画山水惟李成、关仝、范宽，智妙入神，才高出类。三家鼎峙，百代标程。前古莫能方驾，近代难继后尘。夫气象萧疏，烟林清旷，毫锋颖锐，墨法精微者，营丘之制也。石体坚凝，杂木丰茂，台阁古雅，人物幽闲者，关氏之风也。峰峦浑

《山水册》（之三） 故宫博物院藏

厚，势状雄强，抢笔俱匀，人屋皆质者，范氏之作也。复有继起者，或有一体，或具体而微，或预造堂室，或各开户牖，皆可称尚，然方之三家，犹诸子之于正经矣。

宋旭认为，李成、关仝、范宽三人的绘画理念犹如经学史上的"六经"，属于绘画的正脉，而后他分别描述了这三位大画家每人的绘画风格，认为后世画家大多是效仿他们的画风，虽然各人也有所创见，然没能出三者之藩篱。宋旭的这个观念对松江画派有重要影响，高居翰在《山外山：明代绘画》中称："松江绘画发展史上的一件大事，即是 1570 年代，宋旭的到来。"

高居翰在文中讲到宋旭在 1525 年出生于嘉兴附近的崇德，而《嘉兴府志》载，宋旭是"万、隆间布衣，以丹青擅名于时"。高居翰又

《万山秋色图轴》局部　故宫博物院藏

称:"有关他早年的生平、如何学画或如何通达学识等,我们都毫无所知。他有能力赋诗,并且热衷此道;他也习书,酷爱古意盎然的'八分'体。据说,在专研绘画时,他对沈周的作品情有独钟,毋庸置疑,其山水风格主要也就受到沈周影响。一件作于1543年的仿夏珪手卷,暗示了他早年曾经师法夏珪,另外可能也包括了其他的宋代大家。"

尽管宋旭对松江画派的发展起到重要作用,但他在画史上的地位却并不高。高居翰在专著中谈到了这一点:"虽则有时绘画人物,宋旭主要还是山水画家,他的巨幅作品'层峦叠峰,邃壑深林,独造神逸',以其'古拙'及'气势',而称颂一时。根据记载,他的作品极受欢迎,形成'海内竞购'的盛况;但这只是传统惯用的词汇,用以尊称许多画家,其中,有的画家似乎也不过就是稍具地方名望而已。宋旭的作品并不为后世论者所取,评价始终甚低,今日亦然。"

为此,高居翰谈到了宋旭所绘的《辋川图》,该图存在两个版本,其中一个版本现存旧金山亚洲美术馆,对于该图的情况,高居翰写道:"宋旭在'旧金山'版的《辋川图》卷中指出,他的作品系仿自王蒙的仿本,而王蒙则仿自王维原始的构图。因此,宋旭此卷尤其可说是糅合了各种风格的来源,中国的鉴赏家想必都了若指掌才是。画中有些地带的安排极为紧密,岩块也有扭曲的现象,以及在用笔方面,宋旭也有许多特征,可以明确看出是以王蒙为范本。王维的原始构图(如我们在其他版本以及依郭忠恕仿本所制之1617年石刻本之所见),则提供了建筑物、竹林、群山、流水等布局大要。"

对于高居翰所说的"指出",应该是指宋旭在该图卷后所书自题:

心文吕子向见王叔明临王摩诘《辋川图卷》,展玩殊爱,戏谓余曰:"子亦能仿佛往迹,无愧若人乎?"余笑而诺之。万历甲戌夏日,避暑心文三愿斋中,意兴闲适,笔研多暇。因想像高风,率尔为此。何敢仰希摩诘！而叔明尚未能得一班也。心文之戏宜哉，故白。余歉于末，并识岁月云。邑人宋旭。

此画中的心文就是吕炯，乃吕留良的叔祖，也是石门人，跟宋旭是同乡，故两人是不错的朋友。吕炯曾经见过王蒙临摹的王维《辋川图》，很希望宋旭也能够临摹一幅，于是在万历二年（1574），宋旭来到吕炯的书斋，临摹了一幅。宋旭谦称他临本的水平比不过王蒙，跟王维原作差得就更远了。然高居翰注意到，宋旭临摹的《辋川图》并非是照临："不过，为求新意，宋旭以自由变化的方式，改变了王维的构图。原来在这位八世纪画家的构图当中，景致始终维持在中景距离左右，地平线的高度也固定不变，宋旭的卷子则是按照明代习见的形式，以坡麓填满所有的空间，暗示出地平线是在山坡上方的某处，有时他也将地平线向下移动，以表现出景深及开阔的天空。这种布局手法与沈周尤其相关，很可能就是由其始创。"

可见，宋旭有着自己的绘画理念，他在临摹古画时也会加入自己的观念，而高居翰在书中详细描绘了宋旭所绘《辋川图》的结构方式，给出了如下评价："在此，我们看到了'作手'宋旭最为精妙的一面，无论是下笔描绘松树、竹林、布满岩石的激流，或是其他各段娱人的景致，宋旭都显得自信满满。在美感的品味上，宋旭也展现了些许的幻想特质，可由一些小地方看出，例如，他在画中汇集了各种不同颜色变化的圆形、椭圆形鹅卵石，或许有人会因此而联想起童话插图。对于当时看惯了苏州刻板画风的人而言，宋旭以此风格描绘山水，想必会使许多人有一种欣喜的解脱之感吧。"

2019年2月19日，我乘刘正武先生之车，由湖州前往莫干山镇。经刘先生介绍，得以见到莫干山图书馆的朱炜先生，在朱先生的带领下，我们进入莫干山风景区，去探访天池禅寺。在上车之时，我无意

侧旁有一个小口

间看到刘先生所开之车后轮胎亏气，而朱炜说莫干山虽然是热闹的旅游景点，服务设施却并没做到完善的配套，镇上竟然没有修车之处，因此刘先生只好开车前往德清县城去补胎，而朱炜带着我先沿着山路慢慢地向前走。

上山之路乃是建在一条溪水侧边，道路随着河道蜿蜒上行，河水清澈见底，江南人的灵气跟水的丰沛成正比。朱炜对传统文化有着特别的爱，他向我简单地讲述着个人经历，虽然不时有谦虚之语，但能够清晰地感受到他对传统文化的挚爱。

大约走出一公里，我们来到了莫干山景区入口处，这里禁止外面的车辆进入，于是我们等在这里。我边听朱炜讲解莫干山景区的来由和变化，边观赏着这一带的山水，虽然我没查到宋旭说过以自然为师的言论，但想来这一带的景色曾经给他的山水画以不少的启迪。

半小时后，刘正武先生返回，于是我们开车进入景区。上山之路虽然平整，坡度却太大，并且有着连续的急转弯，我不知道当年宋旭等人是如何登上此山，但这么大的坡度，想来不可能乘马坐轿，想到古人的行路难，顿然让自己有了些许的幸福感。

行驶出几公里后，大概到达了莫干山的半山腰，此处有第二道检查站，朱炜报上其所找之人的姓名，但对方工作态度极其认真，并没有给我们抬起杆来，而是打电话去核实。几分钟后，得到确切结果，我们才得以继续前行。工作人员给我们抬杆时，我顺嘴问了一句天池寺还有多远，他向前一指说，就在前面。果然开出去不到一公里，我就在路边瞥到了天池禅寺的指示牌，于是立即请刘先生停车。好在此刻下山的车已不多，刘兄赶紧掉头，停到了路侧旁的一块小空地上。

进入天池禅寺的入口用围挡封了起来，站在路边探望一番，有可能现在的入口处在此下方，但该寺处在一个坡度较大的斜坡上，若走到下方将会有很远的路，并且朱炜说他也不确定那里有入口。他还告

分开后仔细查看文字

诉我说，前几年天池寺被山洪冲毁了，现在正在复建。这可能是封闭的原因，但即便如此，我也想到里面看个究竟。我观察一番，发现围挡的侧旁有一个小口可以钻过去，而小口的下方有着几人高的一段断崖，从此穿过虽然危险，却也是唯一可行的办法，于是我把相机递给朱炜，而后抓着围挡侧身钻了过去，他们二人也以这种方式进入了围挡内。

围挡的内侧仍然是坡度较陡的石子路，沿此下行，来到一块几亩大的平地，平地的正中有一座即将完工的大殿。站在这里观察一番，似乎天池寺当年的面积也不大，但朱炜说以前这里的空地比眼见的要大，也许是山洪带下来的淤泥减少了寺院的面积。

我们在院中四处探看，刘正武和朱炜注意到有两块刻石面对面叠放在地上，他们想看看上面的文字中有没有谈到宋旭，于是两人合力将上面的刻石抬起。我看到他们吃力的情况，坚决制止二人的行为，因为见此就会心有余悸，但两人执拗地要将此搬开，对我的劝阻置若罔闻，我看到二人将石碑侧起十分费力，于是咬牙上前助一把力，终于将上面那块搬起侧在了一棵大树身上。可惜这样的努力未能得到预期效果，两人细看两块刻石上的字迹，仍未能找到宋旭字样。

眼前的天池寺基本上是建设中的工地，但朱炜告诉我，他已查得山洪过后该寺还有一段残墙，而后他带我们走到寺院的前方，果真看到一段三米多的古墙。这段墙体的残留跟它前面的那棵大树有着直接关系，这棵大树挺拔粗壮，乃是一棵古银杏，树身上挂着一块铭牌，上面写明树龄已达六百七十年。如此算起来，宋旭在此寺时，这棵树已经屹立于此一百余年，想来他曾在这棵树下乘凉。此树的粗壮竟然能够抵挡山洪，同时还为它身后的一段残墙提供了庇护，这真是一棵有功德的树。

银杏树的侧前方有一个小房间，朱炜带我二人进去探看，里面是个

树龄

落款王阳明

残墙状况

小小的山洞。洞内颇为幽暗，大家用手机照明，我看到洞壁上刻着"观音洞"三个字，洞的深处还供奉着一尊瓷质观音，侧壁上刻着大大的"佛"字，落款竟然是王阳明，然字迹似乎非寻常所见阳明体。朱炜称他以前来此洞时，似乎没有看到过王阳明的题款，但他却记得此石上原来刻有佛像，在手机灯光的照射下，果真看到了一尊浅浮雕佛像。

走出观音洞，我们在寺内到处查看着刻石，希望能找到相关的文字记载，而后在寺前的侧墙上看到一块刻石，上面有古人线描造像，细看上面的题款，原来是"明王阳明先生天池寺行吟图"。从风化程度看，应该是新刻。

走出该寺，朱炜告诉我，在盘山路的另一侧原本是天池寺的塔林，也因洪水全部毁掉了，但还有遗迹在。于是我们钻出围挡，走到马路的对面。二人上去探看一番，果真还有几座舍利塔的残迹，但因为看不到铭文，故无法确认宋旭是否葬在了这里。

此时天已渐渐暗了下来，于是我们原路下山。在路上朱炜给我出示了一本内部刊行的《莫干山志》，他说此书不好找，无法送给我。我翻出文中天池禅寺的介绍，将其拍照了下来。回来后细看，上面详细讲解了天池寺的历史，但同样只字未提宋旭与该寺的关系。富路特、房兆楹主编的《哥伦比亚大学明代名人传》中称："关于宋旭的生平，他后来是否出家为僧这一点，一直不清楚，但在宋旭后期的生活中，有三个佛教色彩浓厚的名字通常被认为是宋旭的法号，分别是'祖玄''天池发僧'和'景西居士'。"

过了不久，朱炜又发给我裘樟鑫、释性空主编的《佛教诗词楹联选·嘉兴市》（卷上），此书中录有宋旭的两首诗，而在简介中，该书有如下字句："少参武康天池僧法，兼通禅理。僧名祖玄，号景西居人、天池发僧。"从以上的这两段话来看，宋旭确实跟天池寺有一定的关系，然而他在该寺是否出家，显然找不到更多佐证的材料。

孙克弘（1532年—1611年）
善画山水花鸟，又能以水墨写生

高居翰所撰《山外山·晚明绘画》中的第三章为"松江画家"，此章分为五节，第二节专谈孙克弘。在这里，高居翰没有使用"松江画派"一词，然该章中所谈均为该地区的绘画名家，故作者在该章的总论中称："前面两章所提的松江画家，在中国评家笔下，还可分为几个次团体或流派，各自因地而得名：松江（府）、华亭（含县及县城）、云间（松江地区的旧名）等派。在此，我们将不为这几个派别作任何界定——反正其彼此间的分际也不清楚——不过，随着本书发展，我们还是会见机讨论。回溯这三个流派，没有任何一派可以早于晚明阶段。"

高居翰认为，松江画派有着不同的分支，并且这些派别之间也无法作出明晰的界定，也许这正是他以"松江画家"作为将该章节名称的缘由所在。高居翰在此章中首列宋旭，而后是孙克弘，接下来是赵左、沈士充、顾正谊与莫是龙，从这个排序可以看出孙克弘在松江画派的重要地位，只是高居翰没有使用"派别"这个词来笼罩他。

关于孙克弘，高居翰首先给出了简约的定义："孙克弘并非职业画家，他具有文官身份，而且是一审美家，闲暇时，以作画自娱。"孙克弘的文人身份要从他父亲谈起，《松江文化志》编写组所编的《松江文化志》中称："孙克弘，一作克宏，字允执，号雪居。明松江府华亭县人,家住东门外孙家园。少巧慧,博涉群书,状貌疏野,而气度萧远。能诗,工书画,精'宋嵌'。以父荫(其父孙承恩,世宗时任礼部尚书)入仕,官至汉阳知府,因忤高拱罢官归。筑室北俞塘,称'东郭草堂',列所藏名家作品于'秋琳阁',觞咏其间,客至如归。"

原来孙克弘是靠父荫而入仕,后来做到了汉阳知府。孙克弘的父亲名叫孙承恩,二十岁时就考中了举人,关于孙承恩的履历,姜绍书在《无声诗史》中称:"孙承恩,字贞甫,号毅斋,华亭人。年方二十,以儒士登弘治甲子乡书,举正德辛未进士,改翰吉,授编修,武宗末年引疾归。世宗登极,召还朝,以修《明伦大典》,迁左春坊中允,充经筵讲官,典试南北两畿,所得皆知名士。"

明嘉靖年间,孙承恩任礼部尚书,他曾三典文试,有很多名士被其所取,比如高拱、张居正、李春芳、王世贞等一流人物均出其门。张健所著的《徽州鸿儒汪道昆研究》中称:"嘉靖二十六年春,汪道昆考取了进士,中会试第五十九名,殿试三甲第一百零七名。与后来权倾朝廷的张居正同榜。与汪道昆和张居正同中进士的还有一人颇值得注意,那就是后来叱咤文坛的王世贞。同科还有殷士儋、凌云翼、陆光祖、杨巍、宋仪望、徐栻、杨继盛。这一科有第一流的政治家、第一流的文人、立功边疆的大帅、弹劾权贵的忠臣,可算得人才鼎盛。"

孙承恩有着识人之才,故皇帝对其颇为留意,《无声诗史》中写道:"寻升南京翰林院侍读学士。世宗尝顾近侍曰:'何久不见稀鬓中允?'盖讲筵中惟公头颅少发,上每目属之。而公居宦南京,上不见在侍从之列,故念公而以问近侍也。皇太子生,召公为詹事府少詹事,兼侍读学士,迁礼部尚书,仍兼掌府事。会有忌者,力引疾归。然上每念公,逾年,召掌詹府,原官加太子少保。公应制赋《瑞雪》诗,上特赐和,书以龙笺,钤以御宝,题为《赐和承恩瑞雪吟》,诚异数也。公先朝耆硕,时游戏丹青,善画美人。卒年八十一,谥文简。子克弘。"

孙承恩在做官之余也喜好丹青,以画美人最为著名,陈继儒在《妮古录》中亦提到了这一点:"吾乡孙毅斋文简善画美人。"孙承恩退休返乡后,建造了一座园林,在此创作了一些作品,可惜这些画作都没有留传下来。

关于孙承恩的为人,莫是龙在《云间杂志》中称:"孙文简所居之左为太清道院,当路欲举其地畀公,公曰:'此童时所息游也。其羽流亦旧所交与,吾既不能营葺,忍夺之乎?!'又一葬地与公第密迩,公荣归,其人欲徙去,公不许,乃筑墙以障之。只此二事,何等忠厚。其子雪居竟无后,天道殊不可晓。"

从这两件事可以看出,孙承恩为人之宽厚。他是荣归故里的高官,其居所附近有一所道院,而其家乡的父母官想将这块地赠送给孙承恩,孙承恩却说这是他小时候玩耍之地,并且跟里面的道士有着不错的交情,自己又不能帮着修建道院,已经觉得不好意思,又怎能忍心去占为己有。其庄园的另一侧有一块坟地,坟主的家人觉得这样不太合适,于是准备迁坟,孙承恩制止了对方的善意,只是在庄园和坟地之间盖砌了一堵墙来隔开。

孙承恩如此好的为人,却子嗣单薄,直到五十岁左右才生下了孙克弘。他对此子疼爱有加,然而遗憾的是,孙克弘子嗣比父亲更加单薄,竟然无子,由此而断了孙家的香火。这个结果令莫是龙大为感慨,因为这不符合人们普遍相信的善有善报。

孙承恩返回故乡后不问世事,孙克弘一直服侍左右。嘉靖四十年(1561),孙承恩去世,享年八十一岁,嘉靖皇帝感念孙承恩为朝廷作出的贡献,故授予孙克弘为应天府治中,而孙克弘在此任上尽心尽力,作出了一定成就。何三畏在《云间志略》中称:"循荫授应天府治中,以名家子为上官所知,而莅事廉明,吏民亦皆慑服。曾视上元县篆,条陈粮差法,刻石县门之傍,今且著为令,邑人永赖之。旋以治行最擢汉阳太守。时当衡王之国，舟车毕集，道路驿骚，而公署之甚整且暇，凡供帐厨传随处而设，不啻呫磋辨者。且地当衡巫鄢邓之冲，蕉蒲之所胥萃，而公申之以重法，扇之以仁风，招募练习兵人以肃防御，群盗惮之，辄望风解散。台察以此倚重公，拟咨蕲黄备兵使者。而会汉阳遣人致书候高新郑。新郑文简所举士也，时正柄国修隙于徐文贞公。而所遣人道逢徐太常仆，与之俱入都门，同在居停舍。新郑大索徐仆，而并捕汉阳所遣人。省臣韩楫上书劾太常，而波及汉阳，公坐是免归矣。后新郑廉知其无辜状，属所知以书招汉阳，汉阳第亦以书谢之，自此绝无营进意。"

孙克弘为官公正廉洁，故被提拔为汉阳太守，他在此任上整顿了当地的风气，却无意间被卷入了权力之争。明嘉靖、隆庆年间，朝廷党争盛炽，徐阶与高拱内阁之争影响最大，而后高拱称病辞官。隆庆二年（1568），徐阶也辞官返乡，高拱再次入阁。正在这个阶段，孙克弘被推荐为黄州备兵使。孙克弘在受职前先派家仆孙五带着书信入京疏通关系，没想到孙五在京被高拱的手下抓获，于是高拱想以此来报复徐阶。然而在搜查孙五时，发现其仅带一封书信并无其他证据，恰在此时，有松江人来状告徐阶家丁延误转运颜料银，高拱就将此事移花接木与孙五之事联系起来，编造成为徐阶听闻有人入京告状，故派孙五来京阻拦告状之人，而孙五被屈打成招，最后孙克弘遭到免职，完全成为了上层斗争的牺牲品。

隆庆六年（1572），高拱在内阁中已经地位稳固，于是邀孙克弘入朝为官，而此前发生的冤案已经令到孙克弘心灰意冷，将官途视为畏途，于是婉言拒绝。

对于孙克弘的研究，我所查到的资料中，以毛辰瑜的硕士论文《孙克弘研究》最为详尽，对于孙克弘此时的境遇，该论文中引用了《穰梨馆过眼录》中著录的孙克弘绘《水墨柳燕图》，画上有自题诗一首：

《玉堂芝兰图》 故宫博物院藏

> 送归燕，送归燕，秋社今年又一遍。明年春社是来时，隔不半年仍复见。送归燕，送归燕，似把人家作邮传。来时不是慕富贵，去日曾非弃贫贱。口喃喃，尾涎涎，意与主人相眷恋。对语殷勤杨柳楼，双飞再回梧桐院。楼中院，有宾客，主人日日开高宴。酒杯在手易肺肝，酒杯去时革颜面。若将燕子比人情，燕子年年情不变。

毛辰瑜称此画作于隆庆五年（1571），而这个阶段正是孙克弘卷入徐阶、高拱党争一案之时。在此诗中，孙克弘自称为主人，把朋友比喻成燕子，而后谈及了主人与燕子之间的交往心态，这也表达出了经历磨难后的孙克弘视当官为畏途的原因所在。然毛辰瑜却认为："经历了那些子虚乌有的判决和污蔑，孙克弘从开始为官时那种意气风发，敢作敢为，立誓要做出一番事业来的有为青年转变成了看清官场险恶，无意为官，力求独善其身的文人隐士。孙克弘一案也许埋没了一代名臣，但却成就了一个书画名家，对于美术史来说亦是一幸也。"

免职回家乡的孙克弘陶醉于他的艺术生活，当年孙承恩曾建有东郭草堂，孙克弘对此进行了整修，陈继儒所著《晚香堂小品》卷九《孙汉阳太守传》中称："遂于东郊故居修筑精舍，辇奇石，置庭除……涤除洒扫，屏榻如鉴。客至，命张具，鼓吹递作，童子按院本新声，间舞狻猊及角抵之戏。"

孙克弘在旧居内摆放了许多奇石，常请朋友来赏园听歌，孙克弘对这样的生活十分满意。对于孙克弘的一生，陈继儒《祭孙雪居文》写得最为详尽：

> 惟公起自世家，出为循吏，早岁挂冠，退有余地，季鹰达生，仲长乐志，豪举没身，实强人意。东皋之上，花榭月台，曲

折回互，妙有华裁，辋川清秘，老而不埃。锦缠绮席，涂册卷白，击鼓考钟，卜昼及夕，舞袖歌喉，老而不歡。好客之癖，闻于江东，履綦如云，谈笑生风，坐上酒尊，老而不空。尔橐则虚，尔肠则热，饥寒借色，交游借舌，缓急称施，老而不绝。名画法书，远近购求，寸缣是宝，片纸千秋，砚田长稔，老而不愁。耆旧共推，风流自命，中无俗情，戏有律令，恒化悠然，老而不病。为火神仙，为贫孟尝，享福则清，得寿则康，物情不妬，上帝不殃，与角缺齿，伯道何妨，况公高名，无胫而走，彼青紫者，反落公后，谁彭谁殇，谁传谁朽。快哉公乎，醉我一缶。

孙克弘在他的庄园内呼朋唤友生活得十分惬意，他为人豪爽，无论贫贱一律同等待之，即使不认识的人投奔他而来，他也同样予以招待，真可谓谈笑有鸿儒，往来也有白丁。姜绍书在《无声诗史》中称："声音洪畅，状貌疏野，居恒好着民间平头帽，旁缀小金瓶。又好写笠屐小像，仿佛皆晋唐遗风，非近代以下人物也。"看来孙克弘并无纨绔子弟像，他的这身平民打扮很接地气，也许这正是他人缘好的原因之一。可能是因为父亲的遗传，他对绘画极其在行，故《无声诗史》中又称："远近干请无虚日。人有伪貌其笔以衣食者无数，当路悬购，十不得一真，率采声而已。"

孙克弘在热闹之余还有些画作，而他的绘画大受时人追捧，但毕竟能够得到他的真迹者是少数，于是市面上出现了大量的伪画，这些画的落款都是孙克弘。对于这种状况，毛辰瑜在其论文中评价说："有大量的伪作出现并当市悬购是孙克弘作品在当时闻名遐迩的最好佐证。如此说来，以孙克弘与松江文人圈子的关系以及他精湛的画技理应在松江画派占一席之地。但孙克弘在历史上却是松江画派的边缘人物。"

毛辰瑜称孙克弘是松江画派的边缘人物，这与高居翰的评价有较

《耄耋图》 故宫博物院藏

大差异，对于孙克弘在松江画派中的作用，毛辰瑜认为："孙克弘以花卉著名，又性格爽朗，热情好客，对推动松江画派的发展起着很大的作用。莫是龙、顾正谊和孙克弘都是当时松江的名门望族，由于在绘画上的造诣以及对绘画理论的阐扬，且家藏丰富的艺术珍品，可供鉴赏观摩。他们热情好客，乐于交游，宅第巨大，庭院雅秀，一时士人云集，这些家院成为研究鉴赏及临摹古迹的理想场所。领导并推动松江画派逐步进入兴盛时期，因此成了早期松江画派的核心人物，孙克弘的东郭草堂成为松江文人汇集的地点之一。蓝瑛二十三岁时投入孙克弘门下，因孙克弘关系结识到了当时画坛名士董其昌、陈继儒等人，对他一生的艺术创作都有着深远的影响。这也就是孙克弘在松江文人圈中良好的人际关系给蓝瑛带来的一些便利了。"

既然如此，那为什么把孙克弘视为松江画派的边缘人物呢？毛辰瑜认为："松江画派是对于明末山水画的变革，不曾涉及花鸟画。对于孙克弘这样以花卉为主要绘画题材而极少涉猎山水画领域的画家来说是无法直接参与这样一次变革的。"

关于孙克弘的绘画风格，《松江文化志》中有如下简述：

> 山水宗马远、米芾；花鸟初学徐熙、赵昌，后师法沈周、陆治；水墨竹石仿文同。兰蕙仿郑思肖。善以水墨写生，纵横点染，无不精妙。偶作人物仙佛，则学梁楷，笔墨简逸，也很生动。善用枯老之笔行干作花，或着色或水墨，皆极古淡。亦兼工笔，《百花图》为工笔设色代表作，勾勒工整，敷色明丽。晚年专写墨梅。所作画，被誉为"逸品"，求者极众，多命门下士应付。

对此，高居翰在《山外山》中却认为："他的画风以徐熙、赵昌的花鸟画传统为主；在山水方面，则学习马远、米芾；有时也画人物，其中包括随笔小像。当索画者过多时,便由弟子服劳代笔。伪貌其笔以求衣食温饱者,也不在少数。有几位学者便箴诫我们,凡题有孙氏名款的画作,十不得一真。而且,只要是设色艳丽、以孙克弘为名的工笔折枝花卉,一律都是伪作。他们指出,'下笔苍古'乃是孙克弘真迹原作的特色。时人对他所绘的花卉甚有高誉,但是,以今日传世的作品看来,似乎并不怎么有趣,而且,系在他名下的人物画,很可能也以伪作居多——或者说,我们宁可如此相信,因为即使这些作品为真,也不可能增进孙克弘的绘画声誉。"

看来孙克弘的绘画题材以花鸟为主,同时也有一些山水画和人物画,但因其名气所在,求画人太多,故孙克弘会让弟子代笔。这是孙克弘真迹留传稀少的原因所在。

孙克弘的画作留传至今者,高居翰认为有两个手卷乃是其亲笔所绘的精品:"孙克弘最富原创性,且最能符合其声名的作品,乃是两部手卷。其中一部是无纪年的《销闲清课图》,系由诸多景点串贯成卷,现藏台北故宫博物院。另外一部《长林石几》,则是孙克弘传世最早的作品,

《销闲清课图》局部　台北故宫博物院藏

描绘'石几园'中的景致,系画家为园主吕雅山所作,时间是 1572 年。"

高居翰所说的《长林石几》图现藏于旧金山亚洲美术馆,对于该画的风格,高居翰评论说:"在描绘庭园周遭的山丘及土石时,孙克弘运用了宋旭的风格,想必是学自宋旭无疑;宋旭的《辋川图》卷,大约也作于此时。庭园本身并未以特定的风格描绘,而完全依照画家视觉之所见,敏锐地录其形貌;以孙克弘技法之所及,无疑已经相当写实。我们可以将此卷看作是庭园爱好者对于园主造园巧艺的仰慕之作,举凡园中悉心切砌的装饰石块、由细小圆石所铺设而成的步道,以及以石头砌边的池塘等等,无一不出自意匠巧思。全卷设色以重青绿为主,并将青、绿二色混合,使其在色调上,呈现出微妙的浓淡变化,显得妍丽异常。无论孙克弘此画,或是宋旭《辋川图》卷中的华丽设色,都是后来松江派绘画——亦即在董其昌的品味及其狭隘的画评成为艺坛主流之后——所难得一见的景象。"

看来孙克弘对园林中的奇石最感兴趣,而从现有的资料来看,他的确画过不少的与奇石有关的画作,比如他曾画过《石谱图》,此

图总计画了十种不同的观赏石,其中包括"仇池石""书荒石""崂山石""卞山石""昆山石""泰山石""锦水石""蒙山石""蒋杲石""灵璧石"。而《佩文斋书画谱》中也著录有《孙雪居画石卷》,此即故宫博物院所藏的《七石图卷》。《佩文斋书画谱》中还著录有孙克弘所绘《摹米氏研山图》,米芾以爱石著称,孙克弘也有爱石之癖,所以他喜欢摹这类画作。董其昌在《画禅室随笔》中有《题孙汉阳卷》跋:

> 右录米元章一帖。观此,知米、苏相易事诚有之,《铁围山丛谈》或传讹耳。然余又于宋光禄家得米元章所画研山,云根雪浪,直凿混沌。吾乡雪居先生,又图为卷,可与元章竞爽。余将以米画赠之,惟欲易东皋草堂前一片烟霞,便意足也。

当年米芾喜爱甘露寺附近的一处宅院,于是他以自己最为心爱的研山换得此院,之后又十分懊悔。如今孙克弘重绘此图,董其昌看到后也想效米芾之举来换取孙家庄园中的美景。

对于孙克弘的画风,秦祖永在《桐阴画论》中称:"孙允执克宏,博雅好古,体貌疏野,有晋唐人风致。绘事罔不精妙,折枝花鸟得徐、黄生动之韵。山水见一长卷,用笔用墨饶有古意,惟简略率易处,未脱马、夏习气。"

看来孙克弘的绘画风格也有粗笔和细笔两类,而他的细笔更受世人欢迎。其画作留传后世者虽然稀见,但偶然还是能够窥得。张舜徽所著《爱晚庐随笔之二》中著录有他所见到的孙克弘画作:

> 华亭孙雪居,为礼部尚书承恩之子。承恩绩学能文,雪居濡染家学,以荫入仕,尝官汉阳知府。善画山水花鸟,又能以水墨写生,竹石兰草,无不精妙。余于汉上遇见其水墨写生花草一幅,

中画岩石嵯峨,上有玉兰一枝斜过,下有芝兰并生。轻描淡写,生趣盎然。幅之左上,题有"玉堂共(供)寿"四字,复记"隆庆元年初夏,写于新林学堂,雪居"十四字。有二印:上曰"雪居父",阳文;下曰"大隐",阴文。此幅不长而宽,幅之右下有"云间王鸿绪鉴定印",此盖真迹无疑。

孙克弘故居原在松江东果子弄,如今该故居已经了无痕迹。然我在网上查得如今的方塔园内有一块孙克弘故园中的奇石,此石名美女

兰瑞堂入口

文保牌

峰。不知这是否为当年的原名,想来孙克弘之父孙承恩喜欢画美女图,也许这两者有一定的关联。故我于 2018 年 11 月 3 日在陈诗悦先生和刘晶晶老师的陪同下,前往松江方塔园内探访此遗物。

我们在园内先找到了顾正谊的五老峰,而后去寻找美女峰。沿着公园之路继续向内走,跨过一个上书"厉廉堂"的院落,走入院中,这里都是仿古建筑。院中四围全部是回廊,我本以为墙上嵌着的都是一些搜集来的古代刻石,然近前探看,全部是新作的浮雕人物。沿着回廊一路看下去,未曾见到与孙克弘有关的信息。在院落的一个墙角看到了几块奇石,旁边没有说明牌,但想来不可能是孙克弘的美女峰,因为这两块石头体量实在太小了。

院落另一端的入口处挂着"兰瑞堂"匾额,影壁上却写着"上海市松江区反腐倡廉警示教育馆"。显然这里面难以跟孙克弘挂上钩,但美女峰在何处无从可问,于是走入此馆内去了解。馆内的情形却与我

身后就是美女峰

正面看确实像人形

的想象有些差异，因为里面依然是中式厅堂摆设，正前方悬挂着"明朱舜水纪念堂"的匾额。朱舜水与反腐倡廉之间有着什么内在联系，我一时思维短路。但展厅内没有工作人员，没人可问，只好由此接着向前走。厅堂的外面有一个院落，院中摆着一些展板，内容则均是与反腐倡廉相关者。这时我明白了，原来我是走后门进入的。

穿过庭院走出正门，在那里看到了兰瑞堂的文保牌，旁边的说明牌上称兰瑞堂原来是清初江西巡抚朱春的旧宅，因该堂中的主要梁架是用楠木搭建而成，所以这里又称楠木厅。见此介绍，让我猛然想起，网上称美女峰就在楠木厅旁边，于是立即围着此院附近探看，果真在指示牌上看到了"美女峰"的字样。

沿着指示牌向前走，眼前是一片宽阔的水面，水面前有一座仿古建筑，里面传来了歌声，走近细看，里面有几个人在那里尽情高歌。其陶醉状态让我不忍心打扰。刘晶晶则注意到旁边不远处有一个回廊，回廊入口处挂着"其昌廊"的匾额，想来这是为董其昌而建者。旁边的说明牌上写着碑廊内是"董其昌临怀素《自叙帖》碑"。这些刻石都嵌在墙上，上面用玻璃罩了起来，而我从哪个角度拍照都有反光，于是走到碑廊之外拍了个远景。刘晶晶却突然跟我说："你身后站的就是美女峰。"回头一望，果然。

美女峰处在一片树木内，故不走到近前很难发现其倩影，这块石头没有寻常所讲求的皱、透、漏，唯有瘦颇为符合，因为它像个圆柱一样高高地站在那里，感觉有三米多高。然转到另一侧，却看到了此石的名实相符：这块石头果真具有人形，有头有胸有裙摆，而其身体部分也有不少孔洞。难怪此石会有这样亮丽的名称，围着这块石头探看一番，在上面未曾找到题字，故我还是不能确认"美女峰"这个名字是今人所起，还是当年的旧称。然而，它毕竟是孙克弘园中故物，能够寻得此石，也算是了却一个小心愿。

顾正谊（？—约1597年）
穷探旨趣，遂成华亭一派

晚明隆庆、万历间，在上海的松江地区形成了一个画派，后世称之为"松江派"，该派在不同文献中有着不同的称呼方式，比如"华亭派""云间派""苏松派"等。大体上说，"松江派"与"云间派"无实质性差异，只是一个地方的两种叫法而已，是对整个松江地区绘画流派的统称，"华亭派"则以顾正谊为创始人，时序较早，地域稍窄。

《松江文化志》一书在谈到松江派和华亭派时，称："松江画派代表人物之一——赵左，山水学宋旭，宋旭又源于吴门沈周，因此，赵左及弟子、追随者带入了苏州的画风，形成了'苏松派'。此外，华亭派的顾正谊、孙克弘、莫是龙、陈继儒、董其昌等人都是华亭望族或是朝廷命官，社会地位很高。而苏松派的赵左及弟子沈士充、僧珂雪等，出身微寒，都是不入仕途的平民。"

以此看来，松江派和华亭派只是同一个地区一些画家的不同称呼方式，因为出身的不同，所以在称呼上也略有区别。该文又明确地说："顾正谊、莫是龙、孙克弘是隆万年间松江画派兴起的第一代画家，可视为华亭派创始人，实际上也就是松江画派的创始人。崇祯四年（1631）朱谋垔《画史绘要》中称：'顾正谊，字仲方，号亭林，官中书舍人，山水宗王叔明，画山多作方顶，层峦叠嶂，少著林树，自然深秀，是为华亭之派。'"

由以上的这些说法可知，顾正谊既是华亭派也是松江派的创始人。而《哥伦比亚大学明代名人传》一书中也将这两派一并称之，同时把该画派的开创人添加了一位："同乡莫是龙在自己的著作中多次提及顾正谊及其艺术作品。后世画家及文人将此二人视为山水画中华亭（松江）画派的开创者，该画派开创了中国绘画史上著名的南宗画派运动。"而《松江文化志》则把此二人视为携手将松江画派推入高潮者："顾正谊在画风上的创新，莫是龙在画理上的阐扬以及孙克弘在风气方面的推动，带领松江画派迈出了引人注目的第一步。自此，松江画派开始进入光辉灿烂的全盛时代。"这段话里，只是在这两者之间又加入了一位孙克弘。

对于松江派的开创者，从历史文献来看，前人有着不同的说法。明范允临在《输蓼馆集》中称："此意惟云间诸公知之，故文度、玄宰、元庆诸名氏，能力追古人，各自成家。而吴人见而诧曰：'此松江派耳。'嗟乎！松江何派？惟吴人乃有派耳。"

范允临列举的三位松江派人物，文度是赵左，玄宰是董其昌，而元庆则是顾正谊之子顾元庆。范允临在这里没有提到顾正谊，而是将赵左列在了松江派的第一位。清周亮工在《读画录》中也认为松江派的开创人应该是赵左："赵文度，名左，华亭人，与董文敏同郡同时，笔墨亦相类，世人谓开松江派者，首为屈指。"明蓝瑛、谢彬在《图绘宝鉴续纂》中也称赵左是苏松派的开创人："赵左，字文度，华亭人。善山水，笔墨秀雅，烟云生动，烘染得法，设色韵致……吴下苏松一派，乃其首创门庭也。"

关于顾正谊所创画派的名称，明朱谋垔在《画史会要》中认为，顾氏所开一派为华亭派："顾正谊，字仲方，号亭林，松江人，官中书舍人。山水宗王叔明，画山多作方顶，层峦叠峰，少著林树，自然深秀，是为华亭之派。"清徐沁在《明画录》中也持这种说法："顾正

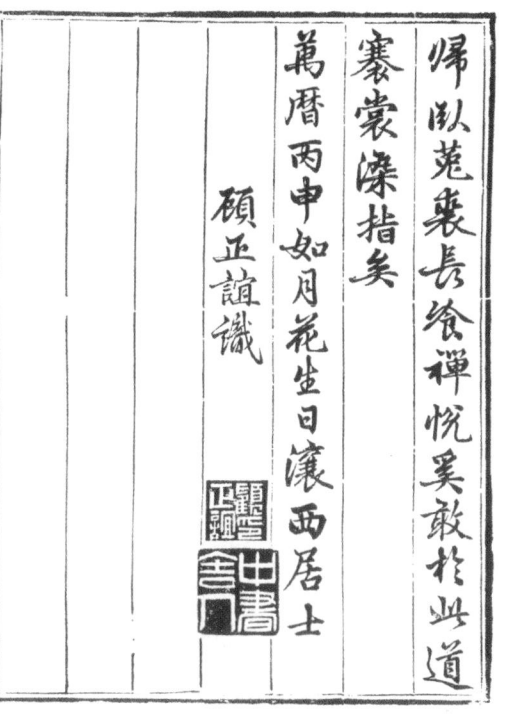

《百咏图谱》跋语

谊……画山水初学马文璧，后出入元季大家，无不酷似，而于子久尤为得力，与宋旭、孙克弘友善，穷探旨趣，遂成华亭一派。"

关于云间派的创始人，清姜绍书在《无声诗史》中称："云间绘事，自董宗伯思白为文人建幢，于是崇雅之士，竞趋秀逸，第躐迹则涉于肤浅，若竹屿者，可谓接云间之正派者也。"

姜绍书认为董其昌是云间派的开创人，吴振得该派之正传。然姜绍书在介绍顾正谊时又称："顾正谊，字仲方，松江人。中书舍人。作画初学马文璧，而于梅道人及黄子久，无不得其精蕴。同郡董宗伯思白于仲方之画多所师资。其游长安，四方士大夫求者踵接，得其洒翰，如获拱璧焉。子元庆，踵其家学，能以精工佐其古雅，有声艺苑。"

姜绍书在这里说董其昌乃顾正谊的弟子，而尚辉在其专著《松江画派》中明确地说："董其昌在他的《容台集》中也多次提及顾正谊，他们的关系应在师徒之间。"

关于松江画派，明唐志契在《绘事微言》中说过这样一段话："凡文人学画山水，易入松江派头，到底不能入画家三昧，盖画非易事，非童而习之，其转折处，必不能周匝。大抵以明理为主，若理不明，纵使墨色烟润，笔法遒劲，终不能令后世可法。"

唐志契的这段话谈到了"松江派头"，这种称呼显然带有贬义。启功先生在《启功论艺》中引用了这句话后，评论说："这话很明显正是对董其昌而发的，'墨色烟润'而'画理不明'，既非'童而习之'的行家，自不能'转折周匝'，以今天的俗语来说，就是'客串'而已。"

看来唐志契批评松江派其实是冲着董其昌而来，言外之意，唐志契将董其昌视为了松江派的代表。然高居翰在其专著《山外山：晚明绘画》中却称："虽然董其昌有时被称为是华亭派的创始者，其实，年纪比他稍长的同辈画家顾正谊，更应得此头衔。"

既然董其昌曾经跟随顾正谊学习绘画，所以把顾正谊视为该派的创始者更为说得通。但古人曾言"师不必贤于弟子"，如果单纯论辈分，当然董是顾的晚辈，然而在绘画史上的成就和社会影响力来说，当然是董大于顾。将顾视为华亭派的开创者，除了辈分的原因之外，还有一个因素是顾正谊的画风已经展现出了独特面目，显然高居翰注意到了这一点："以业余文人画家的身份，尊元末大家——尤以黄公望为要——为其主要的学习典范，顾正谊和莫是龙二人都是董其昌的前辈。除此之外，他们二人也先于董其昌，率先在自己的山水画作之中，展现出华亭派所特有的一些风格特征。"

看来正是顾正谊和莫是龙在绘画风格上奠定了华亭派的整体色调，而董其昌是在这种基础之上百尺竿头更进一步，让该派名扬天下，并对后世产生了深远影响。高居翰正是这样来评价董其昌在画史上的地位的:"松江地区有一群绘画的收藏家、专家以及酷好者,他们彼此互相交换心得意见,偶尔也以作画自娱,如此,为华亭派绘画立下了根基,而顾正谊和莫是龙二人正是众人之首。董其昌于1570年代末期加入,成为其中一员,同时,这也是他艺术生涯以及发展绘画理论的起点,不久之后,他将会掩盖其他所有人的光芒。"

尚辉认为这样的评价不足以突显董其昌在该派中的重要作用,他在专著中列举了历史上的不同记录之后,将这些人的师承关系用表格的形式予以展现,从表格里可以看到顾正谊的画风乃是本自元四家,他将这样的风格传导到了董其昌那里。正是董其昌集各家之长,才将松江派得以发扬光大。尚辉在文中是这样论述他们之间的相互关系的:"无论是松江派、苏松派、华亭派,还是云间派,他们同归于一个体系。顾正谊和宋旭应属同辈,主要师承元四家。顾正谊和董其昌属师徒辈,皆从师承元四家起步,董其昌后集宋元诸家之长,自创一体,且官位最高,寿命最长,影响也最大。赵左与宋懋晋师从宋旭,并和董其昌友善,应与董氏同辈,因其常为董氏代笔,其画风应归属董氏范畴。沈士充师从赵左、宋懋晋,其辈分在董其昌之下,也常为董氏代笔,其画风也应归属董氏范畴。因此,赵左作为董氏的代笔,便不能有创松江派、云间派、苏松派之功,沈士充的云间派也应归属董其昌。顾正谊和董其昌虽有一定的师徒关系,但董氏的真正师承在元四家和董、巨,其艺术成就和影响都非顾氏所能比拟。由此可见,在这样一个系统之中,董其昌才是实际的领袖。"

即使按照这种说法,董其昌乃是该派中最有成就者,却并非初创人,董其昌乃是上追古人、兼收并蓄,使得该派画风具有了广泛的影响力,然而给予董其昌启迪者依然是顾正谊,故《明代名人传》中称:"董其昌年轻时曾师从顾正谊。不过,欣赏顾正谊画作的人们似乎更愿意相信他的绘画风格与黄公望一脉相承。"对于董其昌为该派所作出的成就，该传中有如下总结："在华亭画派的主要画家中，顾正谊可以说是开创者，其次是莫是龙。后来董其昌改进画风，此画派最终获得巨大成功。经他们努力，追求细节的完美，这种精致华丽的山水画风在十六世纪中叶左右的画坛发展起来。此画派发展经历了三或四个明显的发展阶段，以精湛的书体方法入画是该派的特征。不过，尽管后来此派画家又开创出新的画风，但技法粗浅，模糊了该画派最初的内涵。十七世纪中叶，此画派盛行。"

这些都足以说明顾正谊在中国绘画史上的特殊地位。而对于该派在绘画史上创造出的成就，尚辉在其专著中有如下总结："松江画派的艺术成就，也就建立在对吴、浙两派末流的反叛上，他们为了力矫文徵明学赵孟頫、王蒙的细密、甜腻、烦琐和纤弱；革去浙派的硬、板、秃、拙，于是舍赵、王的笔墨图式，而以黄公望、倪瓒为基础，上溯董、巨，又参以米芾、高克恭的韵致，终于开创出一种比董、巨、米、高更加温润、秀雅、恬淡和静逸的艺术风格。"

顾正谊乃是松江华亭人，曾经做过中书舍人，晚年回到家乡致力于绘画创作。他自号亭林，这个号跟顾炎武的号完全相同，两人都被后世称之为顾亭林，正因如此，相应资料记载中往往将两人弄混，对此后世学者多有辨之。伦明所撰《三补顾亭林年谱》中谈及了前人对顾正谊此号来由所言："秀水盛百二《柚堂笔谈》称：赵松雪有《亭林碑记》颇精。又曰：明华亭顾正谊仲芳，官中书舍人。晚于濯锦江上筑小圃，林木清幽，自号曰'亭林'，以南朝顾野王所居曰'亭林'，故仲芳以自号，而顾亭林亦以名其集。"

顾正谊除了绘画之外，在诗词、戏曲方面均有成就，传世作品有散曲别集《笔花楼新声》，集中收南曲四套，小令《夏景闺情图》两组，卷首冠有插图，绘刻于万历二十四年。陈继儒作有《题〈顾仲方

《百咏图谱》内页一 《美人垂钓》

《百咏图谱》内页二 《美人临镜》

《百咏图谱》内页三 《河畔柳条柳》

《百咏图谱》内页四 《梦》

词〉》，文中称："顾仲方先生，以雕龙绣虎之才，入为凤阁侍从。长安诸荐绅，咸束锦交先生，片言尺楮，往往为宝。时因杯酒间，忽动乡国之想，乃请作《江南春》乐府，使一片燕尘顿豁，而身游于小桃弱柳队中。至于咏物、闺情，各抒才韵，绘拟所至，生气凑合，可以夺化工之权，结思人之涕。盖出其余膏剩馥，便能鼓吹词场，递传千古，谱风流者，舍仲方，吾谁与归。"

在诗作方面，顾正谊著有十五卷本的《诗史》，此书在《千顷堂书目》和《明史·艺文志》中都有著录。然而有人说，其实该书不是顾正谊的作品，明钱希言在《戏瑕》卷三"赝籍"条中载有如下一段话："昔尝于太原斋头见云间刻顾氏《诗史》，阅之乃中翰正谊名也，余与王先生相顾惊叹。王先生曰：'此岂虎头公所能办哉？'后余过云间，乃知华亭有词人唐汝询仲言者，目双瞽，著成是书，顾氏以三十金诡得之。嗟乎！唐生之文诚贱，何至此，甚也！千古不白之冤，俟异世子云者起，故当有定论耳。"

钱希言说他偶然看到一部名为《诗史》的书，该书的作者署名为顾正谊，他跟朋友颇为感叹，朋友甚至说这怎么可能是画家写出来的著作，后来钱希言在松江当地打听到，此书的作者其实是盲人唐汝询，顾正谊花钱买得此稿后冒充是自己的作品。《四库全书总目提要》在著录《诗史》时，引用了钱希言的这段话，而后作出这样的断语："据此，则是书为唐汝询作，正谊乃买其稿而刻之耳。然是书以列朝纪传编为韵语，各为之注，以便记诵，不过《蒙求》之类，不知正谊何取而窃据之也。"

看来四库馆臣也怀疑钱希言所言，因为《诗史》乃是一般的普及本，在内容上没有什么深度，以顾正谊的身份不太可能做这种低档之事。顾正谊的弟子董其昌在《顾仲方山水歌引》中，明确地称《诗史》乃是顾正谊的作品："诗与画皆谓之史。君所著有《诗史》，兹《山水歌》行世，又有《画史》矣。君画初学马文璧，后出入黄子久、王叔明、倪元镇、吴仲圭，无不肖似，而世尤好其为子久者。以余知画，故属余言弁之首。"

关于顾正谊的生活状况，董其昌在《歌引》中介绍说："君蚤年承先世之业，是时翩翩公子，无弗裘马声伎为豪举者。君独湛精雅道，孝谨自将，于里俗游闲之习泊如也。晚年田庐渐废，屏居郊园，风流得意之事见谓都尽，而翰墨会心，居然清远，无负于海内之知仲方者，是皆可以传，独画传乎哉？"

顾正谊虽然是位富家子弟，却并无不良嗜好，他将所有精力用在了艺术创作方面，到了晚年家境渐衰，但他依然陶醉于自己的艺术世界中。对于其绘画成就，《歌引》中有如下说法：

> 吾郡顾中舍仲方以许画驰声东南，尝供事内殿，奉诏犒戍塞垣，海内士大夫踵门求画，不忍言币交，或退而作诗，以酬赠能言之家，后先赓唱，靡有遗者。于是君年七十矣，尝谓人曰："吾老不能宦游，贫不能奉客，惟腕中有元季大家鬼，箧中有当时高人韵士赠言，吾岂忧身后名哉！"嗟乎！此君之所以传其画者也，虽然，画何足以重君乎哉！

由此可知，顾正谊无论诗和画都在当地有着很高的声誉，这更加说明他不太可能去买别人的作品冒充是自己的创作。从董其昌的记录来看，顾正谊的确写过一部名为《诗史》的作品，以顾正谊的身份和成就来看，他所写的书应该不会像是童蒙读物。然而后世又确实流传着这样一部书，如何来解释这之间的矛盾呢？以我的猜测，这可能是当时书商所为，因为旧时书商为了畅销，经常会将一些书署上当时名流的名字，而在出版业发达的明代尤其多这种事情，只可惜这种举措令到顾正谊的英名受到了玷污。

关于顾正谊在绘画方面的努力，董其昌在《跋仲方云卿画》中有这样一段话：

> 传称西蜀黄筌画兼众体之妙，名走一时。而江南徐熙后出，作水墨画，神气若涌，别有生意。筌恐其轧己，稍有瑕疵。至于张僧繇画，阎立本以为虚得名。固知古今相倾，不独文人尔尔。吾郡顾仲方、莫云卿二君皆工山水画，仲方专门名家，盖已有岁年。云卿一出，而南北顿渐，遂分二宗。然云卿题仲方小景，目以神逸，乃仲方向余敛衽云卿画不置，有如其以诗句相标誉者。俯仰间二君意气，可薄古人耳。

董其昌的这段跋语里涉及了两段掌故。一是关于五代宋初时的著名画家黄筌和徐熙，在沈括的《梦溪笔谈》中有一段故事，大意是两人都以擅长绘画出名，黄筌和他的两个儿子以及弟弟都在宫里担任画职，后来徐熙也来到京师，所绘之画风格虽然跟黄氏迥异，但也十分出色，可是黄筌却担心徐熙的风头盖过自己，于是评论说徐熙的画粗俗不堪。第二个掌故则是《宣和画谱》中记载的阎立本看了张僧繇的画之后，称其徒有虚名。

董其昌在《跋仲方云卿画》中首先提到了黄筌和徐熙的故事，又举出了阎立本贬斥张僧繇画作之事，而后感叹说不仅是文人之间会互相倾轧，画人之间也同样如此。他又举出了反证，说华亭的顾正谊和莫是龙都在花鸟画方面很有成就，然而两人却相互夸赞，以此来说明顾正谊人品之高。董其昌的这段话在讲述了顾、莫两人画法上的不同之后，又以佛家禅宗分南、北两派为例，认为顾正谊属于北派的"渐修"，莫是龙则属于南宗的"顿悟"。换言之，顾正谊能在绘画上独开一派，他靠的是长期的刻苦训练。

对于顾正谊所创派别的社会影响力，《松江文化志》上有如下总结："松江画派从形成到消亡，有近百年时间，但它的绘画思想、理论和技法，却一统中国画坛达四百年之久。在中国绘画史上，可以说松江画派是继吴门画派之后影响全国画坛最甚的画派。"

关于顾正谊的故居，《云间杂志》卷下载："松郡城园囿之胜，以顾氏东园、北园为冠。东名熙园，大可百亩，中有水一派，汪洋浩淼，楼阁环之，真酷似仙山楼阁者。……北名濯锦，广不及熙园之半，颇有山林之致。"彭圣芳所著《微言：晚明设计批评的文人话语》中称："王世贞所著的《游金陵诸园记》所录金陵园林共有三十六处。又如松江府有上海潘允端的豫园、华亭顾正谊的濯锦园、顾正心的熙园等。"可见，顾正谊的濯锦园早在明末就已经是江南名园之一。随着历史的变迁，到如今濯锦园早已荡然无存，然该园中的旧物却有留存，我在网上查到信息，上海松江的方塔公园内有顾正谊家庄园留下来的太湖石，此石名五老峰，总计有五块。

2018年11月3日，上海文艺出版社陈诗悦先生和刘晶晶老师陪我到松江地区寻访，其中一站就来到了方塔园，此园的十二元门票在今天真是良心价。走入园中，先找到平面示意图看了看，而后沿着公园的右侧一路前行，在公园的中间位置看到一座大殿，大殿的正前方有一组照壁，走近细看，上面并无与顾正谊有关的文字。

照壁后方的广场上矗立着该公园最著名的建筑物——方塔。这座方塔建于北宋元祐年间，如今已经有了九百多年的历史，共有九层，因为塔身呈方形，所以称之方塔。它在建筑上的奇特之处是向着东南方向略有倾斜，而倾斜的原因并不是建筑质量的不合格，是因为上海地区多数刮东南风，因此该塔在建造时就有意向着东南方向倾斜，以抵抗风力的侵袭。此塔之前有一块巨大的照壁，按照资料介绍，此照

方塔园入口

壁已经有了六百多年历史,也是从他处搬迁于此者。我走到近前仔细观看了照壁上的砖雕,果真宏大优美。照壁前有个水池,水池的对岸悬挂着一块介绍牌,上面颇为详尽地讲述了照壁的历史来由。

沿着照壁右侧往前走,前方用围墙隔出一个独立的院落,月亮门上刻着"清风徐来"字样。可惜这几个字是左读。穿门入院,里面约有三百平米大小的横长形院落,这里摆放的正是当年顾正谊濯锦园中的五块太湖石。我将这几块石头一一看过去,果真每块石头的姿态各不相同,其中一块石头的侧面还刻着几百个字,可惜字迹太浅无法辨识。

关于这五块太湖石迁入方塔园的时间,《上海园林志》中有介绍:"五老峰位于接待厅旁的小庭院里,是上海有名的峰石之一。五老峰原在明代画家顾正谊的濯锦园中,位于松江城东北前塘,明末园毁,仅存此峰,1973年迁入方塔园。五老峰是五座貌似老人的峰石,均高约四米,外形以'皱'为主,兼备'漏、透、瘦'的特点。根据各峰的

远远看到了方塔

精美砖雕

五块太湖石的位置

形状,分别称为迎客、送客、瘦、高、矮老人。"

　　仔细端详眼前的这五块太湖石,我倒看不出这五块石头呈现出了以上五种姿态,不知道这是当年顾正谊给五石所起名称,还是后人的附会。而后我仔细辨认介绍牌上的字迹,原来这种说法出自此牌:

　　　　五老峰:上海地区有名的古代遗玩太湖石峰之一,最初置于明代顾正谊私宅"濯锦园",顾是明代"松江画派"创始人之一,由他布局督造的"濯锦园"成为松江府名园。清军入关后,"濯锦园"严重被毁,幸存这组石峰,一九七七年迁入方塔园。这五座石峰酷似五位老人，根据各自的特点，人们风趣地将石峰自左至右称为迎客老头、矮老头、高老头、瘦老头、送客老头。

但无论怎样，濯锦园荡然无存了，这五块石头成为了该园的劫余。毕竟这五块石头曾经与顾正谊相伴过一些时日，它们应当见证了顾正谊苦思冥想，而后创造出独特画风的全过程。

吴彬（生卒年不详）
北宋画格于此君尚存典型

　　明姜绍书的《无声诗史》中载有吴彬生平："吴彬，字文中，莆田人，流寓金陵。万历年间，以能画荐授中书舍人。画法宋唐规格，布景缛密，傅采炳丽，虽棘猴玉楮，不足喻其工也。"吴彬是福建莆田人，曾经长期居住于南京，因为绘画有特色，被推荐到朝中为官，得到了中书舍人的职位。关于他的绘画风格，姜绍书认为可以直追唐宋，明朱谋垔在《画史会要》中有着类似说法："吴彬，字文仲，闽人，万历时官中书舍人。善山水，布置绝不摹古，皆对真景描写。故小势最为出奇，一时观者无不惊诧。能大士像，亦能人物。"

　　朱谋垔认为吴彬的小画很有特色，而其最擅长的题材乃是山水，同时也会画佛像和人物。徐沁在《明画录》中则称："吴彬，字文仲，闽人。万历间，官中书舍人。长于佛像，人物亦秀洁。至写山水，绝不摹古，皆即景挥洒。人谓其小幅擅奇，余曾见盈丈之障，亦殊工丽也。"

　　徐沁认为吴彬最擅长的绘画题材乃是佛像，其次是人物，而后才是山水。虽然吴彬的作品以小幅见长，但徐沁说他见过吴彬的巨幅作品，水准不减小幅。《佩文斋书画谱》中也夸赞吴彬的人物画最具特色："佛像人物，形状奇怪，迥别旧人，自立门户，白描尤佳，笔端秀雅，神宗故称赏之，御府有藏，外传甚少。"

《普贤像图》 故宫博物院藏

对于吴彬的佛像画,周亮工在《因树屋书影》中夸赞说:"画家工佛像者,近当以丁南羽、吴文中为第一,两君像一触目便觉悲悯之意欲来接人,折算衣纹,停分形貌,尤其次也。"周亮工认为当时天下的画家专攻佛像者,以丁云鹏和吴彬并列第一,他们的画像让人一看便生悲悯之心,可见所绘佛像何等之传神。而对吴彬绘画水准给予最高评价者,则是其福建同乡谢肇淛,谢在《五杂组》卷七中写道:"近日名家如云间董玄宰、金陵吴文中,其得意之笔前无古人。董好摹唐宋名笔,其用意处在位置、设色,自谓得昔人三昧。吴运思造奇,下笔玄妙,旁及人物、佛像,远即不敢望道子,近亦足力敌松雪,传之后代,价当重连城矣。"

谢肇淛在这里将吴彬与董其昌并称,而后分别夸赞了二人各自的绝技,同时说吴彬所绘人物和佛像虽然不敢说达到了吴道子的水准,但完全可以匹敌赵孟頫。这种说法显然有些夸张过度,但既然有此之夸,也足可说明吴彬在世之时的声名之响亮。而姜绍书在《韵石斋笔谈》中还称,吴彬的绘画不只是在于佛像和人物,他在界画方面也很擅长,甚至夸赞吴彬的界画水准可以直接北宋:

> 精于界画者,不但以笔墨从事,兼通木经算法,方能为之。空绣之制,至明已失其传。若仇十洲之精工秀丽,几于棘猴玉楮,然须规摹旧本,方能誉擅出蓝,非匠心独运也。尝观吴文中所画台榭车马,种种臻妙,即复阁重楼,次第不紊。北宋画格,于此君尚存典型,且兼人物、山水。非若恕先、孤云之专门宫室也。

吴彬在佛像、人物之外,还擅长界画,可谓多能,然而郑王臣在《兰陔诗话》中又称其技不仅如此,他写的诗也不错:"文中精画理,神宗时入为供奉,请乘传,入蜀,观剑门峨眉之胜,下笔益奇。姚园客尝言：'莆中有四绝：吴文中山水、曾波臣小照、洪仲韦小楷、黄允修篆石。'其诗亦清劲，特为画所掩耳。"

姚园客称，莆田有"四绝"，排在第一的就是吴彬的山水，其次才是曾鲸的人物画，而吴彬的诗作也很有特点，只是被其绘画名气所掩。对于吴彬专门入蜀写生之事，《莆田县志》卷三十《人物·方伎》中所载更为明晰："（吴彬）明神宗时入为供奉，神宗嘉其画，彬奏曰：'臣所见皆南中丘壑，目限于方域，愿得至西蜀观剑门、岷、峨之胜，下笔或别有会心。'许乘传前。及还，画益奇。"

万历皇帝已经十分欣赏吴彬的绘画，吴彬则希望百尺竿头更进一步，提出因为自己是南方人，故眼目所及均为南方山水，为了能让自己的绘画风格变得更加雄浑壮丽，希望皇帝能够同意他到四川等地去观看名山大川。他的请求得到了皇帝的批准，等他从四川回来后，果真绘画水准得江山之助，有了很大的长进。

吴彬虽然是位职业画家，为人却极正直，姜绍书在《无声诗史》中称："文中虽以艺雄画苑，然颇负气节。天启间阅邸报于都，见魏珰擅权之旨，则批评而訾议之，被逻者所侦，逮縶削夺，亦清流也。其画品可颉颃丁云鹏。"

天启年间，魏忠贤把持朝政，吴彬在邸报上看到相关消息后颇为生气，与朋友们谈话时直斥魏忠贤的行为，他所言被密探听到后，立即将其逮捕入狱。幸亏几个月后崇祯皇帝即位，魏忠贤倒台自杀，吴彬才被释放出来，这段经历足可见吴彬之为人正直。而也正因为人正直，吴彬在朝中受到了排斥，明李流芳在《送汪君彦同项不损燕游兼呈不损》一诗中写道："君不闻，京师画工如布粟，闽中吴彬推老宿。前年供御不称旨，褫衣受挞真隶畜。此事下贱不可为，君但自娱勿干禄。"

职业画工无论有多么高的成就，稍为不合帝王的心意，就会受到

《明皇幸蜀图》 天津博物馆藏

惩处，像吴彬这样的名画家因为不称旨都受到了杖刑，以至于让李流芳感慨说，你喜欢画画就拿来自娱自乐好了，不要去做职业画工。

在吴彬所处的时代，经过董其昌的提倡，绘画风貌分为南北两宗，南宗被视为文人画，北宗则大多被贬斥为工匠之画。吴彬的绘画风貌直追北宋职业画家，故其职业画工身份不受时人所重。但董其昌在《吴居士施画罗汉记》中曾夸赞过吴彬所绘的罗汉：

> 蒲中吴彬居士者，婆娑艺圃，泛滥珠林，翰墨余闲，纵情绘事，因游摄山，见千佛岭天监雕镂，森然海会……遂以丹青代彼金石，施若干轴藏之此山。值余南游，请为助喜。余发而视之，有贯休之古而黜其怪，有公麟之致而削其烦，可以传矣！

董其昌说吴彬所绘罗汉图既有贯休的高古，又有李公麟的洗练。贯休是唐末五代的禅僧，以绘罗汉图出名，被后世誉之为"出世间罗汉"，他的绘画方式乃是本自胡僧画，宋黄休复在《益州名画录》中称其："善草书图画，时人比诸怀素。师阎立本，画罗汉十六帧，庞眉大目者，朵颐隆鼻者，倚松石者，坐山水者，胡貌梵像，曲尽其态。或问之，云：'休自梦中所睹尔。'"

当时人们很奇怪贯休所绘罗汉图为何呈现出奇形怪状，贯休回答说是他梦中所见的图像。在这里董其昌说吴彬所绘罗汉形象颇类贯休，其高古可以想见。按照董其昌在题记中的说法，吴彬曾到南京郊外的栖霞寺游览，在那里看到了许多摩崖造像，于是吴彬发愿要绘制五百罗汉图赠给栖霞寺。后来，董其昌果然看到了该图，大为赞叹，于是就写了那篇《记》。董其昌在《记》中又感叹说：

> 而画罗汉者，或蹑空御风，如飞行仙；或渡海浮杯，如大幻

《罗汉图》 故宫博物院藏

师；或掷山移树，如大力鬼；或降龙驯虎，如金刚神。是为仙相、幻想、鬼相、神相，非罗汉相。若见诸相非相者，见罗汉矣。见罗汉者，其画罗汉三昧欤？为语居士："而无以四果为胜，以众生为劣，以前人为眼，以自己为手。作如是观者，进于画矣。"居士曰："善哉。"

关于吴彬绘制五百罗汉图的起因，《金陵梵刹志》中载有顾起元所写《绘施五百罗汉梦端记》一文，顾起元在该文中先夸赞了吴彬的绘画水准："文仲吴君，八闽之高士也。夙世词客，前身画师。飞文则万象缩于毫端，布景而千峰峙于颖上。乃复经营八部，盘礴五天。尼连河畔，模八十一相好之容；洛迦山中，写二十五圆通之相。顾长康之鸣刹，观者填门；吴道玄之挥毫，规于运肘。以图绘而作佛事者，不知凡几矣。"

而后顾起元又接着写道："丙申春，有比丘无借者，爰自西川来参丈室。以五百大阿罗汉应真像，丐文仲图之。将施名山，永为法宝。于时，文仲默然未许，僧遂留偈而去。浃旬，文仲假寐，忽梦彼僧率众礼佛，文仲随共瞻仰。已而，大声震地，异羽弥空。亟与僧登台而睇焉，俱视金刚、频那、夜迦之属，咸示殊形，并陈诡状，文仲仓皇思避，则有厉声嘱之曰：'必尽貌若等，斯可归矣。'文仲乃索笔而摹之。俄有一卒，持刀、牒而至，似欲薙文仲发者，文仲惊寤。于是，发心写五百应真诸像。因悉图梦中所见，以为羽卫。既成，乃奉藏之摄山之栖霞焉。"

按照顾起元的说法，是一位法名无借的僧人请吴彬绘五百罗汉图，而后布施到天下名寺。吴彬最初并没有答应无借的请求，然而此后不久，他做了个白日梦，梦中见到各种金刚、夜迦等现出真身，吓得他想赶紧离开，然而有个声音命令他说，必须要把他们都画下来才能离开,而他在绘画的过程中,还有一个小卒要来给他剃发,结果把他从梦中吓醒,醒来后一番思索,他决定画下梦中见到的这些罗汉,并且画好后,把画作送给了栖霞寺。

虽然吴彬有着如此高超的绘画技巧,但他的身份是职业画家,很看重画技,这一点跟当时流行的文人画派相左,故他去世后渐渐声名无闻,直到上世纪七十年代,美国学者高居翰才将吴彬又发掘出来。自此之后,很多绘画史专家都对吴彬进行了研究,由此而使得吴彬又进入了今人视野。而吴彬所绘《十八应真图》在2009年北京保利秋拍上以1.69亿成交,可见今人对其画作的认可度是何等之高。

高居翰在《山外山:晚明绘画》一书中,将吴彬列在"多重流派:几位职业大家"章节之中,该章节首先谈到了明代福建的一些名家,而后提到吴彬存世最早纪年的画作乃是一幅《罗汉渡海图》,对于此图,高居翰评价说:"吴彬一开始乃是福建地方传统中的一位小名家。但是,这种情形并未维持太久。1580年代时,他来到南京,不久之后,便被召入宫,供职于皇宫之中。他在南京得以结交来自其他不同背景的画家,也得以见到宫中及一些私人收藏的古画。此一艺术水平的拓展,促使他发展为晚明时期最有趣且最具原创力的画家之一。"

高居翰这段话的最后一句可谓评价极高,而他也注意到:"中国作家从未将吴彬看成是一绘画大家;事实上,他几乎从未受到注意,直到最近才有所改观。"而后高居翰在文中举出了吴彬所绘一套十二幅的《岁华纪胜图册》,他认为该图册跟张择端所作《清明上河图》有相同的功能,故其认为吴彬的此画册延续了《清明上河图》记载生活百态的传统。

对于《岁华纪胜图册》的风貌,高居翰认为:"显而易见的是,此一画册中的页幅还反映出了某些来自于欧洲版画的影响。在十六世纪末至十七世纪初之际,南京已经可以见到由欧洲传来的这些版画。吴

《达摩图》 故宫博物院藏

彬册页中的一些形式母题，例如水中倒影，或是桥梁在斜向深入画面时，桥形变得愈来愈窄缩，以及他处理远近距离的新模式、开始注意地平面和地平线、按照远近比例缩小景物以及唐突地缩景等等，都显示出他无疑受到了欧洲传来的版画影响。"而高居翰在《气势撼人——十七世纪中国绘画中的自然与风格》中有着同样的强调："吴彬画风中一个额外的因素则是来自西方的影响。"而持同样说法者还有英国学者苏利文及台湾学者石守谦等人，但大陆学者大多不赞同这种说法，然高居翰在《气势撼人》中又明确地称："吴彬是受西洋画风影响特深且早的画家之一。"

对于高居翰的这种说法，孙晓昕在《从吴彬的画作看晚明变异画风的形成》一文中，谈到了利玛窦呈献给万历皇帝的贡品中包括了五幅大雕版印刷品，同时还有六大册世界城镇图集等，孙晓昕说："吴彬是一个忠实的佛教徒，他不会在宗教上接受基督教，但他是一个画家，他可以在文化上吸收西方的风格。"而后该文引用了高居翰在《山外山》中所言，而后评价说："吴彬的画作中用线极为细腻，用极小的笔画极细的细条来表现高山峻岭，这种表现方法和西洋铜版画不无相似之处。"

关于吴彬信佛教之事，可由其同乡叶向高在为他《枝隐庵诗集》所作的序言为证："吾乡吴文中，侨寓白门，名其所居曰'枝隐庵'。日匡坐其中，诵经礼佛，吟诗作画，虽环堵萧然，而丰神朗畅，意趣安恬，大有逍遥之致。"

吴彬在南京的堂号为枝隐庵，他的好友顾起元曾经为枝隐庵写过一首长诗。该诗首先夸赞了吴彬的绘画才能："大地山川无不有，神奇尽落吴郎手。吴郎手中管七寸，吴郎胸中才八斗。八斗才高人不疑，一丘一壑人不知。知我者希我不贱，且学鹪鹩栖一枝。"该诗的结尾一句则是"一枝庵中乐事多，吴郎吴郎奈若何"，可见虽然能够理解吴彬的人不多，但他仍然能够淡然处之，坐在庵中吟诗作画，诵经礼佛，安静地搞创作，这也正是他能够创造出独特画风的内在原因。

遗憾的是，这样一位重要的画家却少有人关注，高居翰认为原因乃是遭到了文人画的排斥，《气势撼人》中文版的序言中称："我所要辩说的，乃是：今日我们所赖以依循的论画文字，全都出自中国文人之手，也因为如此，中国文人已长时期地主宰了绘画讨论的空间。他们已惯于从自己的着眼点出发，选择对于文人艺术家有利的观点；而如今——或已早该如此——已是我们对他们提出抗衡的时候了，并且也应该质疑他们眼中所谓的好画家或好作品。"

高居翰说，后世人们解读历代画家的途径，主要是通过相应的文献记载，而这些记载都是出自文人之手，这些记载者都站在文人的立场，对文人画有着偏爱，所以这样的评价并不客观。他在《隔江山色：元代绘画》中也强调过相应记载的偏颇："艺术作品如果用恰当的审美角度观赏原本会十分杰出，一旦敏锐的画评家不小心用了错误的衡量标准，通常就变成一文不值，或沦为等而下之了，晚期的中国绘画常发生这类问题。"

针对吴彬在绘画上与时风迥异的风貌，高居翰认为"北宋风格的复兴系以吴彬为中心人物"。他同时夸赞吴彬："尤其是他为形象赋予了一种真实的存在感，这些都是董其昌所无法做到的。"所以高居翰在《吴彬及其山水画》一文中对这位画家给出了很高的评语："吴彬确是一个境界高深的画家，远远超出任何学者（无论是中国还是外国的）对他的现有评价。"

对于吴彬在绘画史上的地位，俞宗建编著的《吴彬画集》中摘录了历代名家对吴彬所作评语，其中张琴在为吴彬所绘《峰峦承秀图》所书跋语中称："吴文中，莆田人，万历间以中书供奉内廷，诏许乘船入蜀，观栈道剑门之胜，下笔遂有奇趣。余曾游故宫见所作白描罗汉,形状奇怪,各具意态,又于曲阜公府观《圣像图》,四配侍坐,屏后杏花一株,枝杆槎枒,生意益然。先生在都门见魏珰擅权之旨,批评訾议,为逻者所侦,逮削籍归,海内清流争相引重。此幅为壶雅楼主人所藏,系先生入蜀后作,突兀峥嵘,气象严肃,有匹夫不夺之概。画关人品,信然。"而叶恭绰在为吴彬所绘的《洗象图》边跋中则称:"明代绘佛像,文中与丁南羽齐名,而文中之沉古似过于丁,盖从金石造像融冶而出,已开老莲、寿门之先矣。"

从这些评语均可看出吴彬在绘画上的独特风貌。而有关其具体的绘画技法,陈传席在其专著《中国山水画史》中将吴彬列为"高古变异一派代表人物之一",其将吴彬的画技分为早年、中年和晚年三种不同风貌,同时谈到吴彬的山水画与时俗山水的三个不同之处,其第一点是"高远深远构图",第二点为"夸张变形",第三点为"高古细微"。关于第二点,陈传席在文中写道:"明代山水画多因袭前代,在古人画中变来变去。自然界中山水,奇怪的令人惊叹,平淡的也清新可爱。取自古人画中,缺少自己的感受,故无生命力,徒以纷笔烂墨,胡乱点染,既不清新,亦不奇异。览者无所动心,且生厌腻感。吴彬的山水画来自自然,他善于选择奇特的美景,再加以夸张、变形,愈显得新奇怪异。在明末画家笔下,山水只是石块堆砌的风气中,吴彬的山水愈显得奇而美。"

而对于第三点,陈传席前半段的描述为:"吴彬的画主要用细如毫发的线条表现,这种线条是由唐李思训画派而上追魏晋的高古游丝(或顾恺之式的春蚕吐丝),又加以变化,其细而多折,便于表现山石结构之精微;其文静而不燥硬,显示其高古气息甚至在唐人之上。"陈传席经过这样的分析之后,对吴彬的山水画给出了评语:"吴彬的山水画是前无古人的。"

2019年4月10日,经林怡老师安排,我们得以找到莆田的几位爱书人，其中就有莆田市闽中画派艺术研究院院长俞宗建先生，余外的书友还有蔡友力、吴奋强、林高潮、余文烟、吴国柱等几位先生，之后我们分乘两辆车前往莆田市荔城区黄石镇去探访当地的吴公祠。

吴公乃是指唐代的吴祭，俞宗建介绍说，吴祭是吴氏唐代入闽始祖，如今他的后裔已经有四百多万人，吴祭后人分布于菲律宾、越南、新加坡、马来西亚等国，而吴彬也是吴祭的后人。到如今吴彬的遗迹已难寻得，故只能到吴祭祠堂来祭拜这位前贤。

俞宗建为吴彬研究专家，他所编著的《吴彬画集》不仅搜集到了一些吴彬的画作，还将吴彬常用印及落款汇在一起，以便让人看到其整体风貌。该书中还有《吴彬作品年表汇编》，其中竟然列出了吴彬传世画作一百三十二件。俞宗建还在该书中附有《吴彬年谱简编》《画仙吴彬诗词集粹》《吴彬主要交往人士》等文，同时还谈到了受吴彬影响的画家，其中列出曾鲸、米万钟、崔子忠、黄道周都受到过吴彬的影响，而俞宗建本人在2013年春，曾前往南京栖霞寺去寻找吴彬创作五百罗汉图的具体地点，可见其在这方面下了很大的工夫。

吴祭之墓处在黄石镇中心，此处有一个小山坡，吴祭墓处在坡前，

墓处在一座小丘之前

刻石

墓园上着锁

重兴寺山门

吴公祠

重兴寺文保牌

重兴寺院景

重兴寺正殿

墓前广场的前方还有一个水池，水池的护栏上嵌着一些新的刻石，其中有吴伯雄所题"唐代入闽始祖吴祭"，以及福建省第八批省级文保单位牌。墓园上着锁，俞宗建说旁边的花店可以穿入，但我觉得这里是吴祭墓，似乎与吴彬隔得有点远，于是请俞先生带我去参观吴公祠，我希望在那里能够看到吴彬的牌位。

在俞宗建的带领下，我们转到侧旁的一个寺内，此寺名重兴寺。根据墙上的简介，该寺始建于唐昭宗光化二年（899），之后屡毁屡建。寺中院落的右侧有单独一个院落，门楣上刻着"唐工部员外郎吴公祠"，此祠上着锁，俞宗建立即联系开门人。在等候期间，我与众人游览了该寺，十余分钟后，开门人打开祠堂，我等鱼贯入内参观。

在这里的侧墙上排列着大量的表格，表格侧旁写着"吴祭公兄弟世系播迁大观"，这上百张表格中每一页都列着几十位吴氏著名的后人。我在此一一浏览，终于在明代栏目中找到了吴彬的大名，他在此表中被列为吴祭的第二十四代，表上写明吴彬后来迁居南京，备注中对他的评语则为"杰出画家，绘画变形主义大师"，而这正是我所寻找的吴彬。见此评语，心头终于有一块石头落地。

而后我们继续参观祠堂内的陈列，在这里看到了一些老的刻石，祠堂的最深处有一尊塑像，显然这是始祖吴祭。两边的侧墙上还有一些画像，均为吴氏名人，可惜其中没有吴彬。开门人耐心地向我讲解着吴氏在当地的影响，我问他是否为吴祭后人，他说当然。我又请教他的大名，他说了几遍，我都没听清楚究竟是哪几个字，而后他指着墙上的一个告示告诉我说，就是那几个字，按其所指，上面写着"出纳吴风松"。

吴公祠内景

世系表

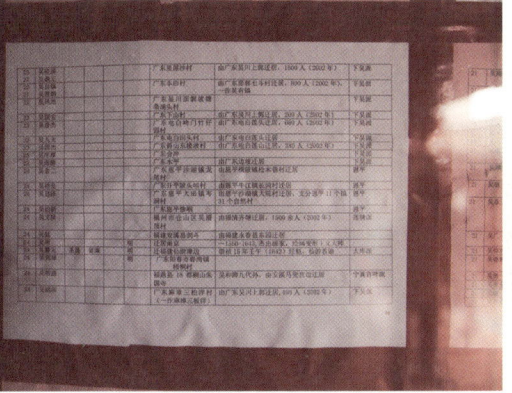

在上面找到了吴彬

古物

吴公像

祠堂前院

陈继儒（1558年—1639年）
写梅取骨，写兰取姿

陈传席在其所著《中国山水画史》中有一章专谈董其昌和陈继儒，因为这两人关系非同一般。而潘天寿在其专著《中国绘画史》中谈到二人时，称："效董氏画法者，有赵文度左，沈子居士充，陈眉公继儒，吴竹屿振等，无虑十数家，皆与董同时，复开云间一派。"潘天寿在这里将陈继儒归为云间画派中的一员，并且称："眉公能以诗文学力，作山水奇石，以生冷胜董、赵工能，亦为此派嫡系。"由此亦见陈继儒乃是该派中的佼佼者。

董其昌、陈继儒在年轻时就已经相识，陈继儒比董其昌小三岁，董其昌去世于崇祯九年（1636），三年后陈继儒去世，两人皆享年八十二岁，这种巧合也被后世视之为异数。关于两人的绘画成就，陈传席在其专著中称："明代'四大家'本有沈周、文徵明、董其昌、陈继儒之说，一说沈、文、董、陈为'吴派四大家'，而沈、文、唐、仇原只被称为'吴门四家'。唐、仇成就固然不低，其影响却远逊董其昌，董其昌在当时和后世左右了山水画坛的主流发展，陈继儒是董的朋友和同道，其成就并不在董其昌之下，有些成就甚至在董其昌之上。只是后代以董代表那个时代而已。"

由此看来，历史上有一段时期陈继儒是和董其昌齐名的，然而他的社会影响力却远逊于董其昌，其中原因应当与他仅是布衣有一定

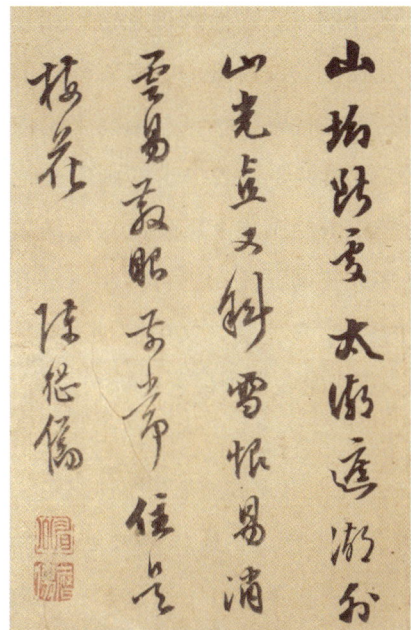 

《梅花对题图册》 故宫博物院藏

关系。尽管身份有别，但在绘画观念上，两人基本相同，陈传席称："陈、董二人是好友，又是同道；他们的思想相近，学识相当，见解也一致，二人论画几乎同出一口。"但是，两人的绘画风貌还有一定差异，陈传席认为：

> 陈继儒的山水画和董其昌的山水画虽然基本精神有一致处，但区别也很明显，董画一味地柔，陈画却柔中有刚。董画虽也有笔有墨，然更偏于墨，陈画则有笔有墨。董画清润，水分饱满，"暗"处近于模糊，陈画虽也清润，但水分不像董画那样多，虽"暗"但笔墨尚能清晰。而且总的看来，陈画较之董画骨鲠的成份多一些，其"气韵空远""苍老秀逸"甚至为董画所不及，有时他的画也和他的主张不完全相符。

正是因为董其昌和陈继儒有着许多相同点，在绘画理念上也相互影响，故著名的南北宗论究竟是谁首先提出的，后世一直有着较大的争论。尚辉在其专著《松江画派》中，首先肯定了该派与南北宗论的直接关系以及对后世的影响："在松江画派主要代表提出的画学画论中，以南北宗论影响最大。南北宗论是中国绘画史上第一次提出的关于画派的理论，此论提出后，得到许多人赞同，流行三百多年，对有清一代的绘画审美取向产生了决定性的影响。"之后，文中摘录了莫是龙、董其昌和陈继儒有关该论的内容。莫是龙在《画说》中称：

> 禅家有南北二宗，唐时始分；画之南北二宗，亦唐时分也，但其人非南北耳。北宗则李思训父子著色山，流传为宋之赵幹、赵伯驹、伯骕，以至马、夏辈。南宗则王摩诘始用渲淡，一变钩斫之法。其传为张璪、荆、关、郭忠恕、董、巨、米家父子以至元之四大家。

对此，董其昌的论据更为丰富，《画旨》中载：

> 禅家有南北二宗，唐时始分；画之南北二宗，亦唐时分也，但其人非南北耳。北宗则李思训父子着色山水，流传而为宋之赵幹、赵伯驹、伯骕，以至马、夏辈。南宗则王摩诘始用渲淡，一变钩斫之法，其传为张璪、荆、关、董、巨、郭忠恕、米家父子，以至元之四大家。亦如六祖之后，有马驹、云门、临济儿孙之盛，而北宗微矣。要之，摩诘所谓云峰石迹，迥出天机，笔意纵横，参乎造化者。东坡赞吴道子、王维画壁，亦云："吾于维也无间然。"知言哉。

> 文人之画，自王右丞始。其后董源、僧巨然、李成、范宽为嫡子。李龙眠、王晋卿、米南宫及虎儿皆从董、巨得来，直至元四大家黄子久、王叔明、倪元镇、吴仲圭皆其正传。吾朝文、沈则又远接衣钵。若马、夏及李唐、刘松年又是大李将军之派，非吾曹宜学也。

陈继儒则在《偃曝余谈》中说：

> 山水画至唐始变，盖有两宗：李思训、王维是也。李之传为宋王诜、郭熙、张择端、赵伯驹、伯骕以及李唐、刘松年、马远、夏圭，皆李派。王之传为荆浩、关仝、李成、李公麟、范宽、董源、巨然以及燕萧、赵令穰、元四大家，皆王派。李派板细无士气，王派虚和萧散。此又慧能之禅，非神秀所及也。至郑虔、卢鸿一、张志和、郭忠恕、大小米、马和之、高克恭、倪瓒辈，又如方外不食烟火人，另具一骨相者。

对于这三家的说法，尚辉认为："三家言论，主要观点基本相同。即：南北分宗于唐代，南宗创始者是王维，北宗创始者为李思训。两派区别主要在风格，南宗是文人画，北宗是行家画。"

从流传后世的文献看，若以时间论，以莫是龙所著《画说》面世最早，该文被陈继儒录入《宝颜堂秘笈》后，刊刻于明万历三十四年（1606）。然而陈继儒的《偃曝余谈》也收录在了《宝颜堂秘笈》中。从时间上论，两人的论断等于是同时面世，但二人谁先写出的手稿则难以查到具体的时间。董其昌的《画旨》则收录在《容台别集》中，《容台文集》和《容台诗集》刊刻于明崇祯三年（1630），以此来论，《容台别集》的刊刻不会早于此年，因此《画旨》一文的正式面世要晚于莫是龙和陈继儒二十多年。

然而董其昌早在万历四十一年（1613）三月就曾写过一篇名为《论画卷》的文章，该文与《画旨》中所言基本观念相同，关键部分仅有几个字的分别，由此可以推论，董其昌南北宗论的首次提出，应该在万历四十一年三月。但即便按这一年来计算，他提出的时间也晚于莫是龙、陈继儒七年。为此，秦海强在其硕士论文《陈继儒〈妮古录〉与书画鉴藏》中认为："陈继儒关于'南北宗'的说法和董其昌的'南北宗论'的基本相似，但是陈继儒提出的'南北宗'说法是早于董其昌的'南北宗论'的提出时间的。陈继儒的说法侧重于画风上，董其昌侧重于画法上区分，所以陈继儒对'南北宗论'的提出的功劳是巨大的。"

但是，尚辉在《松江画派》一书中提到这三家究竟是谁首先提出南北分宗观念，学界历来有争论，而其将这种争论归结为四种说法。第一种说法是认为莫是龙为该观念的发明者，持这种理论者乃是从莫的《画说》刊入《宝颜堂秘笈》一书的时间算起，若以此来论之，显然莫是龙这个观念的发表早于董其昌。日本学者大村西崖在《中国美术史》中就持这种观点："莫是龙比董其昌更为先辈，但年方五十而殁，故其所倡导之《画说》，遂不及董其昌所撰述者流行。"

将莫是龙视为南北分宗要领的发明者还有一个证据，那就是董其昌在《跋仲方云卿画》中所言："吾郡顾仲方、莫云卿二君，皆工山水画。仲方专仿名家，盖已有岁年，云卿一出而南北顿渐，遂分二宗。"董其昌在这段话中明确指出"云卿一出而南北顿渐，遂分二宗"。云卿乃莫是龙之字，可见董其昌本人都承认莫是龙是该观念的首先提出者，故而张连在《南北宗论刍议》中认定莫是龙是首创人："董其昌这一段文字的意思，是以黄筌与徐熙、张僧繇与阎立本相互之间'稍有瑕疵'为例，来反衬他本乡成名在先的画家顾正谊（仲方）和创南北分宗理论的莫是龙（云卿）虽各有所长，却互相敬重的宽宏气度。无意之中，点明了是莫是龙首创南北宗论。而这无意中的点明，使人感到更真实可信。"而尚辉在此观点后又称："持这一主张的尚有滕固、童书业、叶秀英、潘天寿、杨新、郑为、丁羲元和日本学者吉泽忠等。"

尚辉列出的第二种说法则是承认莫是龙为该观点的首先提出人，同时又强调莫、董、陈三人有着共同的作用。俞剑华在《中国山水画的南北宗论》中持此观点："莫是龙、董其昌、陈继儒三人都是同时人，可能莫是龙较早些，又都是朋友，都是画家，气味相同，自然主张也就相似。"

但俞剑华的这段话还是认为这三人相比，莫是龙提出得较早。而对于这种合创法，还有人提出除了莫、董、陈，还应当加上沈颢，因为沈颢在《画麈》中说过这样一段话：

> 禅与画俱有南北宗，分亦同时，气运复相敌也。南则王摩诘，裁构淳秀，出韵幽淡，为文人开山。若荆、关、宏、璪、董、巨、二米、子久、叔明、松雪、梅叟、迂翁，以至明之沈、文，慧灯无尽。北则李思训，风骨奇峭，挥扫躁硬，为行家建幢。若赵幹、伯驹、伯骕、马远、夏圭，以至戴文进、吴小仙、张平山辈，日就野狐禅，衣钵尘土。

查《画麈》一书的最早刊刻时间，明闵景贤所辑《快书》中收录有《画麈》一卷，而该书刊刻于明天启六年（1626）。虽然在发表的时间上晚于另三者，但葛路在《中国古代绘画理论发展史》中仍将四人共同视为该观念的发明者："明万历年间，莫是龙、董其昌、陈继儒及沈颢提出山水画的南北宗论，这是中国绘画史上第一次提出的关于画派的理论。"

第三种说法则仅认为莫是龙才是该观念的创始人，而董其昌乃是引用莫是龙的说法，并非有意抄袭莫的观念，出现这种情况只是因为后来的辑录者搞错了，于是莫的观念就成了董的说法。余绍宋在《书画书录解题》中持这种观念。然陈传席在其专著中则称：

> 陈继儒辑《宝颜堂秘笈》时尚无《画说》，及辑《续集》时，陈年已衰，多是他的助手代辑，所以《续集》所收的内容比正集更多更冗杂，所辑的内容更成问题。而和董、陈、莫差不多同时的姜绍书著《无声诗史》对莫是龙记述甚详，也只言其"有《莫廷韩集》行世"，未言其有《画说》之作。今见之《画说》内容多出于董其昌《画旨》，是《画说》出于陈的助手胡乱辑纂而陈未认真检查无疑。

第四种说法则认为董其昌才是南北宗论的首创者，《容台集》虽然是董其昌的长孙董庭所编，但那时董其昌仍在世，他应该看过原稿，故不太可能误将他人说法收录集中，故徐复观在《中国艺术精神》中认为："今《画说》全部十六则，皆散见于《画旨》之中，《画旨》为董氏生前所编定，此时莫是龙墓木已拱。以董氏当时声望之高，《容台集》内容之富，岂有其长孙为其编集时，将死友莫氏之说全部盗入，而又为董氏及陈继儒所毫未察觉之理？何况两者文字上稍有异同之处，如前面所引一条，皆是《画说》文字上的遗误，由是可以断言此乃系《画说》抄自《画旨》，决非《画旨》袭取《画说》。"

以上四种说法中，不知为何均忽略了陈继儒也是此观点最早的提出人，他不只在《宝颜堂秘笈》中提出这个观念，到了崇祯九年（1636），他的《白石樵真稿》中仍然收录有《书画家南北派》一文，该文中称：

> 写画分南北派，南派以王右丞为宗，如董源、巨然、范宽、大小米，以及松雪、元镇、叔明、大痴，皆南派，所谓士夫画也；北派以大李将军为宗，如郭熙、李唐、阎次平，以至马远、夏珪，皆北派，所谓画苑画也，大约出入营丘。文则南，硬则北，不在形似，以笔墨求之。

除此之外，陈继儒的《晚香堂集·眉公诗钞》卷二中有《赠仲方山水歌》，其中亦涉及这个观念：

> 古来山水谁独造，王维倡始称墨宝。荆、关、董、巨得正传，画苑诸君尚草草。胜国云兴四大家，仲方师之笔亦老。老笔超忽兴亦奇，素绡张壁生幽姿。石气清寒漱风雨，松枝偃蹇蟠蛟螭。绝涧残烟傍人起，隔林飞瀑当窗垂。看君盘礴了无意，双腕如飞有沉势。非独画中真有诗，每于格外时兼隶。胸中淡宕须眉苍，有技不肯呈君王。但赠名僧与高士，尺素得者千金装。乞君为我图山泽，草堂茶坞桃花壁。空青深处但高眠，貌出清时一狂客。

可见，陈继儒对南北宗观念的发明和传播，都起到了重大作用。但不知什么原因，无人将其视之为这种观念的首创者。正如秦海强在文中给出这样的结论："不仅使我们想到董其昌'南北宗论'的提出和传播，实际上是有陈继儒功劳的，在对待中国山水画的理论上，陈继儒是'南北宗论'的积极倡导者、阐释者、补充者和传播者。"而尚辉在引用了陈继儒于《白石樵真稿》中所言后评论说："陈继儒的南北宗论，不尽同于董其昌的南北宗论。这正揭示出他们相近思想中的差异性，由此也可以反映南北宗论创立之中，陈继儒的参与之功。"

尚辉认为，正是因为陈继儒跟董其昌有着密切关系，故而南北宗论的创建，很有可能陈是参与者，但是："由于董其昌享有极高的政治地位以及他所取得的极高艺术成就，而且他的艺术成就与其南北宗论审美取向的一致性，所以更加确立了董其昌在南北宗论提出中的首创之功，其影响也最大。"

关于共同发明说，郑为在其专著《中国绘画史》中秉持这个观点："与当时这地区的顾正谊、莫是龙、陈继儒、赵左、沈士充诸家会为松江一系（其中包括着'华亭''云间''苏松'诸派）。特别是莫是龙和陈继儒两人，原是松江地区著名文人兼书画名家。他们和董其昌一起同倡所谓山水画有'南北宗'两大派的说法。"而郑为在书中也注意到了董、莫在观念上的差异："而历来史论家由于董、莫在两大体系具体人物的归纳方面不尽妥帖和自乱其例，因此认为南北宗之说是套用了禅宗说法，故全属唯心胡诌，这实在是属于矫枉过正之举。禅宗有顿、渐之分，画学有追求意趣和注重物象真实的不同路线，是中国绘画史上确实存在的不同的求真方法，因此在艺术表现上也会出现不同风格的作品。尽管董、莫两人所实举的人物在归纳上有矛盾和不妥之处，但大体还是能勾画出不同艺术观趋向的轮廓。"

如此论起来，陈继儒的观念与董其昌更为接近，这也是董、陈二人相惜相知的原因所在吧。其实从人生经历来看，两人有着巨大的不同，董其昌在朝中做到了南京礼部尚书的高职，而陈继儒却终身是布衣。

年轻时的陈继儒聪慧异常，其子陈梦莲在《眉公府君年谱》中写道："府君二十一岁，就童子试。华亭邑侯杨公奇赏之，取冠曹耦。徐文贞公与大父交，闻之亟欲延见。时府君以青衣小帽往，文贞侦知，阍者立索蟒衣出迎。因讲时习之学，叹服不置，先达之不轻后学如此。是冬严寒，文宗驻节宜兴，冰坚不得前。府君自毗陵徒步而赴。又奉江陵新令，大县不过二十人，名在第七。"

陈继儒在二十一岁时应童子试，受到了当地官员的欣赏，而华亭籍的大学士徐阶曾亲自出来迎见他。此后的两年，他结识了董其昌。二十五岁时，他前往南京赴考而不第。二十七岁时，坐馆于王锡爵家，转年他跟王锡爵之子王衡以及董其昌同去赴应天乡试，但仍然未能考中，董其昌则再接再厉，终于在万历十七年（1589）春考中进士。但陈继儒在万历十四年（1586）时，就决定不再参加科考，为此他写了篇《告衣巾呈》：

例请衣巾，以安愚分事：窃惟住世出世，喧寂各别；禄养志养，潜见则同。老亲年望七旬，能甘晚节；而某齿将三十，已厌尘氛。生序如流，功名何物？揣摩一世，真如对镜之空花；收拾半生，肯作出山之小草。乃禀命于父母，敢告言于师尊，长笑鸡群，永抛蜗角；读书谈道，愿附古人；复命归根，请从今日。形骸既在，天地犹宽。偕我良朋，言迈初服。所虑雄心壮志，或有未堕之时，故于广众大庭，预绝进取之路。

二十九岁的陈继儒主动绝意仕途，打算终生做一位隐者，而后他写过多篇文章解释自己的举措。读书人不行仕途，那么他将何以维生呢？陈继儒认识了比他小四岁的王衡后，通过王衡，结识了王衡之父王锡爵，王氏父子十分欣赏陈继儒，在王氏父子的推举之下，世人渐渐知道了陈的学问，于是许多名家纷纷邀请他前往坐馆，其间陈继儒也讲学授徒，这些都使他名扬天下。同时陈继儒也刊刻了大量自著及他著，使得他的名气得到更大的传播。

做为一名布衣，陈继儒能够过上如此悠闲的生活，这在当时就令人叹羡，钱谦益在《列朝诗集小传》中称："眉公之名，倾动寰宇，远而夷酋土司，咸丐其词章；近而酒楼茶馆，悉悬其画像；甚至穷乡小邑，鬻粔籹市盐豉者，胥被以眉公之名，无得免焉。"

看来市井间也要蹭热点，为了招徕人气，纷纷打出眉公之牌。但凡事弊利互见，正如李渔在《闲情偶寄》卷五《饮馔部》中所言："甚矣，名士不可为，而名士游戏之小术，尤不可不慎也。至数百载而下，糕、布等物，又以眉公得名取'眉公糕''眉公布'之名，以较'东坡肉'三字，似觉彼善于此矣，而其最不幸者，则有溷厕中之一物，俗人呼为'眉公马桶'。噫！马桶何物，而可冠以雅人高士之名乎？"

李渔在感叹做名士的不容易，因为苏东坡的名气，出现了东坡肘子、东坡肉等，而因为陈继儒的名气，当时有了眉公糕和眉公布，但令人啼笑皆非的是，还出现眉公马桶，看来名气太大，也不全是好事。而木秀于林，风必摧之，一个人的名气响到一定的程度，社会上就会出现一些讽刺之语，例如朱彝尊在《静志居诗话》中写道："仲醇以处士虚声，倾动朝野，守令之臧否，由夫片言，诗文之佳恶，冀其一顾。市骨董者，如赴毕良史榷场，品书画者，必求张怀瓘估价，肘有兔园之册，门阗鹭羽之车，时无英雄，互相矜饰。甚至吴绫越布，皆被其名，灶妾饼师，争呼其字。今遗集具在，未免名不副其实焉。"

清蒋士铨在乾隆三十七年（1772）所撰《临川梦》中有《隐奸》一出，此出的出场诗为："妆点山林大架子，附庸风雅小名家。终南捷径无心走，处士虚声尽力夸。獭祭诗书充著作，绳营钟鼎润烟霞。翩然一只云间鹤，飞来飞去宰相衙。"这出戏演的是汤显祖、陈继儒交恶之事。然而从历史资料来看，其实陈、汤二人并未见过面，这个故事应该是蒋士铨虚构的，并且在戏中将陈继儒描绘得颇为负面。

此外，陈继儒所著之书虽然数量很多，但大都不入四库馆臣之眼，《四库全书总目》虽然著录有他的著作三十一种，但均列入存目。事实上，当时有很多署名陈继儒的书乃是盗用陈继儒之名，他对此也很无奈,曾在《王太史辰玉集叙》中说道:"余著述不如辰玉远甚,忽为吴儿窃姓名,庞杂百出,悬赝书于国门。"他的儿子陈梦莲则在《陈眉公全集》后跋中亦称:"先生有《晚香堂小品》《十种藏书》,皆系坊中赝本,掇拾补凑,如前人诗句俚语伪词,颇多篡入。"

其实,四库馆臣也知道这一点,故在评价《眉公十集》时明确称:"粗恶无比,盖继儒名盛一时,坊贾于秘笈中摘出翻刻,又妄加批点也。"正是因为盗版横行,才影响到了陈继儒的声誉,但盗版横行这件事情本身却又证明了他在社会上的巨大的影响力。其实陈继儒自己也知道人怕出名猪怕壮之理,他在《文娱序》中写道:"往丁卯前,挡网告密,余谓董思翁云:'吾与公此时,不愿为文昌,但愿为天聋地哑,庶几免于今之世矣。'郑超宗闻而笑曰:'闭门谢客,但以文自娱,庸何伤?'"陈继儒对董其昌说的这番话,也许正是他不愿意出外为官的原因所在。

陈继儒评价书画的文字大多收在《妮古录》一书中,他在该书的自序中写道:

> 予寡嗜,顾性独嗜法书、名画及三代、秦汉彝器、瑗璧之属,以为极乐国在是。然得之于目而贮之心,每或废寝食不去思,则又翻成清净苦海矣。夫癖于古者,发肱箧,椎冢墓,帝王而巧赚僧藏,文士而诡夺人好。及其究也,至化为飘风冷烟而不可得也。则收藏家缄扃封闭,传之后世,可谓古人之功臣。赏鉴家批驳其真伪丑好,穷秋毫之遁情,振夏虫之积瞆,可谓古人之直臣。余无长能,见而辄记之,此虽托之空言,亦不可谓非古人之史臣也。

《妮古录》卷一提及了他的堂号"宝颜堂"的来由:"颜书《朱巨

川诰》真迹有二卷,皆绢本,其不书诰文,首止'吏部尚书'四字,尾题建中八年三月日,下字如棋子稍大,中有一大'说'字,前后绍兴小玺,藏项子京家。其停云馆刻墨迹,后有邓文原、乔篑成二跋者,向为陆全卿太宰所宝,跋千余言,检考甚详,今藏余家,余故有'宝颜堂'印。"原来此堂号的来源是他得到了颜真卿的真迹,并且以此为宝。

陈继儒得此宝物后分别请王锡爵和董其昌在后面写了跋语,董其昌所书之跋为:"鲁公此书,古奥不测,是学蔡中郎《石经》,平视钟司徒,所谓当用其笔,每透纸背者。仲醇得此,自题其居曰'宝颜堂'。昔米襄阳得《王略帖》,遂以'宝晋'名斋,颜书固不减右军《王略》,而仲醇鉴赏雅意又不独在纸墨间也。壬辰二月,董其昌题。"

按照陈继儒自己所说,他所得的这件颜真卿的真迹原藏项元汴家。陈继儒跟项元汴的两个儿子都有交往,《妮古录》卷四载:"乙未七月十二日,见苏东坡《祷雨帖》、阿育王《宸奎阁碑文》、蔡端明

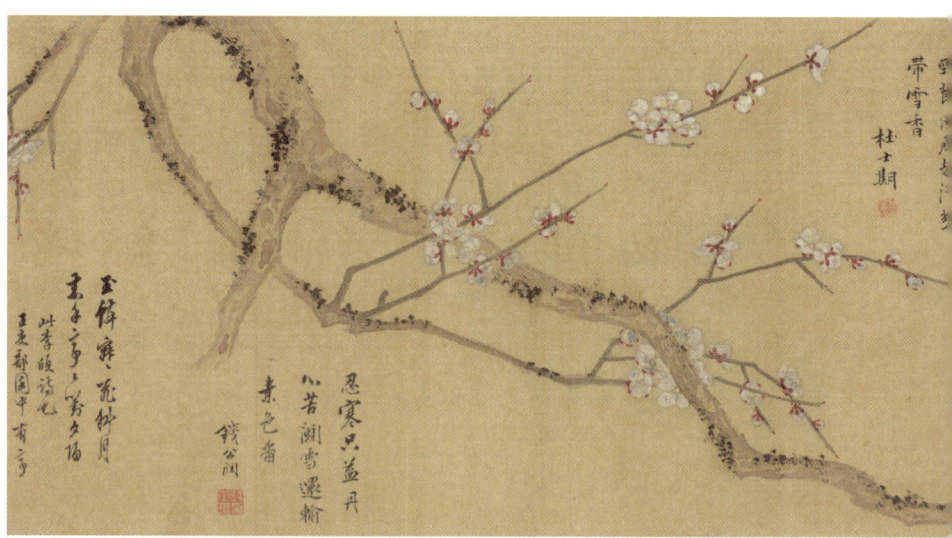

《梅花双禽卷》局部　故宫博物院藏

《郎中帖》、东坡《润笔帖》、黄山谷《维清道人帖》、米南宫《窦先生帖》、又米南宫临《兰亭》，皆真迹，项玄度所藏。"此处所说的项玄度就是项元汴的第五子。陈继儒还跟项元汴的第三个儿子项又新有着密切交往："乙未六月初四，过项又新，观鲁国公颜真卿行书《定襄王郭公帖》、顾定之《修篁图》、赵善长《山居读易图》、王叔明《咏石图》……同赏者郁师古、王子逸、冯鉴之、项希宪也。"想来这就是他能够得到颜真卿真迹的原因所在吧。

陈继儒对苏东坡也极其推崇，因为苏东坡是眉山人，故陈继儒自号眉公。李日华《味水轩日记》载，万历四十二年（1614），陈继儒在吴延陵的疏快斋中看到了东坡尺牍五种，为此写下如下跋语：

> 东坡如至人谈笑，信口无碍。山谷谓沉着痛快，乃是东坡耳。五帖为苏氏翰第一，若他本，正似圆珠走毡，不能及此波策也。吴性中若摹传之，更请王闲仲所藏《妙高台》及《听琴》《烹

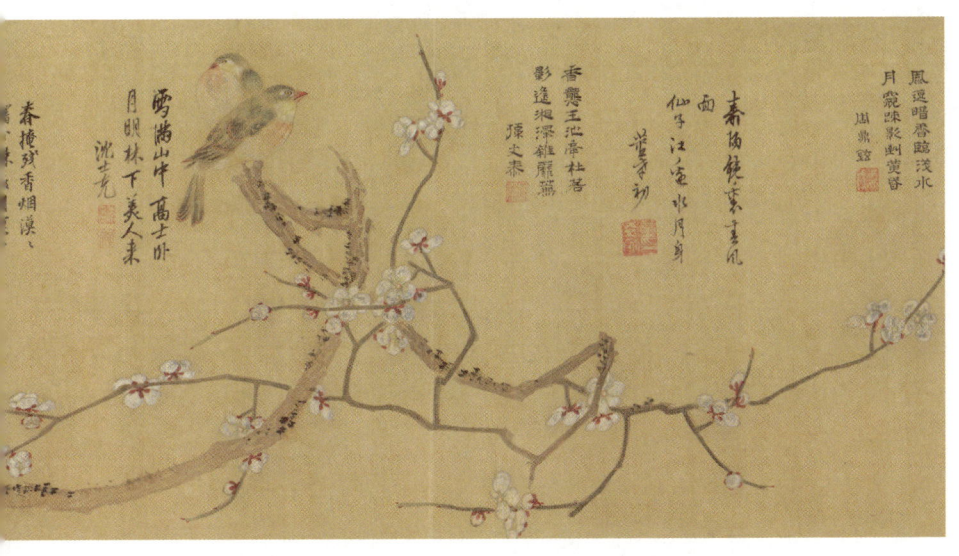

《云山幽趣图》 辽宁省博物馆藏

茶》三帖并行，亦是墨池快事。陈继儒同丁南羽、高仲举观于吴延陵之疏快斋。

以此可见陈继儒对东坡之仰慕。而朱谋垔在《续书史会要》中评价陈继儒的书法时称："陈继儒，字仲醇，一字眉公，华亭人。清修博古，著述甚富，为时高士。书法苏长公，故于苏书，虽断简残碑必极搜采，手自摹刻之，曰《晚香堂帖》。亦能山水。"

关于陈继儒的艺术才能，《明史·隐逸传》中称："工诗善文。短翰小词，皆极风致，兼能绘事。又博闻强识，经史诸子，术伎稗官与二氏家言，靡不较核。或刺取琐言僻事，诠次成本，远近竞相购写，征请诗文者无虚日。"

由此可见，陈继儒诗、书、画皆能，前来向他相求之人络绎不绝。而在绘画方面，明末的鲁得之在《鲁氏题语》中曾记："眉公尝谓余曰：'写梅取骨，写兰取姿，写竹直以气胜。'余复曰：'无骨不劲，无姿不秀，无气不生，惟写竹兼之。能者自得，无一成法。'眉老亦深然之。"可见在画梅花的技法上，陈继儒有着自己的独特见解。

辽宁省博物馆藏有陈继儒所绘《云山幽趣图》，尚辉在其专著中评价此图说："画面近景为郁郁苍苍的高树，茅结林间，板桥无人；远处云山逶迤，雾锁山峦，空谷静谧，仿佛描绘的是陈继儒自己避世隐居之地。山石采用巨然的披麻皴，外轮廓勾线略重，云空处几近米家山水。树叶或点或勾，点画之间皆柔润浑朴。虽然题跋'仿巨然笔意'，实际早已参入己法，笔兴墨趣沉静，意境尤为深远。"对于陈继儒的总体画风，尚辉在其专著中又写道："他的山水画总是显示出一种超绝尘寰的湿润、柔和、秀逸、潇洒的风度，笔墨清润，水分饱满，境界异常高迈。"

陈继儒绝意考场后，在松江的小昆山、东佘山等地建过多处居所，

选择这些地方隐居的原因,陈继儒在《陆君策畸墅记》中有如下表述:

> 园居当山中,巉岩复洞,于地较奇,然篝灯扪索,与猿鸟争道而进,则太疲。返而就市城,辇石疏池,于游人较便,然市侩田氓,皆得狎而迹之,则太溷。吾其季孟之间,是在九峰之左右乎?

陈继儒果真是聪明人,他认为住得太过偏远生活不便,住在城内又应酬太多,于是就将住选在了两者之间。他先是在九峰建造了一座别墅名叫乞花场,到了四十岁时,又在小昆山二陆读书台附近建造了婉娈草堂。此草堂位于小昆山西北坡,就建于晋代二陆读书台的遗址之上,他还专门请董其昌绘制了《婉娈草堂图》,堂名的来由也如陈继儒自言"盖取士衡'婉娈昆山阴'句也"。

2019年2月21日,蒙上海文艺出版社社长陈徵先生安排,由该

佘山公园大门

东佘山园简介

社发行中心的张守栋先生、刘晶晶老师带我到松江地区寻访。我们在小昆山公园内找到了二陆读书台,但那里已完全看不到婉娈草堂的痕迹。好在这天的上午,我们在东佘山找到了眉亭。

东佘山居是陈继儒所建居所最大的一处,建这里时他已经五十岁,建筑此居的原因,一是因为经济条件有了较大改善,二是想将此作为终老之所。陈梦莲在《眉公府君年谱》中写道:

> 府君五十岁,得新壤于东佘。二月开土筑寿域,随告成。四月章工部公觐先生,割童山四亩相赠,遂构高斋。广植松杉,屋右移古梅百株,皆名种……后若徐若董,园圃相续,向有施公祠,亦一时效灵,而郡邑之礼香祭赛,并士女之游冶者,不之诸峰,而之东佘矣。

雨后的冷清

山上的小亭

由此登山

走到亭前

当日一早,我们前往佘山公园内寻找陈继儒遗迹。其实在几个月前,刘晶晶曾带我来过此地,但那天赶到公园门口时,管理者说四点半禁止游客入内,只能望门兴叹而去。鉴于此,今日将这里定为了第一个寻访目标。

该公园不收费,大门造型颇为奇特,门楣上仅书"国家森林公园"字样。走入大门方看到东佘山园简介,然简介中仅提到康熙皇帝南巡曾来此山,并赐名该山为兰笋山。大旅行家徐霞客曾三次游览佘山,简介上并称"他的万里之行就起步于此"。看来该山对文化旅游有着重大意义,可惜我的文化寻踪之旅不始于此山,无法效颦于徐霞客。

亭中刻石

也无风雨也无晴

两柱上的诗句

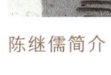
奇特的墓葬

陈继儒简介

因为连日阴雨，偌大的公园内冷冷清清，在示意图上也未曾找到眉公亭所在。进园不远看到一个小卖部名为"舍不得带点走"，我调侃说，这是劝人不要买东西之意。没想到我的话被店主听进了耳朵，她走出店看了我一眼，而刘晶晶还是上前向她请教眉公亭所在。此店主颇有涵养，告诉我们前行不远左转上山即是。

沿着小径一路上行，果真找到了眉公亭。这个亭子的建造方式颇为奇特，我感觉像是水泥筑件。小亭中立有一块刻石，上书"林下水边"，右侧小字刻着"明陈继儒撰句"，刻石的背面则以小篆字体刊刻着陈继儒的生平简介。走出小亭，看到左右两边的亭柱上刻着"渔钓窦中，樵吟叶上"。

而后我们沿着小径继续上行，看到一处奇特的墓葬，因无墓碑，不知所葬为何人。从文献上看，当年陈继儒在此处建造的别墅面积很大，比如《书山居》中写道：

> 余山居，有顽仙庐，有含誉堂，有蔛庵，有老是庵，此在南山之麓也。有高斋，有清微亭，此山之中央者也。有水边林下，有磊砢轩，此在山之西隅者也。有喜庵，道经山之上下必取道焉，此依山近岸者也……

如今这一切都化成了尘烟，在此处看到的除了密密的树木就是遍地荒草，其他已无任何痕迹。然而，陈继儒所刊刻的图书却广泛传播于后世，他的画作也珍藏于各大博物馆中。我们走出公园时，回望东佘山，只能在脑中想象着陈继儒所建别墅之辉煌了。

曾鲸（1564年—1647年）

传神一派，至波臣乃出一新机轴也

曾鲸字波臣，是明末清初最著名的肖像画家，他的肖像技法不仅在其当世有着广泛的影响力，并且一直影响着后世的许多画家。后世将他所创的人物肖像画派称为波臣派，郑昶在《中国画学全史》中称："明代传神画派，自国初以来，如沈希远、陈遇、陈远等，皆被征写御容，前已述之。此外如侯钺、庄心贤、陶成、唐宗祚、王直翁、陆宣、林旭诸人，亦名闻一时。其神乎其技者，当推曾鲸。"

郑昶在此讲到明代人物名家，列举出了多位肖像画家，认为其中成就最高者乃是曾鲸，夸赞曾鲸人物画的水准已经到了神乎其技的程度。对于曾鲸的绘画特色及影响，郑昶在该书中称："鲸字波臣，莆田人。其传写法，重在墨骨，墨骨成后，再加傅彩，故其写照，妙入化工，点睛添毫，俨然如生。盖明代传神一派，至波臣而特出一新机轴焉。其门流甚众。明清之际，如张琦、顾见龙、廖大受、沈韶、顾企、张远等，并称波臣派云。"

陈师曾在《中国绘画史》中也有相类似的评价："传神一派，至波臣乃出一新机轴也。其法重墨骨，而后傅彩加晕染，其受西画之影响可知。其徒由明末及于清初甚多，万历年间有金穀生、王宏卿、顾云仍、廖君可、沈尔调、顾宗汉、张子游等。"

这些都说明了曾鲸在人物肖像画的技法上突破前人，有一定的独创性。故樊波在其专著《中国人物画史》中评价说："在明清绘画史上，曾鲸乃是一位具有深远意义的人物。"为什么给出这样高的评价呢？樊波从两个方面予以了总结，第一方面为："宋元以来人物画中的'写真'传统正是在明末曾鲸的手中重新达到了一个很高的艺术水准。"

这段话乃是评价曾鲸在人物肖像方面的创造力，而对于曾鲸在绘画技巧方面的传承及创新，樊波又写道："曾鲸的肖像画不仅继承了传统的方法，而且还创造了'墨骨傅彩'这一新的造型手法，从而开启了清代肖像画的一代新风，从中已经可以感受到西方文化和艺术的气息扑面而来，它预示着中国画的一个新的时期即将到来。"

对于曾鲸绘画技法的绝妙，明姜绍书在《无声诗史》中有如下描绘：

> 曾鲸，字波臣，莆田人。流寓金陵。风神修整，仪观伟然。所至卜筑以处，回廊曲室，位置潇洒。盘礴写照，如镜取影，妙得神情。其傅色淹润，点睛生动，虽在楮素，盼睐颦笑，咄咄逼真，虽周昉之貌赵郎，不是过也。若轩冕之英，岩壑之俊，闺房之秀，方外之踪，一经传写，妍媸惟肖。然对面时，精心体会，人我都忘。每图一像，烘染数十层，必匠心而后止。其独步艺林，倾动遐迩，非偶然也。年八十三终。

姜绍书用了多个形容词来描写曾鲸所绘人物之传神，称这种肖像画传神的原因乃是曾鲸苦心经营的结果，而曾鲸每画一幅人物肖像，都会有几十层的渲染，正是因为在技法上的精益求精，他才有了独步艺林之技。曾鲸的同乡谢肇淛在《五杂组》中亦称："吾闽莆田史氏，以传神名海内，其形神笑语逼真，令人奇骇，但不过俗子之笔耳……近来曾生鲸者，亦莆人，而下笔稍不俗。其写真大二尺许，小至数寸，

《葛震甫像》局部　故宫博物院藏

无不酷肖。挟技从游四方，累致千金。"

关于曾鲸所创波臣派的影响力，明徐沁在《明画录》中写道："曾鲸，字波臣，闽晋江人。工写照，落笔得其神理。传鲸法者为金毂生、王宏卿、张玉珂、顾云仍、廖君可、沈尔调、顾宗汉、张子游辈，行笔俱佳，万历间名重一时。子沂，善山水，流落白门，后于牛首永兴寺为僧，释号懒云。"清代的张庚在《国朝画征录》中亦有如下列举："波臣弟子甚众。其拔萃者，文侯而外，莆田郭巩，字无疆；山阴徐易，字象九；华亭沈韶，字尔调；汀州刘祥生，字瑞生；嘉兴张琦，字玉可；海盐张远，字子游；秀水沈纪，字聿修。皆不问妍媸老幼，靡不神肖，正如养氏之射，百发而不一失也。"

以上这些均可说明波臣派在人物肖像画史上的巨大影响力。那么曾鲸在人物肖像画上究竟有着怎样的独创性呢？周积寅在《曾鲸和波臣派》一文中先是介绍了曾鲸之前的传统人物画法："传统的肖像画法，在唐宋时和一般的人物画没有两样，先用墨线勾出轮廓，然后在着色时轻微晕染。流传到日本的张思恭所画的《不空三藏像》，其面部画法和阎立本的《历代帝王图》或顾闳中《韩熙载夜宴图》中的人物面部画法,都没有多大区别。等到李公麟的白描人物画流行以后,元明作者又多用白描写像。"在谈到曾鲸的独创性时,此文引用了张庚在《国朝画征录》中所言:"写真有两派:一重墨骨,墨骨既成,然后傅彩,以取气色之老少,其精神早传墨骨中矣,此闽中波臣之学也,一略用淡墨勾出五官之大意,全用粉彩渲染,此江南画家之传法,而曾氏善矣。"

张庚所言表明了曾鲸既继承传统江南人物技法,同时又有独创性。而曾鲸的独创性所在,清代沈宗骞在《芥舟学画编》中有进一步的解读,沈宗骞在"用墨"一节中称:

> 传神家不识用墨之道,往往即以赭色布置部位,不知面部虽有高下丘壑,而其色实则一统,或有几处深色,亦无关于凹凸者,乃竟全以色添凑而成,必至薰俗板滞,纵得相似,殊乏意致,故必识用墨之道,乃可以得传神三昧。即如作少年人及芳年女照,其丘壑自有凹凸处,若以赭取则太黄,以脂取之则太赤,苟非以墨取之,何从凭藉?即如面色苍老,两颧及鼻尖眼眶,俱粗皱而有深黝之色者,皆当以淡墨擦过,复以色和墨笼之,层层而上,必如其色乃止。第不可使墨浮于色,致有黑气耳。其法当以淡墨渍过,然后再以淡墨笼之,务要墨随笔痕,色依墨态,成后观之,非色非墨,恰是面上神彩。欲寻墨之所在而不可得,不知皆墨之所成也。

正是因为沈宗骞的这段描述,后世学者将曾鲸肖像画法称为凹凸法。为此周积寅在文中夸赞曾鲸说:"从明末到清中叶这三百年中,中国肖像画有了很大的发展,有名的肖像画家不可指数,而明末清初的肖像画大师曾鲸，就是这个时期独树一帜、富有创造性的人物。"

关于曾鲸的师承，各种文献未见记载，那么他的凹凸法是如何创造出来的呢？对于这一点，后世学者有三种看法，一种观点认为曾鲸借鉴了西洋绘画技巧，另一种观点与前一种相反，第三种观点可视为折中派，认为曾鲸的绘画技法既继承了传统，也借鉴了西式技法。

从曾鲸的个人经历来看，他曾流寓于南京，而这个时期利玛窦正在南京传教。利玛窦从欧洲带来的西洋之物基本上是中国人未曾见过的，尤其他带来的圣母像，画法之逼真，对于看惯中国画的人来说，有着十分强烈的视觉冲击力。明顾起元在《客座赘语》中讲道：

> （利玛窦）来南京，居正阳门西营中。……所画天主乃一小儿，一妇人抱之，曰天母。画以铜板为帧，而涂五彩于上，其貌如生。身与臂手，俨然隐起帧上，脸之凹凸处正视与生人不殊。人问画何以致此？答曰："中国画但画阳不画阴，故看之人面躯正平无凹凸相。吾国画兼阴与阳写之，故面有高下，而手臂皆轮圆耳。凡人之面，正迎阳，则皆明而白，若侧立，则向明一边者白，其不向明一边者，眼耳鼻口凹处有暗相。吾国之写像者解此法用之，故能使画像与生人亡异也。"

这段话讲到了西洋画呈现的凹凸像与中国画的本质区别。曾鲸是否见过利玛窦，历史资料未见记载，故他是否看到过利玛窦带来的圣母像，也难以找出确切文献。郑昶在《书画鉴赏十六讲》中认为曾鲸看过这些画像："查波臣流寓金陵的时候，正是利玛窦东来的时候，他目睹到天主像、天主母像，所谓烘染数十层者，乃是参用西洋法。"陈衡恪也认为曾鲸的人物肖像凹凸画法是受西洋绘画的影响，舒士俊在《简明中国画辞典》中同样持这种观点："善画肖像，受西方绘画影响，注重明暗，用墨色干擦湿晕，多达数十层，然后着色，与前人之法迥异。"

然而也有人认为，曾鲸的凹凸法乃是传承中国古法，与西洋绘画技巧没有关联性。杨帆在其硕士论文《文人肖像——曾鲸的写真艺术研究》中谈到中国绘画中最早的凹凸技法见于梁朝画家张僧繇的"凹凸花"，唐张彦远在《历代名画记》中曾言："寺门遍画凹凸花，传张僧繇手迹。其花乃天竺遗法，朱及青绿所成，远望眼晕如凹凸，就视即平，世咸异之，乃名凹凸寺。"杨帆在论文中又引用了向达在《唐代长安与西域文明》中的观点："印度画与中国画俱以线条为主。其画人物，如手臂之属，轮廓线条干净明快，沿线施以深厚色彩，向内则逐渐柔和轻淡，遂呈圆形。是即所谓凹凸法也。"

那么曾鲸的人物肖像法跟西洋画法有着怎样的区别呢？刘垚、张一涵所撰《曾鲸与西法的关系以及对"墨骨法"的再认识》一文认为："曾鲸的墨骨法画面中脸部没有特定的光源，未出现阴阳脸和高光，与西洋画法明显不同。"此文还引用了沈宗骞《芥舟学画编》中所言为证："今人于阴阳明晦之间，太为着相，于是就日光所映，有光处为白，背光处为黑，遂有西洋法一派。此则泥于用墨，而非吾所以为用墨之道也。"

在具体技法方面，曾鲸与西洋画法有着怎样的不同，上文给出了如下比较："从曾鲸的画面构图看，曾鲸肖像画构图的空、静，与西方绘画的中的满构图截然不同；曾鲸画面色调纯度低，基本以淡彩形式表现人物，衣着以淡雅为主，与西方色彩偏重光感、质感、饱满的固有色和环境色截然不同；曾鲸肖像画画面以线造型为主，面部以淡墨晕染结构、取分染、罩染之法薄施多遍的传统绘画方法，与西画突显块面造型相比截然不同。西方的肖像画中，注重明暗对比、表现体积，注重色彩的冷暖变化，强调明暗交界线、光源色、反光色、阴影等西

《李亨像》 上海博物馆藏

方绘画因素，曾鲸画中人物面部正面受光，没有明暗变化，与西方绘画中固定光源下的明暗关系不同。"

对此，杨帆在其论文中总结出了四点不同："其一，曾鲸构图的空、寥，与西方绘画的满、实截然不同；其二，曾鲸色彩的墨骨、淡雅，与西方色彩重光源色、饱满的固有色和环境色亦不同；其三，曾鲸画面以线造型、面部按阴阳结构分染、罩染、薄施多遍等传统绘画方法与西画块面造型相比也有明显差异；其四，曾鲸所作肖像画中人物面部明暗皆无固定光源，而是面部是按照结构分阴阳凹凸，与西方绘画中固定光源下的明暗关系也不一样。"

关于曾鲸的肖像画法究竟是否受到西洋画影响，高居翰在《山外山：晚明绘画》中称："曾鲸的画作是否带有西洋画的影响，这还是一个有争议的问题。但是，我们由曾鲸在福建、南京活动的情形来看，他势必是在这两地受到西洋画影响。"至少高居翰认为，曾鲸不可能超身度外，不受环境的影响，"曾鲸及其传人所营造出来的非凡写实风格，在在也都是明代稍早任何画家所无法与之抗衡的"。所以高居翰认为："所有那些主张曾鲸的风格乃是出于中国绘画内部自我发展的结果者，就显得难以令人信服。"

周积寅注意到曾鲸在南京期间与许多名士的交往，同时注意到了利玛窦与南京一些重要人物也有密切交往之事，比如南京礼部尚书王忠铭、礼部侍郎叶向高、思想家李贽等，因此周积寅认为："不难想象，曾鲸对于利氏带来意大利文艺复兴绘画、供养在南京教堂中西洋画《天主像》，会发生多大的兴趣，并从中得到一些启发。"

对于曾鲸对西法的借鉴，日本学者大村西崖在《东洋美术史》称："传神写照的名人曾鲸出来后，名声曾轰动一时。在万历十年，意大利的耶稣教士利玛窦来华，善画，能绘耶稣教的圣母。曾波臣素来掌握着传统技法，没有去模仿，但也吸收了利玛窦的画法来画肖像画。"

大村西崖说利玛窦善于绘画，但当代学者大多否定这种说法，他们认为虽然有文献说利玛窦指导过一些画家，但这并不等于他有真正的绘画能力。其实，利玛窦是否会画画并不重要，重要的是他带来的圣母像是否被中国画家所目睹和接受。既然各种文献都记载有不少人看过圣母像，那么身处南京的曾鲸从中汲取养分，而后将这种技法与中国传统画法相融合，想来也有这种可能。所以周积寅在其文中总结说："自唐以后，七八百年与外国隔绝的中国人物画，第二次吸取外来营养，曾鲸实开风气之先，给肖像画开辟了新的途径。他的肖像画是立足于我们民族绘画基础之上的，所谓'重墨骨'，就是强调了中国画用笔用墨的特点，坚持以墨线和墨晕为骨。借鉴西画的结果，是创造了我们民族自己的凹凸法，发展了具有中国气派和中国作风的肖像画，这应该说是曾鲸的一大功劳。"俞宗建在其编著的《曾鲸画集》中也持这种观点："曾鲸画像虽以传统画法为之，亦用唐宋以来的传统粉彩渲染法，但其更注重墨骨用笔，并有机结合了西画技法，以淡墨按面部层层渲染出阴影凹凸，达到富有立体感的效果，后人称之'凹凸法'。曾鲸用这种独创的画法使其笔下的人物肖像，神情逼真，惟妙惟肖，史称'波臣法'。"

从总体上看，曾鲸的人物画风格，在肖像面容上有借鉴西法之处，但在人物的着装方面却完全是传统画法。杨帆在其论文中称："明代文人服饰形制简单，颜色单一，且以曾鲸的画工传统而言，面部是刻画最精准最神态毕肖的部分，是画面的刻画重点，而对衣纹服饰的处理上，为了符合文人审美趣味，曾鲸放弃了传统民间宗族肖像画面中对衣饰大红大绿、精致、华丽、烦琐的描绘，而是简略概括，黑白灰为主色调，形成强烈的简繁对比与质感区分。"

曾鲸的这种画法为中国人所喜爱，这是其能够形成波臣派的原因所在。王彩凤在《浅析曾鲸及波臣画派对后世的影响》一文中称："波臣画风对画坛的影响不仅表现在画家的个人技法方面,它已成为一种绘画样式不断发展。在曾鲸之后出现的体现文人们追求和享受生活的行乐图,它就是在曾鲸肖像画的基础上参照了陈洪绶等人的多人物、多姿态的肖像画要素而开创的新的肖像画领域。"而对于绘画的布局,该文中又称:"行乐图把人物置于景物中,以人物的肖像刻画为主体,用景物来辅助表现人物的性格和气质。行乐图和后来出现的三好图除了表现文人们享乐的生活,其中也含有他们超脱社会现实和远离尘世的心理。由这些新兴的绘画样式,可见曾鲸肖像画及波臣画派对当时画坛的主导力和影响力。"

关于曾鲸的故里,主要有莆田说和晋江说,俞宗建在《曾鲸画集》中予以了考证,其最终认定:"曾鲸晚年自号'蔗园''蔗庵''蔗第'意指莆田里籍地,与明代莆田县武化乡仁德里辖地相符。曾鲸应是西漳村(今属拱辰长丰)曾氏艾轩公后裔。"

2019年4月5日至4月11日,我在福建境内进行了多地探访,此次探访得到了福建省委党校林怡和林星两位教授的大力帮助。在我来到福建之前,林怡拿到了我的寻访单,而后提前一一予以落实,使得本次的寻访节约了许多时间,也有了不少的意外收获。之前我在网上查得曾氏祠堂位于仙游县度尾镇霞溪村,但林怡却告诉我说,她通过朋友找到了莆田市闽中画派艺术研究院院长俞宗建先生,俞先生反馈说曾鲸的祠堂不在仙游县,而在莆田县长丰村西漳自然村。既然俞先生有研究曾鲸的专著,想来他所言比我的查证更为准确,于是我们在4月9日乘车来到了莆田,在这里见到了俞宗建先生以及当地的几位爱书人,在这些朋友的带领下,我得以看到多处历史遗迹。

4月10日一早,俞宗建与福建当地的另外四位朋友开车带我们在莆田周围的几地寻访,其中一处行程就是去探看曾鲸祠堂。驶入村中后,道路越来越窄,司机小金担心再往前走无法掉头,俞宗建则称他

曾鲸　　261

曾氏宗祠门牌号

曾氏宗祠外观

祠堂前院

大门紧闭

来过此处，肯定有可掉头之处，而后我们停在了村中一个小空地旁，空地的后方正是我们要寻找的目的地曾氏宗祠。

　　该宗祠是一个独立的院落，门牌号为"长丰村西漳168号"，号牌上竟然还有二维码。院门敞开着，走入其中，院落里堆放着许多的杂物，一位老太太坐在台阶上正梳理着一些彩色布条。我不知道这些布条有何用途，而老太太所说的方言众人都听不懂。俞宗建解释说这一带每隔几个村子在方言上就有所变化，他们问了多遍，终于大概听

忙碌的老人

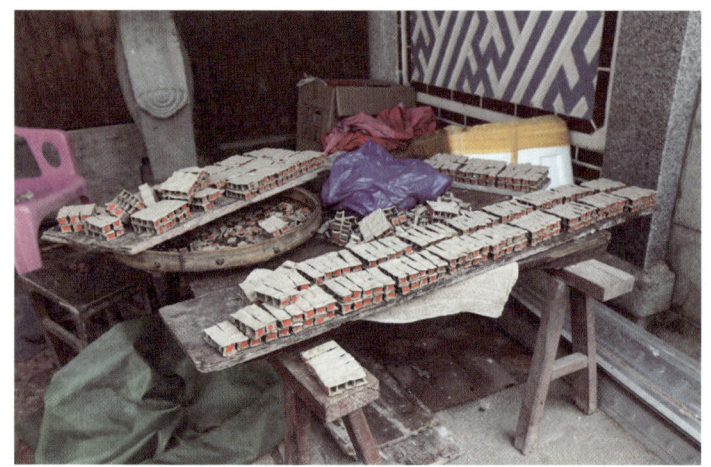

奇特的纸钱

祠堂侧墙

清楚老人是要用这些彩条做一种绳子,至于这种绳子的用途,众人最终也没搞明白。而在台阶的另一旁则摆放着更为奇特之物,经询问原来这是一种上坟用的纸钱,这种纸钱看上去像一排排的烟花炮仗,其形体之独特颠覆了我的认知。

遗憾的是祠堂的大门从里面顶住了,我用力推了两下,但完全推不动。老人示意我不要推门,我不明就里,众人也没问明白,但俞宗建劝我别急,他马上给管理祠堂者打电话。

由侧门进入

果真不一会儿就来了开门人,然他所开之处并不是祠堂正门,而是在院落的左侧后方。

从门洞穿入其中,看到祠堂里面堆着很多包装箱,开门人解释说这是一些制作鞋子的原料。虽然如今莆田系天下人皆知,然而这里还有这种传统产业,倒令我略感意外。从整体看上去,祠堂做过落架大修,房梁上悬挂着"翰苑""进士"等匾额,在祠堂的顶头位置摆放着一张祭台,上面一字排开五个神位。中间的一个上面写着"曾氏历代宗亲考妣神位",旁边的几个神位上也未能看到曾鲸的名字。俞宗建告诉我,这里就是曾家的祠堂。曾鲸的其他遗迹到现在也未发现,看来也只能在这个祠堂里,朝拜一下这位波臣派的创始人物了。

祠堂里堆着许多包装箱

祠堂另一侧

牌位

李流芳（1575年—1629年）

笔力雄健，墨气淋漓，有分云裂石之势

明末清初时的著名诗人吴梅村曾写过一首《画中九友歌》，这九友分别为：董其昌、李流芳、程嘉燧、杨龙友、卞文瑜、邵弥、王时敏、王鉴、张学曾，他们都是当时著名的画家。吴梅村的这首诗乃是用杜甫《饮中八仙歌》之体，但并不是完全的模仿，沈德潜在《清诗别裁集》中评价该诗说："用《饮中八仙歌》格，而绝异其面目，所以可贵。"而孙鋐在点评此诗时称："与《饮中八仙歌》对看，肯一字让少陵出色否？"

孙鋐认为该诗水准不在杜甫之下，可以想见，当时的文人是何等欣赏这首《画中九友歌》。这首诗中咏李流芳的四句为："檀园著述夸前修，丹青余事追营丘。平生书画置两舟，湖山胜处供淹留。"檀园乃李流芳之号，同时也是他所建庄园的名称，李流芳有游览之好，经常乘船徜徉于江湖之间，由此创作出了很多精品画作。吴梅村的这首诗概括了李流芳的两大特点：一擅长山水画；二喜欢到处游览写生，并且认为他的绘画水平可追宋代三大山水画家之一的李成。

可惜的是，画中九友中李流芳去世得最早，吴湖帆在《跋李流芳仿古山水册》中谈及此事："梅村九友中李檀园最先殁，寿亦未逾六十，且风格甚高，故真迹又不多。真迹中率意应酬者多，而精心之作尤妙也。此册仿宋元十家，乃自赏作，后以贻其友子薪为疗疾者，其郑重为何如耶?"

李流芳年五十五岁就去世了,如果他能长寿一些,想来在绘画上定能创造出更高的成就。但历史没有如果,后世只能从流传下来的画作来评价他的绘画风格及水准。而正如吴湖帆所言,李流芳的作品真伪互见,真迹中又大多为应酬之作,所以他的精心之作并不多,但的确令人惊艳。

天下有些事的确是吊诡,明末清初的诗坛盟主钱谦益乃是受李流芳的影响,才在诗文方面做出那么大的成就,其妻柳如是曾有一度与谢三宾在一起,正因为这个故事,后世对谢三宾多有贬抑之词。而李流芳晚年穷困潦倒之时,他的文集《檀园集》竟然是由谢三宾出资予以刊刻,所以谢三宾究竟人品如何,很难以一语蔽之。

关于钱谦益与李流芳结识的时间,钱所撰《初学集》中有《王淑士墓志铭》,文中有如下一段话:"余为诸生时,与嘉定李流芳长蘅、昆山王志坚淑士交。已而与长蘅同举于乡,万历庚戌与王淑士同举进士。"可见钱谦益、李流芳两人在年轻时是相交不错的朋友。万历二十六年(1598),钱谦益补苏州府学生员,此时年仅十七岁,万历三十四年(1606),钱、李二人同时考中举人,这一年钱谦益二十五岁,李流芳当时三十二岁。

可能是因为年长的原因,李流芳的一些观念对钱谦益产生过重要影响。钱谦益在《牧斋外集》中写道:"余未弱冠,学为古文辞,好空同、弇州之集,朱黄成诵,能暗记其行墨,每有撰述,刻意模仿,以为古文之道如是而已。长而从嘉定诸君子游,皆及见震川先生之门人,传习其风流遗书,久而翻幡然大悔,摒去所读之书,尽焚其所为诗文,一意从事于古学。"

牧斋自称年幼时喜好李梦阳、王世贞的诗风,为此模仿这些人的作品写了不少诗作,后来他跟嘉定的一些文人交往,这些人中有些是归有光的弟子,受到他们的影响,他对当年的所为感到后悔,于是将自己创作的诗稿全部烧掉,同时开始学习古文。在这段话中,钱谦益没有点明他所认识的"嘉定诸君子"是哪些人,然而他在《答山阴徐伯调书》中却说过这样一番话:

> 仆年十六七时,已好陵猎为古文,空同、弇山二集,澜翻背诵,暗中摸索,能了知某行某纸,摇笔自喜,欲与驱驾,以为莫己若也。为举子,偕李长蘅,见其所作,辄笑曰:"子他日当为李、王辈流。"仆骇曰:"李、王而外,尚有文章乎?"长蘅为言唐、宋大家,与俗学迥别,而略指其所以然。仆为之心动,语未竟而散去。浮湛里居又数年,与练川诸宿素游,得闻归熙甫之绪言,与近代剽贼雇赁之病。

这段话颇为形象地描述出李流芳对钱谦益的启迪,原本钱谦益的眼光只局限于后七子,而李流芳建议他把眼光放得更远,直到唐、宋大家。正是由于李流芳的这番劝慰,才使得钱谦益日后成为了诗坛盟主。而这也从侧面说明李流芳在文学上有着颇高的见识,难怪他能跟唐时升、程嘉燧、娄坚被时人并称为"嘉定四先生"。

然而有见识者,不一定有运气,李流芳的科考运气就远逊于钱谦益,两人同年中举后,转年一同前往北京参加会试,结果同时落榜。万历三十八年(1610),两人又一同前往参加科考,李流芳再次落第,钱谦益却成为了探花。此后,李流芳又参加了几次会试,均无功而返。到了万历四十一年(1613),李流芳跟朋友闻启祥一同赴京参加会试时,不知何故,还没有参加考试他就掉头而返。钱谦益所撰《闻子将墓志铭》中载有此事:"为诸生祭酒二十年,始举于南京,偕李长蘅上公车,及国门,兴尽而返。余遣人要止之,两人掉头弗顾也。"

对于此次返程的原因，李流芳在《跋盆兰卷》中自称"己未春，余北上，至濠梁病还"，看来他是因病而返。天启二年（1622），四十八岁的李流芳再一次前往北京应试，然而他到达北京郊区时，听闻到辽东战事屡战屡败的消息，突然对追求功名之事意兴阑珊，于是再一次掉头返回家乡。自此之后，李流芳绝意科考，将所有的精力都用在了绘画和诗词创作方面。

李流芳何以能如此之决绝？钱谦益在为李流芳的兄嫂沈夫人所写《旌表节妇李母沈孺人墓志铭》中称："长蘅久困公车，或劝其就禄仕，孺人曰：'叔性有皂白，傲世而不喜俗人，此非可以乙榜入仕者也。买山而居，奉母偕隐，不独可以全素尚，亦所以藏拙也。'长蘅感其言，遂终身不出。"

看来嫂子很了解李流芳，她认为这位小叔子性格上有着桀骜不驯的一面，这种心态不适合做官，还不如隐居家乡照顾家人。李流芳听到嫂子的这番所言后，决定不再参加科考。

既然绝意仕途，李流芳靠什么生活呢？他在《南归诗·抵家》中也表达了这种担忧："伯兄性寡营，生理日萧条。两弟皆食贫，汲汲度昏朝。为农力不任，课儿亦无聊。余润或望余，自顾无脂膏。今当遂长往，念此中心焦。勉谢诸兄弟，此非人力邀。吾宗自薄祜，先达皆早凋。"

李流芳一度担心生计问题，根据诗中所描述，他干农活似乎体力不太行，教学生又觉得有些无聊，当然诗文属于艺术创作，实际情况也许并非如此。比如他在《南归戏为长句自解》中又写道："人言债多能不愁，我今真作隔夜忧。天生吾舌尚可用，况有薄技供邀游。但恐饥寒命所注，纵有衣食非人求。一家嗷嗷三十口，老母弱子将焉谋。我欲卖却百亩田，不堪持作三年羞。不然计且无复之，请屏所爱不一留。先卖几头子石研，不爱墨花绣涩春云流。次卖商尊父工篆，不爱宝色剥落夔龙虬。次卖西山梅花二十亩,不爱春湖草阁临青浮。最后卖却山雨之飞楼,不爱松风梧月芙蓉秋。如此不足办吾事,天实为之吾何尤。人年四十老将至,譬如已死亦即休。"

虽然他戏称债多不愁,但他却事实上负担着一大家子三十多口人的吃饭问题,诗中说他打算卖出家中百亩田地,如果还不够,再卖掉西山的二十亩梅花田,另外他家还有山雨楼、商尊鼎彝等。如此说来,李家还是有一定的资产。但总靠卖祖产毕竟不是长久之计,于是他就以绘画为生,而他的画作颇受时人喜爱,如钱谦益在《有学集》中有《题李长蘅画扇册》:

> 长蘅晚年游迹多在西湖,邹孟阳、闻子将每设长案,列缣素,摊卷拭扇,以须其至。长蘅笑曰:"此设三覆以诱我矣。"挥毫泼墨,欣然乐为之尽。故两家所得最富,扇纸累百计不止。余平生爱惜朋友,檀园、松圆楮墨藏弄,仅以十数计。绛云之灾,胥燔于火。而邹、闻溘逝后,箧衍狼藉,僮奴窃取以供博弈,不知其为主人之头目脑髓,可叹也。

晚年的李流芳最喜欢到西湖游览,而当时的朋友听说他要来,必然会提前摆好画案摊开纸张准备好笔墨,李流芳见此就知道这是朋友诱惑他搞创作,但他也不让朋友失望,常常是当场提笔就画。他的好友邹孟阳和闻子将所得最多,钱谦益也得到了不少,可惜绛云楼意外失火后,这些画作大多被祝融收去,留下来的一些劫余,也被家僮偷去换钱来赌博,令到钱谦益大为感慨。李流芳去世后,钱谦益还曾梦见他,在梦中和他说到绘画之事,钱在《题李长蘅书刘宾客诗册》中写道:

> 壬申秋夜，梦与长蘅遇于濠、淮间，隔船窗相语。顾视舟中，笔床砚屏，位置楚楚。同游三人，幅巾道衣，皆有韵致。余问长蘅："兄今笔墨之债，约略尚如生前乎？"长蘅曰："甚苦。今早正受人刺促，纸燥笔枯，心痒痒不耐，故出游耳。"观其意思洒落，故知不堕鬼趣。却未知所与同游者为何人也？乐天哭梦得诗云："贤豪虽没精灵在"，此语信然。偶阅长蘅所书梦得诗册，漫记于此。嘉平九日，书于荣木楼之残雪下。

钱谦益说在某个秋夜，他梦见自己乘船与李流芳在水面上相遇，两人隔着船窗对话，钱谦益注意到李流芳的船上还摆着笔墨纸砚，于是问他是不是笔墨之债还跟生前一样多，李流芳回答他确实是如此。李又称自己是被人催得烦了，所以特地乘船出来游览。以此可见，钱谦益在梦中都认为李流芳到了阴间还在搞绘画创作，有着还不完的笔债，以至于钱谦益认为连鬼都喜欢李流芳的作品。

既然如此，李流芳应当收获到大量的润笔之资，然而不知什么原因，李流芳在晚年却穷困潦倒，而此时的谢三宾任嘉定知县，在此阶段他准备刊刻嘉定四先生的文集，为此特意来到檀园跟李流芳商量此事。谢三宾将见到李流芳的情况写入了《檀园集序》中：

> 予为嘉定之三年，始谋刻四家文集。于时长蘅已病卧檀园，予躬致药饵，登床握手。长蘅为强起，尽出所著作，手自芟篡，得诗六卷、序记杂文四卷、画册题跋二卷，合十二卷，题曰《檀园集》，授其侄宜之以应予之请。遂刻，自《檀园集》始。明年正月，长蘅没。予哭其家，为经纪其丧，欷歔不能去。已而刻成，因为之序。

谢三宾来看望李流芳时，李已病卧在床，谢带去了一些药品和礼物，李颇为感动，于是努力起身把自己的诗文作品拿给谢三宾。李流芳去世后，谢前往其家吊唁，而对于李流芳晚年的景况，谢三宾在序中写道：

> 长蘅累世簪缨，科名廿载，文章书画，绚烂海内。其徒盗窃名姓及摹勒炫售者，犹足以奉父母、活妻子，而长蘅身没之日，园亭、水石、图书、彝鼎之外，籝无一金，虞无釜粟，高贤静士之风流，其大略亦可睹矣。为人慷慨，遇不平事，无问朝野，辄义形于色，然慈惠乐易，其素性也。喜接后辈，周贫交，尤喜成人之美，未尝有所怨忌。

谢三宾夸赞李流芳的文章和书画均享誉天下，但他又说李流芳去世时除了家中庭院及藏书和一些古玩外，竟然没有一点余钱。想来这不是夸张之语，出现这种情况的原因，谢三宾认为乃是因为李乐善好施，导致家无余粮。但谢的这段话中也提及了有些人仿冒李流芳的作品以此来谋利，这同样说明李流芳画作在市场上的影响力。

虽然如此，谢三宾却认为人们只了解李流芳在画作上的成就，而忽略了他在诗文方面其实更有成就："嗟乎！长蘅之所流传，未知鸡林等国何如。凡我公卿学士，下至贾竖野老，以及道人剑客，无不知敬慕若古人然。长蘅亦荣矣！然大率珍其画与书耳。能得其诗文之意之所在者，已不可多得，而况其为人之大概乎？昔逸少在东晋时，其精诚深虑、高标伟节，识音信为蔡谟、温峤之流，而为书名所掩，至今耳食者但晓宗其翰墨。此又予之反覆婉折于兹序也。"

为此，谢三宾举出了大书法家王羲之的例子，谢认为王羲之在许多方面都很有成就，可惜被书名所掩。拿王羲之来做类比，亦足见他对李流芳的推崇。其实，李流芳在很多方面都对谢三宾有影响，比如光绪版《嘉定县志》卷三十二《轶事》中载有这样的故事：天启年间，江苏巡抚毛一鹭提出要为阉党头领魏忠贤建生祠，省内各郡县官吏立即响应，嘉定知县谢三宾对此拿不定主意，他向李流芳请教此事是否可为。李的回答是："拜是一时事，不拜是千古事。"

果真没多久，朝廷就下令拆毁魏忠贤祠。李流芳闻听此言大为高兴，特意创作了《山水图册》，并在上面写道："余以前不见古人，且感时事，久罢公车。丁卯十月，送计偕者于吴门，闻有旨尽毁珰祠，无不额手。余虽垂老投闲，幸作太平民矣。舟中连日觉耳目清明，笔墨快适。适有宋笺册数帧，纵笔点染，不觉其竟。因复记此，以为它年佳语也。慎娱道人李流芳。"

可见，李流芳虽然是在野之人，依然有气节在，并且他的观念对谢三宾也有影响。但谢三宾后来的变化，则不为李流芳所知矣。然而在当时，钱谦益、谢三宾与李流芳之间关系确实颇为密切。《绛云楼题跋》中钱谦益跋《黄子久画》，其中谈到三人之间的交往：

> 一峰老人游屐遍宇内，顾独爱虞山，结庐其下。朝云夕烟，变幻百出，俱归之老人笔底。此幅为四明谢象三所贻，适以示檀园，檀园拊掌赞叹，以为是必子久在虞时所作，故能为虞山写照，精妙入神至此。夫子久相去三百年，人得其片纸，辄珍如拱璧。今象三不远千里，邮致此图，而又遇檀园法眼鉴定，悬之草堂，顿令生色，故乐而书。辛巳二月望日记，牧斋。

象山即谢三宾，他得到了黄公望的一幅山水画，而后赠送给了钱谦益，钱又拿着这幅画前往檀园请李流芳鉴赏，李为之赞叹不已，称此画必是黄公望居住在虞山时所作。钱闻言大为高兴，他一来感念谢三宾千里之外寄此名迹，二者赞叹李流芳目光如炬。

李流芳返回家乡修筑了檀园，四库馆臣在为《檀园集》所写提要中认为，此事也与阉党乱政有关系："流芳，字长蘅，嘉定人，万历丙午举人，三上公车不第，因魏忠贤乱政，遂绝意进取，筑檀园读书其中。"而钱谦益在《李长蘅墓志铭》中也写到了李流芳对朝政的关心："丑、寅之交，每窃叹曰：'事不可为矣！'往往纵酒无聊，至于泣下，遂病，咯血不能止。"

关于绘画的师承，李流芳在《为与游题画册》中自称："余画无师承，又不喜临摹古人，如此册于荆、关、董、巨、二米、两赵，无所不仿，然求其似，了不可得。夫学古人者，固非求其似之谓也。子久、仲圭学董、巨，元镇学荆、关，彦敬学二米，然亦成其为元镇、子久、仲圭、彦敬而已，何必如今之临摹古人者哉？余不能画，而知其大意如此，愿与与游参之。"

李流芳明确地说，他学画没有师承，只是通过临摹古代名人作品来练习。李流芳感叹形似容易神似难，同时认为若只是形似，后世就不会出现大画家，他强调绘画要以诗书满腹为基础，在《题画册》中

《仿米云山图》 故宫博物院藏

写道："书画本高人之事，非读书万卷、胸中笔下无半点尘俗者不能工。"李流芳本人在诗文方面也很有成就，可能正是诗文的滋养，才使得他在绘画方面有着如此高的成就。

从李流芳所写画跋中可以了解到，他似乎对旧纸，尤其是在宋纸上画画最为偏爱，觉得在这些古纸上作画最能心手相应。例如他在《题画册》中称：

> 去岁八月，过吴门，晤王淑士兄弟，宿留虎丘，秋热甚酷。舟还至鹿城，稍有凉意。同舟华夏甫携得宋笺册子，爱其光润宜墨，辄作小景。两日间遂尽此册，自谓稍存笔墨之性，不复寄人篱壁。但当世耳食者多，识真者少，聊借千载上诸君子之名以恐喝之。效颦学步，非予本怀，令摹古者见之，当为一笑。然后世有知此道者，亦或相赏形似之外耳。

有人为他提供宋纸做成的册页，他立即就有了创作的欲望，而这种偏爱，他又写入《题林峦积雪图》中：

> 癸亥逼除，连日大雪，闭门独饮小酣，辄弄笔墨，偶得旧楚纸，喜其涩滑得中，为破墨作《林峦积雪图》。古人画雪，以淡墨作树石，凡水天空处，则用粉填之，以此为奇。余意此与墨填者，皆求其形似者耳。下笔飒然，有飘瞥掩映于纸上者，乃真雪也。愿与知者参之。

如前所言，李流芳喜欢出外游览，而最喜欢游览的地方则是西湖，他在《题画为徐田仲》中写道："钱塘襟江带湖，山水映发，昏旦百变，出郭数武，耳目豁然，扁舟草履，随地得胜。天下佳山水可居、可游、可以饮食寝兴其中,而朝夕不厌者,无过西湖矣。"

李流芳认为西湖是个既可游玩也可居住的好去处,并且这里还有他喜爱的美食,所以西湖成为了他观摩自然、绘画采风之地:

> 余二十年来,无岁不至湖上,或一岁再至,朝花夕月,烟林雨嶂,徘徊吟赏,餍足而后归。湖上友人爱余画,甚于爱山水,舍其真而求其似,余尝笑之。然余画无本,大都得之西湖山水为多,笔墨气韵间或肖之,但不能名之为某山、某寺、某溪、某洞耳。

看来李流芳的绘画不是现场写生而是意临,所以他强调别人看他所画的西湖山水时,不要点明这是某山某寺,因为他所画的乃是心中的西湖。李流芳同时强调游览观摩自然之景,乃是要捕捉自然风光的气韵,他在画跋中称:

> 山水胜绝处,每恍惚不自持,强欲捉之,纵之旋去,此味不可与不知痛痒者道也。余画紫阳时,又失紫阳矣。岂独紫阳哉?凡山水皆不可画,然皆不可不画也,存其恍惚者而已矣。

他在西湖期间创作了大量的画作,他在《题画册与从子》中写道:"今年在西湖六七月,日以书画为役,手腕几脱。秋中言归,遂绝意此事。数月以来,牵于尘鞅,间有酬应,非其所乐。腊月,自吴门还,连日阴翳,门无剥啄,颇有纸窗竹屋之致。偶简得从子缁仲所乞高丽茧册,连画得十二帧。或挑灯酒阑,杂以梦境;或映檐呵冻,盥栉都忘。人生闲适之味,不可多得。至于笔墨适意,尤难。"

两个月间每日作画,以至于让李流芳感到手腕都要脱臼了,所以

《西湖烟雨图》局部　天津博物馆藏

到了秋天他想返回家乡歇息一段。然而求画之人太多，李流芳还是无奈地要予以应酬，他说画这样的画作自己一点兴趣都没有。他的从子李宜之很了解叔父的偏好，从朋友那里找来了一本老的高丽茧纸册子，李流芳见此立即画兴大发，连续创作了十二幅画作，兴致所致，一直画到夜间都不能停笔。

绘画当然要讲究心情，而能为欣赏自己的朋友作画，也是一件令人愉快的事，李流芳就曾给西湖上一位张姓女郎创作了一幅画作："余尝画柳赠西湖张女郎，题云：'断桥堤外柳如丝，愁杀春风烟雨时。见说美人能爱画，的应将此斗腰肢。'女郎珍重此画，数持以示人。由是，湖上之人无不知余能画柳者，乃至缁流道民，亦以见乞。"

这位张女郎得到画作后十分喜爱，经常向人显摆，于是西湖上很多人由此而得知李流芳擅长画柳，纷纷来请李流芳画柳，得到后皆大欢喜。李流芳还在《题画为子薪》中写道："余友张子薪爱游而善病，爱友而寡交。一病数年，足迹不能出户，交游既绝，独以卧游为乐，故其爱独钟于予，又独钟于予之画。余间日必一遭问，十日、五日一自往。子薪必具楮素、饬笔研以待。卷轴纵横，筐箧盈溢，而征索不已。每一画成，彷徨叹赏，若可终身于是者。凡见人一纸一素，又恨

不能奄有之,以是数求多于余。其癖如此。"

　　李流芳对待朋友之好,由张子薪的故事可知。张子薪身体欠佳,常常生病,所以很少出门,只能在家里通过欣赏画作来舒缓心情,李流芳于是经常去探望他,而他每次去探望时,张子薪都会备下纸墨笔砚,请他绘出新的作品,长此以往,张子薪居然收藏了大量李流芳的画作。

　　尤其酷爱李流芳画作的朋友,还有一位叫邹之峰的人,此人字孟阳,对李画的喜爱程度不在张子薪之下。陈继儒在《题李长蘅西湖梦游图》中写道:"长蘅与邹孟阳有水乳之契,过西湖必与孟阳偕,为写《西湖梦游图》,跋数行于后,皆清异可喜。独《江南卧游》尚缺数幅,每思续成之。己巳,病不起,骑箕上天矣。孟阳展图,泪渍纸上,又恐为好事借观,如落束薪手中,特诣吴门装潢之,秘藏香奁,将六乙泥封口,惟恐穿厨飞出耳。孟阳挟此册游天台十三日,蹑屐奇险处,大呼:'李大安在?'松光云气间,仿佛有长蘅应声而出,但为数万丈掷空瀑布,召呼五百毒龙横作搏攫之状,一时截断两人,安能摄长蘅坐之,笔端泼天台数幅生绡也!"

　　李流芳跟邹孟阳真可谓好友,李前往西湖游览必定带上孟阳,还

《雨中山色图》局部　安徽博物院藏

曾为孟阳创作了《西湖梦游图》，陈继儒夸赞此图画得"清异可喜"。然而李在创作《江南卧游图》时，画未成而人已病逝，以致邹孟阳每次看到此图时，都为之落泪。孟阳特别担心这幅画被朋友借走，于是将这幅未完成的画作精心装裱好，秘藏在香奁内，还用泥将奁口封上。后来邹孟阳又带着此画册游览天台山，在山顶大声地呼喊李流芳之名，其喜爱程度可谓无以复加。这份情感让陈继儒感慨地说："虽然，吾度长蘅墨仙也，决不死，宿世再生，当为孟阳补完《江南图》，如张安道《楞伽经》，邢和璞地中藏瓮相似。证明者为眉道人。异日见之，一笑，于三生石上梦游西湖，此梦当未即了。"

　　陈继儒认为，李流芳一定能感受到邹孟阳对他的思念之情，并且相信李流芳已经成为了墨仙，再次托生时一定会为邹孟阳补完此图。邹孟阳与李流芳交好之事，在当时应该是世人皆知之事，董其昌在跋李梦阳《花卉竹石册》中亦称："李孝廉长蘅，清修素心人也。平生交有二孟阳，一为程孟阳，善画；一为邹孟阳，善鉴画，过于程。盖程以能画，故不受法缚。而邹孟阳居六桥三竺湖山间，每长蘅游屐所至，必与之俱，乘其颓然微醉，有意放笔时，辄以纸墨应。无论合作与否，收贮如头目脑髓，果有以十五城易者，知其必不为割好也。"

　　李流芳的画作在后世依然获得很多的赞誉,比如清葛嗣浵在《爱日吟庐书画补录》中称:"檀园之画,以予所见真者衡之,无如此册之妙。此册笔墨纸三者皆精,而兴会又足以鼓舞之。斯能交相为用,以发明其精采。笔笔清晰,而无一毫痕迹,真笔墨化烟云者。此法固开之于董,但董有干有湿,而李以湿胜。董有细有粗,而李以粗胜。盖董兼学力,李任天趣也。奚蒙泉功力既深之后,借檀园以博其趣,始能圆浑。其叹赏不置,有以哉!"

　　葛嗣浵认为他所见到的李流芳真迹中,以眼前这一幅最为精妙,因为笔、墨、纸都是上乘,再加上绘画者的意兴,合在一起成为了杰作。葛嗣浵又以此画跟董其昌的画作进行对比,而后认为两人各有所长。秦祖永在《桐阴论画》中,则对李流芳的画作有着总结式的评语:

　　　　李长蘅流芳,笔力雄健,墨气淋漓,有分云裂石之势。后之摹先生画者,须先养其温和恬静之气,而后研求先生风骨神采,则霸悍之习自除矣。

　　李流芳的画作对后世影响之大,有一个重要原因就是《芥子园画传》的流传。陶继明在《嘉定李流芳全集》校注文的前言中写道："自他放弃举业后，以鬻画授徒为生，从游弟子甚多，从而留下了数目可观的课徒画稿。明亡后，这些画稿在民间辗转流传，有所流失。入清后，其中四十三幅山水画稿为名士李渔的女婿沈心友所得。他请画家兼编辑家王概整理和增编，'经王概三易寒暑，始获竣事'（李渔《芥子园画传序》）。康熙十八年，由李渔开设的芥子园书坊雕版，以《芥子园画传》为书名正式出版。"

太平天国期间，李流芳的檀园被战火焚毁，后来又得以复建，具体位置在上海市嘉定区南翔镇混堂弄5号。2019年2月22日，在上海文艺出版社张守栋先生和刘晶晶老师的带领下，我前往此处参观檀园。

如今这一带被打造成了南翔老街，张先生的车只能停在老街的入口处，而后我们步行走入街中寻找檀园。雨时断时停，在雨的洗礼下，老街上几乎没有人。我们从南翔解放街穿入，刚进入街口就看到了介

檀园展板

在桥上可以看到古老的砖塔

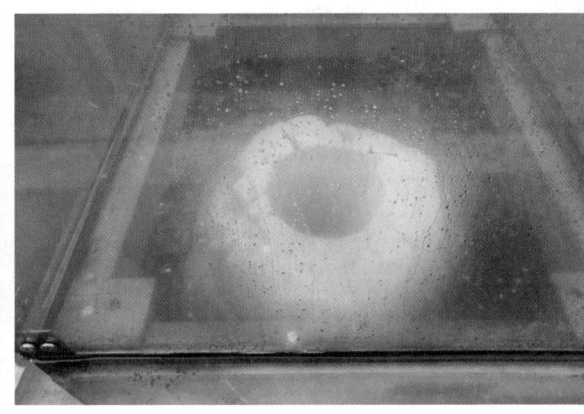
梁代的古井

绍檀园的展板,可见该园是南翔老街的主要景点。

　　穿过一条石桥,桥的两侧各有一座古老的砖塔,介绍牌上称,它们的名字叫"南翔寺双塔",建造于五代及北宋初年,塔侧旁的玻璃板下可以隐隐地看到古老的石井圈,以及一些青砖,可见当年此镇地势之低。介绍牌称,此井是梁朝时所建,亦可见该镇历史之悠久。双塔侧旁是南翔文史陈列馆,入内望了一眼,未见古物。

　　沿着粗糙的石板路一路前行,终于找到了混堂弄,旁边有檀园指示牌。混堂弄大约有一百五十米长,街的两边都是商铺,也许不是旅游季节,能够感到这里生意清淡。走到此路的深处,看到了檀园大门,售票处设在檀园对面的一间小房子内,房屋窗前有着粗壮的木栅栏,看上去像过去的当铺,窗口的名牌上写明售票人员暂时不在。等了一会儿未见其到来,只好再到门口请检票人员代为购票。

　　檀园整修得颇为精整,许多细节做得很到位,地面铺装的鹅卵石也排列成精细的图案。进入园中,首先看到了碑廊,碑廊的正前方是一个几亩地大小的方形水池,檀园所占面积之大超过了我的想象。我们首先走进了次醉厅,说明牌上称,这里就是李流芳会友饮酒之处,

混堂弄入口

檀园大门

檀园匾额

像当铺的售票处

沿碑廊前行

偌大的水池

九友图

次醉厅

印章上墙

假山在厅前

正堂匾额

李流芳端坐于此

稍羸則以分病交寒士卒未嘗立崖岸之行以廉潔自表襮也
性好佳山水中歲於西湖尤數所至詩酒填咽筆墨錯互揮灑獻酬無不滿
意請乞忻然應之其為人和樂易直外素僧榜人皆相與歈曲軟語閒持絹
通而中介少怪而騫可其於君臣朋友之間大節確然不可得而犯干也歲壬戌
廣寧陪都城震驚遂喟然束裝南歸其意以為母老身未仕猶可以無死也以
可以無死而歸則其不可以無死也必假令世不不幸而有唐天寶之事苟必
一命如王維鄭虔之為我知其必不忍受丑寅之交每竊嘆曰事不可為矣往往縱酒
無聊至於泣下遂病嗽血不能止病且革聞余被放撫枕歎詫曰何遂不起崇禎
二年之正月也享年僅五十有五嗚呼其尤可悲也

墓志銘

最后一个院落

画室

而此处的墙上挂着一幅近人的画作，正是"九友图"。

穿过次醉厅走到院落的另一端，这一带的回廊上嵌着一些刻石，刻石的内容则为李流芳所刻闲章。将闲章放大后上墙，在他处未曾看到过，而每方章的下面还写着释文，比如有"流光欺人忽蹉跎""饱喂不才身"等。

此园的后方有一座体量不小的太湖石假山，从石色看，这应是当年旧物。名牌上称此山名"萝窣"，而此假山还有可以穿行的山洞。当年的太湖石也算是不便宜的东西，李流芳能够建起这么大的假山，说明其曾经财力雄厚，但是什么事情令到他晚年如此困顿呢？我没能想明白。虽然谢三宾说他乐善好施、仗义疏财，但无论如何也不至于落得家无宿粮吧。

假山之后是檀园的正厅宝尊堂，堂内的装饰和陈设都颇为讲究，这里的柜中陈列了一些复制的李流芳画作，还有一些研究李流芳的现代出版物。此厅背面有一尊李流芳的全身坐像，此像的背板上有董其昌所题对李流芳的评价之语。在一个展柜内我还看到了钱谦益所撰、顾振乐所书的李流芳墓志铭。

由此前往后院，来到了慎娱室，按名牌介绍，此处为李流芳的画室，室内摆放着一些老桌椅，然而书桌太小，还不如摆上一张大画案更加符合实情。进入此院时，两位工作人员正在开灯打扫卫生，看来，我们是今天的第一波游客。

蓝瑛（1585年—约1664年）
画枯木竹石，笔力愈老愈健

关于蓝瑛所属画派，后世有两种说法，一是认为蓝瑛属于浙派，并且是该派的最后一位大家，俞剑华在《中国绘画史》中本持这种说法："初年秀润，临摹唐、宋、元诸家，而于公望尤为致力，晚年笔力苍劲，较沈周为甚。亦工人物花鸟兰石。说者谓画之有浙派始自戴进，至蓝瑛而极，为吴派所深恶，以为不入赏鉴。此种偏见直至清朝末年，始渐消失，今则蓝瑛与文、沈并重矣。"

俞剑华认为蓝瑛的画路乃是模仿唐、宋、元各大家，尤其致力于黄公望，而晚年画路有变，并且说浙派的创始人是戴进，蓝瑛则是令到该派名声达到极致者，正因为如此，所以吴派对蓝瑛有着很多的贬斥，这种状况到清末才有所转变。

虽然有这样的评语，但俞剑华还是认为，浙派三大家中的蓝瑛、戴进和吴伟在画风上各有不同。俞剑华同时说，自蓝瑛去世后，浙派没有再出过大家，故渐渐衰落了下来："蓝瑛虽为浙派殿军，然观其所作，实与戴、吴两家不同。盖其画虽不无浙派苍劲挺拔之习，然其幼年从宋元诸家入手，对于黄公望究心尤力，于作家气中尚有一二分士气，故虽处浙派衰微时代，尚能撑持半壁，作偏安之局，学之者尚众，惟无特出，强弩之末，无可观也已。"

持同一观点者还有郑昶，他在《中国画学全史》中梳理了浙派自戴进以来颇为详细的传承过程,而后称:"最后蓝瑛出,稍能振起,为时名家,然已强弩之末矣。"郑昶还在其专著中提及:"北宗自蓝瑛崛起明清之际,远绍戴进之衣钵,苍古健实,允称浙派后劲。吴讷、苏谊、禹之鼎,均得其传;惟其势已式微,不足与南宗抗。"

将蓝瑛归为浙派殿军,应当是始自清张庚《国朝画征录》中所言:"蓝瑛,字田叔,号蜨叟,钱塘人。山水法宋元诸家,晚乃自成一格。伟俊老干,大幅尤长。兼工人物、花鸟、梅竹,名盛于时。画之有浙派始自戴进,至蓝为极,故识者不贵。"后世大多沿用了这种说法。

关于蓝瑛所属画派的另一种说法,则是把他视为金陵画派的创始人。清乾隆年间,沈宗骞在其所著《芥舟学画编》中首次提出了这种观念:"北宗一派,在明代东村、实父以后,已空有绍其传者,吴伟、张路且属狐禅,况其下乎?百年以来渐渐不可究诘矣。何则?正道沦亡,邪派日起,一人倡之,靡然从风,如陆旸倡为云间派,蓝瑛倡为武林派,上官周、金古良、刘伴阮之徒,又谓之金陵派。诸派之流极,更不可问矣。"

显然沈宗骞的评价带有贬义,认为蓝瑛所创的武林派属于"邪派",但他却明确地称蓝瑛是该派的创始人,虽然有些偏颇,却也道出了蓝瑛在绘画特色上与浙派既有联系也有区别。陈传席在《中国山水画史》中也有一节专门谈到蓝瑛,该节的题目即为"蓝瑛和武林派"。

徐琛在其专著《中国绘画史》中,分为三期来简述蓝瑛不同时期画风的转变:"早期主要临摹唐宋元名作,偏爱黄公望,受到松江派之影响。画风清润松秀萧散,恍然吴派而无个性。代表作品《松溪放钓图》。中年游历了闽、粤、荆、襄、燕、秦、晋等地山川后,画风大变。融合自然造化,脱出自家骨梗,形成简放的个性,恍似浙派,实际并非马夏一脉而来。其刚劲中有苍古俊秀、清雅松秀之美,与浙派完全不同。作品有《山水册》《曹山图》《红壑霜林图》《红树青山图》

《白云红树图》局部 故宫博物院藏

等。后期,能融合各家自出新格。七十岁时,他融合荆浩的秃笔枯墨,而显现出峻伟苍厚之风格。晚年进一步趋向马远、夏圭,于清雅中显现苍劲。如《仿古山水册》《白云红树图》《岳嵩高秋图》等。"

由此看来,蓝瑛早年乃是模仿松江派,中年风格大变,开始有了浙派面目,但细品其用笔,又"与浙派完全不同",可见蓝瑛的画风在其中晚期已经与浙派拉开了距离。陈传席也认为蓝瑛早年的画风基本是本自松江派,到中晚期转向了黄公望的笔法:"早期以学黄子久等元人画法入手,风格清润细秀而柔和,笔法近于松柔而显萧散。他在二十九岁时所作《松溪放钓图》,基本似松江派,并没有脱离当时盛行画风的樊篱。画得虽好,尚无个人特色。他早年师法元人和受松江派影响的画风,到中年后,时有流露,如明崇祯十三年他五十六岁时所作的《秋壑霜林图》,画面层峦叠嶂,陡壑丛林,山头布满矾头。画法黄子久的浅绛山水,勾皴用笔简而不腻,皆可见他的师源根基。"

关于蓝瑛中年以后的画风,陈传席在其专著中简述道:"他在五十岁前所画的小品中,已开始变向粗简。虽然也由于时风,在画中注明仿某某,用某某法,实际上根本不是仿临。他五十岁所画的十二页《山水册》,用刚硬的直线勾勒,皴法极简,略有王履和沈周粗笔的意味,而实际上是他独创的画法,他这种画法一直保持到七十余岁,其中略有变化。如他的《拟荆浩山水图》中增加了干笔皴擦,枯墨勾勒,伟峻老干,显得特别苍厚。"

正是因为有着这样的转变,陈传席认为蓝瑛与浙派有区别,而后其专著中引用了张庚在《浦山论画》中所言:"画分南北始于唐世,然未有以地别为派者,至明季方有浙派之目。是派也始于戴进,成于蓝瑛。其失盖有四焉:曰硬,曰板,曰秃,曰拙。"张庚还是认为蓝瑛属于浙派,同时认为该派有四个方面的缺陷。但陈传席认为:"史家有以戴进、吴伟、蓝瑛为浙派三大巨匠,又以蓝瑛为浙派殿军之说。其

《溪山秋色图》局部　台北故宫博物院藏

实戴进以师从南宋院体为主，蓝瑛以元人画法为基底，上追北宋五代，二人画法面貌皆不一致，只是乡籍相同。所以，同乡而不同派，不能算做一派。为了区别二者，有人称蓝瑛为武林派之首（如《芥舟学画编》）。"因此，陈传席的结论是："称蓝瑛为武林派比较合适。"

蓝瑛属于职业画家，一生未曾出仕，他出生在杭州，中年游览多地，晚年回到杭州居住在了城东，故自号东郭老农。年轻之时，他曾前往松江跟随孙克弘学习绘画，而后又拜董其昌为师，这正是其早年绘画具有松江派面目的原因所在。董其昌在给蓝瑛于万历四十一年（1613）所作《溪山秋色图》的跋语中写道："田叔画命意幽奇，用笔简远，撮诸家独擅之长，致一时传布之美，交往十年，起予者数矣。昨与陈眉公征君展阅此卷，赏爱再三，不忍去手，弥觉前言之非谬也。甲寅四月其昌再题。"

田叔乃蓝瑛之字，董其昌说他跟蓝瑛交往已经长达十年，他和陈继儒都十分喜爱蓝瑛的绘画风格。董其昌的落款为"甲寅四月"，较蓝瑛创作此画的时间晚一年，而蓝瑛创作此画时的年龄为二十九岁。以此推论起来，蓝瑛在不到二十岁时就已经认识了五十岁的董其昌。谢稚柳在《北行所见书画琐记》一文中称：

　　《芦乡杂画》一卷，计若干段，在一幅纸上连画。第一段为董其昌作青绿山水，上题"芦乡秋霁"，旁有陈眉公题云"曾语玄宰，何不题曰芦乡，玄宰称快，又为之作一大幅，故并此得两幅"云云。后有陈廉、吴振山水各一段。陈、吴笔殊不多见，世传此二人俱为董其昌捉刀，屡见前人叙说，观此画笔，乃与董笔性格悬殊，传言虽多，岂尽可信；又后为蓝瑛山水，作于癸丑，骨体大似华亭派，按癸丑为明万历四十一年，其时蓝瑛尚不满三十，乃知其早年，亦在董其昌之藩篱中。

　　蓝瑛年轻时曾经学习董其昌的笔法，其绘画风格当然会有华亭派的面貌，所以谢稚柳认为那时蓝瑛的绘画面目是笼罩在董其昌风格之下。然而董其昌属于南派文人画，后世贬斥蓝瑛的着眼点却在于视其为北派，这正说明蓝瑛在绘画方面转师多家，由此而形成独特的风格。比如蓝瑛还学习过米友仁的米氏云山，对此，张岱在《娜嬛文集》中称："崇祯甲申，余在淮上，与王宗伯觉斯同至武林，舟中讲究书画，见余所携簏，为蓝田老所作米家山，重峦叠嶂。宗伯取快刀斫其上截，而以淡远山易之，更觉奇妙。因道米敷文居京口，见北固诸山，与海门连亘,取其境为潇湘白云卷。盖谓得其烟云灭没,便是米家神髓也。"

崇祯十七年(1644),张岱跟王铎一同前往杭州,他们在船上欣赏绘画,当时张岱带了一幅蓝瑛用米友仁"落茄点"手法所画的山水,然而蓝瑛却将该图画得重峦叠嶂,王铎见此拿出刀来将画的上半段截去,仅余一重山水。张岱认为王铎裁得好,因为只有这样的画法才是米家山水的精髓。

后来张岱在《再跋蓝田叔米山》中又强调了他的看法:"画米家山者,止取其烟云灭没,故笔意纵横,几同泼墨。然不知其先定轮廓,后用点染,费几番解衣盘礴之力也。昔之善书者,谓忙促不及作草书,正须解会此意。"

从此跋中可知,蓝瑛虽然模仿米友仁的绘画手法,但也有所改变,张岱和王铎都看出来蓝瑛的仿作中加入了自己的观念,然而两人觉得蓝瑛这样的改变并不成功。但蓝瑛坚持不懈地模仿着不同人的笔法,而后熔铸一炉,终于有了自己的面目。故张岱在《跋蓝田叔枯木竹石》中,开始夸赞蓝瑛晚年之作极富神采:"黄大痴九十而貌如童颜,米友仁八十而神明不衰,谓其以画中烟云供养也。蓝田叔年至望八,其画枯木竹石,笔力愈老愈健,盖得力于服食烟云者,应亦不少。"

蓝瑛临摹古人的画作的同时,也与同时代的画家有着密切交往,他在年轻之时就通过董其昌结识了不少名人,例如他在《煎茶图》中写道:"乙酉花朝,放舟玄墓,同杨龙友、张吉友过杨无补山居观梅,止宿禅舍,剪烛画黄鹤山樵《煎茶图》纪之。"此段话中谈到的杨龙友就是杨文骢,也是董其昌的弟子,后来蓝瑛又通过杨文骢跟马士英、阮大铖等重要人物有了交往,从而扩大了他的社会影响力。

杜瑞联的《古芬阁书画记》中著录有"明蓝田叔临大痴山水卷",此手卷后就有陈继儒、范允临、王思任、何宏仁、陈调元、刘曙、陶履卓、杨文骢、杨学愿、马士英等多位大人物的跋语。对此，张桐在《塑造与演绎：方志与画史中的蓝瑛形象》一文中称："陈继儒、范允临……马士英等人的题跋，如此众多名人的溢美之词，不觉让人生疑：蓝瑛这样的一位职业画家身份，如何会享有此等盛誉。"而后张桐在文中引用了杜瑞联所言：

> 论曰：寄园寄所寄，谓田叔以艺自鸣，挟所画以谒士大夫，得其题跋以为幸。此图题者十四人，皆耆英硕彦，题额之周东会，在复社尤铮铮有声，题以"恨古"二字，盖寓恨古人不见我意也。惟马士英本善书画，因其奸邪，时人唾弃。明末扬州有名妓冯玉瑛，雅负艳名，人见士英字画，辄就其名姓偏旁改为冯玉瑛。冯闻大哭，谓我虽贱，岂为奸人受谤耶。是卷跋语留其名字，亦士英之幸也……

张桐认为："其中关于杨文骢与马士英的描绘，不禁又让人联想到了康熙年间的一部传奇剧《桃花扇》，显然这段文字是依据《桃花扇》的剧情杜撰而成。"同时，张桐觉得高居翰应该看过这幅作品，因为高居翰在《山外山》中说过这样一番话："但是，这一类聚集名流在中国画上题识，并留下迷人讯息的做法，应当无例外地会启人疑窦才是；就以蓝瑛此卷为例，我们似乎很有理由可以作此质疑。为此一画卷作著录的十九世纪末收藏家杨恩寿，便记载了蓝瑛曾经是马士英邸第的座上客——言下之意，即是蓝瑛以画家的身份，被马士英延请至家中作客——杨恩寿并因此而责难蓝瑛党附奸人，趋炎附势。但是，这样的指控乃是无的放矢；杨恩寿这种想法，有可能是因为看到蓝瑛在《桃花扇》当中，被塑造成次要的角色所致。《桃花扇》是一部完成于十七世纪末的传奇，而马士英和杨文骢都是剧作中的主角。即使蓝瑛曾经在马士英府中作客，他并未参与政治密谋；也因此，并没有理由指出，他参与了任何一边的政争。"

对于这幅画作上面十四位大名家的题跋，高居翰明确地称："事实上，由此一手卷传世的情况来看，其画上的题识似乎均出自同一人之手，换句话说，也就是出自某伪作者之手，也许就是杨恩寿本人也说不定；假若如此，那么这其中所有的'证据'，势必得被视为伪造，而不列入考虑。画作本身或有可能是真迹，但是却以这些造假的题识穿凿附会，其目的是为了使画作更富趣味及价值。"

看来该手卷上的名家跋语都是由同一个人伪造出来，高居翰在文中提到的杨恩寿，曾经是贵州巡抚杜瑞联的幕僚，谢巍在《中国画学著作考录》中称："此乃著录杜氏家藏书画，记其纸绢、尺度、款识、观款、前人题跋、印章，以及杜氏题跋，末有论赞……是书所录书画大多乃赝品，与明张泰阶之伪画大观《宝绘录》相埒，无参考价值。至于书中杜氏之文，多见杨恩寿之《眼福编》，有载，时杨氏在其幕府，故《眼福编》杨氏自序有谓杜氏命其加以题跋，固辞不获，遂于公暇日必三四跋，若功课云云。因此，杜氏并不知鉴赏书画，是批赝作当不似张泰阶有意制造，乃遭欺蒙而置者，欲借此攫名者足资鉴戒，徒留后世笑柄。"

虽然有这么一段错综复杂的公案，但从实际情况看，蓝瑛的确与很多名家有着密切的交往。胡启明在《蓝瑛与西湖雅集》一文中称："蓝瑛是'武林画派'的开创者，浙江钱塘人，其居所城曲茅堂位于钱塘城东，清初诗人龚鼎孳称茅堂为'文酒地'，《绮咏》亦有诗赞美此处有山岚落霞、高阁嘉树，颇具清韵，主人好客，胜友佳侣流连。"而后该文中讲到了蓝瑛所参加的多次雅集：

> 大约在1632年，状元韩敬倡议修复西湖两亭，得到盐运副使

崔世召的赞同。在崔世召的鼓动与筹措下，乡贤富贾集资修湖心亭、放鹤亭、水仙王庙，建白苏阁，其中湖心亭的修复工程由蓝瑛监管。此次修整为西湖增色，十分风雅，董其昌、陈继儒、李日华、韩敬等人皆为文歌咏。壬申年（1632）五月四日，蓝瑛参加汪汝谦举办的西湖雅集，《随喜庵集》记录了部分参与者，有吏部官员曹应秋、诗人徐天麟、贡生吴允烇、画家蓝瑛、制墨师吴拭、诗人崔揆（崔世召之子）、文人画家葛征奇、汪氏族人汪善卷等人。这些人包括社会不同阶层人士，有此地的执政官和官家子弟、学者、商人、艺人以及主人的亲属，他们多以地缘、血缘关系集结，通过雅集结成了一个不断增大的群体，蓝瑛等参与者的才艺和名声无疑会通过雅集得到传扬。

这段话中提到的汪汝谦乃是一位富商，他曾造了一条船放在西湖中，常在上面请朋友聚会，并请陈继儒给此船起名为"不系园"。两年之后，他又造了一艘画舫，请董其昌命名为"随喜庵"。这位汪汝谦在民国版的《歙县志》上有记载："轻财乐施，族戚待爨者数百人。明末避地武林，为风雅领袖。"蓝瑛通过与汪交往，也结识了许多名家。胡启明在文中还记载了蓝瑛与谢彬合作画了一幅《撷箊图》，此图画的是汪汝谦在某次雅集上听音乐的场景，朱彭所撰《西湖遗事诗》中载有此事：

> 林雪字天素，闽人，亦湖上校书，与杨云友俱以善画名。后云友早逝，天素寂处无侣，怅然有归思，汪然明送之归闽。余于然明后人处见《撷箊图》，系谢彬写像，蓝瑛补图。云友与天素俱宫妆，一吹竹，一弹丝，坐梧树下。对坐石上而倾听者为然明。设色古雅，居然周昉笔意。

此处所说的林雪和云友是两位擅长绘画的女子，都在杭州以卖画为生，曾经借住在汪汝谦家，因此也会参加一些雅集。黄媛介在《意中缘》序中称："三十年前，有林天素、杨云友其人者，亦担簦女士也。先后寓湖上，藉丹青博钱刀，好事者时踵其门。即董元宰宗伯、陈仲醇征君亦回车过之，赞服不去口，求为捉刀人而不得。"

连董其昌和陈继儒都希望这两位女子成为自己代笔，可见，此二女绘画水准不低。而蓝瑛与她们交往，当然在画艺上也会相互借鉴。孔尚任所撰《桃花扇》中第三出为"题画"，其中讲到蓝瑛："'美人香冷绣床闲，一院桃花独闭关；无限浓春烟雨里，南朝留得画中山。'自家武林蓝瑛，表字田叔，自幼驰声画苑。与贵筑杨龙友笔砚至交，闻他新转兵科，买舟来望，下榻这媚香楼上。此楼乃名妓香君梳洗之所，美人一去，庭院寂寥，正好点染云烟，应酬画债。不免将文房画具，整理起来……"

也许正是这样的描写，蓝瑛之名随着《桃花扇》一起更加为人所知。但胡启明却在其文中称："考其康熙年间的美术史文献，对蓝瑛的评价只有只言片语，并没有这么高的待遇。"胡启明所言，可由明朱谋垔《画史会要》的著录为证："蓝瑛，字田叔，浙江人，住家西湖。以画为业，老而弥工，苍古颇类沈启南。惜其鬻画自给，未免为当世所轻。"

《画史会要》成书于崇祯末年，此为相关著述中对蓝瑛生平的最早记录，朱谋垔称当时的蓝瑛只是以卖画为生的画工而已，并不受时人看重，故不太可能结识很多达官贵人。此后对于蓝瑛的记载和评价，主要在于其书法、绘画技巧上的成熟。徐沁在《明画录》中称："蓝瑛，字田叔，号蜨叟，晚号石头陀，钱塘人。画山水，初年秀润，摹唐宋元诸家，笔笔入古，而于子久究心尤力，云：'此如书家真楷，必由此入门，始能各极变化。'晚境笔益苍劲，人物写生并佳，兰石尤

《溪山雪霁图》 台北故宫博物院藏

绝。寿八十余。传其法者甚多，陈璇、王奂、冯湜、顾星、洪都，皆其选也。"

关于蓝瑛的画风，冯仙等人所纂的《图绘宝鉴续纂》中称："（蓝瑛）书写八分，画从黄子久入门而惺悟焉。自晋唐两宋，无不精妙，临仿元人诸家，悉可乱真。中年自立门庭，分别宋元家数，某人皴染法脉，某人蹊径勾点，毫不差谬，迄今后学，咸沾其惠……至于宫妆仕女，乃少年之游艺，竹石梅兰，尤为冠绝，写意花鸟，俱余伎耳。博古品题，可称法眼。年逾八十，居于山庄。"

徐琛在其所著《中国绘画史》中则称："蓝瑛作品大致分为两类：一类是没骨青绿山水，如《红树青山图》（浙江博物馆藏）；另外一类是浅绛色勾勒水墨画，如《松岳高秋图》是典范作品，也是他晚年代表作。主体景物为巍峨雄伟的北方大川，在干笔枯墨皴擦勾勒的同时，又以秃笔细毫擦出其巍巍然中蕴涵着的绵绵浑厚。蓝瑛绘画功底老到，以苍古雄健为特质，用墨淡洁明净，其荷叶描及水口都为时人推崇。没骨画色彩明丽简劲，浅绛水墨古朴苍劲，在明末画坛个性鲜明，独树一帜。"

陈传席也认为蓝瑛有两种画法特别突出，一是"没骨重色法"，二是"浅绛水墨画"，这些都说明蓝瑛绘画的多样性。虽然他的绘画风格跟浙派有一定区别，但潘天寿在所撰《中国绘画史》中依然认为，蓝瑛仍然是浙派中的重要画家："至崇祯间，蓝田叔瑛出，重为振起，造浙派之极则，为一代名家。然当时吴派之势力极盛，尚南贬北之论，风掩一世，不为时人所重视耳。"

正是因为有人把蓝瑛归为浙派，而那时的浙派受到了吴派的打压，因此蓝瑛的画作在很长一段时间中遭到了贬斥。但到了近代，相关学者对蓝瑛的看法变得客观，使得他在画史上的地位逐渐得到了提高。

关于蓝瑛的遗迹，厉鹗在《东城杂记》中称：

蓝瑛，字田叔，杭人，善画山水，知名于时。家东城，自号东皋蜨叟，又号东郭老农。榜所居曰"城曲茅堂"。子深，字谢青，为诸生，亦以画名。龚蘅圃翔麟《城曲茅堂感旧诗》云："他年文酒地，腹痛此停轩。病叶黄堆径，寒流绿映门。斯人不可作，茅屋至今存。但有空梁燕，喃喃对客喧。"

厉鹗在此引用了龚翔麟的诗作，以此可知，龚翔麟曾经到杭州城东探访过蓝瑛的旧居，当时此旧居还在，而龚翔麟去世于雍正十一年（1733），这是我所查得的蓝瑛故居的唯一记载。这么多年过去了，蓝瑛旧居已经查不到其他资料记载，而蓝瑛的墓同样查不到相关记载，但毕竟这位蓝瑛乃是一个画派的创始人，故我总是想找到与之有关的痕迹。虽然查找多年，始终没有相关资讯，但是2018年无意间在网上看到消息，原来杭州城东某处立有蓝瑛像，此文还附有照片，只是文章说此像立于杭州环城东路，并没说出具体位置，于是我只好麻烦盼盼想办法找到此像。几天之后，盼盼趁周末时间开车前往探寻，之后高兴地告诉我，终于找到了蓝瑛雕像的具体位置。

2018年11月5日晚我来到杭州，第二天一早开着盼盼的车前去探访。阴天，还时不时地下些小雨，好在我们的车开到环城东路时，落下的雨水有了间歇。然停车之处已无车位，故只好让盼盼在这里看车，我独自沿着便道边走边找。环城东路的左侧是一片面积很大的水面，地上的路牌标明这里叫"贴沙河"。盼盼说这是杭州重要的饮水水源，故此处管理得较为严格。果真，河边围起了一人多高的铁栏杆，有些地方却为玻璃护栏，可能是为了便于游客拍照吧。这些玻璃上印着一些古诗，这倒是蛮好的一个创意，一一看过去，上面没有蓝瑛的诗作。

前行不远，就看到了一尊雕像，雕像的后方有几米长的一段影壁墙，墙上嵌着一幅浅浮雕形式的铜板，上面的图案是一幅水墨山水画，题目为"万壑清声"，落款则为蓝瑛。这正是我在网上看到的照片，而此画前的蓝瑛雕像也有两米多高，他戴着斗笠，双目直视前方，一副倔强面容。然而，雕像的基座上却没有他的名字，于是我转到影壁背面探看，后面也没有相关的生平介绍。这让我不禁疑惑，没有标识，游客何以知道这座雕像是什么人呢？

正在疑惑间，盼盼走了过来，她告诉我说，基座上的铭牌可能脱落了，因为上次她在查找时发现不远处还有一尊厉鹗雕像，而那个雕像的基座上就有名称。闻其言我想前去探访，但又担心盼盼的车会被贴上违章条，于是请她回车等候，我则继续沿着河边之路向前寻找。

大概走出五六百米的距离，果真在河边又看到一尊雕像，这座雕像的身后却没有影壁墙，基座上挂着一块铜铭牌，上面写着厉鹗的名称及其相关介绍。这块铭牌只是贴在基座的表面，并没有嵌入石块内，

路名

有一段是玻璃围栏

上面印着诗词

找到了蓝瑛的雕像

倔强的脸

想来蓝瑛雕像的铭牌就是这样脱落的。但厉鹗雕像身后为什么没有影壁墙呢？细想之下，可能他的诗已经刻在了玻璃围栏上，因此不用再次展示了。

拍照完毕后，原路往回走，在路边看到了一条曲折的跨河游览桥，我向一位环卫工作者请教，河对面是否还有其他名人雕像。她摇头告诉我，那边没有。但我还是走上此桥，站在桥中拍下了河两岸的美景。

影壁墙上的蓝瑛画作

果真是厉鹗

王时敏（1592年—1680年）
为一代画苑开山

天台野叟所著《大清见闻录·艺苑志异》载："自昌黎以名次三王为荣幸，而'三王'二字遂为雅典。有清亦有两'三王'。渔洋与其兄士禄、士祐连床唱和，人各有集，世称'济南三王'，此诗家之'三王'也。王烟客太常时敏为一代画苑开山，四方工画者得其指授，无不知名。同乡廉州太守鉴字元照亦善山水，摹古尤精。及太常孙麓台少司农原祁以画侍直内廷，法大痴，浅绛尤为独绝。人称'太仓三王'，此画家之'三王'也。太常诸公又与常熟王翚石谷号'四王'，石谷亦太常弟子，太常目为画圣。"

这段文字中，以诗家的"三王"跟画家的"三王"来对称，而画家"三王"以王烟客为首。烟客是王时敏的号，他与王鉴、王原祁并称为"三王"，因他们三人都是太仓人，而太仓在娄江之东，故后世又将其称为娄东画派。后来"三王"中又加上了王翚，故又有"四王"之称，王翚是常熟人，因此后世又称该画派为虞山派。"四王"在后世又被称为"清初四大家"，再后来又加上吴历和恽寿平，成为"清初六大家"，六人又被合称"四王吴恽"。

虽然人们常常将此六人并提，但实际上，吴历、恽寿平在绘画风格上跟"四王"有着较大的区别，即便是"四王"也并非同一面目，清方薰在《山静居画论》中称："国朝画法，廉州、石谷为一宗，奉常祖孙为一宗。廉州匠心渲染，格无不备。奉常祖孙，独以大痴一派为法。两宗设教宇内，法嗣蕃衍，至今不变宗风。"

方薰将王鉴、王翚归为一类，王时敏和其孙子王原祁归为一类，这种分类乃是依据绘画风格的不同。方薰又称，虽然"四王"分为两宗，但他们的影响力直到今天。清秦祖永在《桐阴画诀》中有同样论述："国初'二王'，亲受思翁指授，故与倪、黄一线相承，开娄东正派。然'二王'用笔，亦有虚实之不同。烟客虚中取神，落笔沉挚；廉州实处取气，布墨精湛。两宗设教宇内，各辟门庭。石谷、麓台用笔虚实各有心得，即各守师承，顿分两派。至恽南田之潇洒出尘、吴渔山之皴染入化，其用笔之或虚或实，在学者不难参观而自得也。"

秦祖永从运笔方式上将"四王"划为两派，而后又提到吴历、恽寿平的各自不同，并且梳理了该派的历史传承，其称王时敏、王鉴乃是董其昌的亲授弟子，而董的画风又受倪瓒、黄公望的影响，以此说明娄东派乃是南宗正派。该派在康熙年间受到皇帝的重视，由此而成了清代画派中的主流，其影响力直到当代。

关于王时敏在"四王"中的地位，清张庚在《国朝画征录》中称："（王时敏）于画有特慧，少时即为董宗伯其昌、陈征君继儒所深赏。于时，宗伯综揽古今，阐发幽奥，一归于正，方之禅室，可备传灯，一宗真源嫡派，烟客实亲得之。"张庚说王时敏在少年之时就对绘画有着独特的感悟力，后来又受到董其昌的亲传，成为了南宗中的嫡派。

清陈田在《明诗纪事钞》中亦称："烟客续华亭之绪，开虞山之宗，太原、琅琊，一时匹美。石谷、瓯香、渔山皆亲炙西田，得其指授。麓台之衍家传，又无论矣。"这里的太原指王时敏，琅琊指王鉴，陈田称王时敏得董其昌真传，开虞山一宗，又说王翚、恽寿平、吴历都受王时敏亲授，而王原祁乃是王时敏之孙，得其家学。这段话的言外之意就是，王时敏乃是清初六家中最为关键的人物，其他几位都受其影响。

《秋山白雲图》 故宫博物院藏

己丑六月室邇西田村舍
毒熱不異炮灼僵卧揮汗
響睨筆硯遂兩溪稍涼
懷古人三伏生秋立句戲作
秋山白雲圖雖日奉仿大
癡實未得其腳汗氣也
愧絶〻 王時敏識

此余十年前雨作卆被將仕贈
宿章道光復攜見示追憶揮
汗疲筆時究然似非今歲至
力氣百事庸嬾不復求搞管
城公誦少陵丹青不知老將
至之句爲深慨歎
辛丑五月時敏又題

然陈田所言也有不确之处，其称王时敏曾亲授恽寿平，但是从相应的记载来看，恽寿平见到王时敏时，乃是王时敏病逝前的几日，王时敏去世后，恽寿平写了《哭王奉常烟客先生》七绝十八首，其第三首、第四首的诗和小注分别为：

江上熏风五两催，偏从到日卧庭隈。
见时尚说前宵梦，客自琴川泛棹来。
自注：先生于到日疾作，却后三日，始与石谷见先生于床第间，犹云"前夜梦两君过我"。

带水盈盈怅望情，披帷一见慰平生。
依稀十载相思字，欲语含糊听未明。
自注：寿平与先生闻声相思，十有余年，未偿一见之愿，今夏始获登先生之堂。

康熙十九年（1680）三月，恽寿平到虞山去见王翚，同年六月初九，王翚带他从虞山前往太仓去拜谒王时敏。二人到达时正赶上王时敏病重，于是他们等了三天才见到王时敏的面，而王时敏跟二人说，前天就梦到他们会来看自己。恽寿平在第四首诗的小注中说，他跟王时敏互通消息已经有十多年，却一直未曾见面，直到今天方在病榻前看到王时敏。以此可见，王时敏并无亲授恽寿平之事，显然两人是神交。尽管没有得到亲炙，但恽寿平确实是对王时敏十分崇拜，王时敏去世后，恽寿平被王家后人留在家中长达三年之久。

许多文献中都提及王时敏乃董其昌亲授弟子，还有的文章称王时敏跟董其昌是儿女亲家，实际从文献记载看，董其昌之少子董祖京是在父亲去世后，才娶了王时敏的女儿，王时敏的第五子王抃在《王巢松年谱》中称:"二姊归于董氏,文敏公之第四君也。"而董其昌去世后,其好友陈继儒在《祭董宗伯文》中亦提及这层关系:"兄亦何恋,兄亦何牵?祖京年稚未婚,而妇翁如王太常者,夙闻其家范之端严,虽子衿未青,而名师教之,名兄辅之,岂难一博士弟子员?"

既是正统的师徒关系,同时在董身后两家又成了儿女姻亲,亦可见董其昌跟王时敏之间的关系是何等之密切。王时敏所写的家信有一部分流传至今,这些信札经过整理后被称为《西庐家书》,王时敏在其中一封信中写道:

> 此月中旬,松江徐家姊同福官小女到家,住四日而去。其贫已极,衣皆旧敝,头上皆白骨铜簪。据云口食不周,无以度日,细察其情状,比前实可哀怜,非有矫饰。去未几日,忽董家二姊差其妾喜姐持书昏夜扣门,必欲面见。书云穷困已极,南翔房租,力不能还,房主有见拒之意,欲挈家搬到我家。其作想甚奇。当夜汝母大叱挥之出宅,我差人送夜饭至舟,见欲仙与子俱在船中,我亦佯为不知。次早略送舟金米担而去。我思徐、董皆天大人家,一旦狼狈至此,虽其望我者深,殊欠体谅。然情关骨肉,岂能恝然?父母俱因贫窘,既不能少有周助,而汝母词色加厉,绝之已甚,殊为不情。

这封信写得极其真实。王时敏讲到其家已经穷困到十分严重的程度。某天,董祖京派家人在半夜来敲王时敏家门,请求见面,而后递上书信。王时敏看到该信中称,董祖京家里已经穷到交不起房租,房东准备将他们驱逐,故董祖京写信来提出要求搬到岳丈王时敏家。王时敏妻闻听此事,大声呵斥将此人赶走,然而王时敏究竟于心不忍,派人送饭到船上,而所派之人回来告诉他,董祖京带着家人都在船上,当然其中也有王时敏的女儿，然而王时敏当时生活也十分困难，无法再养活另一家人，故只好假装不知此事。到了第二天一早，他还是派人送了一些钱粮到船上。对于这种做法，王时敏也觉得很歉疚，他说董其昌当年也是如日中天的大人物，没想到其后嗣竟然如此狼狈，而他也无法给予更多的接济，只是觉得其妻如此对待，还是有些不近人情。

无论董其昌还是王时敏，都是他们那个时代的大人物，为什么居然穷到连房租都交不起，却也无法予以帮助？清钮琇在《觚剩续编》中讲了这样一则故事："太仓王太常，子孙众多而贤，颛庵、麓台尤所钟爱。康熙庚戌，俱以弱冠试捷南宫，泥金之报叠至。适吴梅村在坐，戏曰：'彼苍天者，当是君家门下清客耶？'太常骇问曰：'何？'梅村曰：'善探主人所欲，而巧于趋承、事事如意者，门客也。今日之天，无乃近是？'太常不觉莞尔。"

当年的王时敏是何等之风光，儿孙们去参加科考，接连收到捷报，以至于让吴梅村都感慨说，苍天都成了你家的门客，只管讨主人家欢喜。而王时敏在那时也的确是三代一品、五世鼎甲的家世。可是为什么到了写家书的时候，连女儿、女婿来投奔都要拒之门外呢？这件事要从王时敏的家世以及当时的社会环境说起。

王时敏出生于显赫家族，他的祖父王锡爵是嘉靖四十一年（1562）的榜眼，而后一路升迁，万历二十一年（1593）做到了内阁首辅，已经算是位极人臣。王时敏的父亲王衡也是位读书种子，在万历十六年（1588）的顺天乡试中夺得元魁，但因是首辅之子，受到了言官的猜疑。礼部郎中高桂、刑部主事饶伸上书要求调查是否有作弊之事，后经复试，王衡仍然名列第一，这才平息了众人的质疑。事情虽然平息了，但是对王锡爵和王衡都有很大的心理影响，王锡爵对外宣称，只要自己在朝，儿子王衡绝不来考进士，故直到万历二十九年（1601），王衡方入京参加会试，此次又高中榜眼，于是有了"父子榜眼"的艳称。

虽然王家在太仓有着巨大的影响力，然而却人丁不旺，王时敏叔祖王鼎爵的儿子早夭，于是王衡就将次子王赓虞过继到王鼎爵家，但没过多久王赓虞也去世了，那时王时敏已四岁，王衡又让王时敏出继为王鼎爵的嗣孙。到了万历三十一年（1603），王时敏十七岁的长兄王鸣虞去世了，这样使得王锡爵膝下仅有王时敏一个孙子，只能让他回归本宗。王时敏出继时原名王赞虞，归宗之后改名为王时敏，此时的太仓王家仅有王时敏这一根独苗。万历三十七年（1609），王时敏之父因头疾发作卒于家中，时年四十九岁，当时的王时敏年仅十八岁，父亲的去世令他极其悲伤，为此患上了咳血之疾，并且病情颇为严重，经过几年的治疗方得以痊愈。

王衡在病中时，王锡爵几次向朝廷要求返乡，连上了八道奏书都没有得到皇上的批准，直到儿子王衡去世后，皇帝才同意他辞职。王锡爵晚年丧子，当然十分悲伤，王衡去世的转年，王锡爵也去世了。而王时敏原本有三个儿子，后来也先后夭亡，其妻李氏为之悲伤过度，二十三岁就去世了。古人不孝有三，无后为大，丧妻之后的王时敏续弦并纳妾，后来又生了五个儿子，这才使得太仓王氏渐渐有了起色，更为难得的是，他一生育有九子九女，而九子均有才名。龚炜在《巢林笔谈》中称："王奉常公九子，发者五分。自崇祯乙卯至今乾隆壬午，甲榜八人，乙榜十五人，副榜五人，而芝麈先生后居其大半。康熙丙子科，中丞公兄弟同登，先生惊忧不已，若过分者。然天道亏盈而益谦，宜其久而未艾也。"

经过前几代人的凋零，按说子嗣众多应该是王家最祈盼之事，但没想到因为社会的巨变，却成了王时敏最大的拖累。在明末时，王时敏曾任太常寺少卿，故后世称其为王太常，这个职位为正四品，是他仕宦生涯中的最高职位。崇祯十三年（1640），四十九岁的王时敏辞职返乡，四年之后惊闻国变，此后的南明弘光政权曾邀其前往任职，他称病不赴。

那时的王家因为资产雄厚，故王时敏并未感到经济上的压力，曾经自称："吾弱冠之年，祖父背弃，遂专家乘。清白之遗，本无藏蓄。尔时国步承平，世途宽泰，滋殖尚易，保守非难。且以旧阀单丁，仰席先人余荫，田租岁入，质库子钱，自足应酬公私赡给。俯仰一切钱谷出入，悉付家倌主之，吾衣租食税，了不知何有何无也。"（《王烟客先生集·遗训》）

因为家境富裕，且向来交由管家打理，使得王时敏完全不懂得理财，这种生活在太平盛世尚可维持，但到崇祯后期，因为明朝政府要与东北的满人和西北的农民军分别作战，加大了对南方的税收，家庭人口越多税赋越重。进入清代，这种状况更是变本加厉，王时敏不堪重负，于是将家产分给几个儿子，但家庭状况仍未得到缓解。《奉常公年谱》顺治十八年条载："是年，吴中有奏销之祸。朱抚军将民间零欠钱粮造册上闻，绅袍衿士厘毫挂欠者，无一得免。江南四郡共一万三千五百一十七人，公及子揆俱在欠册中。"

这场奏销案牵扯到了大量江南富户，已到了晚年的王时敏也无法逃避社会现实，他在给第八子王揆所绘的《仿古山水册》跋语中写道：

> 吾年来为赋役所困，尘坌满眼，愁郁填胸，于笔砚诸缘，久复落落。此册为儿子揆乞画，日置案头，每当烦懑交并，无可奈何，辄一弄笔以自遣。而境违神滞，心手相乖，如古井无澜，老蚕抽茧，了无佳思，以发奇趣。

看来赋役之困令到王时敏已经没有心情搞绘画创作，穷困到这种状况当然也无法让他照顾更多的亲人，于是就发生了前文提到的无法接纳女儿、女婿投奔的窘境。俗话说富不过三代，董其昌和王时敏两家的景况，对这句俗语做出了示范性的解读。

董其昌对王时敏的影响是显而易见的，正如恽寿平在《瓯香馆画跋》中所言："自少及儿时游娱绘事，乃祖文肃公属董文敏随意作树石，以为临摹粉本。辋川、洪谷、北苑、华原、营丘，树石骨法，皴擦勾染，皆有一二语拈提，根极理要。"

王锡爵看到孙子王时敏喜爱绘画，于是请来董其昌作绘画示范，同时董向王时敏讲解南宗一派的历史，这些都对王时敏有着深刻影响。而王时敏也始终认为董其昌的画法乃是画家正脉，董其昌在其所绘《仿米家云山图》的题款中写道："董北苑、僧巨然都以墨染云气，有吞吐变灭之势。"王时敏则在该画上写道："文敏于短笺小册作残山剩山，笔墨酣放，烟云灭没，俨然具万里势，真得简淡高人之致。"

由此可见，王时敏十分推崇董其昌的画风，而他给王翚的画作中又写道："唐宋以后画家正脉，自元季四大家、赵承旨外，吾吴沈、文、唐、仇以暨董文敏，虽用笔各殊，皆刻意师古，实同鼻孔出气。"

王时敏明确地称，唐宋以后画家的正统是元四家和赵孟頫，进入明代，就是沈周、文徵明、唐寅及董其昌等，虽然这些大家每个人都有独特的绘画面目，但他们却有着一脉相承的观念。而王时敏本人是董其昌的弟子，这样说来，从唐宋以来的画家正脉就一直传到了他的头上，而他又将这样的传承递传到了王翚那里。清康熙五年（1666），王翚在王时敏家作《仿江贯道长幅》，王时敏在该画上写道：

> 江贯道师巨然，其皴法不甚用笔，而以墨气分浓淡渲运为主。邓公寿作《画继》，在岩穴上士之列，为南宗第一名家。石谷此图林麓映带，峰岭纡回，其皴染位置得巨然三昧，虽规摹贯道，而取精去粗，远出于蓝，自非于逸园有洵知之合，何以得此。叹羡，叹羡！

王时敏高度夸赞王翚乃是南宗正传，他在《西庐画跋》中又称："吴中自文、沈、唐、仇之后，有石谷子，画道始树正鹄，及门者英俊辈出，争奇竞爽。今又有此卷为矜式，使学者知所向方，将来虞山一隅，笔墨之盛，正未知所止。"他将王翚的绘画称为南宗的"正鹄"，而王时敏也被当时画家视之为南宗正传。例如王鉴在王时敏所绘《答赠菊作山水图轴》的跋语中写道："画得子久，前惟董文敏，近独奉常烟翁，此帧乃为得意之作，以含素法眼，故特赠之，真不负此笔墨意。王鉴题。"

王鉴说王时敏乃是接续黄公望、董其昌的重要画家，而他在王时敏的《仿古山水册》题记中又称："烟翁此图虽仿廷晖，实得赵文敏三昧，运笔遒美，设色华滋，即董思翁见之，须让一头地，非学者所能仿佛万一也。"廷晖乃是元代画家吴廷晖或胡廷晖，王鉴说王时敏的该画虽然是模仿此人，但却有着赵孟頫的意味，王鉴甚至认为此画之妙，即便是董其昌看到了也会叹服。王时敏去世后，众人还是一致认定他乃董其昌正传，清吴大澂就在王时敏《仿宋元山水画册》的跋语中写道："今观太常仿古巨册，集董、巨、三赵、元四家之长而杼轴从心，神韵超逸，正与宋元人血战时惨淡经营之作，为董文敏一脉真传。"

受董其昌影响，王时敏对元四家的推崇不遗余力。相比较而言，元四家中他最喜欢黄公望，清顺治五年（1648），他在《仿黄公望山水轴》上写道："余于大痴画，素有癖嗜，生平所见卷轴二十余本，往从董文敏公所购得几帧，虽非极致，要皆真迹。"

看来王时敏曾经藏有二十多轴黄公望的作品，其中几幅是他从董其昌手中买得者。为此他临摹了不少黄公望的作品，比如他在康熙九年作有《仿黄公望浮峦暖翠图》，他在画跋中写道：

《浮峦暖翠图》为子久一生杰作，如右军之《兰亭序》，他书

《仿古山水图册》 常熟市博物馆藏

皆不逮。传为荆川先生家旧藏，余少时曾于吴门见之。既闻归京口张太学修羽，时有要路，计将强取，遂托言为祝融所夺，秘不示人。更如庆喜之于阿閦佛，一见更不再见矣。迨修羽物故，其家亦落，此图复出。近闻有人携至金阊，余以衰病裹足，不能往观。追溯五十年来，倏忽已阅一世，而希有奇迹，交臂相失，巡回心腑，岂能舍然？适简箧中有缩本小稿，广仅逾尺，略具大意。秋爽闲居，身心调畅，偶有旧存巨缣，遂贾余勇摹之。

王时敏认为《浮峦暖翠图》乃是黄公望最精彩的作品，就如同《兰亭序》之于王羲之，他自称年轻时曾在苏州看过此画的原作，而后就再未曾得见，所幸其家中藏有该图的粉本，于是他就凭记忆画出了此图。如此说来，这里王时敏所说的"仿"并非是照原图一笔不差地临下来，而是加入了自己的理解，故民国初年有人批判"四王"只是一味地仿古，没有丝毫的创新在，显然是误解了王时敏等人所说的"仿"字。关于这一点，还可由其所写《仿子久画》为证：

  子久画专师董、巨，必出以新意，秀润绝伦，故为元四大家之冠。余所见不下二十余帧，笔法无一相类者。惟《陡壑密林》《良常山馆》二小幅，脱去纵横刻画之习，一本于平淡天真，如书家草隶，匠心变化，无畦迹可寻，尤称平生合作。

王时敏称黄公望专门临摹董源、巨然一派，但每次临摹，总能画出新意，正是这一点，他才成为了元四家之冠。他在《跋石谷仿赵松雪笔》中又称："画不在形似，有笔妙而墨不妙者，墨妙而笔不妙者，能得此中三昧方是作家。此图为孔明年翁作，峰峦树石，大率规率承旨。然赵于古法中，以高华工丽为元画之冠，此尤以淡逸见奇，笔墨兼妙，从

《山楼客话图》 天津艺术博物馆藏

董、巨伐毛洗髓得来，故于仿古，皆能超逸其上，非独承旨，此图一证也。"

王时敏强调临仿古人作品讲求的不是形似，更为重要的，是需要体味到古人画作中的妙处，而后下以己意。因此说，王时敏在很多画作中题仿某某家等等，并非是原样照摹，他只是观摩古画，从中体味到古画中的妙处。他在《题自画册》中就表达过这种观念："每帧虽借古人之名，漫为题仿，实未能少窥其藩，下笔不胜颜汗。然坡公论画不取形似，则临摹古迹，尺尺寸寸而求其肖者，要非得画之真。吾固不足以语此，而略晓其大意。因以知不独画艺，文章之道亦然。山谷诗云'文章最忌随人心，自成一家始逼真'，正当与坡公语并参也。"

看来，在临摹古画时，画得跟古人作品一模一样，实际上等于没有得到古画的精髓。真正会画之人，要在临仿古画的同之时还要有独自的领悟力。他在《跋周栎园公祖时人画册》中写道："夫画虽小技，化工之赋象与作者之灵机，实皆于焉凑泊，即片缣断楮，其间资性万殊，宗派各别。一人有一人之思致，一幅有一幅之景趣，精神自不可磨灭，使能摘索而融会之，舍短取长，选精去粗，则钗钏盘盂，熔来一器，更可良金石之辨。"

在这里王时敏明确地说，要借鉴古人各宗各派的长处，补己之短，将这些长处熔铸为一炉，由此而形成自己的面目。而他在实践中也的确是这样做的，比如他在《题自画大册为吴甥德藻》中说："往于董宗伯斋见关仝大轴，布景正是如此，又见李成《雪图》，位置亦略相似。此图参用两家法为之，笔力软弱，何异以柔条纤草仰望参天黛色也。愧甚！愧甚！"

王时敏曾经在董其昌家看到了关仝的大幅画作，此后又看到了一幅李成的画作，他将对这两幅画的印象合二为一，创作出了另一幅作品。他在该跋中还写道：

> 余旧藏唐宋元画巨册,中有赵文敏《东西洞庭图》,致佳,数年前为好事者易去,不可复见,时时往来于怀。兹背临二帧,笔墨气韵,未能仿佛万一,略存其大意而已。往在都下,于万金吾所见小米寻丈大轴青绿设色者,云气灭没,群松郁葱,高华迥绝,不独以墨气见奇,乃知高尚书所自出。闲窗追忆作此帧,纸松拒笔,未有芥子许与古法相应,不揣效颦,只益惭惶耳。

可见,王时敏所说的"仿"和"临",有时是摘取画作中的意趣,有时是参考古画的构图,还有一些乃是靠回忆创作出来的作品。这些都可证明,他所说的"临""仿"跟后世理解的该词有较大差异。正是因为王时敏能够仔细体味古人画作的精髓,方能别开生面地创造出独特画风,而他的画风影响了整个清代。郑为在其专著《中国绘画史》中称:"王时敏山水画的缺陷,在于过多追求前辈典型而拘谨自己,笔周意尽,不予人以画外之思。"然反过来想,这种画法正是四王的特点所在。可惜的是,王派末流渐渐将王时敏的技法程式化,并且不越雷池一步,这种做法恰恰等于没有领悟王时敏的画学思想,以至于被后世诟病。换句话说,后世出现对"四王"的贬斥之语,并不是因为"四王"本身的问题,而是王学末流影响到了"四王"的声誉。

太仓的南园原本是王锡爵所建的别墅,到了清初,王时敏与叠山大师张南垣合作拓展了此园,他们还从王世贞的弇山园中移出"簪云""侍儿"两座巨大的太湖石,成为了南园中著名的景致。因此,南园也就跟王时敏有着直接的关系。史料记载,该园在乾隆年间一度荒芜,在嘉道间又予以重修,抗日战争期间被日军炸毁,解放后这里改为了苗圃。二十年前,南园得以恢复,故而该园成了我探访王时敏遗迹之处。

2019年2月22日,蒙上海文艺出版社社长陈徵先生安排,由张

《仿王维江山雪霁图》 台北故宫博物院藏

南园入口处

过厅

无意苦争春

园的主体是湖面

守栋先生和刘晶晶老师带我前往太仓寻访，其中一地就是探访南园。跟着导航来到南园门口，此时的雨水已经停歇，这给寻访带来了很多的便利。走入其中，看到门廊上挂着的门牌号为"南园东路7号"，此路以南园为名，可见该园是这里的著名地标。在门廊内还看到了图书漂流驿站，向柜子里张望了一下，并没有看到漂流到这里的图书。最近江南地区阴雨连绵，虽然阴冷，但园中的梅花已有部分盛开，这给寒冷的天气增添了些许温暖。

南园的正中是大片水面，里面的仿古建筑大多沿着湖的周边建造，于是我们沿着右路往前探看，由此走入的第一个院落在回廊上嵌着一些刻石，走近细看均非古物。院落的月亮门上写着"大还阁琴馆"，门楣的内侧则写着"太古遗音"。走入楼内，这里的展板上将《大还阁琴谱》一页页地展示开来，而我恰好由此经过，看到后颇感亲切，但是

碑廊

大还阁琴馆

匾额

绣雪堂全景

虹桥

侍儿峰

王时敏画像

  这个琴馆似乎跟王锡爵、王时敏没有关联，令我有些好奇。影壁后面摆放着一尊正在抚琴的古人雕像，想来应该不是"四王"中的一位。

  参观完大还阁，继续前行，跨过一座高高的虹桥来到了绣雪堂，此堂的侧墙上悬挂着一些"四王"所绘山水画，另一面墙上则有"四王"的画像，每幅画像的下面都有着上千字的简介。也许是年纪的问题，图中的王时敏看上去最老，而简介中也谈到了董其昌对他的巨大影响。

  从此室穿出，来到了该园的顶端，站在平台上望去，虹桥的侧旁就是那座著名的侍儿峰，该石完好地保存到今日，堪称幸事，而另一座簪云，我却未曾寻得。

崔子忠（约 1594 年—1644 年）
笔墨亦佳，宜与老莲分席也

在中国画史上，崔子忠与陈洪绶齐名，时有"南陈北崔"之说。单国强主编的《中国美术史》一书中称："在晚明人物画家中，陈洪绶和崔子忠，是世所公认的突出代表。由于他们分别出生在中国的南方和北方，当时即有'南陈北崔'之誉。这是中国人表彰杰出人物的习惯，并不意味着他们的艺术风格相同。"

关于这个并称的原始出处，有可能是徐沁《明画录》中所言："东坡论画，不求形似，至摹壁上灯影，得其神情，此特一时嬉笑之语。若夫造微入妙，形模为先，气韵精神，各极其变，如颊上三毛，传神阿堵，岂非酷求其似乎？至于传写古事，必合经史，衣冠器具，时各不同，吴、阎名手，尚不免仲由带木剑、明妃着帏帽之讥，况下此者乎？有明吴次翁一派，取法道元。平山滥觞，渐沦恶道。仇氏专工细密，不无流弊。近代北崔南陈，力追古法，所谓人物近不如古，非通论也。"

与徐沁同时期的吴梅村有题刘源《凌烟阁图》一诗："四十年来谁不朽？北有崔青蚓，南有陈章侯。崔也饿死值丧乱，维摩一卷兵间留，含牙白象贝多树，图成还记通都求。陈生落魄走酒肆，好摹伧父屠沽流。笑偿王妪钱十万，稗官戏墨行觚籌。"这首诗中也讲到了南陈北崔。这两篇文与诗究竟是谁先写出来，如今难以求证。

崔子忠和吴梅村、徐沁都是明末之人，可见崔、陈的并称在其当世就已流传甚广，这也足见两人的画名是何等之响亮。而孔尚任在《享金簿》中称："莱阳崔子忠，号青蚓，人物称绝技。人欲得其画者，强之不肯，山斋、佛壁则往往有焉。后竟以饿死。予得十八尊者一卷，笔意超迈，神气如生，每一尊者俱有自制小赞，字与画皆儒者笔墨。"青蚓乃崔子忠之号，因其为北方人，而陈洪绶为南方人，故两人因地域之别，被称为"南陈北崔"。然从单国强主编之书的论述来看，二人的并称是从人物画的角度来论者。

相比较而言，自宋代之后，中国人物画与山水画比起来呈式微之状，出现这种情况的原因，高居翰在其专著《山外山：晚明绘画》中有如下分析："作为一种表达的工具，画家可以在山水画中创造各式各样的世界，同时，在山水世界当中，画家不仅能够体现个人广泛的理念和态度，也可以用来表达最复杂的意涵，而且，这些意涵的形成，只有一部分是仰赖山水形象本身所能激起的联想。反过来看，同样的观察也可以用来解释：为什么人物画和写真画也刚好在这几百年间衰落。"

高居翰从画家表达思想的自由度及内涵丰富与否这两方面做出了分析，认为山水画更容易表达复杂的内涵，人物画就要受到更多的限制："在人物和写真两种绘画当中，图画的表现力及意涵，比较受限于图像本身；想要随心所欲地运用古人风格，或是利用表现主义手法以彻底推陈出新，都比较困难。不但如此，人物画和写真画通常还具有一些特定的功能，而与山水画有所不同，比方说，用来追忆某某人士的影像，或是作为宗教画像或是作为说教故事的插图之用等等。诸如此类的功能，必然都会钳制画家，使其无法针对绘画的各种表现模式，进行自由探索；同时，也无法像山水画家一样，能够自由地开拓各种视觉隐喻手法。"

《伏生授经图》局部 上海博物馆藏

正是因为有这样的限制，使得人物画像的发展状况远不如山水画，而单国强主编之书对于人物画的衰落另有看法："自文人画兴起之后，士大夫画家们醉心于山水、花鸟创作以怡情适性，而对人物画的创作则有所忽略。此外，在宋以后，宗教的狂热已逐渐减退，石窟开凿与寺观兴建，无论数量与规模都不及以前。人物画创作的社会需要，随着宗教的衰退，可以说失去了它最大的客户。基于以上原因，使明代的人物画创作在整个中国绘画史上，处于低潮状态。"

单国强认为人物画的衰落有两个原因，一是山水画的丰富表现力被文人画家所喜，二则是宗教的衰落。然而这种状况到了晚明却有所改观，单国强将其称为小中兴："直到晚明时，人物画才稍见重视，出现了丁云鹏、吴彬、陈洪绶、崔子忠、曾鲸、谢彬等人物肖像画家，似乎出现了一个小小的'中兴'。"

为什么会出现这样的改观呢？高居翰认为："很长一段时间以来，人物画一直局限在背景陪衬的地位，如今，到了晚明时期，人物画再度走向了台前。其原因在于，人物画的表现能力已经有所扩充，而且，其在功能上的限制，也有一部分被克服了。"如何出现了肖像画功能上的提升，高居翰在其专著中有如下解释："写真画之所以突然而出人意表地在十七世纪当中，跃升至严肃艺术的层次，有可能是肇始于两股动力的汇合：一方面是由于此一时代的关注所在，越来越着重于个人；另一方面则是因为由欧洲传入中国的艺术创作手法，比起中国以前的绘画传统，都更加重视画中形象的个别特质。"

晚明时期人物画的复兴，是否真受西画传入的影响，不同的研究者有不同的看法。对于崔子忠人物画法的奇特性，单国强主编的专著则认为，崔乃是继承中国传统技法："崔子忠所追求的奇古的表现，实际上是从明代前期宫廷画家和职业画家那里，获得对古老传统技法的继承，再加上其他某些文人的思想感情，而形成了独特的艺术风格。"

而在社会上，一些重要的收藏家开始关注人物画的重要性。高居翰在其专著中引用了以上徐沁在《明画录》中所言，认为这段描述很重要，因为："到了晚明时期，有些著作却很明显地对人物画及人物画家，表现出了一种新的敬意。"一种绘画风气的流行，当然是跟那个时代有多位同题材画家的共同展现，有着直接的关系，而晚明人物画的中兴也必合此规律。高居翰点出了这个时期最为重要的四位人物画家："促成晚明人物画复兴的大家主要有四，崔子忠和陈洪绶是其中较年轻的两位；另外两位较年长者，则是丁云鹏和吴彬。"

朱彝尊曾在《陈洪绶传》的补引中，说过如下一段话："予少时得洪绶画，辄惊喜，及观子忠所作，其人物怪伟略同，二子癖亦相似也。"朱彝尊说他在少年时很喜欢陈洪绶的人物画，后来又看到了崔子忠的人物作品，感觉两人风格很相像，所以他觉得崔子忠与陈洪绶在性格方面应该同样很相像。对于崔、陈在社会上的影响力，朱彝尊接着写道："崇祯之季，京师号'南陈北崔'，若二子者，非孔子所称狂简者与？惜仅以其画传也。予友孙如铨，常师事子忠，道子忠二女皆善画，而洪绶妾胡净鬘亦能画花草云。"

朱彝尊的朋友孙如铨拜崔子忠为师，朱从孙那里了解到崔子忠的两个女儿也跟随父亲学画，朱还以此与陈洪绶的妾来类比，因为陈洪绶的小妾亦有绘画的本事。

关于崔子忠的生平事迹，《清史稿》所载其传仅如下一段：

> 子忠，一名丹，字道母，别号青蚓，山东莱阳人，寄籍顺天。为诸生，负异才。作画意趣在晋唐之间，不屑袭宋元窠臼。人物士女尤胜，董其昌称之，谓非近代所有。以金帛请者不应，家居常绝食。史可法赠以马，售得金，呼友痛饮，一日而金尽。为诗古文，奥博奇崛。遭乱，走居土室中，遂穷饿以死。

《清史稿》中对崔子忠绘画成就的评价，应当是本自秦祖永在《桐阴论画》中所言：

崔道母子忠，取法高古，布墨灵秀，意趣在晋唐之间，不袭宋元窠臼。所写人物，卓荦幽雅，士女娟妍静逸，均有林下风致。盖其笔墨之称重于艺林者，不在文、沈下也。画能脱尽窠臼，自然戛戛独造，不同凡笔。

关于崔子忠的师承，高居翰认为："基本上，崔子忠系一位独立自主的画家，他的学习多来自专研及临摹高古人物画家之作，而非受教于任何业师。"然崔子忠是否曾拜董其昌为师，姜绍书在《无声诗史》中称："崔子忠，号北海，山东人。崇祯癸酉，董宗伯思白应宫詹之召，子忠游于其门，甚相器重，悬想倪迂高致，以意为《洗桐图》：貌云林着古衣冠，注视苍头盥树，具透迤宽博之概；双鬟捧古器随侍，娟好静秀，有林下风；文石磊砢，双桐扶疏。览之令人神洒，想其磅礴时，真气吞云梦者矣。子忠不惟善画，更以文学知名于时。"

在这里姜绍书仅说崔子忠"游于其门"，并未点明拜师之事，看来崔子忠在绘画方面有可能真的是自学成才。姜绍书又说崔子忠不仅有画才，在文学上也颇有名气。崔子忠在京期间，曾经跟钱谦益有过两个月的交往，为此钱将崔写入了《列朝诗集小传》中，该传首先称："崔秀才子忠。子忠，字道母，莱阳人。侨居都门，形容清古，言辞简质，望之不似今人。画亦法古，规摹顾、陆、阎、吴遗迹，关、范以下，不复措手。居京师阛阓中，蓬蒿翳然，凝尘满席。莳花养鱼，杳然遗世。兴至，则解衣盘礴，一妻二女，皆能点染设色，相与摩挲指示，共相娱悦，间出以贻知己。若庸夫俗子用金帛相购请，虽穷饿，掉头弗顾也。"

按照钱谦益的说法，崔子忠的言谈举止都像很古人，崔的画也同样法古，他的一妻二女都会画画，一家人有着相同的爱好，想来也其乐融融。按理说，有着如此技能的崔子忠应当有安逸的生活，然而因为性格使然，他在京师的生活却颇为清苦，尽管有些朋友想办法来照顾他，他却不肯受这种嗟来之食，偶尔有庸俗的人拿着重金来买他的画，他就算饿着肚子，也会掉头就走。

钱谦益还写道："少为诸生，师事莱人宋继登。宋诸子及群从，皆与同学，而玫及应亨尤厚善。应亨署铨曹，属一选人以千金为崔君寿，道母笑曰：'若笑我贫，不出橐中装赆我，而使我居间受选人金。同学少年，尚不识崔子忠何等面目耶？'应亨愧谢而已。"

钱谦益说崔子忠在年轻时拜莱阳人宋继登为师，对于此事，宋磊在《崔子忠与老师宋继登及其家族关系的研究》一文中谈之颇详，而对于其家族，该文中简述道："宋继登家族是科举世家。他的二弟宋继发、长子宋琮、三子宋玫、侄子宋玛都是进士，父亲宋兆祥、三弟宋继澄、侄儿宋琏、宋瑚为举人，次子宋琧为岁贡，宋氏家族数代科名，为莱阳巨族。"

宋继登的儿子宋琮、宋玫都与崔子忠有密切交往，而宋玫在明天启五年（1625）考中了进士，后来做到了太常少卿、大理寺卿、工部右侍郎等职。族人宋应亨乃是清代著名诗人宋琬之父，同时宋应亨也是宋继登的学生。如此论起来，宋玫、宋应亨和崔子忠都是同学关系，这帮同学后来大多考取了功名，唯独崔子忠却考运不佳。

天启五年宋应亨考中了进士，出任清丰知县，后升职为吏部文选司副郎，负责铨选官员，类似于当今组织部中负责提拔干部之官。此职虽然官阶不高，却位置重要，宋应亨惦记着自己未曾发达的老同学，于是借选官之机暗示某人给崔子忠送去千金，以此为祝寿之礼。没想到的是，崔子忠拒绝了朋友的美意。

崔子忠不受嗟来之食则也罢了，然而他不肯给老同学宋玫画画，这点倒让人难以理解。钱谦益《小传》中载："玫居谏垣，数求其画，不予。诱而致之邸舍，谓曰：'更浃日不听出，则子之盎鱼盆树，且立槁矣。子将若何？'道母不得已，乃与画，画成别去，坐邻舍，使童往取其画，曰：'有树石简略处，须增润数笔。'玫欣然与之，立碎之而去。其孤峭绝俗，皆此类也。"

宋玫在朝中任职时，曾向崔子忠求画，崔坚决不给。某天，宋玫借口有事，把崔骗入家中，而后恶作剧地说："如果你不给我画画，我就不让你出去，让你家养的鱼和种的花都死掉。"崔不得已只好为其作画，画成之后离去，却并没有回家，而是坐在邻居的家中，派了个小孩去跟宋玫说，那幅画画得不完美，需要拿回来添加数笔。宋玫不知道是计，将画送过来，没想到崔子忠拿到画后立即将其撕碎，其做人之决绝的确令人咋舌。

钱谦益的《小传》中还谈到了他在京师与崔子忠交往的原因："崇祯戊寅，余鞄系都城，道母因漳浦刘履丁见余，履丁寓方阁老园池，去余舍一牛鸣地，有疏桐古木，前临雉堞，道母喜其萧闲，履丁去，遂徙居焉。晨夕过从者，凡两月。"

明崇祯十一年（1638），钱谦益在京城，此时崔子忠通过刘履丁的介绍认识了钱谦益，刘履丁家的位置与钱谦益所住较近。刘家有很好的庭院，离京时就把房屋让给了崔子忠居住，为此崔与钱有了两个月的密切交往，让钱谦益了解到了崔子忠的才气，钱接着写道：

> 余放归，道母及华州郭宗昌送余报国寺古松下，余笑谓词馆诸公："公等多玉笋门生，亦有如崔、郭两生者乎？"郭亦秦中博雅奇士也。丙戌入燕，访问道母所在，或曰道母尚在，或曰亡矣。已而知道母乱后依友人以居，家人尚数口，友人力不能供，而未

忍言也。道母微知之，固辞而去，竟穷饿以死。是岁，郭亦辟闯贼之招，入华山，今尚在。

钱谦益返回家乡时，崔子忠和郭宗昌到报国寺为其送行，钱很夸赞这两位奇士。清顺治三年（1646），钱谦益再次来到北京，又去找崔子忠，但已经没有人知道崔的下落，也不知他是死是活。后来终于打听到崔子忠曾经借住在朋友家中，而朋友也不宽裕，崔不愿意拖累朋友，告辞而去，最后竟然因穷饿而死。

崔子忠为什么要穷困地住在北京呢？王崇简的《青箱堂诗文集》中有《都门三子传》，其中有一篇为《崔子忠传》，该传中写道："崔子忠，字青蚓，一名丹，字道母。其先山东平度州人。嘉、隆时有仕至显官者，子补荫留京师，遂家焉，即其祖也。家故饶，万历时上供珠玉诸珍货，率金京师富民办纳，中官勒抑，费不赀，复不时与直，家以此中落。子忠为诸生，甚贫。于六经无不读，得诸戴礼者尤深。为文崛奥，动辄千言，不加绳削而自合。"

在明嘉靖、隆庆间，崔子忠的先人在朝中做高官，后来崔家就定居在了北京，原本崔家很有钱，但因万历年间皇帝喜欢珍稀珠宝，宦官到处搜刮民财，影响到崔家，就渐渐衰落了下来。到崔子忠时代，家里已经十分贫困，然而崔不脱书生本色，照样刻苦读书："督学御史左公光斗奇其才，置高等，食饩，及数试而困，慨然弃去，不复应试。荜门土壁，洒扫洁清。冬一褐，夏一葛。妻疏裳布衣，黾勉操作。"

左光斗任督学御史时十分欣赏崔的才气，虽然给予他很多的帮助，但崔依然无法考取功名。对于崔的孤傲性格，王崇简在此传中写道："工图绘，为绝技，时经营以寄傲。人有欲得其画者，强之不可得，山斋、佛壁则往往有焉。更善貌人，无不克肖。平生不修刺谒势人，当时贵人多折官位愿与之交，皆逃避不顾。先是，子忠偕蒋生渔郎受业于宋公应登之门。同学宋氏兄弟既贵，为大官，并不至其门。蒋生早死，则收辑其遗文，时为人称说之。不喜饮酒，二三故人以文字过从，谈竟日，不能去。"

虽然性格孤傲，但崔子忠并不迂阔，他很能看清楚时局："当天启时，阉竖魏忠贤用事，有国子生建议立祠太学，约其同舍生。生不敢显绝，子忠教生蓬垢病卧以免。左公为阉竖陷诏狱，追毙而归榇，人莫敢近。时史公可法与予皆诸生，受知于公。史公就视于狱，予哭于郊，几不测。子忠曰：'二生何愚也，不能为魏邵之脱史弼于死，徒效郭亮、董班哭李固、杜乔，何益耶？'士自四方来，慕其人，多谢不见。人或尤之，笑曰：'交游盛而朋党立，东汉之季可鉴也。'后果有以复社植党言者，其识力过人如此。"

崔子忠教给同学如何躲避魏忠贤党羽的迫害，而左光斗被宦官害死后，史可法和王崇简都去祭拜，然崔子忠却说他们二人这种做法并不明智。在社会上，崔子忠也不愿意多交朋友，笑称这是防备被人视为朋党。

以上这些都可看出，其为人也有着精明的一面。对于崔子忠的容貌及其结局，王崇简在传中描绘道：

> 其人短小端饬，双目炯炯，高冠草履，萧然若在世外，不知贫贱之可戚也。所作诗歌、古文词，人鲜知者，徒知其画耳。董文敏公尝谓其人文、画皆非近世所常见。年五十，病几废。亡何，遭寇乱，潜避穷巷，无以给朝夕。有怜之而不以礼者，去而不就，遂夫妇先后死。

看来崔子忠是位身材矮小却极具精气神之人，王崇简感慨人们只知道崔在绘画方面很有才能，却不知道他其实在诗词古文方面同样很

有成就。而对于崔子忠去世的原因,崔所画《云中玉女图》中有高士奇所书跋语,该跋中写道:

> 史公可法自皖抚家居,一日过其舍,见肃然闭户,晨炊不继,乃留所乘马赠之,徒步归。子忠售白镪四十,呼朋旧,轰饮,一日而尽。曰:"此酒自史道邻来,非盗泉也。"

崔子忠日子过得艰难,史可法见状将自己所乘之马留下赠给他,在古代,马是非常值钱的交通工具,他却把马卖了四十两银子,立即请来朋友痛饮一通,仅用一天就把它花光了,并且还对朋友说,这钱可不是偷来的。这样的性情,显然不会为将来做过多的考虑,后来发生战争,崔家穷困潦倒,竟然因饥饿而亡。

关于崔子忠绘画的特点,张燕飞在《崔子忠画风浅说》中总结出三条,第一条乃是说崔子忠因为留下来的作品较少,而在不多的作品中又呈现有多种风格,说明他绘画作品的面目多样。第二条则是谈到崔子忠因为在诗文方面有颇高的造诣,这种修养使得他的画作充满诗文气息,尤其是崔子忠喜欢在画上写下长跋。第三个特点则是人物造型变形夸张。对于崔的运笔方式,张燕飞在文中称:"崔画人物用线多'战笔',他的'战笔'从周文矩的笔法变化而来,在细劲屈曲、柔中有刚的基础上增加提按、走势的变化,多小角度方折,更具古拙笔趣。崔画人物外形完整,男子外形多方角,女子外形多柔和。人物势态强烈,动作扭转夸张。"

如前所言,高居翰把崔子忠创作的《玉女图》和《洗象图》并称为"神品",在《山外山》中用颇长的段落来分析《洗象图》的绘画风貌,他首先将此画与丁云鹏的同题材画作进行了比较:"和崔子忠的作品摆在一起,丁云鹏的《洗象图》就显得比较温和及墨守成规;相反

《洗象图》 台北故宫博物院藏

内空外空内外空菩萨之掃
象示宗風東坡當時分明
寫筆墨大同言不同
辛卯春日湖鬼

北海僊玉九

地，崔子忠则在极端的形式当中，呈现出了一种引人注目的怪僻感，这也使得他和陈洪绶都被保守的画评家摒除在画坛的主流之外。"而对于该画中的具体运笔方式，高居翰又写道："画家在描绘人物及大象时，运用了不断抖动震颤的线条；此一画法系取法古风，也就是所谓的'战笔'，这是晚唐五代人物画家的一种画法。此一画风原本是为了逼真地描摹衣服因皱纹所形成的不规则轮廓，但是，我们由传世大多数的例子可以看出，此一画法到了后来，却变成了一种古怪的矫饰风格。崔子忠很自觉地将此一画法再做进一步的夸张，并且配合上新的细腻技法及风格变化。"

但高居翰仍然认为，这种画法在某些方面吸取了欧洲铜版画的技法："当他在处理大象那一对如阔叶般的大耳时，系以扇形纹勾勒其外形，而相对地，当他在描写人物的衣褶时，则是采取紧密的锯齿纹运动。这种对比的手法，就是崔子忠建立个人或乃至于特异风格的基础。他用很图案化的方式，来处理衣褶的明暗，此一技巧无疑学自欧洲铜版画作品；这一类的强烈明暗对比，反映出十七世纪画家对于幻象技法的着迷程度。"

崔子忠所画的《云中玉女图》流传至今，现藏于上海博物馆，张珩的《木雁斋书画鉴赏笔记》中有著录："绫本，高一六九公分，宽五二点九公分。设色。画白云缭绕，云端立一女仙，道冠芒屦，貌相姝丽，赋色清雅，笔墨亦佳，宜与老莲分席也。特青蚓画传世仅及老莲十一，且类多绫本，保藏完整者绝少。此图极完整，尤难得也。自题行书十行在上幅，高士奇题小行书八行在右幅侧，二题皆在幅上端淡青烘远天二层上。此图颇疑是为人作小像。"

关于崔子忠的绘画成就，高居翰给出的结论是："无论就题材或风格而言，崔子忠的创作范围终究还是相当狭窄。他的确如方薰所言，'有心僻古'，而且力求'险怪'。但是，他的冒险却恰如其分。由他

《云中玉女图》 上海博物馆藏

为自己新设下的非常曲高和寡的创作条件来看,他的成就足以证明他是陈洪绶在北方的劲敌。同时也是中国人物画家之中,最具原创力的一位。"而对于崔子忠在绘画史上的影响,樊波在其专著《中国人物画史》中称:"陈洪绶及崔子忠人物画风对清末的四任(任熊、任薰、任颐、任预)产生了直接而深刻的影响。推而论之,可以说明代人物画风对整个清代人物画方方面面都产生了重大的影响。尽管朝代更迭,境迁人非,这种影响却一直持续下来。从某种意义上讲,把握明代人物画风乃是解读清代人物画的一个重要前提。在这种跨时代的影响关系中,陈洪绶以及崔子忠的画风所表现出来的穿透力是非常明显和突出的。"

虽然崔、陈并称,但陈洪绶在后世的影响力远远高于崔子忠,而出现这种状况的原因有多个因素,其中最重要的原因则是作品流传的稀少,以及他性格上的孤僻。

关于崔子忠的故里,以上的引文中多有谈及,大多认为崔子忠乃是山东莱阳人,唯有王崇简说"其先山东平度州人",也就是说崔子忠的先人原本是平度人,但崔子忠落籍哪里,王崇简未曾言及。宋磊在《"南陈北崔"之崔子忠家族文化背景研究》一文中却称:"《清史稿》记载崔子忠为山东省莱阳人,然而,莱阳至今未曾发现能够证明其为本籍的线索,而一些较为次要的历史典籍,如《康熙宛平县志》、《道光重修平度州志》、周亮工著《因树屋书影》关于崔子忠'其先平度州人'的记载,却在山东省平度市找到了大量证据。在这些资料中,以康熙刻本《胶东崔氏族谱》最为重要,也最为支持'其先平度州人'的观点。"

宋磊全文引用了王崇简为崔子忠所作之传,又谈到王崇简与崔子忠之间的关系,而后称:"王崇简了解莱阳的风土人情和地理环境,顺治元年(1644)十月,他自南方北归,一家人就住在莱阳宋琬的家中,游览过当地很多名胜，拜会过形形色色的人物。王崇简是明末唯一与崔子忠保持长期接触并了解莱阳风土人情的人，他不提崔子忠'莱阳人'，而说'其先平度州人'，是颇具意味的。"

宋磊在《崔子忠与老师宋继登及其家族关系的研究》一文中又详细地分析了崔子忠与其师一家人之间的交往，宋继登一族是莱阳人，崔子忠与宋氏子弟共同拜宋继登为师，如此推论起来，王崇简所说的那句话也没错，因为崔子忠的先人是平度人，并不等于说崔生活在平度。从相应的记载来看，他更多的是生活在莱阳。我在网上查得山东省莱阳县万第镇南崔格庄村的村口就立有崔子忠故里碑，而关于崔子忠的遗迹，这是我查得的唯一线索。

2019年4月22日到29日，我在山东半岛兜了一大圈，总计行程1700余公里。此行我得到了齐鲁书社副总编刘玉林先生的大力帮助，他陪同我跑了全程，因他事先做了精密的安排，使得我们的寻访少走了不少的冤枉路。

4月26日这一天，我们前往莱阳县去寻找崔子忠故里。司机小徐用手机导航直奔该村而去，然而到达崔格庄村时，我们在村内问过多人，没人知道有这样一块故里碑。我们无奈开车在村内到处继续打问，在村的另一侧看到路边有一家超市，超市门口坐着几位晒太阳的老人。刘玉林用当地话问他们是否知道崔子忠，几个人一脸迷茫，一声不吭地互相望望，而后摇摇头。我们只好开车前往村部，不承想村部的大门上着锁，门楣上却用中文和拼音的方式明确地写明，这里就是崔格庄。正犹疑间，我注意到门旁的匾额上又写明这里是"北崔格庄村民委员会"，而我的寻访单上却写着崔子忠故里在南崔格庄村，难道是南北两村合并在了一起？

正踌躇间，刘玉林拦下了一辆过路的三轮车，此三轮乃是柴油机，车身发出的轰鸣声让人很难听到彼此间所言。幸运的是，这位开车人

方注意到这是北崔格庄村

竟然听说过崔子忠之名,但他却告诉我等说该碑不在这里,而是在另一个地方。机器的轰鸣声加上开车人的浓重乡音,使得他连说了几遍,我们三人都没有听清究竟在哪里,于是此人向后一挥手,告诉我们往那个方向开。

眼前的这一带到处都是低矮的丘陵,感觉跟陕西的塬颇类似,故其手指之处并没有看到村庄,于是我立即递上纸笔,开车人颤微微地写下了"万第"二字。这两个字瞬间提醒了我,因为我们在崔格庄村口看到了标牌,上面写明这里是沐浴店镇北崔格庄,当时我还跟刘玉林调笑,说这个镇子里的人应该特别讲卫生,却没有意识到自己的寻访点并不在这里,因为我的寻访单上写着的是万第镇南崔格庄村。开车人大声地解释说,这两个村原本都叫崔格庄村,因为人们总是搞混,所以后来此两村在村名前分别加上了南和北。司机小徐也回过神来,他说自己导航的时候为了省事,只是输入了"崔格庄村"这几个字,

南崔格庄村委会

终于找到了这块石头

并未把镇名写全。

既然搞明白了问题所在，于是谢过指路人，按其所指一路向前开，但绕过了几条道路还是找不到目的地。小徐重新用上导航，导航显现出南崔格庄村距北崔格庄村似乎有三十几公里的路程。能够寻得目的地，总还是觉得很开心。虽然道路颇窄，但还是顺利地找到了目的地。我远远地就看到了村口的那块石头，车行到附近，上面果真是"崔子忠故里"五个字。

故里碑是一块三米多高的随形石，略感遗憾的是，正面刻的这几个字乃是电脑字体。石头的侧面被刮平，上刻"崔子忠传略"。传略中讲到了崔子忠在画史上的名气，然而却说他"少年时期拜董其昌门下学画"，这等于直接将董其昌视为崔子忠的老师。而后传略中又谈到上海博物馆等机构收藏的崔子忠画作，同时引用了高士奇对崔子忠的夸赞之语。此传略中又写："此碑得到了中华山东崔氏历史研究会、中华山东崔氏宗亲联谊会、中华山东崔氏宗亲联谊会烟台分会的大力支持，由崔格庄各支系宗亲资助，名单如下。"而后列出了近二十位崔姓人名，不清楚这些人跟崔子忠有没有亲属关系，因为按照文献记载，崔

背面的介绍文字

子忠只有女儿没有儿子,这些人应该不是崔子忠之后。

然而传略中列出的三个会名,均在"中华"和"山东"及"崔氏"之间加上了三个横着的小点,相当于半个省略号,这种标点符号的使用方式我未曾见过,而刘玉林是资深编辑出身,我立即向其请教,他也称没有见到过这种用法。

故里碑的斜对面乃是入村之路,村口立着一座新牌坊,走近端详,牌坊的基座上刻着村

侧着拍

村名演变

名的演变:"南崔格庄元朝至元年间崔氏卜居于此取名崔家庄,民国初年更名崔格庄,一九八二年因县内重名,命名为南崔格庄。"看到这段话,我们三人笑了起来,因为我们刚刚从重名的另一个崔格庄赶到了这里,只是没有想到两村之间距离这么远。

仔细端详这座石牌坊,上面的彩绘颇为亮丽,除了村名之外,上面没有刻其他的字,在基座的另一面则刻着《功德铭》。由此可知,该牌坊乃是崔鹏举先生捐资修建的。牌坊旁的一个墙上贴着"牌坊街"的街牌,如此推论起来,可能古代原本就有一座牌坊立在旁边,崔鹏举先生又将其恢复了起来。

沿着牌坊街走进村中,看到该村的街景颇为整洁,奇怪的是一些井盖上都铺着一张大大的粉红色纸张。刘玉林说,村子里定是有人家举办了婚礼。一路往村子里面走去,我们又看到了多张铺在井盖上面的粉红色纸,然后在一个院落的墙上,果真看到了大大的"囍"字。

村口的牌坊

功德铭

牌坊的背面

静悄悄的村中

向院中望了望，里面静悄悄的没有人影。我们在村中兜了一圈，竟然未遇到一位村民，故崔子忠与该村的关系无法了解得更多，想起下面的行程，只好上车继续赶路，希望在太阳落山前赶到下一个寻访点。

萧云从（1596年—1673年）
不宋不元，自成一格

萧云从是"姑孰画派"创始人，有些文献中"孰"字也写作"熟"。"姑孰画派"是一个地域性的画派，与"新安画派""黄山画派"齐名，都是活跃于安徽的画派，在明清之际的中国画坛上，曾以"古淡奇高、清疏秀润"的格调而闻名。

俞剑华所著《中国绘画史》中，把萧云从的"姑熟派"列在了"董其昌与吴派支流"一节中，并且给出了如下定义："云从虽入清朝，但以并未出仕，故可仍列诸明末。山水亦延倪、黄之法，又善人物，弟与子均善画，遂有姑熟派之号。"而潘天寿在民国十五年出版的《中国绘画史》中则称："尺木宗倪、黄而自成一家，又开姑孰一派，为新安之支流。"

潘天寿认为"姑孰画派"乃是"新安画派"的支流，有着同样认定者，还有王逊在《中国美术史》中所言："芜湖萧云从则被认为是新安画派的支流姑孰派的祖师。"

然而沙鸥先生不认可，他在专著《萧云从与姑孰画派》一书中先引用了清徐沁在《明画录》中所言："萧云从……画山水高森苍润、具有格力，遂成姑孰一派。"而后称："考察徐沁《明画录》就可知道，'新安画派'并未列入其中。可想而知，在徐沁生活的时代，他所知道明清画坛流派只有萧氏所开创的'姑孰画派'，而'新安画派'并未形成。"

徐沁的这段话乃是"姑孰画派"如今所见最早的著录，如果姑孰画派是新安画派的支流，那么徐沁在《明画录》中应当先列出新安画派，而后再论述姑孰画派，然而《明画录》中却没有"新安画派"这个词。接下来沙鸥通过推算徐沁的卒年，以此说明在康熙二十二年（1683）之前，新安画派还没有形成。对于新安画派的形成时间，姚邦藻主编的《徽州学概论》中称："'新安'一词用于画坛流派称谓，始见于清初张庚之语：'新安自渐师以云林法见长，人多趋之，不失之结，即失之疏，是亦一派也。'"

看来，"新安画派"一词最早出自张庚的记载，而张庚的生年是康熙二十四年（1685）。如此推论起来，新安画派一词的出现应当不会早于该年。而徐沁卒于康熙二十二年，既然他在《明画录》中仅提到了姑孰画派而无新安画派，由此可以推论出姑孰画派产生于明末清初，而新安画派产生于康熙二十五年（1686）之后。

经过这样一番推论，姑孰画派是新安画派的支流这个说法就难以成立。然而问题是，通过著录者的生卒年来确定一个画派的诞生时间，这样的逻辑关系是否谨严。显然这一点没有得到业界的共识。且不论姑孰画派究竟是不是新安画派的支流，其影响力都不容小觑，因为黄钺在《画友录》中记载的姑孰画派成员就达七十二人之多。其实从其他的文献上统计，当年的姑孰画派不仅仅有这七十二位画家。

宋起凤在《稗说》中称："尺木昔年广与结构，皆当时名流，户外乞诗画者履尝满，泻酒煮茶声，夜分不已。然好客而身未尝饮，兴至且勃勃，不鸣鸡，不听归也……不谋面授徒门下至数百人。"当年的萧云从名气很大，又有很多的好朋友，以至于很多人向他索画，在门外等候的人一群又一群，而他在家里招待着这些朋友们，喝酒煮茶的声音一直响到深夜。还有许多人来向他请教绘画之道，许多没有见过他的人也把他视为老师，而这样的人竟有几百人之多。由此也可看出，萧云从作为一个画派的创始人，是有群众基础的。

关于萧云从的生平履历，康熙十二年（1673）版的《太平府志》中有如下记载：

> 萧云从，字尺木，以崇祯己卯副榜充贡，伏处不仕，终日键扉，博古秘书，以经史自娱，所业不轻示人，人亦罕得识其面。诗文援笔立就，公卿士夫群器重之。轻世肆志，每发其意于墨妙，画屈子《离骚》与《太平山水图》，曲尽其致。平居，染翰落笔，云烟生楮素间，能备诸家之长。四方好事者得其真迹，如获奇珍，故萧画名海内，几不胫而走。自署无闷道人。年七十余，卒于家，学徒辑残编成帙，为《梅花堂遗稿》。

这段记载称，萧云从在崇祯十二年（1639）中过副榜，而后就再不参加科举考试。其实从其他记载来看，三年之后他又参加了一次科考，这次中的是壬午科副榜。而在崇祯十一年（1638），萧云从参加了复社。从以上的这些举措来看，萧云从曾经希望在仕途上有所作为，可惜考试的不顺利，再加上1645年清兵打下了南京，使得他对仕途渐渐绝望。比如他在顺治十年（1653）画了一幅《闭门拒客图》，该图的画面乃是主人躲在屋中读书，院中有护院之犬，一位身穿红袍乌纱的客人被挡在了院外。在此画上，萧云从写了这样一段话："赵荣禄仕元，省其昆子固，子固高卧松檐，闭门拒之。今就子固画法为图，荣禄笔意虽优，余无取焉。"

由此可见，他也有着明遗民的心态，不想与当朝合作，这才把自己的精力都用在了绘画创作上，由此而开创出了不同于他人的画风。

关于萧云从在绘画上的师从，黄钺在《画友录》中载有这样一段话："父慎余，明乡饮大宾，云从始生之夕，慎余梦郭忠恕至其门，曰：'萧氏将昌，吾当为嗣。'"

萧云从的父亲叫萧慎余，在云从出生当晚，萧慎余梦到五代宋初时的著名画家郭忠恕来到了萧家，梦中的郭忠恕预言说，萧家当会昌盛起来，而我将成为你的子嗣。其实萧慎余也是一位画家，只是没有太大的名气，可能是这个原因，他把希望寄托在了儿子身上，细心地培养他。萧云从长大后，果真在绘画上很有成就，而他也认为自己的成就乃是源自郭忠恕，于是他刻了一枚"郭忠恕后身"的印章。由此看来，他也觉得自己是郭忠恕的转世。

萧云从字尺木，这个字代表着他的志向远大。有的书上说，"尺木"乃是龙的脚，然而唐段成式在《酉阳杂俎·鳞介篇》中说："龙头上有一物，如博山形，名尺木。龙无尺木，不能升天。"细读段成式的这段话，尺木应当不是龙脚，而是龙额头上的那几个突出的疙瘩。虽然尺木在形状上并不美妙，但重要性却很大，因为龙头上如果没有尺木，就不能飞升上天。

萧云从乃郭忠恕转世，这毕竟是一种传说，他不可能从郭忠恕那里学得绘画的精髓，那么他究竟跟何人学过画，却未见史料记载。萧云从在《青山高隐图》中说过这样一段话："画亦戏事也，而感慨系之。少时习业之暇，笃志绘事，寒暑不废。"他只是说自己从小在读书之余就喜欢画画，却并没有说出跟什么人学画，依常理推来，有可能是其父萧慎余教给了他一些绘画技巧。然而萧慎余在绘画史上实在没什么名气，既然没有名师指导，那么萧云从应该是从临摹名画入手。关于他的临摹对象，祝虹在《萧云从师承关系探略》一文中认为："作为一代山水画大师，萧云从因何启蒙绘画及其业师为谁等问题由于现有史料的原因不得详考，然而据画风等分析，一般都认为是宗法元四家特别是倪云林。"

然而从萧云从流传至今的画作来看，他的整体画风与倪瓒还是

《秋山行旅图》局部　东京国立博物馆藏

有一定的区别，这可能是因为萧云从经过自己的揣摩和理解，渐渐形成了自己的独特画风。其实，从他著名的版画作品——《太平山水图》来看，萧云从应该临摹过很多古代大画家的画作，祝虹在《探略》一文中写道："萧云从的《太平山水图》共绘当涂、芜湖、繁昌之景四十三幅。前有张万选序，而后有萧云从自己的跋。他所画的黄山、天门山、吴波亭、赭山及阪子矶等四十三景，图上都题以古代名家的诗。而诸图亦均标明为摹写古代画家如王维、关仝、郭熙、夏圭、马远、黄公望、唐寅、沈周等技法而创作。四十三幅图中取宋人之意二十四幅，元人笔法十幅，由此可以看出，萧云从广师百家，其中宋元人对其影响最为直接。在宗法元四家特别是倪云林的基础上，又加以变化，萧云从最终形成了萧疏淡远、清疏毓秀、洒脱一致的独特风格，自成一家，不仅影响了曾从他学画的渐江，也影响了姑孰画派的一代画家及继往开来的众多后起之秀。"

萧云从既然师从百家，那么他究竟呈现出了什么样的独立画风？黄钺在《一斋集》中称其"工画山水人物，具有北宋人遗法"。而张庚《国朝画征录》则说他"不传宗法，自成一家"。相比较而言，《图绘宝鉴续纂》中的评价最具代表性："萧尺木明经不仕，笔墨娱情，不宋不元，自成一格。"

萧云从并无绘画理论传世，他的一些观念可由其在画上的题记得知，比如他在《深山溪流图》中写道："第世人画山水务墨气而不知笔气，余见大痴全以三寸弱翰为千古擅场，虽复格纤皴以蒙茸杂乱，而力古势健，流览而莫尽者，笔为之也。"

萧云从在此提出了"笔气"这个概念。而他为友人方兆曾所作《山水长卷》中，有方兆曾所书跋语：

尺木先生尝教予以六法矣，曰："世人知有墨气，而不知有

《拟古山水图》 安徽博物院藏

笔气,故浓淡远近以语境界则可,而情致风韵非运腕之妙不能语也。"予虽领其言而未获师其意,每用自歉。今观此卷,姑无论丘壑布置、亭馆安顿之妥,想见握管挥毫时,实有一种自得之趣,令人不可企及者,笔为之也。先生游心此道凡五十余年,而后入是三昧,岂近日偶然磐礴者所能仿佛?秘此卷,在其矜慎之。省斋方兆曾漫识。

由此看来,萧云从特别强调"笔气"这个概念,这也正是他的独特画理所在。对于其所绘山水的整体布局,沙鸥在《萧云从与姑孰画派》中给出了如下总结:"在大的章法上,萧云从喜欢用'S'形定其大势,这种构图法实际有利于表现传统章法中的'起、承、转、合'。萧云从在运用这一手法时特别巧妙,以至于不做细心分析颇难会意。起手处他喜用树木之一,其中松树尤多,然后以树梢'承接'中景。中景为画面主体,较多变化,所以'转'字在中景最见功夫,可以说在他的精品中,每'转'处皆可见其匠心。"

关于萧云从的绘画故事,流传最多者乃是他为当涂太白楼绘制壁画。据陈琰《旷园杂志》所载:

胡季瀛守太平日,慕芜湖萧尺木能画,三访俱辞不见,胡怒。时新修采石矶太白楼成,遂于案牍中插入尺木名,摄之,比至,送至楼中,令白壁间若图成,即当开释。尺木年已七十余,方卧病,不得已画匡庐、峨嵋、泰岱、衡岳四大名山,凡七日而就。遂绝笔。至今登楼者叹赏不置,画与斯楼俱传矣。事与沈启南绝相类。

看来萧云从脾气颇为倔强,父母官三次去访他,他都避而不见,令到太守大为恼怒，于是强令萧云从给太白楼绘制壁画。虽然此时的萧云从已七十多岁，而且正在病中，但他还是用时七日，画出了四大名山，并且自此之后绝笔不再作画，这幅画也成为了他著名的作品，很多名家都来此题诗倡和。而这个故事流传至今，也就成为了萧云从气节高尚的主要表现。

但是，萧云从本人写的《太白楼画壁记》却有着另外的说法，此处节选该记如下：

> 郡守胡公念斋，重建采石江山唐供奉李太白祠与其楼居。既落成矣，诗文纪胜，倡和流连，镌之金石，传大雅焉。复简供奉集中有姑孰诸咏，出素所摩临晋唐宋元真楷行草，榜锓以矜式来学。……知余为老画师，折简相招，且云："飞白泼墨，人生快事，但乘兴含毫，醉后能作草书，而无声之诗，非凝神定想，终难淡描。是则先生知画者也。先生以书法教余画法乎？"窃谓庖牺画卦，画即是书。孔子曰："枣棘之字如画树，牛羊之文以形举。"后之论书法者，如卫夫人比于高峰崩浪，庾肩吾拟于碧海瑶山；至于龙跳虎卧、芙蓉柳枝，皆以象书之，为画家之事。愧余衰且病，秃草不润，断松无烟，解衣坐于先生书碣之末，偶罄遐思，急弘其气，以摅于丹青，推拖檄拽，疑有神助。竭道子一日之功，生少文众山之响，小豁胸中，狂焉叫绝。余但知为书，不知其为画也。

按照萧云从自己的说法，他很愿意给太白楼画壁画，因为他觉得这是很光荣的一件事。如此说来，萧云从的这篇《太白楼画壁记》与陈琰《旷园杂志》中的所载必有一伪。有不少的研究者认为萧云从的这篇《太白楼画壁记》为伪作，但沙鸥的认定却与之相反，为了佐证自己的观点，沙鸥在文中列出了六点理由，其前三点为："其一，若萧云从在壁画完成后，仍与胡季瀛不和，便不会记此画壁记。其二，萧氏深知外界知其自己被迫画太白楼壁画，应不会写此文。为避后世猜测，故所写此文记述了他在七日之内与胡季瀛谈艺之经历。其三，正是在七日之内，与胡季瀛交往之中才发现了解到胡季瀛并非是不学无术之士，且书画见解非凡，因而化敌为友的。"

萧云从给太白楼画壁画的故事，或许还有着其他的隐情，因为文献的缺失而无法钩沉，但太白楼壁画的名气却传了开去，然而可惜的是，这么有名的壁画如今却早已化成了尘烟。

关于萧云从还有一件悬案，那就是他究竟是不是渐江的老师。后世的研究者对此形成了两种观点，有赞同者也有反对者。比如王石城在其所著《萧云从》中称："渐江跟萧云从学画，是传家学。"1983年出版的《新安人物志》中也明确地说："渐江师于萧云从。"但陈明哲先生的观点与之相反，他在《渐江和萧云从关系考》一文中明确地说："渐江和萧云从的关系问题，在学术界一直是很含糊的。有人认为渐江从学于萧云从，是师生关系；有人认为渐江常请教于萧云从，是亦师亦友的关系；有人认为渐江和萧云从是好友，在绘画上是相互影响。笔者以为渐江和萧云从在绘画上是互为影响，不存在师承关系。"

何以有着如此相反的结论呢？这还要从曹寅的一篇题记说起。渐江在顺治十四年（1657）为胡其毅画了幅《十竹斋图》，曹寅在该画上写道："逸气云林逊作家，老凭闲手种梅花。吉光片羽休轻觑，曾敌梁园玉画叉。渐师学画于尺木，而品致迥出其上。往时栎园先生购海内名画，以不得渐师片纸为恨。今赖古堂收藏尽归他姓矣。师暮年预营窀穸，募种梅花，盖韵僧也。扫花道人题。"

扫花道人乃是曹寅之号，曹在这段话中明确地称"渐江学画于尺木"，这就是后世认定萧云从为渐江师的主要依据。然而后世却对这件孤证表示了怀疑，比如罗长铭在《续歙故》中就表示过疑问："周栎园以渐江画出于孙无修，曹楝亭又以渐江画学于萧尺木，传闻异同，未知其审。《楝亭诗钞》注中，已删此语。尺木与渐江画风有相近处，当是互相影响，未必有师承关系也。"

陈明哲先生却有着这样的发现："查康熙五十二年（1713）编印的曹寅《楝亭集》(上海古籍出版社 1978 年影印本)，此诗注是：'周栎园藏画以缺渐江为恨，渐江老喜种梅花，号梅花和尚'，绝无'渐江学画于尺木'等之句。康熙五十二年印行《楝亭集》正是曹寅刚刚过世一年，《楝亭集》所选诗都是曹寅生前自己选定，上海古籍出版社1978 年出版的是影印本，不可能出现排版错误。所以'渐江学画于尺木'之句到后来光绪二十四年排印本的《左庵一得初录》中出现，为好事者排印时所加也是极有可能的事。"

渐江为胡其毅所画的《十竹斋图》已经失传了，曹寅在画中所书的这段话却被记载了下来，由于版本的不同，有的书中所记载的内容并没有这句关键的话。陈明哲经过一番排比，而后得出了如下结论："而《十竹斋图》却只存有画目，上面的曹寅画跋也是出现在相对较晚的清末光绪年间的《左庵一得初录》上，要大大晚于康熙五十二年编印的《楝亭集》，而《楝亭集》的诗都是曹寅生前自己选定的，综合起来我们可以断定《十竹斋图》上的曹跋应为伪跋。所以，仅就《十竹斋图》的曹跋说'渐江学画于尺木'是没有说服力的，因为曹跋本身的真实性存在问题。"

古代有一种特殊的绘画艺术，这种艺术乃是以铁作画，被称之为"铁画"，萧云从对于铁画的发明也曾做出过贡献。铁画的发明人名叫汤鹏，号天池。对于汤鹏创作铁画的最早记载，乃是清《芜湖县志》中所录韦谦恒的《铁画歌序》，此序中称："少为铁工，与画室邻，日窥其泼墨势，画师叱之。"这段话说汤鹏以打铁为生，其作坊的隔壁是别人的画室，汤鹏在工作之余偷看画家如何作画，为此他还遭到了呵斥。

这段话中没有讲到呵斥汤鹏的画家是谁，而清彭蕴灿在《画史汇传》中点出了这位画师就是萧云从："汤鹏字天池，芜湖锻工，与萧云从为邻，暇辄往观，萧呵之。鹏发愤曰：'尔谓我不能画耶？'乃锻线山水，花卉人物以及虫鱼鸟兽，作为屏对堂幅，均极其妙。至今沿习其法，然终不及。"

汤鹏受到了萧云从的呵斥，于是发愤图强，通过锻造铁线来创作美术作品。看来这位汤鹏是学得了绘画的真谛，以至于他创作出的铁画大受欢迎，后有人来模仿他，却怎么都达不到他那么高的艺术水准。这件事同样记载于清谢堃《金玉琐碎·铁画》一文中："尝在当涂张瑞庚家，见壁悬铁画四挂。山水一，人物二，花鸟一。肥瘦阴阳与笔画相似，款署汤鹏锻三字，亦铁为之也。幼闻芜湖铁工汤鹏与萧云从邻居，暇辄观萧作画，萧恶其蠢，呵责之。汤发愤曰：'尔谓我不知画耶？'乃锻铁作画，今观所作，绝无俗意，殆天授也。夫人與天地之间，秉精灵血气而生，焉可无志。有志者事竟成，古人岂欺我哉。"

然而沙鸥先生却另辟蹊径，通过以上的这些记载推论出那位画师不可能是萧云从，因为萧一向为人谦逊，并且自号谦翁。沙鸥又引用了几条萧云从谦虚为人的文献记载，认为萧不太可能对一位没有多少学问的铁匠进行呵斥，更何况在其他的文献中，还有萧云从跟汤鹏合作的记载。比如黄钺在《一斋集·汤鹏铁画歌》的序言中说道：

> 鹏字天池，钱乡人，幼闻先大父言其事甚详，初赁屋于先曾祖，贫甚，技亦不奇，有道士乞火于炉，炉灭，诘之，曰："月余未锻也。"道士击其灶，曰："今可矣。"径去。后觉心手有异，随物赋形，无不如意，第惜山水未能也，往诣萧尺木，求其稿，

今所见萧画也。

这段记载中，汤鹏的铁匠坊生意最初很不好，有时甚至一个月都没有生意，后来一位借火的道士似乎是对他施展了法术，从此之后，汤鹏的手变得灵活了起来，想画什么就能画什么，但是偏偏不会画山水，于是他就去向萧云从请教，而萧把自己的画稿拿给了他，故而汤鹏所作的铁画，其实就是以萧云从的画稿作为蓝本的。在这个版本中，既然萧愿意把自己的画稿拿给汤去创作，那么之前的呵斥显然难以成立。

萧云从在生前就已经是很有名的画家，他所画的《太平山水图》被刻成版画书后，在社会上流传甚广。秦祖永在《桐阴论画》中对该图给予了很高的评价："……惟所绘太平山水全图，追摹往哲，工雅绝伦，极为艺林珍重。"而陈传席在《萧云从及其〈太平山水诗画〉》中亦称："这部画集在中国美术史上的地位，是所有美术史家皆公认的。尤其是在中国版画史上的崇高地位，在明清时代，它与陈老莲的人物画双峰并峙、标代百程。在山水版画中，则是高帜独悬、无以伦比的了。"

正是由于有着这样大的影响，所以《太平山水图》传到日本时，对日本的绘画风格也有了不小的转变。刘廷龙在《萧云从对日本南画的影响》一文中称："十八世纪，《太平山水图》刻本流传到日本，被日本的绘画爱好者广泛追捧，日本画家称它为《萧尺木画谱》或《太平山水画帖》，随着日本画家学习的不断需求，《太平山水图》被大量翻刻，同时萧云从的其他作品也被日本人争相收藏和不断推广。其中，《萧尺木离骚图》被日本美术史家大村西崖收入《图本丛书》刊行；萧云从的代表作《秋山行旅图卷》被东京国立博物馆收藏并按照原寸复制并大量发行；初版的《太平山水图》被大坂兼葭堂收藏并被不断翻印。"

《太平山水图》对日本著名画家池大雅影响至深，秋山光和在《日本美术史》中写道："池大雅初学土佐派绘画，后在一本中国画册中发见了文人画式的山水画，他从柳泽淇园处学习了这种技法，并于1750年去和歌山拜访了祇南海，后者将自己的经验成果告诉他，还赠他部中国大师萧尺木的画集。这位青年画家旅行了全日本，研究大自然，并攀登过几座名山。"

类似的记载在白井华阳所撰《池大雅传》也有："池大雅初学伊孚九山水，后从柳里恭模其秘迹。相传贷成（即池大雅）病其画不进，质之祇园南海。南海出旧储清《萧尺木画谱》，因谓贷成曰：'子学画当学文人学士画。'乃以画谱与贷成。贷成大喜，出入不释手，遂得其风趣，于是其技大进，书亦仿佛萧氏。"池大雅的绘画技能进入瓶颈期时，于是去向祇园南海请教，而南海拿给他的正是萧云从的《太平山水图》，池大雅得到画后努力模仿，终于使自己的技法有了很大的长进。

既然萧云从的绘画作品在社会上受到如此高的追捧，面对应接不暇的求画者，按照一般规律，很多的画家都会请人代笔者，萧云从当然也不例外。然而他却并不讳言此事，萧云从在《青山高隐图》中写了这样一段题记：

> 画亦戏事也，而感慨系之。少时习业之暇，笃志绘事，寒暑不废。近流离迁播，齿落眼朦，年五十而谆谆然若八九十者，遂握笔艰涩。间有索者，则假手犹子一芸。芸年才廿余，即游□□，溯湘衡，以画著声。复归余，益加精励，而门已铁限矣。见余傫儽郁郁，不复读书，灯荧茗瀹，忽作悲吟之。余乃申纸研墨，冀一见猎。生喜，余亦破涕为欢，下笔刺刺不休。自秋叶藏红，冬

雪肤白,代谢未几而群芳恣艳,为己丑春之今日也。尝忆《竹林图》,晋遗民南北之阮,窃已愧矣,而复有小儿破贼于淝,令东山老子折屐。人处乱世,上不得击楫纾奇,次不得弹琴高蹈,而优游尘土,画青山而隐,则吾与芸子解衣磅礴,相附于长康、探微之流,亦足矣,他复何愿。寒食日,石人云从识。

在这里萧云从明确地说,他的代笔人是萧一芸。而这幅《青山高隐图》也曾流传有绪,是过云楼主人顾文彬的旧藏,该画前有张大千所题引首"顾陆风徽",后有顾文彬和邵松年的长跋,2009 年秋出现在嘉德字画拍卖场中,最终以 6720 万元成交,成为了萧云从作品迄今为止最高的成交记录。

然而这幅画会不会是萧一芸的代笔呢?或者是二人合作,萧云从未曾明言,后世对于该画是否有代笔,也难以做出判断。王永林在《萧云从画作的代笔人——萧一芸的画史价值与作品现状》一文中详列了萧一芸留传至今的画作,其总计查到七件著录,而另外有五件曾经出现在拍场上。

既然萧云从能够让萧一芸来代笔,就足以说明萧一芸的绘画水平得到了萧云从的认可。而这位萧一芸既然在二十多岁时就有如此高超的绘画技巧,为什么留下来的画作又如此之少呢?王永林在其文中列出五点原因,其中第二点、第三点及第四点的部分的原因为:

> 因长期为萧云从代笔,其作与云从面目近,年代亦相同,故后世书画经营者为牟利将其本款之作割、改款为萧云从或新安名家者,应不在少数(这种情况在古代书画的传承流转中是常有的事,诸如小名头改大名头、无款画加名家款等),这也应是导致萧一芸本款画作少见的一个非常重要的原因。

即使萧云从离世后,萧一芸仍在从事绘画,也有他继续在画"萧云从"的可能性存在,印章等材料俱在其手,毕竟职业画家卖画是要论名头算价格的,这也会导致他本款之作存世少见。

再就是清中晚期时,萧云从在日本画坛成为偶像后,日本人到中国来搜求萧云从的作品时,有可能也有部分萧一芸的作品随之流散至东洋,爱屋及乌也。

如此说来,留传于日本的萧云从画作说不定有不少是出自萧一芸之手。但如何将两者做出区分呢?那只能等专家们继续想出更好的办法吧。

萧云从去世后,葬在了芜湖范罗山东南面的严家山,太平天国战争之后,这片墓地变得残破荒凉。清光绪年间,袁昶到芜湖任道台,努力恢复当地的历史遗迹。而当他看到萧云从的墓地一片荒芜时,很想将此墓整修,但是萧云从墓地一带的地皮已经被李鸿章的儿子李经方买了下来,而那时李经方正在英国,于是袁昶写信给李经方,与之商议重修萧家墓地之事。

李经方接信之后十分赞同袁昶的提议,自愿承担修墓的所有费用,同时还主动将墓南边的一块土地捐献出来,以此作为建造萧家祠堂的用地。袁昶得信后立即将萧云从的墓修造完好。当地人看到是道台袁昶做了这样的好事,于是将萧云从墓地称为"道台坟"。

遗憾的是,"文革"期间,萧云从墓被彻底铲平了,如今在芜湖已经难寻萧云从的遗迹,好在我从网上查得,当地塑造了两尊萧云从的雕像,而这些雕像也就成为了我凭吊萧云从之处。

我在芜湖市总共找到两尊萧云从雕像,一尊位于芜湖市镜湖公园内。沿着公园的路一路向前走,不远处就看到一尊雕像坐在树荫里,仰望着天空,雕像旁坐着几个女孩,她们叽叽喳喳地热烈讨论着某个

公园内的萧云从雕像

端坐在这里

公园内的介绍牌

尺木亭

问题。我站在旁边耐心地等候一番，以便等她们离去后拍照。但她们似乎并不觉得旁边站着一位陌生人听她们谈话有何不妥，大有谈到地老天荒之势，无奈我只好上前直言希望她们暂时让开一下，等我拍照完毕后，她们可以再坐回来继续自己的话题。

这些女孩还算有涵养，她们听闻后并不生气，只是站起身边拍屁股边问我这尊雕像是谁，而旁边不到半米处立着一块不小的说明牌，牌上写着"纪念萧云从诞辰四百一十周年"。于是我指着此牌让她们

纪念碑

芜湖书画院内的萧云从雕像

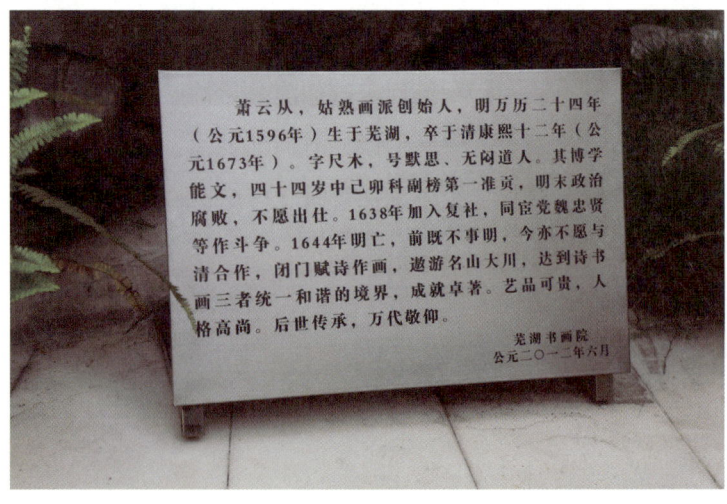

介绍牌

雕像夹在两楼之中

看,女孩们看后接着问萧云从是谁。其实这行大字之下写有萧云从生平介绍,以此说来,多看几个字对这些女孩而言也是件痛苦的事。没办法,我只好告诉她们这是一位著名的画家。

距离萧云从雕像不远处有一座新建的小亭,小亭的建造手法显然是南方制式,因为后面还有一堵墙,亭的名称叫"尺木亭",这当然是为纪念萧云从而建。亭前的绿地上用不规则的石块嵌着一块刻石,上面刻着一篇文章,右首的几个大字是"萧云从纪念碑"。

萧云从的另一尊雕像位于芜湖书画院内,书画院其实就设在一个不大的院子中,而雕像处在两栋楼房夹角处的花坛里,这个花坛约五六平方米大小，根据地形做成了半圆状，前方摆放着几盆绿植，像前也有一块金属介绍牌。此牌的第一句话就是"萧云从，姑熟画派创始人"，看来该画院应当也是姑孰画派的传承者，所以他们要强调萧云从对该画派的创始之功。既然当地如此看重这位先贤，真希望他们能够将萧云从的墓恢复起来，以便让后世来探寻他的遗迹时，能够有迹可寻，同时也希望当地能多宣传这位历史名人。

杨文骢（1596年—1646年）
有宋人之骨力去其结，有元人之风雅去其佻

杨文骢字龙友，原本贵阳人，后流寓南京，一度在松江任职。在此之前，他就曾往松江拜见过董其昌，虽然他比董其昌小四十一岁，董其昌却颇为夸赞杨文骢的绘画才能。初次拜谒之前，杨文骢作了首《投赠董思伯先生》的诗：

> 香茗饮尽似寻春，今日龙门喜自亲。
> 一代文章推共主，四朝礼乐属元臣。
> 西邻笔驾梅前墓，北苑灵传自后身。
> 万里扫门依绛帐，可能为度出迷津。

杨文骢在诗中充分表达了对董其昌的尊重之情，同时希望董在绘画方面对自己予以指导。根据郑威在《董其昌年谱》中所载，从明崇祯二年（1629）开始，杨文骢与董其昌有密切交往，而董在杨的画作中写下多首跋语，如杨文骢所绘《仿元人山水轴》上有董其昌在崇祯七年（1634）写下的跋语："龙友此图，笔墨圆润，士气、作家俱备，大类王叔明《青卞图》。妙绝，妙绝！"转年三月，董其昌又为杨所绘《山水卷》题下如此字句："庐山莲社远公得十八贤，谢灵运一代名流犹在点额之列，当时有云：'陶令醉归留不住，谢公心乱去还来。'净社主人之难如此！今龙友宦游吾松，世外之交寥落。惟潭吉数过官舍，举扬宗旨，以其余力点缀九峰佳境，与屏风九叠争秀，必有优昙钵花出五色光明云中，虽荒斋、菜圃一席地变为庐阜，不啻摄世界入方丈为奇事也。此卷盖赠潭师还元墓者，足称逸品。潭公行箧，时时开社矣！"

董在前一跋中大夸杨龙友的《仿元人山水轴》兼具文人画和专业画两种特点，颇有王蒙《青卞图》之妙。而崇祯七年，杨文骢任华亭教谕，在此后的两年内，他跟董其昌多有探讨绘画理论，比如杨文骢撰有《与董玄宰论笔墨》二首，其第一首为：

> 提笔须认我，无令笔有权。
> 自然笔还笔，此际识真诠。
> 迂者岂其迂，颠耶谁能颠？
> 先天一笔起，妙在不可传。

杨文骢在这首诗中表达了意在笔先的概念，他认为绘画之前要先经营位置，成竹在胸之后方可下笔。第二首诗则是强调墨中水分的多少，对于画面所产生的重要影响：

> 惜墨不在墨，要知先惜水。
> 苦心不问手，对镜岂谋纸？
> 看君泼墨时，浓淡皆有理。
> 毫端嘘董巨，砚池活范李。
> 滴滴生气飞，尺幅几千里。

从以上这些均可看出，董其昌对杨文骢的重要影响。故而周亮工在《读画录》中明确地写道:"从董文敏,精画理;然负质颇异,不规规云间蹊径也。……笔带烟雨,萧疏而远,止以无意得之,尔时眺听之美,皴染之工,书法之妙,眼中顿有三绝。"故杨文骢被吴梅村列入"画中九友"之一,吴在其所作《画中九友歌》中夸赞杨文骢道:"阿龙北固持双矛,披图赤壁思曹刘。酒醉洒墨横江楼,蒜山月落空悠悠。"清钱杜在《松壶画忆》中说:"所难者士气耳,龙友兼而有之,宜吴祭酒引为画中九友也。"

但杨文骢在绘画观念上却并不完全效仿董其昌,董更多的是讲究摹古,杨则强调以自然山水为师。那时的董其昌正在创建其重要绘画理论——南北宗论,认为北宗技法重钩斫,而南宗最讲究渲淡,所以董其昌认为南宗才是文人画正宗。然杨文骢似乎并无这种轩轾,比如他在弘光元年为董其昌所绘《苑西墨禅室画山水卷》所书跋语中称:"玄师全用北苑,而此卷兼用李唐,钩斫分明,落墨深静,真得宋人三昧,不仅以元季气韵胜也。"

杨文骢虽然也临摹古人的画作,从中学习技法,然而他更强调应以自然为师,他的这个观念跟其人生经历有重要关系。

杨文骢的父亲杨师孔考中进士后在各地任职,喜欢游览山水名胜,同时在书法方面也颇有成就,道光版的《贵州府志·明耆旧传二》中称杨师孔:"善楷、隶、章草,能为方丈大字,所至有题留,人皆奔藏。"杨师孔在这方面的才能,对其子杨文骢也有影响,故刘锦在《谈杨龙友的早期绘画》中称:"龙友小行草书兼有晋唐风骨、章草格韵,气味高古,工力极深。与同时人所书董字相比,显然有雅俗之分。"

杨师孔有一子三女,杨文骢与三位妹夫均有较为密切的交往,他的大妹夫周祚新也有绘画之好,莫友芝在《黔诗纪略·周主事祚新》中称:"善诗画,墨竹尤擅长。"从杨文骢所作诗文看,他与三位妹夫中的周祚新交往最为密切,某次他们同游锡山,杨文骢在舟中画了一幅《寒溪万绿图》并题诗一首，该诗前几句为："冷玉绿未了，溪光忽乱之。幽渺安心魂，颜色换眉髭。平生断万感，惟与此君宜……"

周祚新对此画颇为欣赏，他在《〈山水移〉题词》中不吝夸赞之语："龙友，负山水癖……笔走云烟，思通造化，摩诘死后，千年再生，所谓宿世词客，前身画师，余欲取为龙友像赞，不虚也。"周祚新把杨文骢夸赞为王维千年后第一人，因为杨文骢既好画又能诗，正与王维颇为相像。

杨文骢能有这方面的才能，与父亲的苦心培养有很大关系。杨师孔交游甚广，命儿子分别拜好友王思任、莫天麒、邹嘉生为师。其中之王思任在诗文和书法方面均为名家，当时王思任在绘画上师法元四家，其尤喜好黄公望，这些观念对杨文骢也有影响。

上面所谈到的画作《山水移》，乃是缘于杨文骢跟朋友的一场组团出游。崇祯元年（1628），杨师孔转任浙江布政使司右参政，驻节处州，杨师孔接到这个任命后，当天就给儿子杨文骢写了封信，命儿子第二年来任所，以便一同到天台及雁荡山游览。第二年春，杨文骢从南京出发前往杭州西湖见父亲，在这里他见到了不少几社的朋友，大家聚在一起绘画写诗。后来杨师孔因公事返回虎林，故天台、雁荡之游推迟到七月起行，而后他们还邀了一些朋友同游此两地。

杨文骢与朋友在天台、雁荡之游前后历时一个多月，为此他写下了《台荡日记》。杨文骢在该日记的小序中写道："余生长万山中，而家大人又癖嗜山水，故名山大川，往往性情相习，亦往往机缘相凑，所谓得之习惯，亦根之胎骨者也。"

可见，杨氏父子都有游览之好。杨文骢在《台荡日记》中详细记录了每日游览中所见景物，可见他对大自然观察之细腻，而在此过程中，他以自然为师，创作了不少的画作。游览结束后，杨文骢整理这个过程中诗友所创作的诗文游记与书画，合为一编，命名为《山水移》，编纂完成后，他又请来不少人写序和书跋，比如杨文骢到松江时，首先去拜访董其昌和陈继儒，董见此册后大为夸赞，在题记中写道："所作《台荡》等图，有宋人之骨力去其结，有元人之风雅去其佻。余讶以为出入巨然、惠崇之间，观止矣！"

董其昌的这段夸赞之语被后世广泛引用，成为了后世评价杨文骢绘画水准的必用之语，而陈继儒看到《山水移》后也极其推崇："与君（指董其昌）斗画者，竟无劲敌耳。顷，杨龙友先生自贵竹游金陵，及台宕归，戏写图册。非行万里路，读万卷书，岂能气吞古人如此？……此思翁所以心口俱服也。"

陈继儒所写《山水移序》中，把杨文骢带来《山水移》视为与董其昌斗画，夸赞杨文骢的《山水移》乃是读万卷书行万里路的最佳结合之物，他甚至说董其昌看到《山水移》后也心服口服。

除了董其昌、陈继儒外，还有三十余位名家为《山水移》题词，其中大名家有李日华、倪元璐、马士英、范允临、夏允彝、沈颢等。其中李日华还曾经跟杨文骢探讨过画理："绘事以笔、墨、手三者追心眼所见。文人之心，灵通微妙，着眼于江山佳处，断非凡手可追。……龙友曰：'吾辈不愁心眼无奇，憾手未习耳。'余曰：'不必习，但日读异书，日行荒江断岸，或婆娑树下，而稍纵以酒，则手有不谋于心眼，而跃然自奋者矣。'"（李日华《恬致堂集·题杨龙友画册》）

后来，杨文骢又请李日华将这段话抄录在《山水移》的题词中，以此可见，他对用笔用墨及用手三者之间的关系颇为讲求。

给《山水移》题词的三十余人中，约有二十人为复社成员，从这些交游来看，他与复社有着密切关系。崇祯二年（1629）冬，经张溥举荐，杨文骢也加入了复社，也正因为如此，孔尚任在其名作《桃花扇》中，把杨文骢写入其中，而《桃花扇》传奇的主角侯方域也是复社成员，该剧的第二主角则是李香君，杨文骢则是第三主角。

《桃花扇》主要讲述了杨文骢帮助侯方域与李香君相识并订立婚约等事。李香君乃"秦淮八艳"之一，其父为东林党成员，受到魏忠贤阉党治罪而家道败落，李香君改为养母之姓，名李香，号香君，后来入了青楼。剧中谈到杨文骢曾帮助阮大铖暗送侯、李二人妆奁以拉拢侯，事情被李香君识破而未果。南明建立后，阮大铖诬告侯方域想将侯治罪，杨得到消息后告知侯，侯被迫逃离南京。然而，杨文骢却又劝李香君改嫁田仰，李宁死不从，以头触柱，为此血溅定情扇。而后杨文骢又帮助李香君从中周旋，用老鸨李贞丽代替香君出嫁，事后由杨文骢将扇上溅到的李香君之血改绘为一枝桃花，此即《桃花扇》一名的由来。

能够将绘事写入传奇，可见杨文骢的绘画才能在当时颇得世人认可。然而在传奇情节中，杨文骢的角色颇为复杂，随着故事的发展，他渐渐成了反面角色，而其中最重要的原因乃是他跟马士英有着亲戚关系。《桃花扇》第三出中有李贞丽所言："这里有位罢职县令，叫作杨龙友，乃凤阳督抚马士英的妹夫，原做光禄阮大铖的盟弟，常到院中夸俺孩儿，要替他招客梳拢。"

原来传奇中的杨文骢，乃是马士英的妹夫，而孔尚任并非是在杜撰，当年马士英考中进士时，杨文骢曾为其写了一首送行诗：

离家一万里，飘飏同孤云。
独子成五色，遗我自为群。
振秀拔岭表，覆庇侈经纶。
来往有孤性，不容持赠人。
聚散无成迹，御风皆氤氲。
何时学出岫，渺渺事退征。

从此诗中可知，杨文骢曾与马士英一起读书和吟诗作画，关系颇为密切，马士英后来成为了南明臭名昭著之人物，为此连累了杨文骢。清康熙年间温睿临所撰《南疆逸史》专记南明弘光、隆武、永历三朝之事，此书乃是根据《明末忠烈纪实》等四十余种野史编纂而成。温睿临在《南疆逸史》中把杨文骢列入了《奸佞》一节内，该传首先称："杨文骢，字龙友，贵阳人。万历末举于乡，崇祯时官江宁知县。御史詹兆恒劾其贪污，方待讯而国变。文骢娶士英女弟，士英之议立福王也，遣其甥鼎卿先往告王。王时流窜困甚，侍卫萧条，布袍草带，资用乏绝，鼎卿既见，致士英意，即市酒肴与王酣饮。王大乐，与定布衣交。既即位，授锦衣卫指挥，士英因起文骢兵部主事，历员外郎、郎中，皆监军京口。文骢薄有文藻，颇善笔札，性好结客，既得志，愈益发舒。诸有求于士英者，多缘文骢以进，公卿日满其座。其为人豪侠自喜，推奖名士，以自附于声气，士亦以此称焉。鼎卿日愈宠幸，近臣莫二，其所奏请，立获俞旨，虽士英不逮也。以故父子气焰赫然一时。"

此处记载明确称，杨文骢娶了马士英的妹妹，崇祯皇帝自杀后，马士英想立福王为帝，于是派杨文骢之子杨鼎卿前去见福王。当时的福王到处流亡生活十分困苦，杨鼎卿见到福王后告其马士英有辅佐其登基之意，还请福王吃了顿饱饭，为此福王把杨鼎卿视为心腹。等其登上皇位后，立即安排杨鼎卿为锦衣卫指挥，而马士英因为拥立有功，成为了左右朝政的大员，杨文骢也得到了提拔。这段记载还称，杨文骢擅长绘画、书法，又好交朋友，于是很多想在朝中求职者都是通过杨文骢来疏通马士英的关系，后来杨鼎卿成为福王最为宠幸的近臣，凡其所奏立即能获批准，连马士英都做不到。

清军南下期间，杨文骢在兵部任职，后来中计导致长江失守，率军退到苏州，继而又退到了福建，最终仍然被杀。《南疆逸史》中称：

"及大兵渡钱塘，文骢与鲁王大学士田仰同遁至山岛中，军士尚万人。无何，与田仰同遣卒载币帛献贝勒，于道迎降，贝勒受田币而杀杨使者。明日阅其兵，令田兵居左，杨兵居右，各释兵械，驱田兵出，以铁骑围杨兵而歼焉。文骢父子皆死，其监纪孙临，亦不屈死。临字式公，桐城诸生，兵部侍郎晋之弟。为人举止风流，文采动人。后避难台州，文骢招之入幕，奏为职方主事，遂与同难。"

根据《南疆逸史》的记载，杨文骢乃是投降后被杀，然正史中却没有这种说法，《明史·杨文骢传》中谈及："文骢走苏州。十三日，大清兵破南京，百官尽降。命鸿胪丞黄家鼒往苏州安抚，文骢袭杀之，遂走处州。时唐王已自立于福州矣。初，唐王在镇江时，与文骢交好。至是，文骢遣使奉表称贺。鸿逵又数荐，乃拜兵部右侍郎兼右佥都御史，提督军务，令图南京。加其子鼎卿左都督、太子太保。鼎卿，士英甥也。士英遣迎福王，遇王于淮安。王贫甚，鼎卿赒给之，王与定布衣交，以故宠鼎卿甚。及鼎卿上谒，王以故人子遇之，奖其父子，拟以汉朝大、小耿。然其父子以士英故，多为人诋謨。"

杨文骢退守苏州时，清军占领南京，而后命令黄家鼒前往苏州招降，杨文骢立即杀掉了黄家鼒，可见其不肯投降之决心。《明史》本传中还说到杨氏父子就是因为受马士英的连累，而被后人诋毁。关于杨文骢之死，《明史》本传中称："明年，衢州告急。诚意侯刘孔昭亦驻处州，王令文骢与共援衢。七月，大清兵至，文骢不能御，退至浦城，为追骑所获，与监纪孙临俱不降被戮。临，字武公，桐城人，兵部侍郎晋之弟。文骢招入幕，奏为职方主事，竟与同死。"

从《明史》记载看，杨文骢并无投降之事，更为难得者，则是他被俘之后拒不投降，其家三十六口人一同被杀，孙临也一并被杀。对于这些宁死不屈之人，《明史》中赞叹说："废兴之故，岂非天道哉。金声等以乌合之师，张皇奋呼，欲挽明祚于已废之后，心离势涣，败不旋踵，何尺寸之能补。然卒能致命遂志，视死如归，事虽无成，亦存其志而已矣。"

虽然说，朝代更替乃是天意，但视死如归之人仍然被后世景仰，这样铮铮铁骨之人，却因《桃花扇》和《南疆逸史》的广泛流传而使英名蒙尘，这个结果真的令人感慨。但后世也不全是看热闹的人，多有学者为此鸣不平，比如陈昌繁在《杨文骢与马士英亲眷关系的新考证》一文中谈到了《明季南略》对马士英早期生平的记载："马士英，字瑶草，贵州府贵阳人，崇祯辛未进士，本广西梧州府藤县人，与袁崇焕同里，居北门街，又同辛卯年生。士英本姓李，年五岁，为贩槟榔客马姓者螟蛉而去，故从其姓。"这里称马士英早年本姓李，过继之后才改姓马。同时，又用杨文骢所撰之诗来说明杨之妻姓越，然而杨文骢的其中一位妾姓马："杨文骢纳有数妾，其中仅一位姓马名婉容的是秦淮歌妓。《马云龙墓志铭》中，未见明卿另有小女的记载。即使是有，论辈分、习俗也不可能去嫁给姐姐的女婿当小妾。论辈分，马士英比杨文骢还高一辈，故杨文骢只不过是马士英沾边的甥婿而已。"这些考证说明，杨文骢虽然与马士英确实沾亲，却是远亲。

还有人注意到，马士英给《山水移》的题诗中落款为"社弟马士英"，而同社的周祚新是杨文骢的妹夫，他在《山水移》的落款则署为"眷社弟"，这里也说明杨文骢与马士英乃是远亲。

其实我倒觉得这样的考证从情感上可以理解，从事实上必要性不大，因为马士英人品再差，也并不影响杨文骢慷慨就义的英名，况且后世很多人也是这么认为者，比如浙江省博物馆所藏杨文骢所绘的《兰石图卷》，卷首有吴庆坻所署"离披天骄"四字，此语乃是取自杨文骢所撰《题兰》诗：

离披天矫人不识，赤脚蓬头走荆棘。

　　　　国香一种自天然，不用胭脂卖春色。

　　从此诗可以看出，杨文骢不屑与淤泥为伍，此卷后还有扬州藏书家马曰璐所题跋语："诚以兰之性情，盖在幽芳独茂，不与众草为伍也。然写兰者，亦视人品之清浊何如耳。人品清高，其翰墨自多俊逸。……尤精于画兰，得兰之神理。每一涉笔，无不舒和清韵，由其气节之概，流露毫翰之间。固非区区庸流所能仿佛其万一也。"

　　马曰璐在此高度夸赞杨文骢有着兰花一般的高洁人品，而张宗祥在给该画的跋语中对杨文骢与马士英的人品做出了比较："殉国犹全晚节名，沅兰湘蕙有余清。南郡名迹知多少，愧煞当时冯玉瑛。"此诗中的冯玉瑛其实就是马士英，《过云楼书画记》载："龙友与马瑶草在明季俱负诗画名，顾瑶草画后世至改名为妓女冯玉瑛作。"

　　马士英也是位绘画高手，然其人品低劣，后世就将他的作品落款"马士英"二字添加笔画，改为了妓女冯玉瑛，以此来表示对马士英的厌恶之情。然而高居翰在《山外山：晚明绘画》一书中做了一番辨析，该专著的第五章"多重流派：业余文人画家"中将杨文骢与黄道周、倪元璐一并论述，而将此三人并提的原因，高居翰的解释是：

　　　　这三位晚明画家一向都被中国作家拿来相提并论。这样的归类方式既不是按照地理区域，也不是严格地按照画风的属性，而是中国人特有的一种归类方法，系按照画家在历史上所扮演的角色来加以区分：这三位画家都是朝廷大臣，都曾在内阁任职，他们三人也同样都是以明代遗民的身份，随着明代的覆亡而壮烈殉节。

　　对于这样的分类方式，高居翰说："在这一类的例子当中，画家的生平往往可能比他们存世的画作，来得更加多彩多姿，而且更能震撼人心。"接下来，高居翰在其专著中探讨了画家生平跟画作水准的关联问题："中国人在评估这些人的绘画成就时，肯定会因为景仰他们具有儒家的操守，而受到影响；换成我们（按：指西方人）来探讨这些画家时，是否也有同样的问题——也犯同样的毛病，比方说，因为温斯顿·丘吉尔（Winston Churchill）在历史上的地位，就将他的绘画创作放在二十世纪中期的欧洲画史当中，大书特书？"

这个话题探讨起来颇为有趣，但一个社会观念业已形成之后，就很难出现实质性的改变，这正如书法家所强调的"人正则笔正"。虽然这种论证方式更多者是以情感代替理性，但谁又能改变社会所形成的根深蒂固的概念呢？

高居翰在文中也提到了杨文骢在松江任职期间，因为结交董其昌而受其影响："身为画中九友之一，他接受董其昌及其文圈所提出来的美学处方：他不太尝试为景致营造一种气氛感，或是使其呈现出一种真实感，他作画也不设色，否则就背离了'南宗'严格的批评。方以智赞美他是同辈画家中，三位'墨妙'者之一，并且是'非复仿云间、毗陵'风格者。他的画作的确和董其昌很像，都专注于纸本水墨语汇的优雅细腻，而较不在乎图画的生动与否。"但高居翰同样注意到杨文骢的画作不同于董其昌之处："和董其昌许多作品相比，杨文骢比较没有那么严格地公式化；下笔较轻，布局一般也比较随意松散，其中他最好的作品达到了一种自然的境界，但与自然主义的画风相去甚远。"

看来杨文骢以自然为师，使得他的画作有了别样的境界，虽然高居翰认为与自然主义画风相去甚远，但这也足以说明杨文骢在绘画上有取法自然之处。而倪元璐在《题山水移》中点明了自然之景对杨文骢画风的影响："向平遍游五岳，而宗少文则便之以图画。二子各得其一端，龙友兼之。然则，龙友既圣矣乎！"

《山水图》 台北故宫博物院藏

　　从杨文骢流传后世的画作来看，他也经常临摹前人，比如上海博物馆所藏《拟梅道人山水图》显然是取法吴镇，杨文骢在该画的题词中写道："梅道人避兵武塘，自署其墓曰'梅花和尚'。及乱兵至，而草木无恙。其智识超卓，已通于仙，故其一笔一墨，俱带仙气，余闲居神仙山水之乡，日与逋仙、西子为伍，孤山之阳种梅花千树，以香魂洗其笔砚，吾知和尚再来。"

　　虽然有不少的临摹之作，但杨文骢依然强调我笔写我法，比如他在《山水移》所录的自作诗中，有一首名为《画兰自有律，余岂不知之，然耻向他人逐脚跟也，宁用我法》，题目即是观点，他在该诗中写道："淮阴能将兵，多多则益善。武穆雄千古，步伐皆野战。岂无规矩成？庸人自不见。我有秋兰情，执笔开生面。一笔无卿法，纷披疑杂乱。吹气索根株，万法自相贯。纸上有孙吴，痛哭耕破研。"

　　杨文骢在其当世已有很大的画名，周亮工《读画录》中称：

　　　　杨龙友文骢，一字山子。贵州孝廉，家秣陵。工画，善用墨。初为华亭学博，从董文敏精画理。然负质颇异，不规规云间蹊径也。后贵阳之势渐张，急于功名，不复唱渭城。人有求者，率皆盛伯含、林玉兄弟及施雨咸捉刀。董文敏题册中一幅云："意欲一洗时习，无心赞毁，间作生活者。"

周亮工提到杨文骢善于用墨，又从董其昌那里学到了画理，但其画风并不被董所笼罩，而是另辟蹊径画出了自己的面目，后来因为忙于政事无暇作画，于是对前来求画者，多由他人代笔。

究竟如何区别代笔之作，这是鉴定家的问题，而杨文骢的亲笔画作颇受后世看重，比如秦祖永在《桐阴论画》中夸赞说："杨龙友文骢，天资潇洒，下笔有风舒云卷之势，盖其负质异也。余见尺幅数种，均系一时兴到之作，不为蹊径所拘，而静逸之趣充溢缣素间，纯以士气胜也。"

日本京都国立博物馆所藏杨文骢《赠尧夫山水图册》册后有罗振玉所书题记："杨龙友画在有明末季独树一帜，与吴中诸家颇别，而能奄有众长。"

关于杨文骢之墓，我从搜得的资料上得知，其址位于安徽省桐城市龙头乡平桥村枫香岭东南麓，其墓名为双忠墓。操鹏编撰《桐城市旅游实用手册：文都揽胜》中有《双忠墓》一文，文中有如下介绍："位于桐城枫香岭东南麓，距县城16公里，今属卅铺镇平桥村，乃明末唐王时监军副使孙临与兵部侍郎杨文骢之合墓。墓地长9米，宽4.5米，面积40.5平方米。冢高1.2米，冢后有碑，高1.5米，宽0.53米，厚0.1米。砌石作圹，垒石为坪。碑正中阴文大字：'明孙氏显考兵部职方司主政武公府君'，碑左上方，阴刻铭文：'大清康熙元年岁次壬寅仲冬月少司马中丞杨公讳文骢字龙友桂阳人同兆'，碑下款阴刻：'男中础、中岳立墓。大清雍正十年岁次壬子仲冬月谷旦'。据碑知：孙临、杨文骢康熙元年（1662）同葬于枫香岭，雍正十年（1732）立碑。"

导航显示的终点是一个鸡窝　　　　　　到达了村委会门前

　　杨文骢乃是贵州人，其何以葬在了安徽桐城，此事与孙临有关。当年清兵将杨文骢一家三十六口及孙临杀害之后，当地人皆重其气节，等清军离开后，附近的村民将杨文骢和孙临的遗体移到一棵大树下掩埋，为了后人能够找到遗迹，村民将这棵树的树皮刮下一些后将两人的名字刻在树上。两年后孙临的侄子孙中韦奉祖母之命前往福建寻找孙临的遗骨，等他从地下挖出时，已经完全无法区分其中哪一具是孙临，于是孙中韦只好将两具遗骸焚于东峰僧舍，之后将两人骨灰一同带回，六年之后，将二人的骨灰葬在了枫香岭，并在墓旁建祠堂来合祭，故当地称此墓为双忠墓。

　　2019年7月24日，我继续在安徽境内寻访，此次从舒城县乘出租车前往枫香岭。司机说他并没有去过此处，但他称开车多年，很相信导航能带我们到达准确的目的地。沿途的公路多有修造段，故绕来绕去，令司机忍不住一通抱怨。五十余公里后，渐渐驶入山区，当日气温已超过三十八度，虽然有云朵飘过，但依然挡不住烈日的暴晒，蓝天白云下的青山虽然颇具画面感，但我的脸被晒得生疼，而车上也并无可遮阳之物。

进山之路越开越窄，好在路面全部用水泥打造并无坑洼，到了导航的目的地，看到的却是一个鸡窝，于是下车找人询问。烈日之下难见行人，走到坡下方遇到几位老人，在他们的指挥下，拐入了更窄的一条水泥路，又开出几公里，终于来到了百岭村，然而村委会的大门却上着锁，我请司机在车内等候，而后入村内找人。

在村中看到三人，向他们打听双忠墓，三人均能指明方向，但他们所说的当地话我仅能听懂一半，于是请来司机做翻译。他说舒城虽然距此不远，但语言却有较大差异，他也只能听懂一部分。从大概意思了解到，双忠墓处在一片树林中，既无指示牌也无道路可通。这样的寻访最难找到目标，于是我询问三人能否带路，这三人商量一番后，由其中一人上车带我们前往。

出村后继续向上开行，随后车停在了一个小型水库边，带路者告诉我二人说，双忠墓就处在水库对面的山坡上，但水库边缘没有道路，

车停在了水库旁边

都先生走入林中,如履平地　　　　　　密不透风的树林

故车只能停放于此,于是我们步行前往。在路上我向带路者请问姓名,他告诉我姓都,他说了几遍我才听清楚,竟然是这个字,而该姓也是我第一次听说。

都先生走路大步流星,他很快穿入树林,而脚下连羊肠小道的痕迹都没有,只能踏着落叶深一脚浅一脚地在树林内前行。走出不远就看不到他的影踪,我只能大声请他停下来,他让我停在原地别动,因为他也不确定双忠墓的具体位置。

山林密不透风,我跟司机呼哧喘着气站在原地,无论怎样擦汗都止不住,双眼被汗水刺得生疼。不一会儿听到了都先生的喊声,他说找到了双忠墓,听声音他已经在山的下方,于是我跟司机寻声慢慢下行,跨过两道沟终于找到了都先生。

眼前的双忠墓已经看不出墓丘的形状,墓前的三块石碑因为山洪的冲刷已成向前倒伏状,附近没有其他的碑刻或标记牌,也未找到文保牌。我趴在地上细看石碑,果真看到了孙临和杨文骢的大名,见此,悬在心中的一块石头终于落了地。

从周围的环境看,这里看不到一块能够建造祠堂的平地,不知当

杨文骢　379

终于找到了双忠墓

年的祠堂是否建在水库的位置，但即便如此，也应当修一条道路通到墓前，否则后人如何来祭奠呢？然而我在墓旁却看到了一束红黄相间的塑料花，说明此前确实有人来这里祭奠过这两位英烈，他们又是如何在密林中找到此墓的呢？都先生向我解释了一番，可惜我始终没听明白他的方言。

拍完双忠墓，沿着树林下山，依然找不到羊肠小道，我一脚踩空，一屁股坐到了地上，好在地上的落叶起到了缓冲作用，丝毫未感到疼痛。都先生拉着我的手缓慢下行，终于走到了山下。开车将都先生送回村中，在他下车之时，我拿出一百元钱塞给他，他坚决不要。都先生不断地说："我是此村人。"总之，他认为我能在大热天来朝拜这位先贤，他就应当做这样的事，同时欢迎我到他家去喝茶。因为天气太热了，我谢绝了他的好意，告诉他我还有下一程的寻访，于是向这位好心的都先生挥手告别，之后奔桐城市而去。

孙临的名字比杨文骢大

上面刻着"杨公讳文骢"

旁边的塑料花

要拉我下山的都先生

王鉴（1598年—1677年）
临摹古画尤为精诣

王鉴为清初"四王"之一，关于"四王"在中国绘画史上的地位，王伯敏在《中国绘画通史》中称："'四王'之所以出现，并在画坛上站住阵脚达一个世纪之久绝非偶然。"而后，王伯敏给出了出现这种状况的四个原因："一、他们都处于江南富庶的地区；二、赏识他们的不只是一般士大夫，更重要的是最高统治者给予了他们荣誉；三、在艺术上，宋元绘画的成就、明清前期的掇英，使他们有信心对传统进行继承并整理；四、他们对传统的研究与整理，不只停留在理论上，而且身体力行，在绘画实践上，进行了大量的传摹与写生。"

"四王"与吴历、恽寿平被合称为"清初六大家"，关于这六家在绘画史上的成就，郑为的《中国绘画史》中总结说："清初的六大家，是清代初期绘画发展的中流砥柱，谈清初的绘画，不能不首先提到他们。"

关于"四王"中的王鉴，王伯敏在《中国绘画通史》中称："在清代山水派系中，他是'娄东派'的首领。对于北宋董源、巨然，尤有心印，专心于'元四家'，多取法于黄公望。"

王鉴在绘画上能有如此高的成就，跟其家学有直接的关系，因为他是太仓收藏大家王世贞之后。而王世贞的尔雅楼中藏有钟繇的《荐季直表》、王献之的《送梨帖》、颜真卿的《送裴将军诗》、赵佶的《雪江归棹图》、周昉的《美人调鹦图》、李公麟的《十六应真图》、赵孟頫的《草书千字文》等,在历史上极具名气的张择端《清明上河图》也曾藏于该楼,余外还有郭熙、马元、文徵明、唐寅等人的真迹,以尔雅楼收藏之富,王鉴自小就身处在其中受到熏陶,眼界之高足可傲视群雄。

关于王鉴跟王世贞之间的关系,徐沁在《明画录》中称:"王鉴,字元照,太仓人。弇州之后,官雷州守,博雅精于赏鉴,画山水行笔苍秀,得宋元诸家法,出以己意,变化成家。殁后有常熟王翚字石谷者,传其法。"徐沁只是说,王鉴是王世贞之后,并没有提及具体的关系,但他谈到了王鉴精于鉴赏,此说可从侧面证明王鉴曾经亲眼见过大量真迹。姜绍书的《无声诗史》则称:"王鉴,字玄照,太仓人。弇州先生孙也。弇州鉴藏名迹,金题玉蹩,不减南面百城,鉴披阅既久,神融心会,领略为深,其舐笔和墨,盖有渊源矣。"

在这里姜绍书直接说王鉴是王世贞的孙子,并提及王世贞收藏宏富,以此令王鉴眼界大开。张庚在《国朝画征录》中也持这种观点:"琅琊王鉴,字元照,太仓人。弇州先生孙。精通画理,摹古尤长,凡六朝名绘,见辄临摹,务尚其神而后已。故其笔法度越凡流,直追古哲,而于董、巨尤为深诣,皴擦爽朗严重,晕以沉雄古逸之气,诚为先民遗矩,后学指南。"

在清陆时化的《吴越所见书画录》中,著录有《国朝王廉州临北苑潇湘图立轴》,文中称:"王鉴,字员照,号湘碧,世贞曾孙。由恩荫历部曹,出知廉州守,时粤中盛开采,请上台得罢。居二载,拂袖归,筑染香庵于弇园故址。"后世又称王鉴为王廉州,就是因为他曾任廉州知府。在这里,陆时化又称王鉴为王世贞的曾孙,在辈分上又矮了一辈。而持此说者,尚有乾隆版《镇洋县志》中的王鉴传记:"王鉴,字圆照,号湘碧,世贞曾孙。由恩荫历部曹,出知廉州府。是时粤中开采，鉴力请上台，得罢。居二岁，拂袖归，构室于'弇园'故址，额曰'染香'。年甫强仕，屏绝声名，不异初地老僧，萧然世外。遇名人书画，考证精核，真赝立辨。工六法，吴伟业歌画中九友，谓与董其昌、王时敏匹。……康熙丁巳，年八十卒，遗命以黄冠道衣殓。"

王鉴从廉州知府任上离任后，返回太仓，在王世贞的弇山园故址之上重新建造了一所房屋，命名为"染香庵"，以壮年退隐，在这里全身心地搞创作，因为眼界宏富画艺高超，他成为了当时的名家，还被吴梅村视为"画中九友"之一。

想要弄清楚王鉴究竟是王世贞的孙辈还是曾孙辈，那么就要理清楚他的父祖辈具体是哪些人，而明末清初时的王家祯在《弇山堂见闻杂录》中有如下排列：

> 娄东鼎盛，无如琅琊、太原：琅琊自王倬起家少司马，子忬亦少司马，被法。忬子世贞、世懋，一为南司寇，一为南奉常。世贞子士骐，为铨曹主事，四代甲科。士骐子庆常，则习为侈汰，恣声色，先世业荡尽无余。子最繁，号圆照名鉴者，袭荫为廉州太守，精绘事，粗持名检。

此处从王忬讲起，王忬有王世贞和王世懋两子。王世贞的儿子名叫王士骐，科甲出身，曾经做过主事。王士骐的儿子王庆常却是位浪荡公子，家中的产业几乎被其败光，但他却让王家的人口繁盛了起来，而王庆常的儿子中最有名的就是王鉴了。

王鉴原本字玄照，康熙登基后，为了避讳，他改字为圆照，有时也写作元照、元炤等。关于其祖父王士骐的情况，文金祥在《承前启后，海内冠冕——试论王鉴的绘画艺术》一文中称其是王世贞的长子,为万历十七年(1589)的进士,累官吏部员外郎,王士骐的儿子王瑞庭字庆常、庆长,他就是王鉴的父亲。王瑞庭乃是万历三十四年(1606)的武举人,文人之家出了个武举人,此事颇为奇特。然徐允禄在《班仲升歌送王庆长北上》一诗中写道:"……君不见,琅琊王庆长。祖尚书,父选郎,素业淡泊视无光。愿与卫霍楮颉颃,挟策伏剑谒我皇。愿如班超使西域,为君三失(矢)定辽阳。"

看来王庆常对祖上的文章事业并无兴趣,他的偶像乃是卫青和霍去病,想要与那些人一样策马扬鞭立功沙场。高琪在《王鉴系王世贞曾孙之明证》一文中谈到他在 2012 年 1 月前往南京图书馆翻阅了王世贞家族的《太仓王氏家谱》钞本,从此谱中其查得:"瑞庭,字庆长,号畸庵,庠生。以子鉴贵,赠詹事府录事、刑部郎中。配潘氏,生三子。妾十五人,子二十余人。"

如此说来,王庆常妻妾成群,生了二十多个孩子,其中最有名的就是王鉴,而他自己是因为王鉴的缘故,才得到了朝廷赏赐的两个虚衔,可见王庆常在当地也没有什么影响。高琪在该文的小注中也提及了他是位武举人之事:"太仓历代地方志中并无有关王瑞庭的传记记载,唯选举志'武举人'一项中留有其姓名,如(嘉庆)《直隶太仓州志》卷十五'选举'中'武举人'云:'王瑞庭,(万历)三十四年丙午(公元 1606 年)。'"也许是王庆常太没名气,故后世学者有人直接将其忽略,认为王鉴是王士骐的儿子,因此姜绍书、张庚等人都将其视为王世贞之孙,而田艺珉在《清初"四王"摹古研究》中亦称:"其父王士祺,万历十年中进士,官至吏部员外郎。倜傥轩豁,好接纳海内贤士大夫,勇于趋义而不避嫌怨,因'妖书'一案被牵连下狱,后被削籍归里,郁郁病死,当时名流均为惋惜。"

关于王鉴回到太仓后的境遇,陆心源的《穰梨馆过眼录》中著录有王鉴在《仿宋人巨幅》上的题记:

行人返深巷，迹雪带余晖。

予己卯岁待罪廉阳，正愍予张公节制两粤时也。张公乃大司空半芳刘公之至戚，予素荷司空知遇，为忘年交。张公以司空故，特破格提携，不以属礼相加，予愧无涓埃之报。而廉阳僻处海隅，少簿书鞅掌，每多公暇，仿得宋元诸家四巨帧，欲为张公寿。甫成其半，而张公应少司马之召，遂不及奉赠，至今犹抱耿耿。及予放归，复为贫累，浪迹天涯，萍踪无定，诿置筐中者几十五年。今长夏无事，避暑弇山，偶简出绢素，如对故人，不忍抛弃，稍加涂抹，以竟前工。然余精神消亡，颠毛种种，非复当年矣。掷笔为之悯然。壬辰夏六月既望，娄水王鉴识。

王鉴在做廉州太守时得罪一些官员，为此受到了诬陷，幸而有朋友在朝中斡旋，王鉴仅受到了撤职的处分。对于朋友的帮助，王鉴终生难忘，他返回家乡后，准备画四幅大画以此来为朋友祝寿，可惜画没作完朋友就转去他处了。对此，王鉴颇为遗憾。这段话中最为重要者，是王鉴提及他返乡之后家境已衰落，他只能到处漂泊，晚年回到太仓住在了曾祖的弇山园内，才将这四幅未完之画重新加工，成为一套精品。

关于他住在弇山园的情况，他曾在一则画跋中有所描述："余庚子夏，筑室二楹于弇山之北，仅可容膝。窗外悉栽花竹，聊以盘礴。奉常烟客过而颜之曰'染香'，盖取《楞严经》中语也。从此闭关，日坐蒲团，焚柏子一炉而已。"

庚子夏乃是顺治十七年（1660），此时王鉴返回家乡，曾祖的弇山园已经荒芜，于是他在旧址之上选了块地方建了所小房子，在窗外栽花种竹，过得颇为闲适。王时敏来此处看望他时，给这里起了个堂号叫染香，王鉴自称此号乃是本自《楞严经》，而他此后就全身心地在这间小屋内作画、焚香、打坐。

王鉴何以能如此清心寡欲地生活？有些文献上称其妻早逝，他也没有续弦，而各种文献中也没有记载他有儿女，也许正是因为没有家累和牵挂，他才能全身心地搞创作。关于当时弇山园的情况，王鉴堂弟王昊曾作《弇园》组诗，这组诗写得颇为伤感：

> 江左名园号辟疆，当年池馆重堪伤。
> 烟生衰草空堂黑，日转颓墙老树黄。
> 栗里衣冠时丧乱，兰亭笔墨事凄凉。
> 荒塘遗墓难回首，夜夜悲风响白杨。
> 山堂图史已烟销，歌舞新来也寂寥。
> 北海酒空人有恨，西堂花落梦无聊。
> 危楼不见繙经室，废巷虚存送客桥。
> 独喜文漪清玩在，好从书画认前朝。
> 闲游废苑暗沾襟，家园沧桑恨莫深。
> 千古已完兄弟事，百年空痛子孙心。
> 浊河枯柳催秋暮，破庙残碑送夕荫。
> 林下独吟魂断处，谢公遗迹不堪寻。

关于王时敏和王鉴之间的关系，高琪在其文中称："太仓琅琊王氏与太仓太原王氏同姓同邑，但不同宗，不过这两个王氏家族的成员都认为他们的远祖琅琊郡的前辈与太原郡的前辈还是同宗的，所以他们之间论辈相称。"

虽然同处一城，且均为王氏望族，但他们却不是同宗，然两人却有着很好的关系，这是因为两人有共同的绘画理念，他们都拜董其昌为师，不过王时敏拜师较早，而王鉴到三十九岁时才正式前往松江拜访董其昌。他在董那里看到了赵孟頫的《鹊华秋色图卷》、吴镇的《关山秋霁图轴》等等，梁章钜的《退庵题跋》卷十八载有王鉴的自道："余丙子年访董文敏公于云间，出所藏《鹊华秋色卷》见示，相与鉴赏，叹其用笔浑厚，设色秀润，非后人所能梦见。"而王鉴在《仿古山水册》中自题："宋元大家皆从右丞正脉，故南宗独盛，然知之者不易。"

这些基本上是董其昌的南北宗观，王鉴视南宗为正脉，可见他受董其昌影响很大，从总体上而言，他也属于南宗画路，潘天寿在《中国绘画史》中称他："精通画理，摹古尤长，唐、宋、元、明四朝名绘，无不临摹。故其苍笔破墨，时无敌手，风韵沉厚，直追古哲。于董北苑、僧巨然两家，尤为深造，皴擦爽朗，不求工细。"

对于王鉴的主要临摹对象，潘天寿认为主要是董源、巨然一派："圆照，临摹董巨，精诣神深，翠峦青嶂，百岁不凋，设色工能，尤胜诸家，实渊源之远有所自也。"而郑昶在《中国画学全史》中则称："王鉴画多仿古，如《天香书屋图》，纯仿巨师，皴染工细，清气盎然。仿巨然山水立轴，运笔出锋，点墨皆凸。仿云林山水立帧，极其绵密。设色仿黄鹤山樵纸本山水，真斩截之作，仿赵大年绢本《春景杨柳图》，婀娜中含刚健。仿洪谷子设色纸本大卷，疏密奇正，纯以篆法写轮廓，尤其别致。"

郑昶也强调王鉴的画作主要是仿古，有时是纯仿巨然画风，有时也加入了王蒙、赵大年等人的绘画风格。所以郑昶认为："（王鉴）虽皆仿古，仍能自出机杼，卓然价重艺林。"然而，俞剑华认为一味地临古正是王鉴绘画的毛病所在，其首先提到了"二王"并称问题："王鉴与王时敏同时并驰名于艺苑，论者以为所作沉雄古逸，皴染兼长，临摹董巨，尤为精诣。"而后，俞剑华又指出："其实王鉴亦仅知临摹，而不知创造者，所临摹纵极精工，亦不免貌合神离，只知有古人，不

《仿宋元山水册》（之一仿赵千里） 上海博物馆藏

《仿宋元山水册》(之六摹大痴笔) 上海博物馆藏

《仿宋元山水册》（之八仿赵文敏） 上海博物馆藏

知有自我，徒为古画之复印机耳，何足贵乎！综其一生所作，竟皆出于临摹，无一自出机杼者，虽亦当时之风气使然，以一代领袖而不能抉破范围，独树一帜，区区以貌袭古人以自足，清代山水画之沉沦，不亦宜乎！"

关于"四王"在绘画史上起到的作用究竟是好是坏，论者站在不同的角度各有评骘。王伯敏在《中国绘画通史》中以很长的段落来辨析"四王"的价值，虽然也承认"四王"有大量的画作乃是仿古，但他又说："至于在画上题'仿'或'摹'或'临'或'模'，这固然有仿古之意，但有些作品，明明是他自己的作风，却也说是仿古人某某。事实上，在明清的画上，题上仿某某，已成为当时画家的一种'时髦'作风，认为题上仿古代某大家，可以用来表示自己在画学上好像有某种修炼与学养，起码能表示自己作画是有来路的。明清画家题'仿'的作品，未必对古人就是亦步亦趋的。八大、石涛的画，都有题'仿'的，其所画仍然是八大、石涛的面貌。"而后该文经过一系列的分析，最终给出的结论是："说到底，四王整理、总结南宗（派）山水的风格特点、技法表现，虽有局限性，但他们从'南宗'这条藤上捧出了南画的大瓜和小瓜，在中国绘画史上应该给他们记上一笔功劳。"

其实王鉴的绘画也有一个变化过程，上海博物馆所藏王鉴《山水册》上有吴湖帆所写跋语："按太守画，三十以前绝不之见。约分甲申以前为第一期，七十以前为第二期，七十后为第三期。第一期作，笔墨浑厚而间架松懈；第二期作，悉臻缜密，此册其一也；第三期作，出入神化，不无颓宕处矣。太守青绿法为松雪后一人，清代三百年至今寂然，誉以空前绝后，自无愧色。"吴湖帆将王鉴画作的风格变化分为三期，认为越到晚年，越是出神入化。吴湖帆尤其看重王鉴的青绿山水，他将王鉴这类作品视为赵孟頫后第一人，并且在王鉴之后的三百年，没有人在绘制青绿山水时超过王鉴。

而徐邦达在《古书画伪讹考辨》中点出了王鉴在用笔上的变化："王鉴山水画，早晚年面目变化很大，以一般人的变化规律来讲，总是早年尖细，晚年圆秃些，甚至变到粗简雄放。如沈周、吴伟等人大都如此。唯独王鉴却相反，他是由早年、中年的板实、圆浑，变到晚年（七十岁左右以来）的比较尖硬而细刻，这是一个非常少见的例子。"

徐邦达在这里总结了画家的一般规律，因为大多数人在年轻时眼睛好精力足，所以早年画作大多会尖细，到了晚年因为精力和视力都有衰退，故往往画风变得粗犷，但王鉴恰好相反，他越到晚年画风就越是精细，这正是其奇特之处。而这种观念，之前的秦祖永在《桐阴论画》中就曾提及："王元照太守鉴，沉雄古逸，皴染兼长。其临摹古画尤为精诣，工细之作，仍能纤不伤雅。虽青绿重色，而一种书卷之气，盎然纸墨间，洵为后学津梁。"

关于王鉴晚年的画风，马宝山在《书画碑帖见闻录》中称："王鉴生于公元1598年，卒于1677年，享年八十岁。1993年春，余得见一幅王鉴七十九岁时所画仿黄大痴墨笔山水，抑或是其绝笔也。纸本精洁，用笔遒劲，并有论画长题，行书斜写，更现一种苍老之气，弥足珍贵，遂以特价收之。"

马宝山说他曾看到王鉴所仿的黄公望山水画，认为这有可能是王鉴最后的一幅画作，该画上有王鉴的自题：

> 画之取，贵在乎士气。自元季倪、黄后，惟刘金宪、董宗伯、王奉常；虽文、沈大家，尚未免纵横习，何况近时名手？余于丹青学而不成，兼风烛衰年，目昏腕钝，有志不待，徒悲老大耳。今值清和望前，风日晴美，戏弄笔墨，作此小景。或遇知者，别取骊黄之外，若欲应世，请即弃之笥中。丙辰四月上浣，王鉴画于染香庵。

《梦境图》 故宫博物院藏

王鉴明确地说，绘画可取之处贵在有士气，而后他叙述了元代的倪瓒、黄公望以及后来的董其昌和王时敏，可见他将这些人视为画坛正宗。王鉴感慨学画之难，谦称自己老无所成。但该画上又有陈宝琛所题跋语："圆照此副，气韵深厚，风神超逸，想系生平杰作，诚可宝也。丙寅花朝，弢厂得于京师。"陈宝琛大夸此画之佳，认为是王鉴的杰作。

董其昌去世后，王时敏成为画坛盟主，而王鉴与之并称"二王"。张庚在《国朝画征录》中称："元照视太原烟客为子侄行，而年实相若，互相砥砺，并臻其妙，世之论六法者，以两先生有开继之功焉，知言哉！"

虽然太仓的两个王氏不同宗，但彼此之间都相信远祖是同宗的，所以互相也按辈相称，这样论起来，王鉴就是王时敏的子侄辈，但两人年纪相差并不大，二人相互促进，共同开创了清代画风的新局面。他们共同奉董其昌为正脉，例如王鉴在《染香庵画跋》中说："画之有董、巨，如书之有钟、王，舍此则为外道。唯元季大家正脉相传，近代自文、沈、思翁之后，几作广陵散矣。"

王鉴把董源、巨然视为书画界的钟繇、王羲之，认为董、巨之外的画法都属于旁门左道，元四家乃是董、巨的正传，而在文徵明、沈周、董其昌之后，就难有人接续此正脉。以此可见，他以接续画学正脉为己任，而其接续方式就是传承董其昌的画理。郑为在《中国绘画史》中说："王鉴在笔墨上的理解，是得力于董其昌。他一些论画的见地，也是从董其昌的见地上来。最明显的是他也把绘画创作看作高于自然之物，从画的要求出发来观赏自然，使画独立于自然之外而成为一种居高临下的观照，这是中国画论中师法自然的一个重要发展，他对于今天中西绘画的开拓都有重大意义。"

如何来解读这种理念呢？郑为在其专著中做出了如下解释："王

鉴在他的画跋里，把山水和画比作形、影，这是从两者反映和被反映的主次角度而言。反映对被反映的主体，是因景因时而异。这里有常，亦是无常。因为一定的形，产生一定的影，这是常；但影随形变，它就成为无常。实际客观存在的自然之形，也是因时因景在变，所以它同样有真实和非真实的两重性。但在特定时空情景下反映的画，它和产生它的特定时、空、人、情景没有必然联系（因为消失了产生它的特定时空情景的客观存在，它还依然作为这个反映而存在）。因而从纯理性的角度看，它比客观自然形的真实要更为真实。"

奉董其昌为正宗，这可以说是"二王"共同的观念，但两人在绘画风貌及画理方面还是有一定的区别，并且王鉴虽然也受教于董其昌，但与董的关系并不像王时敏那样密切，所受影响也不如王时敏那样深刻。此外，两人还有博与专的区别，总体而言，王时敏是由博转专，王鉴则恰好相反。王时敏晚年专走黄公望一路，王鉴则以董、巨为根基，广泛融汇各大家的画风。王时敏也注意到了王鉴的这个变化，在《西庐画跋》中称：

> 夫画道亦难矣，工力深者，类鲜逸致；意趣胜者，每鲜精能。求其法韵兼得，神逸并臻，其不数数觏也。廉州画学浩如烟海，自五代宋元诸名迹，无不摹写，亦无不肖似。规矩既极谨严，神韵又复超逸，真得士气，绝去习者蹊径，而精诣入微处，将使白石逊其妍，宗伯让其工矣。

王时敏夸赞王鉴临摹了大量的历代名迹，而且临摹的水准之高，恐怕沈周、董其昌也会让其一头。王时敏还在《题玄照画册》中夸赞说：

《远山岗峦图》 辽宁省博物馆藏

> 近代惟石田先生于宋元诸名迹悉能变化出入，遇得意处，真不让古人。惟其笔老力，胜往往过之，故于神韵时或稍异。今廉州继起，董、巨、李、范、三赵以及元季四大家，皆得心印，非但肖其形似，兼能抉其神髓，不待标题，即知为某家笔意，诚士林之绝艺，画苑之宗工也。此十帧摹仿诸家，俨有生气，学者得之，如大海获遇导师，不烦更问津涉矣。

王时敏对王鉴极其夸赞，甚至认为王鉴的绘画水平超过了自己，故宫博物院所藏王鉴《仿黄公望山水轴》中有王时敏跋语：

> 元四大家风格各殊，其源流要皆出于董、巨，玄照郡伯于董、巨有专诣，所作往往乱真。此图复仿子久，而用笔皴法仍师北苑，有董、巨之功力，又有子久之逸韵。瓶盘钗钏，熔成一金，即使子久复生，神妙亦不过如此，真古今绝艺也。余老钝无成，时亦欲仿子久，而粗率疥癞，相去愈远。今见此杰作，珠玉在侧，益惭形秽，遂欲焚弃笔砚矣。叹绝愧绝。庚子仲冬王时敏题。

王时敏在这里夸赞王鉴能够将几大名家的画风熔为一炉，假如那些大家们死而复生重新执笔作画，所绘也不过如此，文末还自叹不如，感觉惭愧。虽然这里有些过谦，但他的欣赏夸赞应该是实情。

故宫博物院还藏有王鉴所绘《四家灵气图轴》，此画有王鉴的自题："己丑冬十月，余浪游武林，承登子张公祖渡江相访，出其同乡朱相国家所藏元四大家真迹鉴赏，俗眼为之一清。归，如渔父出桃源，不复记忆，然笔端灵气于梦寐中仿佛见之，闲窗图此，不识能得其万一否？东海王鉴。"王鉴在杭州朋友那里看到了元四家的真迹，感觉眼界大开，然而回来后却又想不起细节，某天在睡梦里，居然再次看见了元四家笔端的灵气，于是醒来后靠着记忆画下了此图。

王时敏如此的夸赞王鉴，是出于朋友间的相互揄扬，还是他真的认为王鉴高过自己呢？有可能前者的成分更大。这其中的原因，王时敏的儿子王撰在王鉴所绘《七帖图册》的题跋中解释道："先君以世务牵掣，晚年愁冗纷集，兼多向平之累，兴会所至，时一渲染，未遑朝夕从事于斯。而湘翁则萧然一身，屏去尘事，得以余力专意盘礴。"在王撰看来，其父王时敏有着太多的家累，无法全身心地搞绘画创作，而王鉴却独自一人，所以有着大量时间，可以专心致志地研讨画理，同时撷取各家之长。

有人认为王鉴的画风里面也混入了北宗技法，因为他模仿过范宽的作品。上海博物馆藏有王鉴所绘《仿范宽山水轴》，他在自题中称："近时丹青家皆宗董、巨，未有师范中立者，盖未见其真迹耳。余向观王仲和宪副所藏一巨幅，峰峦苍秀、草木华滋，与董、巨论笔法，各有门庭，而元气灵通，又自有相合处。客窗而坐，独仿其意，不敢求形似也。庚子八月，娄东王鉴。"王鉴认为后世很少仿范宽的作品，乃是因为真迹难得，他觉得范宽的笔法虽然与董、巨有别，但在画理上却有其暗合之处。正是他的这句话，使得后世称其融合了南北宗。

尽管有着各种说法，但从总体上，人们还是将王鉴视为南宗正传。常熟博物馆藏有王鉴所绘《仿古山水册》十二开，王学浩在跋语中称："四王中惟廉州画独用中锋，于元四家为梅花道人嫡传。"这里的梅花道人，乃是元四家中的吴镇。郑为在《中国绘画史》中称："他的运墨，得力于吴镇、王蒙，近法董其昌浓润淡逸，层次明净而多变化，沉雄郁茂之气在四家之中最为突出。"香港中文大学文物馆所藏王鉴《仿宋元山水图》上有陆时化题跋："先生自题仿宋元名家笔，以北苑、巨然为主而参以吴仲圭、王叔明两家。"

以此可见，从总体上来说，王鉴的绘画风格是以元四家为主，而

前往弇山园路上的牌坊　　　　　　弇山园入口处

其绘画成就被朋友张学曾夸赞为："廉州罢郡在强仕之年，顾盼林泉，肆力画苑，笔墨之妙，海内推为冠冕。"（张学曾跋《仿王蒙山水图轴》）

如前所言，王鉴晚年住在了其曾祖王世贞的弇山园中，2012年6月5日，我曾前往太仓参观了弇山园，但此行的过程已经写入了王世贞一文中。2019年2月22日，我与上海文艺出版社的张守栋、刘晶晶两位老师一起，再次前往太仓寻访。几年过去，这一带的情形基本没有变化，故轻车熟路地来到了弇山园门前。

如今的弇山园已经成为了对外开放的公园，但王鉴的染香庵处在此园的何处，我上次未曾留意，故今日再到其门前，先去查看了门口所立介绍牌。上面仅写明王世贞给该园起名的原因，以及弇山园在中国园林史上的地位，上面虽然列出了园中的二十四个主要景点，其中却并无王鉴的染香庵，这让我颇感失望。然而想到各种文献上都说染香庵处在弇山园的北部，于是我们进入园中一路向北寻访，边走边探看，希望能找到染香庵遗址所在。

也许是下雨的原因，园中静悄悄的，看不到游客，只是偶尔听闻

简介中没有标出染香庵

窗外之景

唯闻鸟声

跨溪的紫藤

未曾找到染香庵字迹

到一两声鸟叫,颇有鸟鸣山更幽之景致。我们沿着左路一路前行,眼前所见依然是熟悉的景观,园中的法国梧桐虽然还是光秃秃的没什么颜色,但在雨水的浸泡下,老树虬枝也有着别样的生机。沿着小路一直走到了弇山园的北端,在路上看到了碑廊,大略浏览一下,未曾看到跟染香庵有关的字句。

因为下雨的原因,当地的天气乍暖还寒,我们在树丛中看到一只躲在绿草下避寒的猫,而我们的到来,让这只猫不得已离开了好不容易暖热的窝,刘晶晶遗憾于没有带点猫粮,以便将其引回来。在院中兜了这么大圈的路,既看不到行人也遇不到管理者,因此也无法找人打问园中是否还有染香庵。

我们在路上又看到了一些奇特的标牌,比如有的上面写着"炒菜油盐少放点,口味别咸清淡点",这种标牌如果插在饭店门前倒合适,在公园的草地上读到这样的字句,多少有点摸不着头脑,我多希望弇山园的管理者能够给染香庵遗址也立这样一块牌子,以便让后来的探寻者找到凭吊王鉴之处。

空园不见人

打扰到了草丛中避寒的小猫

古庙基础

可惜上面没有写着染香庵

弇山堂

历史遗迹

陈洪绶（1599年—1652年）
力量气局，超拔磊落

关于陈洪绶的生平，《清史稿》中有如下描绘：

  陈洪绶，字章侯，浙江诸暨人。幼适妇翁家，登案画关壮缪像于素壁，长八九尺，妇翁见之惊异，扃室奉之。洪绶画人物，衣纹清劲，力量气局，在仇、唐之上。尝至杭州，摹府学石刻李公麟七十二贤像，又摹周昉美人图，数四不已，人谓其胜原本，曰："此所以不及也。吾画易见好，则能事犹未尽。"尝为诸生，崇祯间，游京师，召为舍人，摹历代帝王像，纵观御府图画，艺益进。寻辞归。鼎革后，混迹浮屠间，初号老莲，至是自号悔迟。纵酒不羁，语及乱离，辄恸哭。后数年卒。

  陈洪绶擅长人物画，写传记者认为他比仇英和唐伯虎画得还要好。他的绘画才能传自何人，未见史料记载。然而，他善模仿，以古为师，却为后世称道。比如他曾前往杭州府学，临摹刻在石头上的李公麟所绘七十二贤像，还模仿过周昉的美人图，因为勤奋努力加之天赋，他名气日盛，被招进宫为皇室绘制历代帝王像，而这份工作让他有机会纵观皇家秘藏历代真迹，由此而绘画技艺迅速长进。

  能够在宫廷内担任画师，按说是极好的工作和机会，陈洪绶却没过多久就辞职返回了故乡诸暨，明朝灭亡后，他一度出家为僧，然而落发出家并没有使得他心如止水，黍离之悲令他心头郁结，长时间沉湎于诗酒，没过多少年就去世了。

关于《清史稿》所记陈洪绶在墙上绘画之事，清初朱彝尊的《崔子忠陈洪绶合传》中记载更为详细："年四岁，就塾妇翁家，翁家方治室，以粉垩壁。既出，诫童子曰：'毋污我壁。'洪绶入视良久，绐童子曰：'若不往晨食乎？'童子去。累案登其上，画汉前将军关侯像，长十尺余，拱而立。童子至，惶惧号哭，闻于翁。翁见侯像，惊下拜，遂以室奉侯。"

朱彝尊的描绘显然比《清史稿》要生动得多，文中说到陈洪绶的岳丈家装修房屋，有一面墙刷得很白，家人很担心小孩子在上面涂鸦，特意告诫道：绝不可以在上面乱写乱画。当时年仅四岁的陈洪绶看见了，觉得如此洁白的墙面空在那里，简直是一种浪费。于是要了个小伎俩，把旁边的童仆打发走，之后脚踩凳子，在墙上画了一幅巨大的关公像。童仆回来后，被墙上的巨幅画吓得大哭，哭声引来了房子的主人。主人一见关公像，立即跪拜在地，因为陈洪绶画得实在是太传神了！从此之后，主人索性将这间房作为了祭拜关公的专室。

陈洪绶的绘画名气传开后，很多人前来求画。《绍兴府志》所载小传称："陈洪绶，字章侯，诸暨人，方伯性学之孙。素豪放，饮辄斗酒。好吟咏，为诸生，未几辄弃去。覃思书法，不屑倚傍古人。及作画，染翰立就。无论知与不知，皆谓奕奕有生气。以故书与画世争购之。"

由小传可知，陈洪绶性格豪放，喜好喝酒作诗，而他的绘画很受时人喜爱，故每有画作均被人争购而去。他的绘画才能早在十四岁为世所知，毛奇龄在《陈老莲别传》中说："洪绶，好画莲，自称老莲。数岁，见李公麟画《孔门弟子》勒本，能指其误处。十四岁，悬其画

《荷花鸳鸯图》 故宫博物院藏

市中，立致金钱。初法传染时，钱塘蓝瑛工写生，莲请瑛法传染，已而轻瑛，瑛亦自以不逮莲，终其身不写生。曰：'此天授也。'莲游于酒人，所致金钱随手尽。尤喜为窭儒画，窭儒借莲画给空。豪家索之，千缗勿得也。尝为诸生，督学使索之，亦勿得。"

陈洪绶十四岁就能卖画挣钱，可见其成名很早。而他的绘画本领，让前辈蓝瑛都为之叹服。然而，陈洪绶生性不羁，卖画所得多用于喝酒挥霍，同时他又很照顾穷苦的读书人，鄙视富豪，贫儒求画，屡求不爽，后者却给多少钱都不为他们画。在他当学生时，即使是当地管教育的官员向他要画，他也同样不给。

大约是性情使然，除了喝酒画画，陈洪绶还喜欢美女。对于这个爱好，朱彝尊在其传记中写道："既长，师事刘公宗周，讲性命之学。已而纵酒狎妓自放，头面或经月不沐。客有求画者，虽罄折至恭，勿与。至酒间召妓，辄自索笔墨，小夫稚子无勿应也。尝留杭州，其友召之饮，期于西湖上。洪绶往，遇他舟，径登其席，坐上坐饮。主人徐察之，知为洪绶也，亟称其画。洪绶大骇曰：'子与我不相识也。'拂袖去。"

陈洪绶曾拜大儒刘宗周为师，想来这刘宗周是何等严肃之人，这位弟子陈洪绶却如此放浪形骸，整天里不修边幅，甚至一个月都不洗一次澡。有人求他画画时，如果不高兴照样不画，但是在有妓女陪坐的酒席上，却经常主动索要笔墨，即使索画的是仆人，也照绘不误。某次有朋友请他到西湖的船上去喝酒，他欣然前往，结果上错了船也不知道，坐下来就喝酒，主人知道这位不速之客是陈洪绶后，夸他画画得好，他这才惊觉自己上错了船，马上拂袖而去。

毛奇龄在《陈老莲别传》中也记载了陈洪绶爱美女的这个偏好："顾生平好妇人，非妇人在坐不饮，夕寝，非妇人不得寐，有携妇人乞画，辄应去。"由此看来，陈洪绶无论是喝酒、睡觉还是作画，都需要有美女作陪，真正达到了一种极致。这种爱好传出去后，立马有人投其所好：前来求画时，一定带上一位美女。如此这般，屡试不爽。

《别传》中还有一段有趣的记载："崇祯末，愍皇帝命供奉，不拜。寻以兵罢。监国中，待诏。王师下浙东，大将军抚军固山，从围城中搜得莲，大喜。急令画，不画；刃迫之，不画；以酒与妇人诱之，画。久之，请汇所为画署名，且有粉本，渲染已，大饮，夜抱画寝，及伺之，遁矣。"

毛奇龄的这段记载，说明了陈洪绶为什么在宫中只待了很短一段时间就返回了，原因之一是崇祯皇帝没给他正式的封职，原因之二则是明末的战争，这两个因素叠合在一起，才使得陈洪绶决心返乡。崇祯皇帝殁后两年，原兵部尚书张国维等人迎奉朱以海出任监国，此为鲁王监国时期，而登基之地就在陈洪绶的家乡绍兴，后来清军攻下了绍兴，从城中搜到陈洪绶，大喜过望，立即命令他画画。

在明末清初的这场战争中，陈洪绶失去了许多好友，其中有自尽的，有被杀的，所以他对清军十分痛恨，被抓后面对清军首领，他坚决不画，即使刀架在了脖子上，也照样拒绝。而清军首领也听说过他有酒色之好，于是用醇酒美妇这两样来诱惑他，陈果然开始作画，但是所有的画作都没有署上名字。不署名显然难以体现价值，于是清军首领又命令陈洪绶给这些画署上名字，结果当天晚上，陈洪绶先是喝得酩酊大醉，抱着画作沉沉睡去，半夜却又趁看守他的人不注意，偷偷逃走了。

毛奇龄是陈洪绶晚年的朋友，他的所记应该与事实出入不大。如此说来，陈洪绶虽然酷好酒色，内心却并不糊涂，他将计就计，得到了自己想要的，还让对方赔了夫人又折兵。

毛奇龄的这段描绘中，称陈洪绶"监国中，待诏"，也就是说，鲁王监国时期，陈洪绶曾在鲁王府中任职。张岱在《石匮书后集》中也

《斗草图》 辽宁省博物馆藏

有这样的说法:"陈洪绶,字章侯,诸暨人,鲁王监国,授翰林待诏。"

可是孟远在《陈洪绶传》中却明确地称,陈洪绶拒绝任职:"明年江干兵起,鲁国据东浙,隆武拥闽粤。素闻绶名,争征召,或授以翰林,或授以御史。绶笑曰:'此固烂羊侯尉也。余所以混迹人间世者,以世无桃源耳。即王侯将相、钟鸣鼎列,古人犹比之郊牺者,而谓余为此乎?'"

在孟远所记中,陈洪绶看透了世间一切,决定做一个散人,因此没有去任这个官职。可是张岱和毛奇龄都是陈洪绶的朋友,二人都明确提到其曾在鲁王监国时期任翰林待诏。究竟哪种说法更为正确呢?

关于陈洪绶究竟有没有在鲁王监国时期出任官职,同一时期还有不少的旁证,比如张岱在《陶庵梦忆》中有《鲁王》一文,开篇写道:"福王南渡,鲁王播迁至越,以先父相鲁先王,幸旧臣第。岱接驾,无所考仪注,以意为之。"鲁王曾经到张岱家做客,张岱以此为荣,详细记载了接驾的过程,同时写明他为了迎接鲁王而组织的仪式:"是日演《卖油郎》传奇,内有泥马渡康王故事,与时事巧合,睿颜大喜。二鼓转席,临不二斋、梅花书屋,坐木犹龙,卧岱书榻,剧谈移时。出登席,设二席于御坐傍,命岱与陈洪绶侍饮,谐谑欢笑如平交。睿量宏,已进酒半斗矣,大犀觥一气尽,陈洪绶不胜饮,呕哕御座旁。寻设一小几,命洪绶书箑,醉捉笔不起,止之。"

鲁王朱以海在张岱家受到了隆重的款待,张岱还为鲁王安排了娱乐节目,令朱以海大为高兴,而在宴席上陪坐者,除了张岱还有陈洪绶,没想到,一向喜好酒色的陈洪绶在这里遇到了对手:鲁王的酒量比他好得多,以至于让陪酒的陈洪绶当着鲁王的面吐了一地,后来鲁王命陈洪绶在扇子上画画时,陈居然醉得拿不起笔,鲁王也只好作罢。显然在喝酒这件事上,强中自有强中手。陈洪绶不是鲁王的对手,这个结果至少让鲁王感到很满意,于是他很快就封张岱为兵部职方部主

《杂画图之夔龙补衮图》 故宫博物院藏

事，同时封陈洪绶为翰林待诏。

那么，为什么孟远在《陈洪绶传》中坚称陈洪绶没有在鲁王监国时任职呢？出现这样的不同说法，应该跟后来的政局变化有很大关系，因为鲁王监国没多久就失败了，陈洪绶有可能是因为鲁王的失败，绍

《蕉林酌酒图》 天津艺术博物馆藏

《停琴啜茗图》 朵云轩藏

兴已成了清人的天下，而不愿意再提及此事。陈洪绶也的确没有从仕的欲望，在此之前，他就拒绝过参加福王朱由崧弘光政权在南京开设的科举考试。那是崇祯十七年（1644）五月的事，朱由崧建立了南明政权，改元弘光，当年九月，陈洪绶的朋友王霫和王素中分别劝他去参加科考，然而，陈洪绶拒绝了朋友的邀请，写下了三首七言诗，以此来表明自己的心迹：

> 二王莫劝我为官，我若为官官必瘝。
> 几点落梅浮绿酒，一双醉眼看青山。

> 腐儒无可报君仇，药草簪巾醉暮秋。
> 此已生而不若死，尚思帝里看花游。
> 借得青藤挂席门，父书一束暴朝暾。
> 二王若说为官事，捉鼻休辞老瓦盆。

从这三首诗可以看出，陈洪绶只想隐归，根本无意仕途。他有一度出家为僧，后来又还俗，做起了专业画师。他的画作不但受到国人喜爱，甚至名声传到域外，毛奇龄在《陈老莲别传》中写道："朝鲜、兀良哈、日本、撒马儿罕、乌思藏购莲画，重其直，海内传模为生者数千家。甬东袁鹛贫，为洋船典簿记，藏莲画两幅截竹中，将归，贻日本主。主大喜，重予宴，酬以囊珠，亦传模笔也。"

在陈洪绶的各种画作中，以人物画最受后世看重，其特点是每个人物都有着奇特的变形，尤其所画女人，大多比较丰腴，这一点应当跟他临摹过周昉的《簪花仕女图》有一定关系，因为周昉的画作对象多是一些丰腴富贵的宫廷女子。明末清初之际，社会上的审美趋向开始偏好苗条，陈洪绶却不愿迎合时尚。周亮工在《因树屋书影》中载有这样一段话:"君载云:'张萱工仕女人物,不在周昉之右。平生见十许本,皆合作,画妇人以朱晕耳根,以此为别,不可不知也。'余过富沙,张石只使君以萱仕女一卷惠余,秾丽丰肥,不独朱晕耳根,颊上亦大著燕支,绢虽百断,神采奕奕也。以示陈章侯,云:'非萱莫办。'且诧余曰:'君常诮余仕女太肥,试阅此卷,予十指间娉婷多矣。'"

看来陈洪绶也听到了别人对他画仕女太过丰腴的微词,所以当他看到周亮工向他出示的张萱仕女画,而张萱所画远比自己的仕女更为丰腴时,陈洪绶感叹说:"你常讥笑我所画仕女太胖,可你看看张萱所画仕女的手,跟我画的比起来,我不是苗条得多吗?"显然,陈洪绶对人物的这种处理有其刻意性,这也是他作品的个性表现之一。

陈洪绶为什么刻意寻求这种复古的绘画方式呢?其中原因可在其所写《画论》中予以探究:

> 今人不师古人,恃数句举业饾丁或细小浮名,便挥毫作画,笔墨不暇责也;形似亦不可而比拟,哀哉!欲扬微名供人指点,又讥评彼老成人,此老莲所最不满于名流者也。然今人作家,学宋者失之匠,何也?不带唐流也。学元者失之野,不溯宋源也。如以唐之韵,运宋之板;宋之理,行元之格,则大成矣。眉公先生曰:"宋人不能单刀直入,不如元画之疏。"非定论也。如大年、北苑、巨然、晋卿、龙眠、襄阳诸君子,亦谓之密耶?此元人王、黄、倪、吴、高、赵之祖。古人祖述立法无不严谨,即如倪老数笔,笔笔都有部署纪律。大小李将军、营丘、伯驹诸公,虽千门万户,千山万水,都有韵致。人自不死心观之学之耳,孰谓宋不如元哉!若宋之可恨,马远、夏圭真画家之败群也。

陈洪绶在这里明确地称,要想在绘画上有所成就,必须首先以古人为师，很多人不明白此番道理，真是令人感慨。然而，当时很多画家都在模仿宋画，却表现得匠气十足，为什么会出现这种情况呢？陈洪绶认为，那是因为没有溯源到唐画，而时下流行的元画，也没能溯源到宋画。当时的很多人都认为，元画更为疏朗，陈继儒也有这样的论断。陈洪绶对此给予了明确驳斥，他历数了一些前代大画家的成功都是因为善于仿古，接下来谈到自己的心得：

> 老莲愿名流学古人，博览宋画，仅至于元；愿作家法宋人乞带唐人，果深心此道，得其正脉，将诸大家辨其此笔出某人，此意出某人，高曾不乱，曾串如列，然后落笔，便能横行天下也。老莲五十四岁矣，吾乡并无一人中兴画学，拭目俟之。

陈洪绶的这篇《画论》十分重要，后世学者对此有着深入研究。说到他在人物画上的成就，周亮工在《书影择录》中有如下比较："画家工佛像者，近当以丁南羽、吴文中为第一。两君像一触目，便觉悲悯之意欲来接人；折算衣纹、停分形貌，犹其次也。陈章侯、崔青蚓不专以佛像名，所作大士像亦遂欲远追道子，近逾丁、吴，若郑千里辈，一落笔便有匠气，不足重也。"

周亮工在这里将陈洪绶与崔子忠并称，而崔为北方著名画家，两人的并称，涵盖了当时南北画坛的最高成就。故张庚在《国朝画征录》中评价说："陈洪绶画人物，躯干伟岸，衣纹清圆细劲，有公麟、子昂之妙。设色学吴生法，其力量气局，超拔磊落，在仇、唐之上，盖明三百年无此笔墨也。"

关于陈洪绶所开创的这种独特人物画法，叶昌炽在《语石》中另有论断："武梁诸象，若荆轲、要离勃勃有生气，其貌皆上锐而下丰，衣褶森然作折铁纹，明之崔青蚓、陈老莲，近日之山阴任氏，蓝本皆从此出。但云学宋元派，犹为古人所欺耳。"

叶昌炽乃是金石大家，他通过所藏拓片，感受到崔子忠和陈洪绶所绘人物的衣褶特色，其实是受到了武梁祠画像的影响至深，所以对很多人所持的陈洪绶学宋画的这种看法不以为然。

陈洪绶留传后世的画作，除了纸本和绢本，还有一类属于版画，其中最著名的，就是被后世称为《水浒叶子》的一组作品。关于其来由，张岱《陶庵梦忆》中有《水浒牌序》一文，其中写道：

> 古貌、古服、古兜鍪、古铠胄、古器械，章侯自写其所学所问已耳，而辄呼之曰宋江，曰吴用，而宋江、吴用亦无不应者，以英雄忠义之气，郁郁芊芊，积于笔墨间也。周孔嘉丐余促章侯，孔嘉丐之，余促之，凡四阅月而成。余为作缘起曰：
>
> 余友章侯，才足拨天，笔能泣鬼。昌谷道上，婢囊呕血之诗；兰渚寺中，僧秘开花之字。兼之力开画苑，遂能目无古人，有索必酬，无求不与。既蠲郭恕先之癖，喜周贾耘老之贫。画《水浒》四十人，为孔嘉八口计，遂使宋江兄弟，复睹汉官威仪。……

张岱在序言中讲述了一个陈洪绶仗义为友的故事。他们共同的朋友周孔嘉家贫无以为继，于是陈洪绶花了四个月时间，绘制出了一套《水浒叶子》，送给周孔嘉，让其售卖，换得周氏一家八口的下米粥。《水浒叶子》这组作品水准极高，明汪念祖在《陈章侯水浒叶子引》中评论道："陈章侯复以画水画火妙手，图写贯中所演四十人叶子上，颊上风生，眉尖火出，一毫一发，凭意撰造，无不令观者为之骇目损心。昔东坡先生谓：'李龙眠作《华嵓相》，佛菩萨言之，居士画之，若出一人。'章侯此叶子何以异是？"

只是陈洪绶本人没有想到的是，这么精彩的绘画作品，却被后来的人用在了赌博工具上。关于《水浒叶子》，明代陆容《菽园杂记》中称："斗叶子之戏，吾昆城上自士夫，下至僮竖皆能之。予游昆庠八年，独不解此，人以拙嗤之。近得阅其形制，一钱至九钱各一叶，一百至九百各一叶，自万贯以上，皆图人形；万万贯呼保义宋江，千万贯行者武松，百万贯阮小五，九十万贯活阎罗阮小七……或谓赌博以胜人为强，故叶子所图，皆才力绝伦之人，非也。盖宋江等皆大盗，详见《宣和遗事》及《癸辛杂识》。作此者，盖以赌博如群盗劫夺之行，故以此警世，而人为利所迷，自不悟耳！记此，庶吾后之人知所以自重云。"

《水浒叶子》后来变成了一种游戏之物，可以用来赌博，每一张的图案都是一位梁山好汉。当时有人说将这些人物画在赌博工具上，乃是因为赌博就是想赢，而这些水浒人物一个个都是英雄，打起来必定能赢。但是陆容的看法却与他们不同，陆容认为赌博其实就是一种强盗行为，而宋江等人都属于江洋大盗，把这些强盗画在赌博工具上，其实是想以此来警世。

关于水浒叶子的具体玩法，傅惜华在《〈元明戏曲叶子〉跋》中做了简要的解释："'叶子'，人们通称'酒牌'，也叫作'酒筹'，它是在一张纵约五寸，横约三寸的裱好的硬纸片上，或是纵约三寸，横约一寸的象牙兽骨签上，刻画着片段的古典戏曲、小说的故事情节，以及诗词歌曲的警句，衍绎它的内容，制成酒令，作为娱乐之用的。在宴会饮酒的时候，先由客人随便抽取一张'叶子'，看它所题的字句，若有适合客人的情况，客人饮酒；若是适合主人的情况，主人饮酒。所以'叶子'是明清两代士大夫宴会饮酒时最流行的一种游戏用品。"

原本是为朋友救急所画的一组作品，后来成了这样的用途，不知是否会让陈洪绶啼笑皆非。这样一位天分极高的大画家，却在五十五岁时突然去世了。关于他的死因，后世有着各种猜测。裘沙专门写过一篇《陈洪绶死于"黄祖之祸"初探》来探讨这个问题，他的立论依据乃是清初丁耀亢写的一首七律《哀浙士陈章侯（时有黄祖之祸）》：

> 到处看君图画游，每从兰社问陈侯。
> 西湖未隐林逋鹤，北海难同郭泰舟。
> 鼓挝三挝仍作赋，名高百尺莫登楼。
> 惊看溺影山鸡舞，始信才多不自谋。

对于这首诗，邓之诚在所编《清诗纪事初编》中按："此诗作于顺治九年，陈洪绶以不良死，他书未及。"可见邓之诚怀疑陈洪绶并非正常死亡。

丁耀亢也在诗的题目后注有"时有黄祖之祸"。所谓"黄祖之祸"，乃是用三国祢衡的典故。这位祢衡很有才气，曹操想把他纳入自己麾下，但祢衡不为所动，于是曹操让祢衡去当鼓吏，之后就发生了著名的"击鼓骂曹"的故事。祢衡的做法令曹操大怒，想要杀掉祢衡，却又不愿意落下不能容人的恶名，于是曹操就把祢衡送到了刘表那里。刘表也很聪明，他将难以驾驭的祢衡又送给了江夏太守黄祖。结果黄祖容不下这个人，将祢衡给杀掉了，这个事件被后世称为"黄祖之祸"。

丁耀亢称陈洪绶"时有黄祖之祸"，邓之诚又说丁耀亢此诗作于顺治九年（1652），这一年正是陈洪绶逝世的年份，将两者联系起来，那么陈洪绶的死因有可能是被借刀杀人的结果。然而，正如邓氏按语所言"他书未及"，丁耀亢的这个说法找不到其他旁证。

关于陈洪绶的死，孟远在所撰《陈洪绶传》中有如下描述："岁壬辰忽归故里，日与昔时交游，流连不忍去。一日，趺坐床簣，瞑目欲逝，子妇环哭。急戒毋哭，恐动吾挂碍心。喃喃念佛号而卒。"文中的"壬辰"即清顺治九年，陈洪绶返回家乡后，与朋友们一一道别。某天，他在家里将要坐化时，家人们都哭了起来，陈洪绶立即制止他们的哭泣，而后口念佛号而逝。这样说来，陈洪绶不仅是正常死亡，而且是善终。

在陈洪绶友朋辈的文字中，也有一些关于他死亡的记载，如周亮工在《赖古堂书画跋·题陈章侯寄林铁岩》中记载了这么一段蹊跷事："庚寅北上，与此君晤于湖上，其坚不落笔如昔。明年，予复入闽，再晤于定香桥，君欣然曰：'此予为子作画时矣。'急命绢素，或拈黄叶菜佐绍兴深黑酿，或令萧数青倚槛歌，然不数声，辄令止。或以一手爬头垢，或以双指搔脚爪，或瞪目不语，或手持不聿，口戏顽童，率无半刻定静。自定香桥移予寓，自予寓移湖干，移道观，移舫，移昭庆，迨祖予津亭，独携笔墨，凡十又一日，计为余作大小横直幅四十有二。其急急为予落笔之意，客疑之，予亦疑之，岂意予入闽后，君遂作古人哉！"

清顺治七年（1650），周亮工在杭州遇到了陈洪绶，他请陈作画，被陈坚拒。转年，两人再度相遇，这一次陈洪绶却主动说，现在可以为周亮工画画了。周亮工听闻后很高兴，立即备上纸墨。陈在整个绘画过程中，举止行为表现得异常怪诞，虽然如此，陈还是在十一天的时间内，为周亮工画出了四十二幅作品。这么短的时间如此高产，让周以及他的朋友都感觉纳闷，周亮工甚至怀疑，这会不会预示着两人此次见面后即将永别。

如果孟远所记不差的话，至少说明当时陈洪绶知道自己的死期，裘沙先生经过一番推论，认为"陈洪绶是自杀，而不是被杀"。可惜的是，这个结论找不到进一步历史文献予以佐证，只能做一些间接推论。

而陈洪绶的去世,也有其他的可能,说不定陈洪绶是位能够预知未来的人,他已经知道自己大限将至。

即便做最豁达的猜测,陈洪绶之死也的确存在疑问。毕竟陈在当时已经很有名气,按理死后会有不少朋友撰文悼念。然而他去世后,却并没有此类文章出现,直到其殁后二十八年,他的朋友张岱才在《越人三不朽图赞小叙》中写下了如下一段话:

> 陈章侯公洪绶,诸暨人,方伯性学之孙。初从刘念台学,为诸生,辄弃去。覃思书法,善作画,下笔有生气。晚号老莲,名重一时。陈继儒谓其画最工,字次之,诗又次之。名在蕺山弟子籍。
>
> 赞曰:跌宕章侯,聪明桀傲。字画出人,掀翻窠套。术动王公,四裔名噪。鬓少心存,自为写照。咄咄书空,摩仿思肖。乃曰:浪得虚名,穷儿见诮。独不见其受业刘门,同与于证人之教。

为什么过了二十八年,张岱才怀念这位密友呢?这的确令人费解。看来他的死因人们有必要继续考索。

陈洪绶留传于后世的作品,对扬州八家以及海上三任等都产生过巨大影响。王正华在《从陈洪绶的〈画论〉看晚明浙江画坛》一文中总结道:"陈洪绶人物画影响最大,后世博古题材的作品几乎全出自其风格范畴,包括扬州八怪、海上任熊、任薰、任颐等。就版画而言,清初山阴人金古良之《无双谱》学习陈洪绶风格,陈洪绶晚年小友毛奇龄于前言中也称述金古良能延续陈之画风。连苏州刊刻的版画《凌烟阁功臣图》也学自陈洪绶,虽然作画者刘源对于陈洪绶不表忠良而绘水浒绿林好汉颇有微词,清初因国破而来的肃整之气可以想见。由此亦可见乡里后学显然较能全盘接受陈洪绶的画风,任熊是最好的证

这一带都是当年的陈洪绶故居遗址

匾额出自陈十发之手

看到一块空地

从陈洪绶古井中汲水

纪念馆门牌号

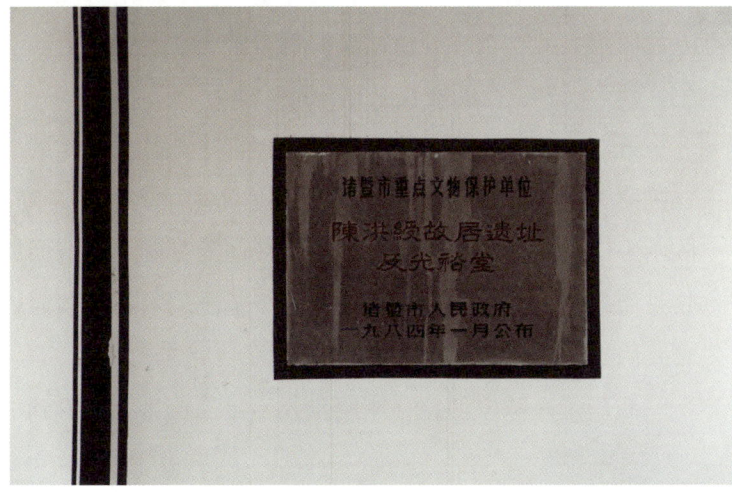
文保牌

光裕堂

供奉着三位陈家祖先

明,其画传《高士传》《于越先贤传》《剑侠传》等皆与陈洪绶风格密切相关。"

一位画家的绘画作品对于后世有着如此广泛的影响,仅凭这一点就足以令其不朽。

关于陈洪绶的故居,方俞明先生告诉我,而今那里已经改成了陈洪绶纪念馆,具体地点位于浙江省绍兴市诸暨市枫桥镇陈家村。我们从诸暨市出发前往枫桥镇,同行者有浙江图书馆馆长徐晓军和绍兴图书馆馆长王以俭。为了便于聊天,我们三人共同坐上了方先生的车。方俞明担心纪念馆不开放,于是请来了当地研究文史的专家阮建根先生,因为阮先生有朋友在纪念馆做管理。

开车来到陈家村,在一条河边停了下来,我们见到了阮建根的朋友陈刚先生。阮建根介绍说,陈刚是陈家村人,也是陈洪绶的同宗。陈刚告诉我们,纪念馆是在陈洪绶故居的基础上改造而成的,其大小仅是原故居的一部分,周边还有不少范围原本都在故居内,然后他带着我们先参观周围情形。

我们走入陈家西路,刚刚步入不足三十米,就看到一处二百平方

一代宗师陈洪绶

原来陈遹声乃是陈洪绶后人

米大小的空场地,场地侧旁有位妇女正从古井内提水洗衣物。陈刚介绍说,这口井原本也是陈洪绶宅中之物。我站在井口向内探望,水面距离井口也就一米左右,江南水位之高真让我这位北方人大为感叹。我忽然萌生异想,既然这是陈洪绶家的水井,定然沾染了不少仙气,我决定喝上两口,以此提高自己的艺术鉴赏力。众人纷纷制止我的鲁莽,他们担心我一旦喝坏了肚子,无法进行下面的寻访。

看完古井,跟随陈刚回到了纪念馆门前,在其开门时,我注意到纪念馆的门牌号为"长道地11号"。门旁侧墙上嵌着诸暨市文保铭牌,上面刻着"陈洪绶故居遗址及光裕堂"。看来此处确实是故居旧址。

走入纪念馆,眼前的建筑格局乃是江南祠堂的模样,祠堂的前方是敞开式建筑,上面挂着"光裕堂"的匾额,估计这里是当年的陈氏家祠。祠堂的正前方挂着三幅明代官服画像,下面摆着很粗的蜡烛,祠堂的两侧以展板形式介绍着有名望的陈氏后人。我在展板上看到了陈遹声,而前来陈家村之前,正是阮建根先生带我等到山上找到了陈遹声之墓。以往我只关注陈遹声在文学和藏书方面的成就,并未留意到他竟然是陈洪绶的后人。

转过光裕堂进入后面一个院落,这里的建筑形式也像祠堂,祠堂的正中摆放着陈洪绶塑像。塑像后面挂着匾额,上刻"一代宗师"四个大字,以此来彰显陈在绘画方面所取得的巨大成就。祠堂的两侧悬挂着一些陈洪绶画作的复制品。据我所知,陈氏画作的原件以美国翁万戈先生所藏既多又精。翁万戈是翁同龢的五世孙,当年翁同龢写过一首《题陈章侯三友图》:

> 我于近人画,最爱陈章侯。
> 衣缘带劲气,仕女多长头。
> 铁色眼有稜,俨似河朔酋。

次者写花鸟,不以院体求。

愈拙愈简古,逸气真旁流。

翁同龢明确地说,在众多画师作品中他最喜欢陈洪绶,尤其是喜欢陈洪绶笔下的那些仕女,帝师眼光之高,可睹一二。

其实在前几年,我先后两次去瞻仰过陈洪绶墓,其墓的具体地址是绍兴市谢墅官山岙横鹏岭,第一次是在 2012 年,另一次则在 2018 年。第一次前往乃是在当地包了一辆出租车,那天一上车就将我的行程单给司机看,请他先到谢墅官山岙横鹏岭。一路上司机不停地嘟囔:"是不是在公墓里?那里有一个公墓。"那个公墓正好也是在横鹏岭,来到公墓前,看见一家售卖香烛的小店,进去打听一番,店主告诉我想要探访陈洪绶墓不用进入公墓,而是由公墓门口的小路往前一点点下坡即是。

来到坡前,果然看见坡下有一座墓,被树木野草所掩映,走下去不久就看见"陈洪绶墓"的保护标牌,立在一片半腰高的野草中,旁边即陈洪绶墓。以老莲如此大的名声,他的墓居然如此冷清,略有些意外。又想到绍兴名人太多,周恩来、蔡元培等名气太过响亮,陈老莲这样一位画家自然不会受到太多重视,于是心下释然。

陈洪绶墓的周围都长满了齐腰高的荒草,但毕竟整个墓冢保存完整,墓碑上自右至左写着:"明翰林陈章侯公暨德配来氏宜人韩氏宜人合墓",上款是"乾隆六十年八月裔孙允坤立",下款为:"光绪辛丑花朝裔孙司事重修",字迹红墨相间,显然这年清明还有人来拜祭过。墓前荒草遮住墓碑,本想踩低野草拍张干干净净的墓照,又想其原貌即此,又何必美饰,于是由得墓前正中荒草遮住墓碑上数字。

程正揆(1604年—1676年)
其疏处直逼古人

关于程正揆的人生简历及绘画师承,清张庚在《国朝画征录》中称:

> 程正揆,字端伯,号鞠陵,又号青溪道人,孝感人。崇祯辛未进士,名正葵,选翰林。入国朝改正揆,为光禄卿,官至少司空。善山水,初师董华亭,得其指授;后则自出机轴,多秃笔,枯劲简老,设色秾湛。余最赏其水墨木石一图,作两枯树,一浓一淡,极意交插,而疏柯劲干,意致生拙,脱尽画习,泼墨作巨石于下,亦有别趣,元人妙品也。端伯论画尝云:"北宋人千丘万壑无一笔不减,元人枯枝瘦石无一笔不繁。"其言最精。其印有"先代一人师"。工法书。查梅壑云:"昔人论书云,既知平正,务追险绝。"青溪书得之矣。

明崇祯四年(1631),程正揆考中进士,而后入朝为官。董其昌与程正揆的父亲程良孺是很要好的朋友,当时都在京师,程正揆由此而得到了董其昌的指导。当时程正揆二十八岁,而董其昌已是七十七岁的老人,程正揆在董其昌那里看到了大量的古人画作,由此而提高了眼界,在绘画理念上,也受到董其昌的影响,因此后世将程正揆目之为董其昌的弟子。

姜绍书在《无声诗史》中称："是时，董宗伯思白为风雅儒师，先生折节事之，虚心请益。董公益雅爱先生，凡书诀画理，倾心指授，若传衣钵焉。"姜绍书明确地说程正揆拜董其昌为师，虚心求教，而董其昌也尽心教授，将自己的绘画理论悉数传授给程正揆。四库馆臣在给程正揆的《青溪遗稿》所作提要中亦称："正揆少从董其昌游，故颇工于画。集中亦多题画、论画之作。"

关于董其昌对程正揆的看重，程正揆在《书王摩诘江干雪霁图卷后》亦有明言："崇祯壬申年，先生以宗伯应召，携此图入都，好事每求一见，弗得。惟余往，先生必出图相示，展玩必竟日，且为指授笔墨三昧处，谓荆、关、董、巨皆从此出，若绘事不见摩诘真面目，犹北行不见斗也。"

董其昌入京时带去了一些名画，其中有王维的《江干雪霁图》，董对此画十分看重，很多人要求观看此画，都被其婉拒，而程正揆前往时，董其昌会出示此图，邀程一同欣赏，并且向程讲解此画的妙处所在。董其昌告诉程正揆，以前许多著名的画家比如荆浩、董源等人，他们的画理其实都是本自王维，董其昌把王维视为文人画的鼻祖。从这段记载既可看出董其昌对程正揆的关爱，也可以看出董其昌绘画观念对程正揆的影响。

董其昌将绘画分为南北两宗，《画禅室随笔》载："禅家有南北二宗，唐时始分；画之南北二宗，亦唐时分也，但其人非南北耳。北宗则李思训父子着色山水，流传而为宋之赵幹、赵伯驹、伯骕，以至马、夏辈；南宗则王摩诘始用渲淡，一变钩斫之法，其传为张璪、荆、关、董、巨、郭忠恕、米家父子，以至元之四大家。亦如六祖之后，有马驹、云门、临济儿孙之盛，而北宗微矣。"

而程正揆在《青溪遗稿》中亦称："子尝谓，晋唐人画是如来禅，

《江山卧游图》（之一） 故宫博物院藏

荆、关、董、巨是祖师禅，至元四大家便如灵济、云门诸老。建立宗旨，玄风大畅矣。然须明眼慧心人始得。若野狐伎俩，现牛鬼蛇身，恶习熏染，便使观者入书画地狱，殊可怜也。"

两相比较，可见董其昌观念对程正揆影响之深。虽然如此，程正揆在画理方面也有着自己的见解。董其昌在上文中明确地把马远、夏圭列在北宗，程正揆却对夏圭的画作极其欣赏："夏禹玉画华山图三十册，雄丽奇诡，极尽笔墨山水横肆之致。移此数峰，与莲花伯仲，看黄河天际来，亦堪使太白搔首问青天也。"

从这个角度来看，程正揆虽然接受了董其昌所强调的南北宗理论，但他在对待具体作品时，仍然是以事论事，并不因为自己偏好南宗就认为北宗的绘画都无足道。其实，董其昌在对待具体画作上也有类似的评价，他也并没有认为凡是北宗的画就是不好。两人在一起的相处虽然仅是短短三年，但程所受影响极深。比如董其昌强调"画欲暗，不欲明"，而留传后世的程正揆作品基本上都是偏清淡的色调。

董其昌退休后,程正揆仍然在朝为官,李自成军队攻入北京后,程正揆南下进入南明弘光政权,任右庶子兼翰林院侍读。第二年清兵包围南京城,福王逃走,程正揆与其他南明官吏开城降迎清军,在清王朝再次为官,之后做到了工部右侍郎,而他的绘画才能也受到了顺治皇帝的欣赏,曾应召入瀛台为皇帝作画。

但是,程正揆在京期间生活得并不如意,他在《书卧游图卷》中写道:"己丑以后,予往京师,十年如蚕之处茧,遂作《江山卧游图》,颇有索者,不能应,乃有纠弹及之者,曰程某以画媚人,余具疏云:'臣生平无他嗜,惟志在山水,又寡交际,故于办事余暇,间作画自娱也……'"

己丑乃清顺治六年(1649),自此以后,程正揆小心翼翼地在北京生活,既没有什么特别的爱好,也很少交游,业余时间只是绘画自娱。也许是不愿意跟人深交的原因,有人想索画,他却没有满足别人,由此而得罪了一些人,说他以画取悦人,拉帮结派,程正揆无奈只好向皇帝上书解释，说自己的绘画只是为了自娱。由此可见，他想安安静静作画都不可得。

清顺治十三年（1656）十月，御史张自德上书弹劾程正揆"涵淫荡检，有玷官箴"，于是程正揆被下部院查议，转年三月被革职，而后他离开京城返回故乡，把大多数精力用在了绘画创作方面。他在《行书诗卷》中写到了此后的心态："丁酉夏放归石城，闭户若深山寂如也。公远王子时过我，为竟日谭，公远静甚，益增雅致。偶索书，因录此数则。予近有笔墨谤，幸藏之勿示人，又添罪案云。青溪道人程正揆记。"

虽然已被革职，但程正揆依然心有余悸，担心给别人写字画画又会招来诽谤，说不定还会给他增加新的罪状。尽管有着这样的担忧，但程正揆还是绘制出了数量众多的画作，然而，他的绘画主题十分奇特，因为他几乎只画《江山卧游图》，并且立志要绘五百卷这样的同名题材作品。这种绘画方式堪称前无古人，为什么会有这种奇特的画法呢？他在《题赠舒五公卷》中有所解释："居长安者有三苦，无山水可玩，无书画可购，无收藏家可借，予因欲作《江山卧游图》百卷，布施行世，以救马上诸君之苦。"

看来程正揆很不喜欢北京的环境，认为这里没有好山水、没有好书画，也没有好的收藏家，所以他想画一百卷《江山卧游图》而后散布人间，以此让朋友们得以卧游。他在《题舒两吉画卷》中亦有类似说法："予欲作《江山卧游图》百卷以自娱，壬辰、癸巳两年，约得六十余图，皆为好事者持去。甲午以后遂不暇及此甚矣，有始有卒之难如是……"

这里所说的壬辰和癸巳是顺治九年（1652）和十年（1653），在这两年的时间内，他画出了六十多幅《江山卧游图》，这些画都被朋友们抢去。转年，因为诸事繁忙他没有再继续画下去。

按照程正揆的计划，他原本是想画一百卷《江山卧游图》，但后来喜欢的人太多，他的计划更改为五百卷。周亮工在《读画录》中称："程正揆，字端伯，别号青溪道人。书法师北海，而丰韵萧然，不为所缚。尝欲作《卧游图》五百卷，十年前予已见其三百幅矣，或数丈许，或数尺许，繁简浓淡，各极其致。然矜贵不肯轻以与人，惟于石和尚无所吝耳。"

程正揆把计划完成的《江山卧游图》数量扩大到五百卷，而周亮工说他在十年前已经看到程完成了三百幅。从后世的记载来看，很多大藏家都在寻找这五百幅作品，比如王士禛在《程侍郎青溪遗集序》中写道：

> 青溪先生《江山卧游图》散在人间合有数百本，予在金陵日，访之才得二卷。其一长可丈许，江流山色映带远近，烟风云气渔庄蟹舍，风帆沙鸟出没于烟波暮霭之间，与王诜《烟江叠嶂图》相似。其一如王摩诘《嘉陵江小簇》，长仅尺许，而江山辽阔，居然有万里之势，皆奇作也。二卷藏之匣中数十年矣。

王士禛得到了其中的两卷，十分宝爱，一藏就是几十年。可能正是程正揆只画同一主题的作品，并且在后来的作品中还标出每一卷的号码，于是很多人都开始追求该画，以此来表明第某号藏在自己手中。正因为这样的追求，使得《江山卧游图》很是抢手，而清代的郑珍谈到朋友在京城得见《卧游图》第一百九十六号，可惜对方开价高昂，只好临写一遍的憾事："琴邬与余饮，言昔年在京师，有持程端伯《卧游图》五百卷之第一百九十六来售者，长二丈余，心欲之而高值不可得，适有佳纸，因剪烛临之，自更定至鸡鸣而毕，诚一快事。"（郑珍《巢经巢诗文集》）

《江山卧游图》（之二） 故宫博物院藏

《江山卧游图》（之三） 故宫博物院藏

　　巧合的是，到了现代，容庚先生也藏有两卷《江山卧游图》，在上世纪八十年代，容庚将这两卷名品出售给广州艺术博物院，该院的杨彬为此写了一篇《程正揆及其〈江山卧游图〉》，由此人们得知，容庚旧藏的该画为第八十卷和第三百四十卷，两卷画后都有容庚所写长跋。经过对这两件馆藏的编号和创作年代的排列，杨彬在文中称："从容庚先生的跋语中，得知，程正揆的《江山卧游图》罢官后创作的数量可谓是快速递增。我院收藏的第三百四十卷，作于1672年，而故宫博物院收藏的第四百三十五卷作于1674年。短短的两年时间内，程正揆创作了九十五卷之多。"

　　可见，正因为被罢职，程正揆反而有了时间去创作，似乎他的生活有了更多的悠闲,然而他却在《题夏振叔卷》中称:"振叔不远千余里,特制此卷索书,或谓予在山水间,心手必闲,故尔不知闲人怄事更多,每日晨起洒扫几案,位置花石,客至或棋或歌,天气和暖散步寻僧,煮竹笋野蔬,哪得磨墨拈毫,作冷淡生活日子也哉。今年园中杏花独盛,灿烂盈庭,坐卧其下,偶忆此未完,遂信笔书之。"

夏振叔应当是程正揆在北京时的朋友,程正揆被免职后主要在南京和家乡湖北孝感两地往返,夏振叔寄来书信,向他讨要作品,夏在信中说到程既然已经不在官场,想必在山山水水间十分悠闲,言外之意是程应该有许多闲暇来作书绘画。夏振叔的话令程正揆大感不快,他说其实不当官的日子更忙,比如忙着布置庭院,忙着下棋、散步、寻僧等,哪有时间作画。用今天的话说,这应当算是一种"炫闲",但也看得出他心情很好。

读到程正揆的这段话,很容易让人想起陶渊明《归去来兮辞》中所表达的喜悦,虽然他有着撒娇式的抱怨,却能看出他返回家乡后的生活是何等之滋润,这也是他能够在短期内创作出大量《江山卧游图》的原因所在。

"卧游"的概念始自宗炳,张彦远在《历代名画记》中记宗炳:"善书画,江夏王义恭尝荐炳于宰相前。后辟召,竟不就。善琴书,好山水,西陟荆巫,南登衡岳,因结宇衡山,怀尚平之志。以疾还江陵,叹曰:'噫!老病俱至,名山恐难遍游,唯当澄怀观道,卧以游之。'凡所游历,皆图于壁,坐卧向之。"恰好宗炳和程正揆都是湖北人,想来程正揆乃是受到宗炳的影响,所以创作出了大量同题材作品。

程正揆在南京居住的时候,结识了"清初四画僧"之一的髡残,髡残号石溪,因幼年丧母遂出家为僧。髡残在南京城内的大报恩寺里参加刊刻《大藏经》,程正揆罢官后回到南京,曾经施舍大笔银两给大报恩寺,可能是这个原因,两人得以相识,又因为在绘画理念上有着

《山水册》（之一） 上海博物馆藏

《山水册》（之二） 上海博物馆藏

相近的观点，两人成了十分要好的朋友。

程正揆的诗文集《青溪遗稿》中记录了许多他与髡残谈艺之事，比如在《题石公画卷》中称：

此石公在修藏社中所作。时予告之曰："画不难为繁，难于用减。减之力更大于繁，非以境减，减以笔，所谓弄一车兵器不若寸铁杀人者也。"石公遂作此图示予,复笑曰:"诚少少许,奈不中律何?"予应曰:"博浪一锥为千古绝伎,金人十二,何啻天壤视之,君宁有幸心耶?"记此语已二十年,往儿罩收藏,复装潢,请题于后,因记之。

程正揆向髡残讲述了自己的绘画理念,他的这个观念被后世广泛引用,而他本人也在多处提及,比如程正揆在《书龚半千画册》中称:

画有繁减,乃论笔墨,非论境界也。北宋人千丘万壑,无一笔不减;元人枯枝瘦石,无一笔不繁。予曾有诗云:"铁干银钩老笔翻,力能从减意能繁,临风自许同倪瓒,入骨谁评到董源?"悟此解者,其惟吾半千乎。

程正揆用自己的观念来评价了龚贤的用笔特点,而龚贤也对程正揆的绘画水准极其敬佩,他在给周亮工的《名人画册》中有如下题语:"金陵画家,能品最夥,而神品、逸品亦各有数人。然逸品则首推二溪,曰石溪,曰青溪。石溪,残道人也,青溪,程侍郎也,皆寓公。残道人画粗服乱头,如王孟津书法;程侍郎画冰肌肉骨,如董华亭书法。百年来,论书法则王、董二公应不让。若论画笔,则今日两溪又奚肯多让乎哉!"

龚贤认为当时金陵画家中最有水准的两位就是髡残和程正揆,他们两人画风上虽然差异很大,但都达到了当时的最高水准。而周亮工在《读画录》中评价说:"海内士大夫,以画名家者,程青溪、顾大申及侍御,可称鼎足。"

这段话中的侍御指的是方亨咸,周亮工认为当代的名家以程正揆、顾大申和方亨咸鼎足而三。然方亨咸在《邵村论画》中却谦称程正揆才是当世无匹："当今画无匹青溪者，其疏处直逼古人，梅壑爱之，是以近之，此宝晋斋中所以多东坡笔也。"较程正揆略晚一些的笪重光也持同样观点，在《江上画跋》中称："东坡云：'国朝书法，余以君谟为第一。'千百年后，始信其言。余谓本朝画法，必以青溪为第一，盖不俟千秋之后，已有知其说者。"

程正揆的《青溪遗稿》中收录有大量他的绘画理论，此处引用一段他所写的《题文伯仁人间异境图》跋：

> 传世之画，每于率处见老，生处见神，疏处见法，然非至炼、至熟、至整不能为也。足迹尽天下名山，眼界尽古人神髓，得意忘言，得心应手，方能下笔，时风雨鬼神，若在腕肘，无一法，无非法，如禅宗喝棒并驰，目不及瞬，然止可与知者道尔。

程正揆认为一幅好的绘画作品，在下笔之前要做两手准备，一是要到处浏览天下名山，二是要尽量多看古人名作，只有这两者的结合才能创作出好作品。然而程正揆在看过了许多山山水水之后，却认为江南的山远不如他家乡的山更有意趣。他在《自题卧游卷》中写道：

> 山水之妙，无地不曲尽其致，但以近江河、通游人为易显尔。吴浙间，拳石土阜，鲜有奇特，不过因舟楫之便，随意可到，兼山寺雅僧，精舍借榻，文人墨客，题咏点缀，遂冒名山。若论奇峰飞瀑，安能当高深万一耶？如吾澴之大悟、双峰、白云黄草间，高不过一二十里，远不满三五十里，而幽邃险僻、奇岖异境，不可枚举。

程正揆认为江南的山水没有什么奇特处，之所以这么有名，不过是因为江南水道发达，往返方便，山中又有很多雅僧，使得文人墨客们一遍遍题咏，这才使得一些普通的小山有了名气，其实这些是人为打造出来的名山，远不如他的家乡湖北孝感的山，自然险峻，充满异趣。可见，程正揆虽然长住南京，但心里一直念着家乡的山水，而湖北人也以有这样的大画家为傲，湖北诗人杜浚在《变雅堂集》中写道：

  吾楚有诗而无画，直至今日，突出两人，一为石溪禅师，一为青溪太史。仆前后见其巨幅长卷，云峰石迹，迥绝天机，原本古人，师友造化，未尝不叹为神品。不知何以不出画家则已，一出便到恁地？

  程正揆故居遗址在湖北省孝感市周巷镇大屋村。我乘高铁来到武汉，走出高铁站立即去到旁边的杨春湖客运站，无缝对接坐上前往孝感的中巴，两小时后来到孝感。出站后，拦住一辆出租车，问去往周巷大屋村需要多少钱。大概我的样子一眼看上去就是外地人，司机报出了240元的价格。湖北已经来过数次，知道在当地"250"是句骂人的话，所以当实际价格是250元时，卖方通常会在这个基础上报高十元，看来这位出租车司机对我比较客气，少报了十元。但是我在出发前做过功课，知道从孝感市前往周巷镇大约只有五十公里的路程，所以这个价格还是觉得有些贵，更何况他还没有算上回程的费用，于是我也客气地谢谢他，然后离开了客运站。

  走出一段距离后，我拦下了第二辆出租车，这位司机想了想，报出了120元的价格。价钱瞬间减半当然心中一喜，于是没有再谈价格，顺手把行李放入后座然后坐到了前排，请其开车前往。天气很是阴沉，这一天从早上的出租车到高铁，又从高铁到中巴，中巴再到出租车，时间已经到了下午的五点。看着越来越阴沉的天，我开始担心到达大屋村后天气已晚，光线不足以拍照。司机安慰我说："很快就到了，今天只是天阴，不会那么早就天黑的。"

进入周巷镇内，连续穿过几个极小的自然村后，终于来到了大屋村。司机进入大屋村后，并没有向人打问程正揆故居，而是直接将车开到了村部门口，说到了村部再去问，一定会有人知道。我问他何以知道村部在这里，他说村部前面一定很开阔，要么是个操场，要么是个停车场，而他远远从房屋缝隙间看到这边有个篮球架，而村子里面有篮球架的地方，除了学校，就一定是村部。我一向自诩聪明，但此刻也开始佩服这位老兄，他不仅厚道，而且机敏。

村部是一栋涂成黄色的两层小楼，来到这里时已经是下午六点多钟，村部所有办公室的门都关着。围绕着村部的都是最近十来年新盖起的小楼，然而其中有一户明显与左右不同，院门口盖着设有飞檐的门楼，飞檐上还装饰着花纹。我不由得走近去多看了两眼，才发觉门口贴着蓝色对联，对联上第一个字的位置还画着两只仙鹤，顿时觉得古风扑面。在如此偏僻的地方，居然还有人如此恪守孝道，正感慨间，突然意识到这是在孝感，一个以孝行著称的地方。

这时几个在旁边聊天的年轻人围了过来，好奇地打量着我，我下意识觉得这间颇具古风的民居可能就是我要找的程正揆故居遗址，于是向他们打问。结果他们整齐地抬起手画了个圈，说这里当年全都是程家的房子。我心有不甘地说，我在网上查到，大屋村里有程正揆的故居，是哪一间呢？他们又指了村子里的一条小路说，要从那边走过去，不过早就拆掉了。

多年的寻访遇到过太多这样的情况，因此听到这种回答也让我闻变不惊，请求其中一位带我去看看故居的遗址。年轻人爽快地站起身，说了一声"跟我来"。经过那间颇具古风的民宅后，向右转入一条小路，前行不久来到一户门前，门内有个小院，院内还堆着一些碎石建

孝感的山

进入大屋村

大屋村村部

应该是老房子

材,显示这家的二层小楼建成还没多久,一对夫妻坐在院中给一个小孩喂饭。我简略地向他们说明了来意,男主人很是热情,大概也多次接待过像我这样的不速之客。他站起身来说,老房子已经拆掉了,只剩下一点点还没有拆掉的墙头。我听闻立即请他带我去看看,他也不拒绝,带着我穿过客厅,原来小楼的后面还有一层平房,中间只隔着一米来宽的空隙,平房修得很是简易,看上去也没有多少年,与之相邻的则是一堵看上去有些年月的旧宅后墙,但也不会超过半个世纪。

我疑惑地看着男主人,他马上明白了我的意思,一边解释着什么,一边指着平房与邻居后墙之间的一块墙体让我细看。原来这中间还嵌着一块既不属于左、也不属于右的墙体,宽度不足一米,因为年月的侵蚀,与邻居的后墙显出一种协调的旧痕,然而细看,仍然能看出这一小块墙体应该有着逾百年的高龄。

程正揆的故居遗址竟然仅剩下这么一块墙体，这真让人感慨，我不抱希望地向他打问，是否还有其他与程正揆相关的痕迹，他爽快地说还有一些拆下来的老木头，上面有着花纹，以前应该很漂亮。说完还没等我提出请求，他就钻进了旁边的小平房里，从里面拖出几块刻着花纹的大块的木料。木料颇大，可以想象出原本的房屋建筑是何等宏大，花纹虽然仅剩下局部，却依然能够辨认出是一条跃出龙门的鲤鱼，而平房里面，还隐约能看见堆着半屋子的类似木料。

在我拍照期间，男主人一直不停嘴地说着话，可惜他的话我只能听懂六七成，半猜半蒙间，我得知了他姓陈而非程，而他能够住在程家的老房旧址，是因为"我的一个姑婆说的程家"。我费了好大劲才明白，这句话的意思是他有个姑婆嫁给了程正揆的后人，而"说"就是"嫁给了"的意思。而当我问到是嫁给了程正揆的第几代后人时，他不停地重复"找不到"三个字，我再问他是什么东西找不到了，心里想着他指的可能是家谱找不到了，所以无法知道是第几代。可是他瞪了眼睛似乎也听不明白我在说什么，只好大家一起作罢。我跟着他穿过客厅，来到了小院里。他又指着檐下一块长长的石条和柱础，说这也是从老房子上拆下来的。长石条架在两块石柱础上，我看了看柱础，同样很有岁月感，主人说这样的柱础一共有二十四个。拍完柱础，男主人又指了院中的一个石臼说，这也是原来的老东西，现在用来喂鸡了。

说完这句话，他忽然感慨起来，语气明显地变了，说老房子就是在他的手里拆的，如果不拆，现在就发达了。我问他什么时候拆的，他说大约在三十年前，那时候人人都拆老房子盖新房，要不就会被人瞧不起，现在省里也来人看过，每个人都对他说"要是不拆就好了"！可是这世上没有后悔药，现在也只剩下那一块残余的墙体，能跟程正揆有些许联系。我向他道了谢，准备离开这里，忽然又想起来，

墙体新旧对比　　　　　　　　　当年程家旧居的旧料

似乎没有看见他家的门牌，他马上指了客厅的门楣，原本门牌被纱窗钉在了后面，他告诉我说这里是大屋村 239 号。

离开大屋村时，司机告诉我，在我去拍照期间，他和村里的老人们聊天，老人们告诉他，这里是陈家大屋，而非程家大屋。我忽然想起刚才男主人不停地说"找不到"，于是问他，有没有问过老人们村里是否还有家谱，因为刚才男主人不停地在念叨这三个字。司机愣了半晌，忽然大笑起来，告诉我说孝感话里"找不到"就是"不知道"的意思，说我一定问了他莫名其妙的问题。

鲤鱼跃龙门

残墙

老石条

柱础

老石臼

被遮挡的门牌号

渐江（1610年—1663年）
善游精鉴，不干世誉，隐沦之外，绝无俦侣

渐江是明末清初著名的画僧，俗姓江，名韬，出家后法名弘仁，号渐江，与石涛、梅清都是"黄山画派"的代表人物。"黄山画派"又以"海阳四大家"为主，这四人分别为释弘仁、查士标、孙逸和汪之瑞，他们虽然都是布衣，却学问深邃，并且都受到元四家的影响，作品富有山林野逸之趣，轩爽清秀，而这四人中又以弘仁为领袖，水准为最高。

张庚《国朝画征录》中谈到渐江时称："山水师倪云林，新安画派多宗清閟法者，盖渐师导先路也……余尝见渐师手迹，层峦陡壑，伟峻沉厚，非若世之疏林枯树自谓高士者比也。"

这段话虽然讲的是渐江，但张庚同时认为，新安画派基本上都是学习倪瓒的笔法，而这种风气的形成，跟渐江的大力提倡有一定的关系。渐江在所作诗文中完全不掩饰对倪瓒的崇拜，比如他在《画偈》中写道："老干有秋，平岗不断。诵读之余，我思元瓒。"在《偈外诗》中亦称："疏树寒山澹远姿，明知自不合时宜。迂翁笔墨予家宝，岁岁焚香供作师。"

渐江以倪瓒为师，收藏有不少倪瓒的画作，每到年节，都会取出来祭奠一番，正是因为这个原因，后世大多认为渐江的绘画风格本自倪瓒。比如周亮工在《读画录》中称其：

喜仿云林，遂臻极境。江南人以有无定雅俗，如昔人之重云林然，咸谓得渐江足当云林。隐居齐云，不妄为人作。册中二幅，汪次舟索以相赠。别有一二立轴，则君以寄余者。君未五十殁，画亦贵重。其门徒赝作甚多，然匡骨耳。此直须另觅云林矣。

也有人认为，渐江的学习对象并非本自一家，《书画所见录》中称其："画宗元四家，爱用鼠足小点，攒取峦头峰顶者，此特与世异耳。"看来元四大家均为渐江学习的对象，同时他又将元四家的风格融为一体，从而创造出自己独特的技法。而《图绘宝鉴续纂》则进一步认为渐江先仿宋人后仿元人："善画山水。俗姓江名韬，字六奇。初师宋人，及为僧，其画悉变为元人一派。于倪、黄两家，尤其擅场也。"

从总体而言，渐江的笔墨主要是本自倪瓒，然而他却能食古而化古。陈传席在《弘仁》一书中称："凡属大家，皆有自己强烈的精神状态、特殊的性格、明确的观念和主张。所以，虽然仿学别人的作品，不过是借其形式，从中得到一点启发，而自己下笔时，流露的仍是自己的精神状态，不唯迹不似，神更不似。所以，弘仁虽然学倪，而其画又不似倪，但倪画也确实给了他启示，也奠定了他技法的基础。"

陈传席认为，渐江学倪又不似倪。吕少卿在其所著《承传与演进：渐江与倪瓒山水画风比较研究》一书中，先是引用了陈传席的这番论述，而后接着说："倪瓒的笔性是含混不肯定的松而柔、干而峭，其独具特色的'折带皴'法，不尽中锋用笔，而多有侧笔横擦处，连勾带擦加染，稍呈拖泥带水之感，树木则多呈寒林之态，笔致亦柔曲松灵。多承荆、关、董、巨、李等传统技法，更从太湖景色而来，意境荒寒孤寂。这是倪瓒对造化的体悟。而渐江在取法时则参用带有自己独特风格的、肯定而清晰、劲且润的线条为之，偏于简括清刚，多勾少擦染，简明、清晰、干脆、劲润，绝无拖泥带水之感，意境静洁肃杀。

《古槎短荻图》 故宫博物院藏

一周遭内總無些守戶
摧餘楸兩丫還撇寒塘
誰香頗妹來待付舟廬
花此余友汪藥房詩
香士社盟所居離薄方
池潭泓可擱古槎短荻
湛露樽風頗頗其意
固並系之博一噱也漸江

逢筆金標靈異驅
名坡落紙蟠游龍共
期出世師先遞對此
殘縑念昔容

老屋柏株池環石
抱默染澄遠大似
高房山令筆也
黃山湯燕生拜題

这是渐江对自然的感怀，其写黄山之作，更是取造化之功，得黄山性情之助，迥异于倪画。"

不同的笔法呈现出不同的绘画意境，最终也形成独特的绘画面貌。在渐江的那个年代，同期还有几位著名的画僧，他们之间的面目各不相同，黄宾虹在《论明季三高僧》中做出如下比较："渐师与石溪、石涛同时为僧，以画名世，人称三高僧。石溪整严，石涛放纵，揆诸笔墨，各有专长。渐师成名最先，画尤高逸，善游精鉴，不干世誉，隐沦之外，绝无俦侣。"

前人大多认为渐江是萧云从的弟子，这是因为康熙年间曹寅曾在渐江所画《十竹斋图》上写有题记，题记中有"渐师学画于尺木，而品致迥出其上"的句子，而尺木正是萧云从的字。而萧云从在渐江所画《黄山图册》上也有一段跋语，最后几句是："余老画师也，绘事不让前哲，及睹斯图，令我敛手。"由这些跋语可知，渐江与萧云从交往很是融洽，互相欣赏，尤其在萧云从的跋语里，其虽然自称是老画师，却对渐江的画作佩服到甘拜下风。

对于渐江是否真的拜萧云从为师这件事，之前在萧云从一篇中已经提及，于此不再赘述。然而在美国哈佛大学福格美术馆所藏画卷中，有一段龚贤的题记："孟阳开天都一派，至周生始气足力大。孟阳似云林，周生似石田仿云林。孟阳姓程，名嘉燧。周生姓李，名永昌。俱天都人。后来方式玉、王尊素、僧渐江、吴岱观、汪之瑞、孙无益（逸）、程穆倩、查二瞻，又皆学此二人者也。诸君子亦皆天都人，故曰天都派。"

龚贤在此提出明代有一个"天都画派"，开创人是程嘉燧，使之壮大者是李永昌。程嘉燧的绘画风格仿照倪瓒，而李永昌则有如沈周学习倪瓒，此后的渐江等一批有名的画家，又都学习程嘉燧、李永昌的画风，这些人恰好都是天都籍人士，故而龚贤将他们称为"天都派"。

按照龚贤所言,渐江并不是直接学习倪瓒,而是间接通过程、李二人来学习。这种说法有些奇怪,毕竟从渐江的阅历来看,他应当见过不少倪瓒的真迹,既然喜好倪瓒的画风,为何不直接学习,而去师从效仿之人的画作呢?

关于渐江的师承,周亮工又提出了一种说法,他在《赖古堂集》中讲到了一位名叫孙无修的画家:"江宁孙公无修,名自修。以甲子乡荐授阳江令,有慈惠声,迁贰大同。感时乱,忽遣两爱姬,弃家薙发,为蔚麟和尚弟子。游踪浙中,自号与然。岩栖谷汲,缚茅于人迹罕至地,颜曰悬溪庵,浙人多称之曰悬溪和尚。"

孙无修也是一名画僧。经历明末清初的战乱之后,孙无修遣散爱姬剃发为僧。周亮工在该文中写道:"公素精绘事,出世后尚时时点染数峰以自适。予见其所作寒梅册子寄胡君念约者,楚楚有致……黄山渐江上人绘事为世所重,然闻上人一水一石,皆脱胎于公云。"孙无修素有绘画的技能,出家为僧之后仍然偶尔有画作,而渐江的绘画也是"脱胎于孙无修"。到如今,孙无修的画已难看到,故无法将他与渐江作比较,而渐江是否正式拜孙无修为师,周亮工在文中也未曾明言。

虽然有这样那样的说法,然后世大多还是认为渐江本自倪瓒。张庚在《浦山论画》中称:"新安自渐师以云林法见长,人多趋之,不失之结,即失之疏,是亦一派也。"而秦祖永在《桐荫论画》中亦称:"梅花古衲渐江,山水专摹云林,当时极有声誉。余见卷册数种,不过笔墨秀逸,并无出奇制胜之处,想是门徒赝作,非真迹也。不然,群以云林推奉之,未免唐突云林矣。"

关于渐江的生平,虽然传记很多,然对其早年经历的记载却很少,各种文献中所讲故事基本大同小异。比如程弘志所撰《渐江传》中称:"少孤贫,以铅椠膳母。一日,负米行三十里,不逮期,欲赴练江死。母大殡后,不婚不宦。"

其他传记中讲述的也都是同样的故事，只是对于"铅椠"二字有着不同解释。就目录版本界的理解，铅椠乃是出版印刷业的代称。渐江少年之时，父亲就去世了，家境贫穷，他就到当地的某个印刷作坊打工。这个作坊是何名称，未见史料记载。吕少卿在其专著中认为渐江在那里可能是搞木刻版画，因为他后来跟出版业名人胡日从的儿子胡致果关系很好，而程弘志后来在刊刻《黄山志》时，也收录了渐江所作的《黄山图》。

渐江对母亲十分孝顺，某一次，跑到很远的地方买米，因为无法及时返回，焦急得几乎要跳江。从这个侧面也可得知，渐江家确实非常贫困，到了等米下锅的程度。其母去世后，他既不考虑出仕，也没打算成家，再后来，他选择了出家。

渐江出家的原因各种传记中都未曾提及，只是张九如在《渐江画卷序》中说到这样一句："顷岁以来，以世途多故，人事或违，遂落发为僧。"这句话说得比较含糊，其真正原因，应当是与明末清初的社会巨变有很大关系。可能是世态巨变，让渐江厌倦了世事。然而张九如那段话的前面，还有几句："雅志翰墨之林，特以丹青著。虽遨游困惫，未尝一日置笔研也。常取古名家秘迹，坐卧拥观，恣其探讨，于黄、王、倪、吴四家尤所癖嗜，命意之际，可谓能神肖也。"看来渐江在出家之前就已经酷爱绘画，出游之余，无论有多么累，都不忘绘画之事。他观摩历代名画，几乎到了如痴如醉的地步，尤其喜好元四大家的作品。

在渐江的时代，名家画作也是十分昂贵，而渐江家贫如洗，他哪里来的这些名画呢？从其他资料来看，渐江主要是借看他人的收藏。汤燕生在渐江所绘《山水三段图卷》的跋语中写道："而余友渐江……生平韬精湛虑，于唐宋诸名家画，绝人事荒食息而摹得之。间游金陵、维扬间，闻有蓄名画家，则多方祈诣，愿借以观。或主人吝示，客则请托介绍,常以鸡鸣立门下,至昏黑不得,请乃踉跄去。主人悯其诚,更发箧恣所观,遇有当意者,则长跽谛视,声息俱屏,有客在傍不知,呼之饭食不应也……"

为了看到历代真迹,渐江到处托朋友介绍名画收藏家,如果被收藏之家拒绝,他就整日站在藏家门前苦等,这份诚心很能打动主人,最后总能答应让他看画,而渐江对画作的痴迷,几乎到了旁若无人、茶饭不思的程度。所以,渐江后来能取得那么高的绘画成就,也跟他的这些经历有关。

对于这一点,其他的记载也不少,比如黄宾虹在《僧渐江之高行》中写道:"僧渐江《秋林图》,鉴者谓:渐师画力追倪元镇,犹之吴云壑书力追米海岳,两人皆能得其神似,虽臭味相投,各具宿根,要其苦用心处,正不可不知也。相传师购倪画数年,苦不得其真迹。一日获观于丰溪吴氏,遂佯疾不归,杜门面壁者三阅月,恍然有得,落笔便觉超逸。因取向来所作毁之。吾乡至今以为美谈。"

这段记载中,渐江很想购买倪瓒的画作,但始终得不到真迹,某天在丰溪吴氏那里看到了倪瓒的精品,为了能与画作近距离接触,仔细揣摩倪氏笔法,他竟然不惜装病住进了吴家,而且一住就是三个月,天天仔细观摩倪画,回来后果然落笔比以前超逸了不少。

为了学画,不惜使出近乎无赖的招式,也称得上是一段佳话了。就是这种不达目的誓不罢休的执拗,使得他在很多藏家那里如愿以偿。安徽人吴之騄在《叔念武氏传》中写道:"余乡多藏宋元名画,是时高僧渐江观画于余叔粲如、伯炎家。每至欣赏处,常屈膝曰:'是不可亵玩。'"

渐江对宋元名画有着本能的崇敬,他从那些画作中汲取养分,除了临摹古画,他也广泛地写生。民国《歙县志·江韬传》中称:"挂瓢曳杖,憩无恒榻。每寻幽胜,则挟汤口聋叟,负研以行。或长日静坐

《雨余柳色图轴》 上海博物馆藏

空潭，或月夜孤啸危岫。倦归则键关画被，欹枕苦吟。或数日不出，山衲踪迹其处，环乞书画，多攒眉不应；顷忽涤砚吮笔，淋漓漫兴，了数十纸不厌也。"

渐江经常去深山写生，望着眼前的美景在脑海中布置画作的结构，有时还把自己关在屋内几天不出门，以极大的热情投入创作。正是这份苦心孤诣，使得他的画作广受时人宝爱，所到之处，求画者络绎不绝，大多时候渐江会不予回应，然而也有兴致高的时候，这时就会不知疲倦，一画就是数十张。

对于他的写生方式以及绘画个性，张九如在《渐江画卷序》中亦这样写道："穷历闽越诸山水，海峤之殊观，江峦之变态，沙桥云树，靡不涉入。是以用笔益奇，不奇不已，故兴会所至，虽连缣巨幅，莫不挥洒无余。倘意所未惬，裂数十纸，终不肯就，其不肯轻用所不可如此。故欲其画者，逢其欣适，即山农野叟，无不遂其所求者；若其意拂，虽富贵巨人，赍金帛、驰轩车以就之，有踰垣而避耳。"

渐江的写生地点主要是在黄山，殷曙在《渐江师传》中写道："素深得画家三昧，尝曰：'董北苑以江南真山水为稿本，黄子久隐虞山而写虞山，固知大块自有真本在，若书法之钗脚、漏痕，不信然乎？'爰是携小阮允冰氏住进黄山，收其松云岩壑之奇，一一寄之于画。"

关于渐江在黄山的主要观摩处，殷曙在传中又写道："癸卯游匡阜归，与旅亭、允冰二君休夏披云峰下。每理椁石淙，焚香沦茗，各出所藏书画鼎彝，纵观移日。忽夕阳西驰，黄山献秀，师不禁解衣脱帽，索纸布图，极浮游容与之致。"

这个观摩处原来是披云峰。某个夏天，渐江与朋友在披云峰下焚香煮茶，而后每人拿出所藏的书画古董相互观摩，点评切磋，兴致来了，也现场作画，十分快意。渐江不仅爱临摹古画，也喜欢将画作与实景进行比照，从中领悟绘画之理。对于渐江的这种绘画方式，贺天

《黄海松石图》 上海博物馆藏

健在《黄山派和黄山》一文中有如下详细论述："渐江和尚的画，是新安派中最为佼佼者，他笔如钢条，墨如海色，每每纵横交织地表现石的体态和体积。但觉静穆、严正、朴实、恬洁，规行矩步，一些也不放失。当然他是学过古法的，原来他不是一个寻常的和尚，他有文学艺术修养，不问可知，他知道荆、关、董、巨的。但是仅仅这样积累一些学问，渐江是不能成其为渐江的。……那末渐江的风格究竟从哪里来的？我说是从黄山得来的。黄山的白龙潭上，朱砂峰西一带石壁，即是渐江石法的范本。平直的体势，雄放的姿态，排空而起，有如大鹏展翅……是渐江自己独有的横解索皴法。"

除了强调理论与实践相结合，渐江能够形成独特的画风，也跟其书法高妙有很大关联。黄宾虹在《渐江大师事迹佚闻》中称其："笔墨之妙，画法精理，幽微变化，全含蕴于书法之中。不习书法，画不易高。渐师书法颜鲁公，笔用中锋，均自篆籀而来。"

黄宾虹认为，渐江笔墨之精妙有得自书法的一面，因为书法不好的人，很难画出高格的画作。具体到渐江的书法面目，黄宾虹认为是本自颜真卿。而康熙《歙县志·弘仁传》中记载可为佐证："师汪无涯受五经。乙酉年，自负累累卷轴，偕其师入闽，游武夷，后依古航禅师，遂弃家入道。行书入鲁公之室，楷法倪瓒，画则不名一家。邹总宪之麟，程太史正揆，皆画中逸品，时亟称之。尝住黄山，收松云岩壑之奇，一一著之于画。"

此篇传记中，谈及渐江的行书得自颜真卿，而楷书则得自倪瓒，从而也印证了渐江不仅在绘画上模仿倪瓒，在书法上同样如此。

对于渐江画作的整体风貌，吕少卿在其专著中给出如下总评："渐江的山水画，不论笔墨还是意境，都显现出一种极为突出的'静'和'冷'的审美趣味。他的笔墨，没有跳跃动荡的笔触，没有大肆张扬的墨色。线条似文弱蓬松而又沉稳细劲，精力内含。一般在勾画之后不做过多的皴擦渲染，其表现黄山的作品塑造物象更是以简单而又概括的几何体叠加为主，有的甚至就是以松灵而又时现坚实的线条空勾，显得十分干净，给人以非常强烈的'寂静'感与'冰冷'感。"

渐江因为喜爱披云峰，故其圆寂后就被葬在了此峰之下。闵麟嗣在《黄山志定本·弘仁传》中说："临终掷帽大呼'我佛如来观世音'而逝。墓在披云峰下，友人莳梅花数十本以大招之，从师志也。"

关于渐江圆寂的具体位置，程弘志在《渐江传》中称：

> 自秋徂冬，感疾不起，十二月二十二日示寂于五明禅寺，报龄五十有四，僧腊二十有一。遗命于塔前多种梅花，曰："清香万斛，濯魄冰壶，何必返魂香也？他生异世，庶不蒸芝涌醴以媚人谄口，其赖此哉！"先是欲以所储墨妙分给同人，疾革时，尚喃喃佛号不绝。坐化之日，缁素号恸，吴越凄悲。遂以甲辰二月六日卜地寺左，为莳梅数十本，以大招之。

渐江五十四岁去世，圆寂之处乃是五明禅寺，他在圆寂前留下遗言，要求弟子在墓塔周围多种一些梅花。不知当年所种之梅如今是否还安在，我准备前往渐江墓塔一探究竟。

从网上查得的信息，渐江墓位于安徽省歙县徽城西干山上。来到歙县，而后乘出租车前往披云峰，眼前所见，是一大片刚刚整修完的坡地。我在现场未曾找到五明禅寺，从地势及面积推测，刚经整修的坡地说不定就是想恢复当年的五明禅寺，然而，整修工程却把周围的路径全部掩埋了。

我已经看到网上文章中，渐江的墓很难找，正是已经有了心理准备，于是我耐着性子在附近慢慢寻找平整之前的痕迹。在这片坡地的不远处，我看到一堵倒塌一半的旧墙，墙的周围并无其他建筑，可以

终于辨认清楚上面刻着"渐江墓"三个大字　　文保牌旁边的台阶

推知这堵墙已经颓圮了至少几十年之久,很有可能就是曾经五明禅寺的某个建筑。在旧墙附近查看,于墙后方发现一条或隐或现的小径。因为长期无人踏踩,小径已被茂密的植物掩盖,难以看出痕迹。再仔细探看,这条小径果真隐隐现现通到了上山之路。

沿路上行,在不远处看到一块被水泥包裹的刻石。因为雨水冲刷的原因,上头的字迹已模糊不清。仔细辨识,居然是刻着"渐江墓"三个大字的文保牌,看来还真是找对了地方。抬眼上望,文保牌的右侧有继续上行的台阶,再拾阶而上,果真找到一块墓碑,上刻篆书"渐江和尚墓"五个大字。

然而此碑四围,既不见墓丘,也不见舍利塔。眼前所见,仅是一片松林。在这片松林中,用栏杆围出了一片范围,显然渐江墓不可能有这么大的范围,也许是想恢复渐江墓,但一时无法确定具体位置,只能如此来划定大概区域吧。

细看这些制作不久的石板护墙,我注意到上面刻的一些字,虽然字迹很浅,却能够看清楚上面刻的"渐江和尚墓碑"等字样。从网上资料得知,1982 年,有关部门曾对渐江墓做过整修,眼前所见应当是

仅见墓碑而未见石塔

未见墓丘

圈起的范围不小

上面刻着一些字迹

那时所刻。而今，我在这片区域内并未看到梅花，当然也许是我来的季节不对，也许下雪的时候再来这里，不仅五明禅寺能够重新建起，梅花也会开得漫山遍野吧。

李渔(1611年—1680年)、王概(1645年—约1710年)
画学之金针,艺林之宝玩

李渔是著名的戏曲家,这一点大家都知道,他在绘画史上同样极具名气,却常常被文学爱好者所忽视。然而,在绘画界极有名气,并不等于画艺高超,李渔就曾自称不会画画,他的名气所来,乃是他请人编了一部《芥子园画传》,并且经其审定、刊刻发行后风靡天下,甚至跨越国界,对日本、朝鲜等国的绘画界均产生了重大影响。在这部《芥子园画传》出版之前和之后,坊间均有类似的画传出现,然而在社会上的影响力之大和传播范围之广,却没有任何一部能够与之相比。故王伯敏在《中国版画史》中称:"两百五十年以来,在历代画谱中像《芥子园画传》那样产生巨大影响的画谱,史无前例。"王伯敏的这部专著初版于1960年,而《芥子园画传》初集出版于清康熙十八年,即公元1679年,因此王伯敏有两百五十年之说。其实《画传》一书到今天仍未过时,依然是一些初学国画者的参考书,而直到今天,仍然没有哪部类似的绘画参考书,其影响力能够超过《画传》,以此来论,该书在绘画界的影响力至少长达三百四十年之久。

关于《芥子园画传》一书的来由,李渔在此书的序言中首先称:

> 今人爱真山水与画山水无异也。当其屏障列前,帧册盈几,面彼峥嵘遐旷,峰翠欲流,泉声若答,时而烟云晻霭,时而景物

清和，宛然置身于一丘一壑之间，不必蜡屐扶筇，而已有登临之乐。独是观人画犹不若其自能画，人画之妙从外入，自画之妙由心出，其所契于山水之浅深必有间矣。余生平爱山水，但能观人画而不能自为画。间尝舟车所至，不乏摩诘、长康之流，降心问道，多麽额曰："此道可以意会，难以形传。"予甚为不解。

李渔的这段话讲述的是自然山水跟绘画山水在欣赏角度上的异同。在李渔那个时代没有照相技术，而山水画可以让人足不出户就饱览名山大川。李渔自称他爱山水，然而只能看别人作画，自己却没有这方面的特长，他有很多擅长绘画的朋友，曾经向他们请教画山水的技巧，朋友们却回答他说，只能意会，这令李渔颇为不解。

而后李渔在序中写了这样一件事：

今一病经年，不能出游，坐卧斗室，屏绝人事，犹幸湖山在我几席，寝食披对，颇得卧游之乐。因署一联云："尽收城郭归檐下，全贮湖山在目中。"独恨不能为之写照，以当枚生《七发》。因语家倩因伯曰："绘图一事，相传久矣。奈何人物、翎毛、花卉诸品，皆有写生佳谱，至山水一途，独泯泯无传，岂画山水之法洵可意会，不可形传耶？抑画家自秘其传，不以公世耶？"因伯遂出一册谓予曰："是先世所遗，相传已久。"

晚年的李渔身体多病，不能外出，只能在家对着山水画卧游一番。某天，李渔跟他女婿沈心友讨论绘画的传承问题，李渔感慨人物、花鸟都有画谱传世，为什么唯独山水画没有画谱，难道山水画技巧真的只可意会不可言传，还是有的画家其实有这样的秘诀，只是不想公布于世？沈心友听闻老丈人此言，立即拿出了一册山水技法图册，他跟岳父说，这是他祖上流传下来的，到如今已经有了不短的历史。李渔见之大为惊奇："予见而奇之，细为玩赏，委曲详尽，无体不备，如出数十人之手，其行间标释书法，多似吾家长蘅手笔，及览末幅，得李氏家藏及流芳印记，益信为长蘅旧物云。"

李渔仔细翻阅这部画谱，觉得画谱中涉及到了山水画法的方方面面，而他在画谱中又看到了李流芳的印记，以此证明此乃李流芳教授弟子绘画时的底稿。为此，李渔立即产生了新想法：

> 但此系家藏秘本，随意点染，未有伦次，难以启示后学耳。因伯又出一帙，笑谓予曰："向居金陵芥子园时，已嘱王子安节增辑编次久矣。迄今三易寒暑，始获竣事。"予急把玩，不禁击节，有观止之叹。计此图原帙凡四十三页。若为分枝，若为点叶，若为峦头，若为水口。与夫坡石、桥道、宫室、舟车，琐细要法，无不毕具。安节于读书之暇，分类仿摹，补其不逮，广为百三十三页。更为上穷历代，近辑名流，汇诸家所长，得全图四十页，为初学宗式。其间用墨先后，渲染浓淡，配合远近诸法，莫不较若列眉。依其法以成画，则向之贮目中者，今可出之腕下矣，有是不可磨灭之奇书，而不以公世，岂非天地间一大缺陷事哉？急命付梓，俾世之爱真山水者，皆有画山水之乐。不必居画师之名，而已得虎头之实。所谓"咫尺应须论万里"者，其为卧游，不亦远乎！

李渔认为李流芳的授徒稿当时不是为了出版，故未做系统的排序编纂，若将此稿直接出版，读者还是难以窥得绘山水画之门径。他所言被沈心友听到后，沈立即又拿出一部画稿，笑着对李渔说，当年他们居住在南京的芥子园时，沈心友已经嘱咐王安节仔细编辑此稿，如

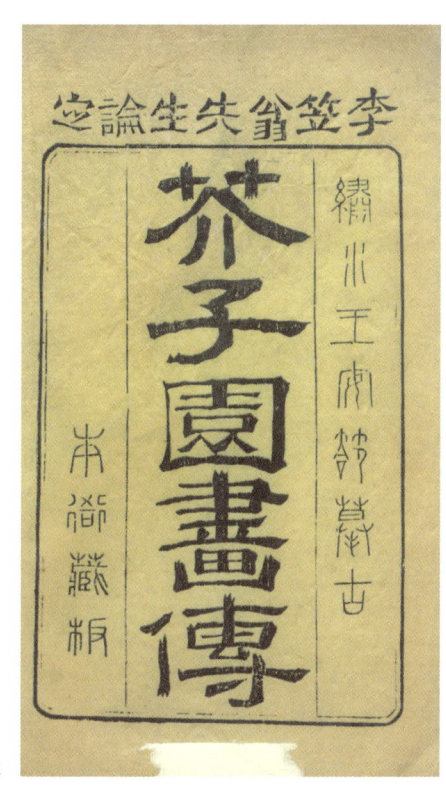

《芥子园画传》初集五卷　清代翻刻本　书牌

今三年过去了,终于编成了一部完整的画谱。

李渔立即翻阅王安节所编画稿,看完后为之击节赞叹,认为此书若能出版,将会是天下一大奇书,于是立即命沈心友予以刊版。李渔相信很多喜爱绘画之人得到这部画谱后,不用拜师就能学到绘画之理,说不定还能够培养出顾恺之这样的大画家。

两人对话中提到的王安节,就是王概,由此可知,《芥子园画传》的真正编纂者乃是王概,然而编纂底本却是由沈心友提供,而沈又是李渔的女婿,李渔在南京的住处芥子园在出版界很有影响力,因此,这部画稿被命名为《芥子园画传》。

遗憾的是,《芥子园画传》开始刊刻四个月后,李渔就在杭州去世了，想来他未能目睹此书之成，而后来《芥子园画传》大获成功，人们也并没有忘记李渔的功劳。王廷诏所作《李渔传》称："李渔，字笠翁，钱塘人，流寓金陵。著《一家言》，能为唐人小说。吴梅村所称精于谱曲，时称'李十郎'。有《风筝误》传奇十种，及《芥子园画谱》初、二、三集行世。"

由这段小传可以窥得，前人将《芥子园画谱》与李渔在戏曲上的成就并提，而《芥子园画传》在李渔身后还出过二集和三集，其实后面的几集与李渔并无关系，只有初集乃是经其过目并首肯，而初集又称为《芥子园画谱》，故小传中有此称。

《芥子园画传》初集总计分为五册，第一册为《青在堂画学浅说》，又名《画学浅说：论画十八则》，此文乃是引用历代画论，而后以"鹿柴氏曰"进行品评。关于鹿柴氏为何人，后世研究者大多会留意钱陆灿在《画传》卷五《摹仿诸家画谱》跋语中所言："吾友王子安节著《画学浅说》，并摹古诸页，而因伯沈子剞劂以行。友曰：'为画家鉴破混沌矣。'余曰：'不也！此中有真宰焉。而特不得其真宰，即步步关仝，趋趋北苑，犹无豫耳。'或请问真宰，仍揭王子读书二字示之画。王子读书之余曰：'浅说不知者谓隐语，知者谓如语。'"

由钱陆灿的这句话可知，《浅说》一文乃是王概所撰，故有人推论鹿柴氏就是王概。而钱又称此文的刊刻者乃是沈心友，沈跟钱说这部书的出版可谓是山水画史上开天辟地之作，钱陆灿则回答说该书的作用不仅如此，而且学习此画谱可以让人窥得绘画之妙理，甚至能让一些有天分的学画者达到关仝、董源的高度。在本册中，还有王概自书跋语：

  书顾命体极庄穆也，昌黎仿而为《画记》，则化庄穆而为奇逸。纸上骑士跃跃，此善于学古者，李北海曰："学我者拙。"北海非不欲后人学已,正恐不善学者留针砭耳。余闲窗偶笔,竟若溪上桃花,不能禁其流出人世,自兹以往,不善学我,我滋惧;即善学我,我益滋惧,何以故?不善学我,因以拙还我;善学我,必遭巧窃,并不能剩还我拙矣。

王概在这里探讨了善学者和不善学者产生的两种结果,而沈心友在该节的跋语中则称:"寒家蓄古人翰墨颇多,而长蘅此册最为赏鉴家所珍重。今王子扩而充之,发前人所未发,尤为仅事。昔仓颉造字,而天雨粟、鬼夜哭,为其泄天地之秘也。是书行世,得无又泄天地之秘欤?"

沈心友自称他们家藏有不少古代名人画作,其中李流芳的这册画稿最为人所重,而王概以此画稿为基础,扩充为一部完整的画谱,这是发前人所未发,其影响力不在仓颉造字之下。相传当年仓颉造出文字,使得人们因识字而得窥天机,结果引得"天雨粟、鬼夜哭",沈心友认为《画传》一书的出版也是泄天地之密,以此可见沈心友对王概扩充画稿的重视,以及预测该画稿将会带来怎样的社会影响力。而对于画稿的编纂时间,该册中又有陈扶摇所书跋语:"是集出自前贤秘本,兼之鹿柴先生苦心,始于丁巳春,成于己未冬。历四十余月而方告竣。其中议论确当,临摹详晰,固画学之金针,至若镌刻神巧,渲染精工,诚艺林之宝玩也,赏鉴者幸无泛涉轻置焉。"

由此看来,王概用了四十多个月的时间,方将李流芳的画稿扩充为《芥子园画传》一书,陈扶摇认为《画传》一书堪称是度人之金针,而本书刊刻之精雅,又足可成为爱书人的宝书。

《芥子园画传》的第二册内容为《树谱》,第三册为《山石谱》,第四册为《人物屋宇谱》,第五册则为《摹仿诸家画谱》,每一谱中除了以图示,另外还有文字说明,比如《树谱》中写道:

画山水必先画树。树必先干，干立加点，则成茂林，增枝则为枯树。下手数笔最难，务审阴阳向背，左右顾盼，当争当让，或繁处增繁，或简而益简。故古人作画，千岩万壑不难一挥而就，独于看家本树大费经营。若作文者先立间架，间架既立，润色何难。当熟四歧，后观诸法。四歧者，即画家所谓石分三面、树分四枝也。然不曰"面"而曰"歧"者，以见此法参伍变幻，直若路之分歧。熟之，则四歧之中面面有眼，四歧之外头头是道。千头万绪，皆由此出。

这段话乃是画山水画之总概，点明树木虽然是山水画中的点缀，但是却是画山水画的起笔之作，因此画山水必须先画树，画树又要先画树干，而后再根据不同的情况来使树的画面丰富起来，之后一株一株地添加下去，再由木成林，之后又分别讲述了两株到五株的不同画法。画完树干当然要画树叶，而此谱中竟然列出了三十五种不同树叶的画法，比如有介字点、个字点、菊花点、胡椒点、梅花点、垂藤点、大混点、小混点、鼠足点、松叶点、尖头点、藻丝点、柏叶点、梧桐点、椿叶点、攒三点、垂头点、平头点……

可见该谱在绘画方式上划分得何等之细腻，文中又分别讲述了范宽、倪瓒、郭熙、李唐、荆浩、李成等著名画家画杂树的技法，之后总结道："既将诸家之树，各立标准，以见体裁矣。然体裁既知，用即宜讲。体与用虽未可分，而为入门者设，不得不姑为区别。如五味俱在，任人调和，善庖者咸淡得中，尽成异味。又如卒伍四调，静听旗鼓，善将者指挥如意，多多益善。有配合，有趋避，有逆插取势，有顺顾生姿。荆、关、董、巨诸人，既已各具炉冶，熔化古人之笔；今之学者，又当以我之炉冶，熔化荆、关、董、巨之笔，方见运用之妙。"

《画传》的第三册为《山石谱》，该谱中对此总结说："观人者必

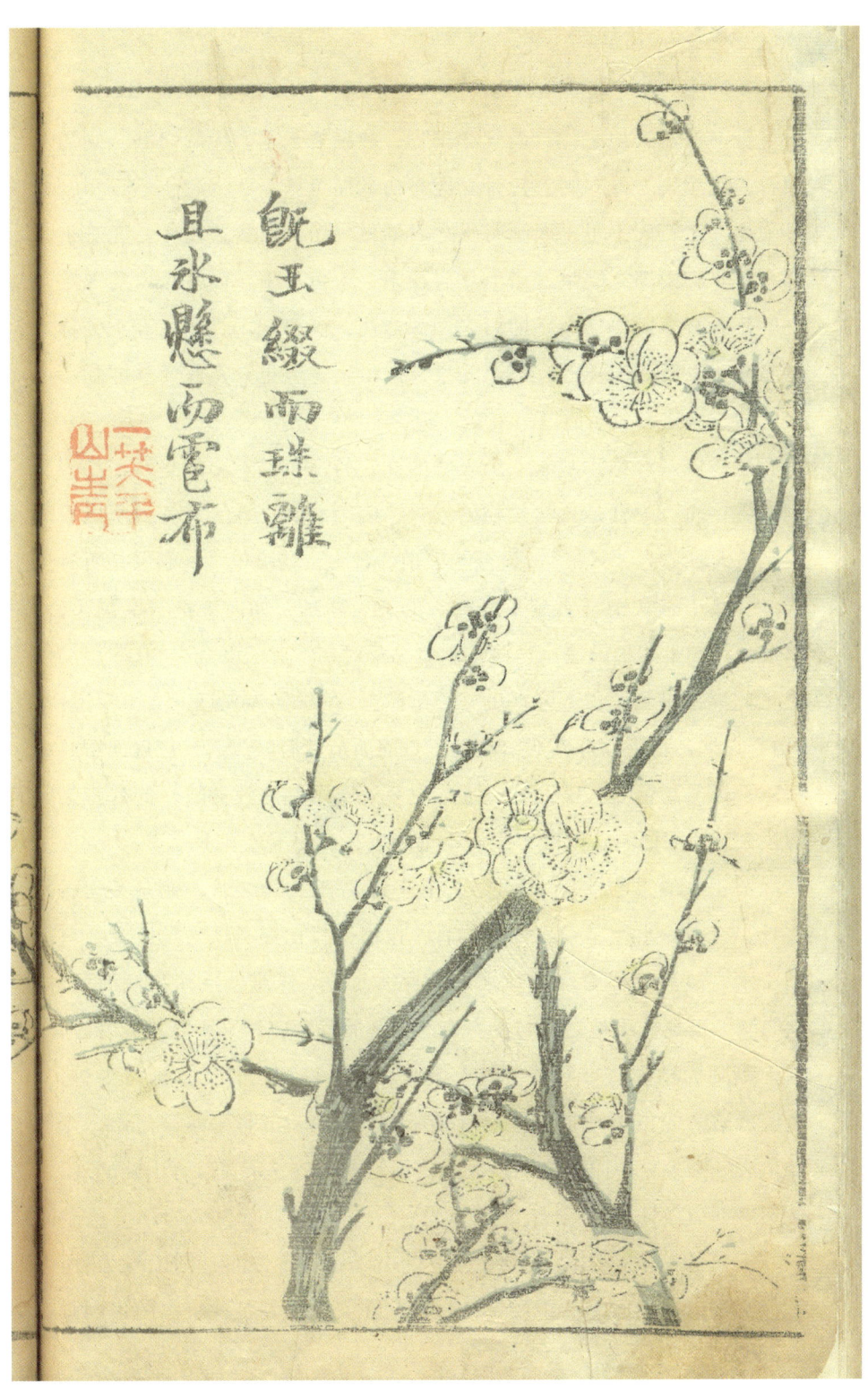

曰气骨,石乃天地之骨,而气亦寓焉,故谓之云根。无气之石,则为顽石,犹无气之骨,则为朽骨。岂有朽骨而可施于骚人韵士笔下乎?是画无气之石固不可,而画有气之石即觅气于无可捉摸之中,尤难乎其难,非胸中炼有娲皇,指上立有颠末,未可从事。而我今以为无难也。盖石有三面,三面者即石之凹深凸浅,参合阴阳,步伍高下,称量厚薄,以及矶头菱面,负土胎泉,此虽石之势也,熟此而气亦随势以生矣。秘法无多,请以一字金针相告。曰:'活。'"

这一段解释称,观察一个人物的面貌特征,最重要的是看他是否有气骨,而石头就是自然景物的气骨,因为有骨,方能有气,所以石头又被人雅称为"云根"。是否能够画好石头,就决定了一幅画是否有气骨。接下来文中又讲到了画石头的透视原理,如何能把石头画活,以及画石的十四种皴法。这些基础概念都对初学者予以直观的启迪。

此集还讲到了古人强调的"三远法",关于何为三远,文中写道:"山有三远,自下而仰其巅曰高远;自前而窥其后曰深远;自近而望其远曰平远。高远之势突兀,深远之意重叠,平远之致冲融,此处皆为通幅大结。深而不远则浅,平而不远则近,高而不远则下。"

关于水的重要性,《山石谱》中谈到:"石为山之骨,而泉又为石之骨,或曰:水性至柔,焉得称骨?余曰:排山穿石,力撼巨灵,莫刚于水,故焦赣称有水生骨之语,且细而流飞沫溅,巨而河润海涵,涓与滴,何莫非天地之血与髓?血所以胚胎骨者,髓又所以滋养骨者,骨无髓则为枯骨,骨而枯,与土壤等,即不得谓之骨,是山之为骨,水实成之。故古人画泉,甚为审顾郑重,致有'五日一水'之语。今以泉法分图各见,而先之以子久全体俱露之泉,一条贯破青山陡峭处,又安得不谓之骨?"

王概的这段话总结得很好,他说山以石为骨,而石则以泉为骨,解释了泉水在画面上的重要性,之后又在文中提到各种泉水的不同画

法。比如"乱石叠泉法""垂石隐泉法""云流泉断法"等，又是一大堆的细分。既然云的流动能够衬托泉水的面貌，故《画传》中当然也专门谈到画云之法。关于云的重要性，此谱中写道："云乃天地之大文章，为山川披锦绣，疾若奔马，撞石有声，云之气势如是。大凡古人画云，秘法有二：一以山水之千岩万壑相凑太忙处，乃以云间之，苍翠插天，倏而白练横拖，层层锁断，山岭云开，髻青再露，如文家所谓忙里偷闲，反使阅者目迷五色。一以山水之一丘一壑着意太闲处，乃以云忙之。水尽山穷，层次斯起，陡如大海，幻作层峦，如文家所谓引诗请客，以增文势。余画山水诸法，而殿之以云者，亦以古人谓云乃山川之总，亦以见虚无浩渺中，藏有无限山皴水法。故山曰云山，水曰云水。"

除此之外，本谱中还谈到如何处理山水画中的人物，如何绘制山水画中的桥梁、房屋，以及如何处理房屋中的器物，诸如此类均如前所描绘的那样，谱中有详细的解读，并且点明具体的绘画技法。正是如此细致清晰的图示与解读，使得此谱大受文人雅士的欢迎，风行于天下。

因为该书极为畅销，到了康熙四十年（1701），《芥子园画传》又出版了二集和三集，王概在《画传合编》中说："今忽忽历廿余稔，翁既溘逝，芥子园业三易主，而是编遝迩争购如故，即芥子园如故，信哉。"

《画传》出版到三集时，李渔已去世多年，而李渔亲手建造的园林芥子园也已经被转卖过几回，但《芥子园画传》却畅销不衰，《画传》的传世也让人们记住了芥子园这座小小的园林。沈心友在二集的例言中写道："王蕴庵、诸曦庵，武林名宿也。闻画传二集之请，两先生白发萧萧，欣然任事，三年乃成。"

看来二集的编纂时间也是三年，此集之成得到了王质和诸昇两位老先生的帮助,王质绘制了其中的《梅谱》及其画竹之法,诸昇则在《兰谱》序中说:"予性疏懒,不耐勾勒,飞白一体,王蕴庵能之,因属图数幅,合成全谱,以问识者。但限于纸,丈竹尺兰,虽不足尽吾长,岂不藏吾拙哉。"最终二集乃是由王氏兄弟编纂而成,从该谱的署名来看,除了王概,另有其兄弟王蓍和王臬,兄弟三人均是绘画名家,在三人的通力合作下,才有了二集和三集的出版。

到了嘉庆二十三年(1818),《芥子园画传》出现了四集,此时沈心友和王氏三兄弟均已故去,故而四集实与《芥子园画传》的编纂者无关,乃是因为前三集太过畅销,以至于有些书坊盗芥子园之名而出版了四集,主要是人物画。此集虽然已经与最初的李渔、沈心友、王氏兄弟等人都无关系,但此集的完成却使得《芥子园画传》在内容上变得完整,有了山水、人物等各个方面的技法表现。

到清光绪年间,上海有位名叫巢勋的画家,他在光绪十三年(1887)将《芥子园画传》初集临摹一遍,而后在内容上又增加了"增广名家画谱部分",以石印方式发行。新的印刷技术的出现,使得该谱流传得更为广泛。

由整个编辑、出版、增广的过程可见,《芥子园画传》能够风行天下,其实是很多人合力的结果,而其中最早提出编纂该谱之人乃是李渔的女婿沈心友。沈心友娶的是李渔长女李淑昭,在李渔的培养下,李淑昭在诗文方面颇具才能,并且具有男子气概,李渔在《怀阿倩沈因伯暨吾女淑昭其二》中写道:

> 吾女颇肖父,不放心孔闲。苦思夜继日,未得泪潸潸。得即秉烛起,落稿心始安。所思者维何?不必皆词翰。或创女红格,或变钗与环。总欲新其制,不屑居篱藩。汝父亦犹是,从未步邯郸。彤管汝亦亲,但未工且娴。偶书博我哂,以之代斑斓。我覆

命汝射，十仅违其三。诚哉笠翁女，惜非笠翁男。即使代父征，终为雌木兰。若使续父书，不愧大家班。

李渔说女儿李淑昭很像自己，为了能够写出好的诗篇而苦心孤诣，李渔感慨说，可惜李淑昭是女儿身，虽然她有花木兰般的男子气，但毕竟还是女儿家。大概因爱之深，李渔不忍其出嫁，招了画家沈心友入赘，而沈心友与李淑昭则主要打理李渔所创办的书坊，李渔本人的著作也多由女婿、女儿为之校勘。李渔在《阿倩沈因伯四十初度，时伴予客苕川，是日初至》一诗中写道："一生皆累汝，今日更惭予。母女同艰食，翁婿并饥驱。致使称觞日，犹然赋索居。索居但离群，兹并骨肉疏。岂乏孟光案，亦有莱子裾。"

此时的沈心友已经入赘李家十六年，他在李渔家努力经营，虽然经济上并不宽裕，但他与李淑昭还是将日子过得井井有条，这使得李渔对女婿沈心友颇有愧意，感觉是拖累了他。且抛开经济问题不谈，李渔毕竟年长一些，还是能在一些观念上对沈心友予以开导，李渔在《登燕子矶观旧刻诗词记》中写道：

余婿沈因伯强予登山，欲观手迹之存否。至则宛然无恙，因伯举手贺曰："久而不灭，山川之灵也。可以数年，即可以千载，诗词与联，偕名山而不朽矣。"予曰："汝见四方诸名胜，前人碑刻，百有一存者乎？石且易朽，何有于木？且亭非千年物也，异日亭之不存，诗将安传？且吾更虑陵谷变迁，焉知千百年后，此山此石，不并入巨浸中邪？欲计久长，则有古人之三不朽在，无须问诸水滨。"

看来翁婿关系很好，沈心友强拉老丈人去登山，因为山上的一座小亭子上刻有李渔之墨迹，他们要去看看几年过去后，墨迹是否还在。沈以此来讨老丈人之欢心。然李渔是位通达的人，他认为天下不存在永久，石头都能腐朽，更何况一座木亭，而木亭之不存，他的墨迹当然也就不能传世。古人所强调的立德、立功、立言，此"三不朽"方为不朽之道，而这正是李渔努力撰述、努力刊书的原因所在。这样的观念当然也会影响到沈心友，而沈心友也对其岳丈评价甚高，他在《过子陵钓台》的评语中写道：

> 妇翁一生，言人所不能言，言人所不敢言，当世既知之矣。至其言人所不肯言与不屑言，则尚未之知也。……然人所不肯言、不屑言者，皆其极肯为而极屑为者也。但诚于中，而必不肯形于外者何哉？欲知妇翁之为人，但观其诗文即燎然矣。

李渔为人之狂放，令其婿沈心友十分敬佩。沈心友颇了解李渔之心，所以才会在老丈人不了解的情况下，秘密请王概创作出《芥子园画传》初集，为了能够让李渔同意刊刻此画传，沈心友采取了连环套的方式，他先让李渔看画稿，当李渔看出画稿在次序上的杂乱时，方才亮出王概所绘的画传，李渔看后击节赞叹，于是才有了这著名的《芥子园画传》。

虽然说是沈心友请王概绘制画传，而李渔本人也认识王概，并且他与王概的父亲及岳父都有交往。王概之父王之辅字左车，祖籍浙江嘉兴，后来迁居到金陵，王之辅有三个儿子，他们即是王概、王蓍和王臬，三子都为《芥子园画传》做出过贡献。李渔曾写过一首《怀王左车》："穷途怀密友，次及西郊王。我贫彼亦贫，由贫见肝肠。我无希冀心，彼绝提携望。各生同病怜，中心忧以痒。记我出门时，分粟资糇粮。忍彼数口饥，果我片时囊。小惠出至性，咄咄胡能忘。"

王之辅是李渔的好朋友，两家都很贫穷，但彼此间却相互帮助，李渔欠债时，王之辅还曾提供过帮助。李渔跟王概的岳父方文也有交往，当年李渔在南京建起芥子园，方文跟王之辅曾一起前去赏园。王概本人也跟李渔有着直接的交往，他的家庭状况与沈心友颇为相似，因为王概所娶也是方文的长女，而此女的性格又与李渔的长女李淑昭很相像。

李渔跟王概的弟弟王蓍也相识，李渔在《寄怀王左车暨长公安节次公宓草之其二》的诗序中写道："此寄安节、宓草，二君俱以笔墨擅长。"李渔夸赞说，王概、王蓍均擅长绘画，想来这乃是沈心友拿出《芥子园画传》初集书稿后，李渔能够同意出版的原因所在，因为他了解王氏兄弟的确在绘画方面颇为擅长。

经过这些人的通力合作，《芥子园画传》一书在后世广为流传，到晚清民国间，该书总计出现了十几种有名的翻刻本，而其中以巢勋的摹印增广本发行量最大。巢勋在《画传》初集的跋语中写道："余幼时即喜作画，东抹西涂，莫衷一是；至二十余，始受业于子祥先生之门。先生嗜古成癖，蓄古人真迹甚多。余因得纵观各家用笔用墨之道，既有所得，乃请命于先生曰：'先生齿尊德重，名震寰区，盍将树、石勾皴诸法，画成一帙而传乎？'先生因出《芥子园画传》示之。余展读之，见其中树、石勾皴之法，无不从昔贤名迹中来，且笔法严整，议论发明，益信前贤用心之苦，足以启示后学。余以为有此奇书传世，我道可以不衰矣！先生慨然曰：'子之所道，诚与吾相印以心也，第原书久已罕睹，坊刻谬误失真，若得此书重刻行世，庶几嘉惠后学。'"

巢勋说他幼年之时就喜作画，然不得法，后来在老师那里得到了《芥子园画传》，感到此书足以启迪后学，所以决定将此书重新摹刻予以出版。而何镛在千顷堂书局石印本的序言中，也对此予以了很高的夸赞："而《芥子园画传》则综诸家之大成，益之以勾皴诸法，无不毕

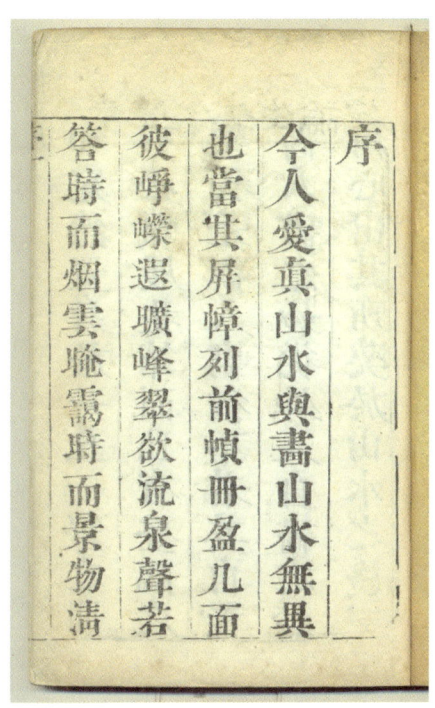

《芥子园画传》初集五卷　清代翻刻本

具,而又增以海上名人画稿,虽未得门径者观之,亦不难自寻门径,以渐窥其堂奥。然则此书之有功于艺事也,岂浅鲜哉。昔人言,善绘事者必得其寿,盖以笔下皆生气,故气类相感而得长生。然有生气者要必有生理,不解其理则生气亦无自而生。此书则明之以生理饷人,俾天下之寝窥于其中者,皆登仁寿之域,其存心之仁厚为何如矣。"

然而意外的是,作为一部画学启蒙读本,《芥子园画传》也许是太过初级之故,使得不少画家在成名之后都否认自己乃是从《画传》起步,愿意承认该画谱对自己影响巨大的画家并不多,而齐白石是其中一位,他在《白石老人自述》中明确地提及:

光绪八年(壬午·一八八二),我二十岁。仍是肩上背了个木箱，箱里装着雕花匠应用的全套工具，跟着师傅，出去做活。在一个主顾家中，无意间见到一部乾隆年间翻刻的《芥子园画谱》，五彩套印，初二三集，可惜中间短了一本。虽是残缺不全，但从第一笔画起，直到画成全幅，逐步指说，非常切合实用。我仔细看了一遍，才觉着我以前画的东西，实在要不得，画人物，不是头大了，就是脚长了，画花草，不是花肥了，就是叶瘦了，较起真来，似乎都有点小毛病。有了这部画谱，好像是捡到了一件宝贝，就想从头学起，临它个几十遍。转念又想：书是别人的，不能久借不还，买新的，湘潭没处买，长沙也许有，价码可不知道，怕有也买不起。只有先借到手，用早年勾影雷公像的方法，先勾影下来，再仔细琢磨。

想准了主意，就向主顾家借了来，跟母亲商量，在我挣来的工资里，匀出些钱，买了点薄竹纸和颜料毛笔，在晚上收工回家的时候，用松油柴火为灯，一幅一幅地勾影。足足画了半年，把一部《芥子园画谱》，除了残缺的一本以外，都勾影完了，钉成了十六本。从此，我做雕花木活，就用《芥子园画谱》做根据，花样既推陈出新，不是死板板的老一套，画也合乎规格，没有不相匀称的毛病了。

愿意夸赞此谱的名家还有陆俨少先生，他在《陆俨少自叙》中说道："十三岁时，我家邻居糟坊里的小老板送给我一部《芥子园画谱》，我如获至宝，大开眼界。这部《芥子园画谱》也不是木刻水印的原版，仅仅是巢子余临摹的石印本，但我觉得好极了，遂如饥似渴地临学，从中知道了一些画法以及传统源流。"

正如物之常理，所有事物有极力夸赞者，就会有指摘诋毁者，声誉达到顶点后，一些大画家开始对《芥子园画传》提出严厉批评，比如徐悲鸿在多篇文章中批评《画传》，他在《中国艺术的贡献及其趋向》中指出："尤其是《芥子园画谱》，害人不浅。要画山水，谱上有山水；要画花鸟，谱上有花鸟；要仿某某笔，他有某某笔的样本。大家都可以依样画葫芦，谁也不要再用自己的观察能力，结果每况愈下，毫无生气。"又如《中国美术学院筹备志感》中称："绘画为造型艺术之主干，而中国三百年来之绘画，承《芥子园画谱》之弊，放弃人天赋之观察能力，惟致意临抚模仿，视自然之美如无睹，其流毒之深，至于浑不似之四王山水之外，不复知有画。"而在《世界艺术之没落与中国艺术之复兴》中，徐悲鸿说得更为详细："到了李笠翁，便纠合画家，编了一部三个月速成的《芥子园画谱》，让当时那些念书人学几笔画，附庸风雅，于是扼杀了中国全部绘画，不仅山水一门。亘三百年，因为有了《芥子园画谱》，画树不去察真树，画山不师法真山，惟去照画谱模仿，这是什么'龙爪点'，那是什么'披麻皴'，驯至连一石一木，都不能画，低能至于如此！可深慨叹！"

为什么徐悲鸿会对《芥子园画传》予以这样的批评，黄宾虹先生在《宾虹画语》中有如下分析：

> 古人学画，必有师授，非经五七年之久，不能卒业。后人购一部《芥子园画谱》，见时人一二纸画，随意涂抹，已觉貌似，作者既自鸣得意，观者亦欣然许可，相习成风，一往不返。士夫以从师为可丑，率尔作画，遂题为倪云林、黄子久、白阳、青藤、清湘、八大，太仓之粟，仍仍相因，一丘之貉，夷不为怪，此画法之不研究也久矣。要知云林从荆浩、关仝入手，层岩叠嶂，无所不能。于是吐弃其糟粕，啜其精华，一以天真幽淡为宗，脱去时下习气。故其山石用笔，皆多方折，尚见荆、关遗意，树法疏密离合，笔极简而意极工，惜墨如金，不为唐宋人之刻画，亦不

作渲染，自成一家。子久生于浙东，久居富春、海虞山水窟中，当朝夕风雨云雾出没之际，携纸墨摹写造物之真态，意有不惬，则必裂碎不存，然犹笔法上师董源、巨然，自开新面，以成大家。白阳、青藤，皆有工整精细之作，其少年为多，见者以为非其晚年水到渠成之候，或不之重，无甚珍惜，后世因为与习见者不同，悉弃不取，故流传者得其一二，见以为名家面目，如是而止，即如《芥子园画谱》是已。自《芥子园画谱》一出，士夫之能画者日多，亦自有《芥子园画谱》出，而中国画家之矩镬，与历来师徒授受之精心，渐即澌灭而无余。

相比较而言，余绍宋在《书画书录解题》中的评语较为公允："此书由浅入深，实为学画山水者入门捷径，故通行最广，裨益初学，良非浅鲜。乃历来论画之书，多不称述，著录家亦无及之者。即《画征录》《画史汇传》诸书俱不言概曾辑此谱。此因我国学人往往喜骛高深玄妙之理论，不屑为浅近明显之书，已成锢习，不仅画学一端为然，故如此佳书，人咸淡焉视之，甚且鄙夷以为不足道，实则其初习时未尝不乞灵于此编，得鱼忘筌，岂通人所宜出此，余故为表而出之。"

如前所言，《芥子园画传》远传到了域外，尤其对日本产生重大影响，但任何事情有其利也必有其弊，《芥子园画传》程式化的技法，也使得绘画难以有所创新，1935年日本画家小杉放庵在编辑出版《芥子园画传》的初集前言中提到："《芥子园画传》是南宗画道的艺术宝典。一书在手，绘画爱好者可以很容易地完成一幅画作，此书会帮助他观察和评论画作；而对于专业画家来说，这是一部最为便利的参考书。然而，这种便利，或者说是使人对它过分地依赖，也许反而会产生一些弊端。江户时代末期明治时代初年，南宗画派缺少创新应该部分归咎于此。但这并不是这部著作的错，而错在参阅它的人。如果人们对此有所警觉,仔细参酌,无疑这部著作能使人们在古人的论述、古人的技法以及南宗画道的精神方面受益良多。"(马尔凯《十七世纪中国画谱在日本被接受的经过》)

关于芥子园的情况,方文在《李笠翁斋头同王左车雨宿》中写道:"故人新买宅,忽漫改为园。叠石岩当户,看山楼在门。客来尘事少,雨过瀑声喧。今夜哪能别,连床共笑言。"以此可知,芥子园乃是李渔自己设计,而后修建成的。关于其何以将该园起这个名称,李渔在《一家言全集》卷四"芥子园杂联"的序言中解释说:"此余金陵别业也,地止一丘,故名'芥子',状其微也。往来诸公,见其稍具丘壑,谓取芥子纳须弥之意。"以此说来,"芥子"乃是面积虽小却样样俱全之意,而究竟该园有多大,李渔在《闲情偶寄》中自称:"芥子园之地不及三亩,而屋居其一,石居其一,乃榴之大者复有四五株。"

不到三亩大的园林,在他那个时代确实不大,但也没有他自称的那样贫无立锥之地。既然有这样一座名园,这里当然就成为了我的寻访目标。我在2012年4月30日前往南京探访其遗迹。我查到芥子园位于江苏省南京市老虎头1号附近,来到此处时,眼前所见乃是一片现代化的楼房,在附近一路打问,终于找到了一片旧居,而这一带却是周处读书台遗址,看来李渔在南京的遗迹的确荡然无存了。

2019年5月21日,我前往南京,在南京艺术学院王宇博士的带领下,前往老门东去寻找几位古代大画家的雕像。顺利找到了雕像,令我心情颇为舒畅,看时间尚早,于是请王宇带我在这片修旧如旧的老街区内探看一番。

虽然不是周日,老街区内的游客却也称得上是熙熙攘攘,我们转到了一条僻静的小巷内,在这里无意间看到了芥子园的招牌,王宇说这可能是新近修复的芥子园。即便如此,我还是觉得这是意外所获,于是准备进入其中探看,工作人员称这里需要验票,但该处并无取票

老街街景

芥子园入口

领票处

展板布置

之所，工作人员坚持让我们转到另一条街上，说那里才是芥子园主景点。她强调说，门票只需用身份证即可免费领取，参观完那里再拿着票来参观此处。

既然免费，为何坚持不让我们入内？其中的道理我未搞明白，但既然有这样的坚持，也只好走到另一个街区，前去查看情形。走出不到一百米，果真看到了另一个芥子园。王宇未带身份证，于是拿我的身份证跟售票员解释一番，此人比前一位好说话，她递给了我们两张票。

石印本的《芥子园画传》

重点介绍《芥子园画传》的影响

沿着池塘,边走边看

由此进入后园

假山禁止攀爬

里面介绍的都是桐城派人物

姚鼐的铜像

　　走入园中，在前几进房屋内看到了相关的介绍，在正厅内看到了介绍《芥子园画传》的展板，这些展板上讲解着《芥子园画传》对绘画界的巨大影响力，同时展柜内还陈列着一部晚清民国石印本的《芥子园画传》。我在幼年时就翻阅过这个版本，于此得见，忽然又让我想起了小时候的快乐情形。

　　我们一路参观，又转到了后园，这里叠山造景，复制出了一个新的芥子园。王宇告诉我，陈卫新先生也参加了此园的建设。我不知道当年的芥子园是否与眼前所见相类似，然从眼前的建园方式，能够看出建造者的用心，遗憾的是，登上假山之路禁止游客进入，我们只能围着园中的水面兜了一圈。转到另一侧时又看见了几间展厅，这里展现的则是李渔在戏曲上的成就。

参观完复建的芥子园，我还惦记着先前去的那个小园是怎么回事，于是跟王宇又重新回到那里，门口的检票员还记得我二人来过此处，她开心地问我们参观芥子园感受如何，我当然要夸赞几句，但我还是忍不住问她为什么要在如此近的地方修建两个芥子园。检票员看了我一眼说："你进去就知道了。"

进入其中，是一个四合院的形式，面积要比刚参观完的芥子园小许多，然这里所见均是与桐城派有关的人物，在正厅的门前还看到了姚鼐的铜雕像，除此之外，在这个展厅内未找到与李渔或者芥子园有关的任何介绍文字，这让我顿时有上当的感觉，但我也承认这个展览在布置上颇为用心，能够让观众清晰地了解桐城派的历史。我走出门时，跟检票员说，自己没有找到芥子园相关信息呀，她却认真地跟我说："你了解一下桐城派不是也很有收获吗？"

髡残（1612年—1692年）
虽极恣肆而无不在规矩之中

　　髡残号石溪，是清初著名的画僧，与渐江、八大山人、石涛并称为"四大画僧"。最初提出这个概念者，乃是晚清民国间著名藏书家叶德辉，他在《游艺卮言》中称："国初遗老托画逃名，尤以四僧为冠。石溪之生辣，石涛之雄奇，药地之古微，渐江之淡逸，大抵两朝间气之所接续，不得以衣冠之士相比论。"

　　在这里，叶德辉将髡残与石涛、方以智、渐江并称为"四僧"，大约六年后，在民国六年，他又对"四僧"的入选者做了如下调整，他在《观画百咏》中写道："甲申鼎革，胜国殷顽、周黎皆遁入空门，寓哀离黍，偶然作画，无非写其心史之悲，其画不必求工，而自无不工者。如残道者石溪、渐江弘仁、大涤子石涛、八大山人雪个，或以遗民寄其悲悯，或以宗室痛其流离。"

　　这次调整的主要变化是去掉了方以智，加上了八大山人。为何做出这样的调整，吴雪杉在《"四僧"名目考》中认为："叶德辉用八大山人来替换方以智的原因，可能是出于以下两点考虑。一是八大山人的宗室身份。'或以遗民寄其悲悯，或以宗室痛其流离'，遗民对应石溪与弘仁，而宗室指的是石涛和八大，这一点是方以智无法比拟的，以皇室身份出家为僧，其政治效力自然远远超过其他人，方以智纵然名声显赫，在血统上终究不如八大更有来历。"

吴雪杉所说的第二个原因，则是就艺术成就而言，八大山人超过了方以智。叶德辉的这个调整受到了后世的肯定，故此后绘画界始终将这四位大画家并称为"清初四僧"。其实"四僧"之外，在民国年间更为流行"三高僧"之说，比如黄宾虹在《古画微》中说："三高僧者，曰渐江、石溪、石涛，皆道行坚卓，以画名于世。明季忠臣义士，韬迹缁流，独参画禅，引为玄悟，濡毫吮笔，实繁有徒，然结艺精通，无以逾此三僧者。"郑昶所撰《中国美术史》中也是持这种说法："明季之乱，士大夫的高洁者，常多迹佛氏，以期免害，而其中工画事者，尤称'三高僧'，即渐江、石涛、石溪。渐江开新安一派，石溪开金陵一派，石涛开扬州一派，画禅宗法，传布大江南北，成鼎足而三之势，后人多奉为圭臬。"

为什么黄宾虹、郑昶等都未将八大山人列入三高僧中？吕晓在其专著《髡残绘画研究》中猜测说："他们当时都未将八大山人列入，可能是以画科分类，因为在大多数人眼中，八大更主要是花鸟画家。"

在髡残当世，他主要是与程正揆并称，程正揆号青溪，而髡残号石溪，故时人有"二溪"之目。当时的另一位大画家龚贤与程正揆同师董其昌，龚贤在给周亮工的《集名家山水册》题画，写下了一段非常著名的跋语：

> 今日画家以江南最盛，江南十郡以首郡为盛，郡中著名者且数十辈，但能吮笔者奚啻千人？然名流复有二派，有三品：曰能品、曰神品、曰逸品。能品为上，余无论焉。神品者，能品中之莫可测识者也。神品在能品之上，而逸品又在神品之上，逸品殆不可言语形容矣。……金陵画家，能品最夥，而神品、逸品亦各有数人。然逸品则首推二溪，曰石溪，曰青溪。石溪画粗服乱头，如王孟津书法。青溪画冰肌玉骨，如董华亭书法。百年来论书

法,则王、董二公应不让;若论画笔,则今日两溪,又奚肯多让乎哉!……

龚贤的这段话概括了当时的画坛,认为中国绘画以江南最为兴盛,而江南以金陵最盛,那时的金陵画家人数不下千人,佼佼者则有几十人之多。龚贤按这些画家的绘画成就,给他们分出了三六九等,其中逸品为最高品,而逸品中以髡残和程正揆水平最高,同时他又点出了石溪和青溪在绘画风格上的差异。以此推论起来,龚贤将"二溪"视为当时天下绘画成就最高的画家。

从"二溪"的交往情况看,程正揆可谓是髡残一生中最重要的朋友,在经济上青溪给石溪以很大的帮助,在绘画上两人也有很多的切磋,两人甚至经常合作搞绘画创作。从髡残的绘画面目看,他得力于王蒙最多,髡残临摹过多幅王蒙的作品,而有些作品原件就是程正揆提供的。比如他们共同绘制的《双溪怡照图轴》上前面有程正揆所书跋语:

石溪师息余斋,偶展玩叔明《具区林屋》画,余遂用其意作此幅,未及成,忘置之,师得于座壁间,乃为结构,竟是点铁,大奇大奇。因题其图于端,并识之。青溪道人。

程正揆说髡残住在他家,某天他们一起品评王蒙的《具区林屋图》,程仿其意境另画了一幅,未及完成而放在了一边,然后就忘了此事,后来髡残看到,于是就将这幅画补完,又写下了如下跋语:

青溪翁住石头,余住牛头之幽栖。多病,尝出山就医,翁设容膝,俟余挂搭。户庭邃寂,宴坐终日,不闻车马声。或箕踞桐

《泼墨溪山图》 天津博物馆藏

石间，鉴古人书画，意有所及，梦亦同趣。因观黄鹤山樵翁，兴至作是图，未竟，余为合成，命名曰"双溪怡照图"，当纪岁月，以见吾两人膏肓泉石，潦倒至此。系以诗曰：云山叠叠水茫茫，放脚何曾问故乡。几处卖来还自买，为因泉石在膏肓。癸卯十月，石溪残道人。

石头是金陵的代称，髡残说程正揆住在金陵，而他住在牛头山的幽栖寺，因为自己多病，时常要到金陵去就医，每次都住在程正揆家中，两人很是投机。按髡残的话来说，有时他们做的梦都一样，可见"二溪"情好日密到何等程度。程正揆《青溪遗稿》卷三十八的《奇梦录》中竟然载有如下一梦："康熙六年丁未七月初一，在弘乐，梦祖堂石溪禅师赤身伏予身，卧良久。予问曰：汝病若何？石不答。复问曰：汝死耶？曰：然。又问：汝从何处去？无语。予曰：冥不入吾之体。遂吮予臂，予亦吮其臂。复大呓之，推倒床下而灭。予觉四肢五内如蒸焉。"

这个梦读来实在暧昧，程正揆竟然梦到髡残伏在他身上，谈论着生死大事，两人还互相亲吻对方的手臂。可髡残毕竟是僧人，这种情形实在让人难以理解。

关于髡残出家为僧一事，钱澄之在《髡残石溪小传》中写道：

师武陵刘氏子，母梦僧入室而生师。稍长，自知前身是僧，出就外傅，窃喜读佛书。里有龙半庵，儒而禅者，特奇爱师。一日闻诵怡山愿文"正心出家，童真学道"，即痛哭请诸父母，求出家，不许。有来议婚者，师大骂绝之。崇祯戊寅，师年廿七矣，自念居家难以脱离，一夕大哭不已，遂引刀自剃其头，血流被面，长跪父床前，谢不孝罪。父知其志坚，且业已剃，遂听从之。龙先生闻之，大喜曰："此大丈夫事，不可小就。"教令看话头，有省。益令游江南参学。

髡残俗姓刘，是湖南武陵人，他的母亲曾梦见僧人进入家中，之后就怀孕生下了他，因此髡残长大之后认定自己前世就是僧人，并且喜欢读佛经，向父母提出要出家，父母不答应，他也只好作罢。某天，有人来商量他的婚事，这一下惹急了髡残，大骂而回绝。在他二十七岁那年，他竟然拿刀自剃其头，而后长跪在父亲面前，表示自己一定要出家，父亲看他志向坚定只好答应了。

钱澄之与髡残出生于同一年，因此钱的记载应当较为准确。在这段小传中，钱澄之只提到髡残跪在父亲面前，没有提到母亲，以此推测，其母此时已经去世。对于他的这段经历，周亮工在《石溪小传》中同样有载：

石溪和尚名髡残，一字介邱，楚之武陵人。幼而失恃，便思出家。一日，其弟为置毡巾御寒，公取戴于首，览镜数四，忽举剪碎之，并剪其发，出门迳去，投龙三三家庵中。旋历诸方，参访得悟。

关于髡残出家的原因，当代学者更愿意将其解释为乃是明清易代，因为髡残参加了抗清斗争，最后看事不可为，为此而出家。比如郑锡珍在1962年出版的《弘仁 髡残》一书中，就以顾炎武的一首诗为佐证："那时髡残年已三十余岁。他是血性汉子，有爱国的热诚，就参加了抗清的斗争。虽然没有明确的文字记载，但我们从顾炎武《同楚二沙门小坐栅洪桥下》诗里，可以窥见其中的情况。"顾的这首五言长诗中有如下诗句：

> 上坐老沙门，旧日名省郎。曾折帝廷槛，几死丹陛旁。
> 天子自明圣，毕竟诛安昌。南走侍密勿，一身再奔亡。
> 复有一少者，沉毅尤非常。不肯道姓名，世莫知行藏。

顾炎武在诗中的小注中写有"释名髡残"，故郑锡珍以此作为立论依据。而朱万章在《髡残交游研究补证》一文中反驳说："此诗从诗题看，与髡残并无明显瓜葛，唯一可看出与髡残有关系的是'复有一少者，沉毅尤非常'句后的作者自注'释名髡残'。就是这一句，其实大有可疑。按顾氏诗中之语气，顾氏当为一长者，髡残为'一少者'，这与二人年龄是不相吻合的。此时髡残已经四十五岁，而且比顾炎武还大一岁，顾氏此言是极不合情理的。此外，下文之'不肯道姓名，世莫知行藏'句与史实不符。当时髡残已经蜚声金陵之佛教界、艺术界，作为广交文友的顾炎武，对这样一位义僧不可能不'知行藏'和'姓名'。在今人谢正光所辑之《顾亭林交游表》中，广列顾氏友好达二百三十五人，几乎囊括了顾氏交游中所有见诸史乘者，唯独不见髡残之名。"

那如何解释这句诗注呢？朱万章在文中又称："这实非偶然。因此只能有这样一种结论，如非顾炎武自注之笔误，则此髡残决非石溪髡残，而是另有其人，且与顾炎武为忘年交。"

然而吕晓在其专著中并不完全认同朱先生的观点，经过一番推论，她认为顾炎武提到的"少者"的确是石溪髡残。但吕晓也认为："他与顾炎武有着同样的反清复明思想。不过，出于慎重，我们尚不能将顾炎武此诗作为髡残参加抗清斗争的直接证据。"

从其他资料来看，髡残的确有遗民精神，清严元照在《蕙榜杂记》中载有如下一段事："熊公（开元）国变为僧，聚徒拥众，开堂说法。尝至南京，一日携侣游钟山，有楚僧石溪者，隐者也，独不往。及

《层岩叠壑图》 故宫博物院藏

熊归，石溪问曰：'若辈今日至孝陵，如何行礼？'熊愣然，漫应曰：'吾何须行礼？'石溪大怒，叱骂不已。明日，熊谒石溪谢过，溪又骂曰：'汝不须向我拜，还向孝陵磕几个忏悔去。'吁！石溪诚卓然矣，熊公似不宜如此也。"

对于这段记载，赵园在《明清之际士大夫研究》一书中评价说："向经历了那样惨毒者要求无怨，不过证明了时论的不情而已。熊开元性情刚烈，其不拜毋宁说正是本色，倒是那责骂他的僧人，比遗民更遗民。当时的人们所能接受的，正是'遗民僧'，所谓的'忠孝和尚'。"

髡残曾在《山水册六页》的题记中写道："把名利看大了，便忘却生死，把生死看大了，便忘却名利。张拙偈云：'随顺业缘无挂碍，涅槃生死等空华。'莫不是名也。随他利也，随他佛道也，随他生死也，随他怎么不怎么也，随他果然如是，则数声清磬，是非外一个闲人天地间。"虽然有着这样的通达，但髡残性格仍然十分刚烈，程正揆在《石溪小传》中写道："性直硬如五石弓，寡交识，辄终日不语。又善病。居幽栖山绝顶，闭关掩窦，一铛一几，偃仰寂然，动经岁月，即会众罕见其面。"

髡残既不愿意交朋友，也不爱跟他人说话，因为多病，所以长年居住在幽栖山顶上的僧舍内，有时闭关很长时间，故少有人能见到他，唯有程正揆前来看他的时候，他才欢欣不已，两人会躺在一张床上整夜兴奋地谈论问题，想来他们的话题中很多都会涉及到画理："惟余至则排闼入，乃瞪目大笑，共榻连宵，畅言不倦。曾为余破关，拉至浴堂洗澡竟日。又曳杖菜畦山篱间，巡觅野蔬，作茗粥，供寮务，数百众皆大惊骇，得未曾有。牛首双峰，竟成虎溪三笑矣。"

看来髡残除了能够接受程正揆，对其他的人大多不理，程正揆的一些观念也的确对髡残有影响，比如程在《题石公画卷》中写道：

此石公在修藏社中所作。时予告之曰:"画不难为繁,难于用减。减之力更大于繁,非以境减,减以笔,所谓弄一车兵器不若寸铁杀人者也。"石公遂作此图示予,复笑曰:"诚少少许,奈不中律何?"予应曰:"博浪一锥为千古绝伎,金人十二,何啻天壤视之,君宁有幸心耶?"记此语已二十年,徃儿覃收藏,复装潢,请题于后,因记之。

程正揆跟髡残说由简入繁易,由繁入简难,他劝髡残在绘画上要多用减笔,于是髡残按程正揆所言,绘出一幅画作让程品评,但这种画法显然非其所长。由此可证,两人的确在画理上有过交流。

髡残自称是个懒人,故宫博物院藏《山水图轴》有其题跋:"余生平好懒,畏应酬人事,欲寻灵境,挂衲空山,其志存于心胸,自幼至今。常想古往今来,有许多事迹,亦有图王定霸者,亦有贪求无厌者,比比如是。其中不无费尽神思冀将来,不如闲字,夫闲字即懒字,反面须睁睁巨眼看一看,方是个达者。"但髡残的"懒"并不是说什么事情都不做,他所说的"懒"更多是不愿意搞社交应酬,对此,他在该跋中又写道:"然一味闲懒,纤事不经,亦非稳妥。毕竟行行正事,如衲必定晨昏经课,稍有暇,须悟一悟本来面目,何等人作何等事,庶不失法度。即笔墨之好,不外乎性灵,亦经义中之参化。若人知此理,法即了,道不难。"

看来正经事情还是要正经来做,并不可以用一个懒字来解脱,比如他在《溪山无尽图》的后跋中又称:"大凡天地生人,亦清勤自持,不可懒堕。若当得个'懒'字,便是懒汉,终无用处。如出家人若懒,则佛相不得庄严,而千家不能一钵也耶。三教同是,残衲时住牛首山房,朝夕焚诵,稍余一刻,必登山选胜,一有所得,随笔作山水画数笔,或字一两段,总之不放闲过。所谓静生动,动必作一番事业,端教作一个人立于天地间无愧，若忽忽不知，堕而不觉，何异于草木！"

髡残说他住在牛首山幽栖寺的禅房内，整日里焚香诵经，稍有余暇，就会登山去写生，只有这样他才觉得没有枉此一生，否则的话，整日里浑浑噩噩，与草木无疑。然而髡残这样一个清净的人，世事却不肯给他以清净，他的不善交际还曾给他惹来麻烦。周亮工的《藏弆集》收有髡残所书的《与郭些庵中丞》札，他在信中写道："石秃数年来借牛头一坐具，今年祖龙一炬，佛书经相，衣具器物，化为灰烬，依旧是昔时一丝也无底人。行年亦近六十，天壤孤独，又加以病苦，可谓至矣。造物善能矢上加尖，若非胸中有个百炼丹头，几化异物去矣。"

髡残说他的住处失火，一切用具都化为了灰烬，近年病痛又多，使得他对世事看得更淡。但为何失火，他在信中未曾言明，而吕晓从《江宁县志》中找到了蛛丝马迹："师笔墨高妙，最自矜慎，寺僧求者多不应，以为恨。师初居山巅之太古堂，最称幽胜。寺僧瞰其亡，而火其居，笔砚图籍无一存者，师晏如也。一宰官购寺之花岩楼与居，师自铸辟支佛一尊供楼上，色相奇古，肌骨筋脉衣纹襞绩，无不具足，世为希有。师殁而寺僧夺其居，焚其蜕，举其遗像掷之溷中。祖堂道场复为酒肉肆馆，真可痛也。"

正是因为髡残的画十分受欢迎，幽栖寺内的一些僧人向他求画，他大多不答应，以至于那些人由爱转恨，某天趁髡残外出，这些人一把火烧了他的住处。面对此况，髡残却很淡定。后来有位大官在寺旁为他买了间房屋，他就在此供佛、绘画。待其离世后，那些寺僧不能解恨，不仅霸占了这间居所，还这里变成了喝酒吃肉的地方。而关于髡残圆寂前后的情况，钱澄之在《髡残石溪小传》中也有记载：

　　师在祖堂与诸髡不合，有为捐资构大歇堂以居师者，师谢以偈曰:"荼蓼生来都吃尽,身心不待死时休。借他两板为棺盖,好事从头一笔勾。"疾革时语大众,死后焚骨灰,投弃江流。众有疑色,师大叫曰:"若不以吾骨投江者,死去亦与他开交不得。"众遵命,举火后,函其骨灰,投燕子矶下。

钱澄之亦称髡残跟寺里的僧人们相处得并不和睦,他在圆寂前跟众僧说,自己去世后要将骨灰投入江河中,僧人们对他的这个要求犹豫不决,髡残厉声告诉众人,若他们不这么做,自己死了都不会罢休。故其圆寂后,僧人把他的骨灰投入了燕子矶下的江水中,这使得髡残没有墓塔存世。

清顺治十一年(1654),髡残云游后回到了南京,此时他驻锡于南京城南大报恩寺内,吕晓所著《髡残绘画研究》中载日本京都泉屋博古馆所藏髡残的《入山图卷》上有其所书跋语:"……余初过长干,即与宗主未公握手。公与余年相若。后余住藏社,校刻《大藏》,今屈指不觉十年。"以此可知,髡残住在大报恩寺内主要是校刻《大藏经》,这也说明他不是一位仅仅吃斋念佛的和尚,他也曾为佛教文献的传承做过相应贡献。

关于髡残绘画上的师承,史料未见记载,吕晓在其专著中提及美国哈佛大学福格美术馆所藏髡残所绘《探奇索险图》中有髡残如下题记:"残道者学道来,诸爱都捐,唯此笔墨可以遣性,每拈弄时,探奇索险,不异亲于登涉然,省却我多少草鞋钱。"针对这段话,吕晓推测说,髡残在出家前就已经开始学画,而这幅画作于顺治十六年(1659),转年髡残又在一本山水册的第三开中写下如下题跋:"予因学道,偶以笔墨为游戏,原非以此博名,然亦不知不觉坠其中,笑不知禅者为门外汉,予复何辞。"

从此画跋中,又感觉到髡残是出家后才开始学习绘画,究竟情况

《禅机画趣轴》局部 故宫博物院藏

如何，无法做出确切的解释。而关于髡残画风所本，后世学者大多认为他主要是模仿王蒙，程正揆藏有王蒙的《紫芝山房图》，将之临摹一幅后赠给了髡残，程正揆的《青溪遗稿》卷二十二中有记：

> 王叔明《紫芝山房图》，为天下尤物第一，其自题云："余画山水，自谓重辋川、洪谷间，世无子期，孰知巍巍荡荡之意乎？"予极赞叹此"巍巍荡荡"四字，乃千古文章寸心得失最上乘语，非此老，无此识，无此口，无此手，所谓百世下知其解者，旦暮遇之。下士闻之，有不耳聋眼瞎者乎？举似石师，感慨笔墨知己寥寥，古今伤心，咸一辙也。适余欲归武昌，石公谓曰："君既偕《紫芝》以去，何不用山樵法补我借云？"遂戏作是图以赠之。山樵提唱绝调知希，见之不知更着何语？黄鹤能复起乎？今之子期，又当俟之二百年后乎。

此时程正揆准备返回家乡湖北，髡残闻听好友离去，便要求他临摹一幅此画赠给自己，于是程有此图之赠。以此可见，髡残对王蒙作品之喜爱。但张大千认为，髡残虽然喜爱王蒙的作品，却并未得其精髓，张大千在《明末四僧画展序》中称："石溪苍茫沉厚，或以为出于黄鹤山樵，殊不知玄宰空灵，石溪变之以沉郁，不期与山樵比迹也。若必谓出于山樵，则形相之论也。"

除王蒙外，髡残也临摹过吴镇的作品，上海博物馆所藏《溪山无尽图》上有潘正炜所书之跋，潘在该跋中说："此溪山行脚图卷，叠嶂则祖述山樵，平林则力追仲圭。"可见髡残的这幅画，山形模仿的是王蒙，树林则有吴镇的笔法。然而元四家的画法大多源自于董、巨，故髡残对巨然最为推崇。上博所藏《溪山闲钓图》中有其所书之跋："东田又谓余曰：世之画以何人为上乘而得此中三昧者？余起而答曰：若以荆、关、董、巨四者，得真心法惟巨然一人。"

对于他的绘画特色，程正揆的评价是："石公作画如龙行空，虎踞岩，草木风雷，自先变动，光怪百出，奇哉！"而邵松年在《古缘萃录》中则称："石溪山水如草法，笔笔空灵，笔笔沉实，虽极恣肆而无不在规矩之中，诚大家也。"

在其当世，髡残与程正揆并称"二溪"，然而吊诡的是，程正揆后来在绘画史上的名气迅速下降，而髡残却一路上升，又与石涛并称为"二石"，比如钱杜在《松壶画忆》中称："石溪上人笔墨，与石涛相仲伯。其临文徵明山水，不独形似，兼能得其神韵。余曾见其仿文氏数帧，并如太史腕下跳跃而出，虽精于鉴赏者不能辨也。"秦祖永在《桐阴论画》中则对"二石"的画风作出了如下比较："清湘老人道济，笔意纵恣，脱尽画家窠臼，与石溪师相伯仲，盖石溪沉着痛快，以谨严胜，石涛排奡纵横，以奔放胜。师之用意不同，师之用笔则一也。后无来者，二石有焉。石道人髡残笔墨苍莽高古，境界天矫奇辟，处处有引人入胜之妙，盛夏展玩，顿消烦暑。盖胸中一段孤高秀逸之气，毕露毫端，诚元人之胜概也。蒲团上得来，不其然乎。"

再后来，"二石"之外又加上了渐江，他们被合称为"三高僧"，比如黄宾虹在《论明季三高僧》中提及："渐师与石溪、石涛同时为僧，以画名世，人称三高僧。石溪整严，石涛放纵，揆诸笔墨，各有专长。"

在这个阶段，正如前面所谈，髡残又与其他几位僧人并有"清初四画僧"之称，这个概念一直延续到今天。而无论怎样组合，其中都有髡残，以此可见，无论从哪个角度而言，他都是不可或缺的关键人物。

髡残隐居并圆寂于牛首山上的幽栖寺。据康熙版《江宁府志》载："祖堂山在牛首山南十里……宋大明中，于山建幽栖寺，因名幽栖山，唐高僧法融得道于此，为南宗第一，乃改为祖堂山。"以此可知，牛首

宏觉寺山门

山顶上的建筑都是宏觉寺

山又名祖堂山，康熙四年（1665），大诗人王士禛曾与朋友来此寺拜访髡残，但正赶上髡残外出，而后王士禛写了一篇《游献花岩祖堂记》，在此记中他写道：

> 十九日晨，由牛首径西峰岭，沿师子峰西趾登献花岩……行二里许，修竹中一径如线，忽得祖堂寺，徒众踊跃。由寺后左旋而入，访石溪禅师，数日前，已赴灵岩维公之招。小坐呈剑堂，观石公诗画，标格不减寂音尊者，天界浪杖人弟子也……因访石公禅室，破扉短篱，高竹万个，青光鉴人，须眉皆绿。

2015年8月15日，由陈鑫先生开车，我前往幽栖寺探访。按照导航找到了该寺山脚下的山门，但这里却写着"宏觉寺"的字样。我二人搞不清是否找错了地方，于是向路人打问，一位老先生对这里的变化很熟悉，他告诉我们说，宏觉寺是近年修复的，原来的幽栖寺已经被包在了里面。然而我在吕晓的专著中看到她拍的照片，此书的图注上称"幽栖寺旧址已改建为精神病院，旁为复建的宏觉寺"。于是我向老人请问，精神病院是否才是幽栖寺旧址，老人告诉我说，那个院的正确称呼方式叫疗养院，并且说也有人称疗养院才是幽栖寺的旧址，但他本人感觉不对。我想起所看到的资料，比如上述的引文中也提及髡残所居之处在山顶而并不是在山脚下，故我还是决定先到山上去一看究竟。

走入山门，在院墙上看到了牛头宗的几代法师画像。由此到达山上的宏觉寺还有一段路，于是我们开车前往，新修复的宏觉寺占地面积宏大，一座一座的院落分别建在山坡的不同位置上。我并不知道幽栖寺在哪里，在山上几经打听，终于找到了幽栖寺，在此寺遇到了一位女居士，她提醒我们说寺内禁止拍照，于是我向她请教幽栖寺跟宏觉寺的关系，她给我的回答是："幽栖寺是老老寺，而宏觉寺是老寺。"

如今的幽栖寺仅剩一座大殿，从外观看上去，这个大殿也是新近修复的，但想一想早在髡残生前，他的居所就被一把火烧光了，所以到如今更难确认其所居之所是哪一间。钱澄之在《髡残石溪小传》中写道："有为捐资构大歇堂以居者，师谢以偈曰：荼蓼生来都吃尽，身心不待死时休，借他两板为棺盖，好事从头一笔勾。"

由此可知，髡残在幽栖寺的所居之处原本叫大歇堂。我向女居士请教大歇堂在哪里，她说没有听过这个名称。而吕晓的专著中转录了何传馨《石溪行实考》小注中的记载："承明复法师提示：'大歇堂乃祖堂寺之方丈室，此名起于元代仲谦禅师，事见《五灯全书·仲谦传》，乙酉清兵渡，毁祖堂寺，大杲师复兴之，程青溪助之。'按：程正揆助石溪复兴祖堂寺，可证之一六六三年报恩寺图题跋，祖堂被毁之记载，尚待查考。"然而，吕晓说她查遍《五灯全书》，也未找到祖堂方丈室名为大歇堂的记载。

驱车下山，前往山脚下的那座疗养院。此院的门卫坚决不许我们入内，我向他解释说，自己只是来这里探访跟幽栖寺有关的遗迹，并

幽栖寺玉佛殿

不会拍照其他地方。门卫说院内的确有古迹,但入内拍照必须要有相关部门的介绍信。而今我已来到了山脚下,不太可能再回市里托朋友开介绍信,故只好悻悻离去。

钱松嵒曾经在《牛首山》中写道:

> 余少时爱摹石溪上人画,拘拘笔墨形似,未知其所以然。后登牛首山,恍然有得。此山巅奇峰,露头铁矿石,漫山皆是,石面久经氧化,轮廓理纹浑朴苍劲,又如描颤笔。上人久栖此山,乃真粉本也。师古人当知古人实师造化。未见牛首山,自诩为得石溪真髓者,妄也。今谓继承传统,深入生活,传统当从生活中核证之。

钱松嵒果真是绘画名家,他来到了牛首山,由此而体会到髡残的

金陵美术馆外观

很多笔法乃是以真山为摹本。而今我登上此山,却无法体会到钱先生所说的自然景物与髡残绘画之间的关系,可见我悟性实在是太差。

2019年5月21日,蒙南京艺术学院图书馆孔庆茂馆长之约,我前来南京参加该校举办的稿本修复培训班开班仪式,孔老师的博士研究生王宇女士前来高铁站接我,在她的带领下,我前去寻找几处历史遗迹。

此前我在网上查得,南京有关部门复制了多尊与当地有关的历史名人雕像,这些雕像分别安放在了老门东、大行宫广场、朝天宫西侧广场、乌龙潭广场以及江宁上坊。但髡残的雕像立在何处,我没有查到进一步的信息,王宇也不了解具体情况,于是我们决定将这几个去处一一探看一遍,第一站就是先到老门东。

我们在此美术馆内没有找到任何雕像,几经打听,终于问到明白人,原来雕像处在该美术馆的后门。穿馆而过,果真在这里看到了三

走入老门东街区

髡残雕像说明牌

髡残雕像

正在修建的大报恩寺塔

尊雕像，其中两尊分别是董源和巨然，还有一尊就是髡残。一试而中，令我颇感得意，这让我想起了刘德华的一句歌词：老天爱笨小孩。

髡残雕像立在老门东美术馆后门的最左侧，地上的说明牌写明该雕像作者为朱智伟，说明牌上又提到了髡残曾居住在南京大报恩寺，该寺毁于太平天国战火，近年仍然在修复过程中。前几年我到现场探看时，那里建造的是一座琉璃塔，因未完工禁止入内拍照，故我只偷偷地拍到了一些当时的状况，不知如今那个景区是否已经修建完毕。

眼前所见的髡残雕像大约如真人般大小，他倚着一片岩石站在那里，似乎回首望着某处，不知道是否在打着绘画的腹稿，他的身后摆放着几块随形石，地上还撒着一些黑白相间的石粒，整体效果有点像日本的枯山水，余外看不到其他摆设。

拍完雕像后，王宇带我在老门东街区内游览了一番。这一带修建成了仿古步行街，并且建造得颇为有心，有很多细节都做得比较到位。唯一让我腹诽之处，则是这三位大画家雕像的身后只是美术馆的墙面，如果能把他们的画作以某种形式复制出来，放在雕像后面，那样会让观众更直观地感受到他们的成就，而拍照时，照片中也会显现出更多的内容。

法若真（1613年—1691年）
笔拙境奇

　　清代张庚在《国朝画征录》中列出了山东籍书画大家四位，分别是法若真、焦秉贞、冷枚和高凤翰，对于这四位中的法若真，以高居翰的研究最为深刻，然而他在《笔拙境奇：论法若真的山水画》一文中，却这样说道："法若真是十七世纪一位奇崛的二流画家。我们这样来谈论一位艺术家，就像我们在说一个人是他那个时代最巨大的侏儒。假如法若真实属二流画家，那么是什么使得他如此奇崛？"

　　高居翰将法若真定位为二流画家，这个评价并不怎么高大，然而他又将法若真的绘画特色总结为"笔拙境奇"，这句评语似乎并不低。高居翰何以给出这样貌似矛盾的结论呢，他在文中做了这样的假设："我们可以假定一个答案，即：认为法氏以他有限的技巧，以一个近乎草率的态度重复同一些构图及即兴创作的习惯使他居于一流画家的行列之外。然而，他在其最好的作品中所表现出的动荡的画面之魅力，使他居然瞩目于世上最崇尚山水的年代里。"

　　关于法若真的绘画观，各种文献少有记载，而高居翰从法若真所撰《画说》一文下手，做出相应的分析与阐述。该文起首即称："或谓画者曰：先生其天下之至工者乎？画者曰：否，此非天下之所谓工者也，其必天下之至拙者，而后事此也。"

　　可见，在绘画的工与拙之间，法若真强调的是后者，认为只有昧得拙趣之人才能在绘画方面有所特色。针对法若真的这句话，高居翰的解读是："画家深感自己在这治国理邦的势力角逐中毫无用武之地，随即转而研究古典文学和诗歌。最后在绘画中找到了自己的位置。他在绘画方面的造诣不能与其在仕途上的成就相提并论，前者只是'天下至拙者'的努力结果。画家深深地感叹道：'画不工其亦免于斧鉴乎，吾亦可以老矣。'"

之后，法若真在《画说》中又对邢侗的孙子邢生说了这样一句话："邢生亦思隐其工于长安，其必天下之至拙，而无所用其工。"经过这样的劝慰后，法若真得出这样的结论："呜呼，邢生其勿去吾拙以易天下之所工。吾与邢生其庶几等之。"

以此可以说明，法若真以"拙"作为自己的追求目标，无论其做人、做事还是绘画，都秉持这种观念。对于这种观念，高居翰在文中做出如下对比："法若真对朴拙画风的观点，使我们立即想到顾凝远有关'拙胜于工'的著名论述，及对朴拙（顾称之为'天真'）之于画家的一去不复返性的强调。然而，积极因素的预断在十七世纪并不普遍。相反，其他一些作家对非职业画家所追求的'生拙'之理想进行了苛求的评判。无疑，这些作家被明代晚期在士人中日渐流行的粗率、书法式的及无章法的画风所震惊，这些士人的行政职位保证了他们的绘画必然受到人们的赞赏，而且有些赞赏又常是过誉的。高层次的例子有倪元璐、黄道周、王铎、杨文骢，至于低层次的例子就不胜枚举了。不过，值得庆幸的是，他们的作品保存下来的不多。"

这段话讲述的是晚明一些画家在创作上貌似狂放，而其本质却是一种粗率，高居翰在文中引用了李日华在《恬致堂集·书画谱》中"竹嬾论画"一节中所言：

> 古者图书并重，以存典故，备法戒，非浪作者，故有《建章

千门万户图》，晋张茂先犹及见之。汉成帝视《纣踞妲己图》，班姬因进忠言。又有图蜀道山水归献，而将帅藉以成功者。自顾虎头、陆探微专攻写照及人物像，而后绘事造极。王摩诘、李营丘特妙山水，皆于位置点染渲皴尽力为之，年锻月炼，不得胜处不轻下笔，不工不以示人也。五日一山，十日一水，诸家皆然，不独王宰而已。迨苏玉局、米南宫辈，以才豪挥霍，备翰墨为戏具，故于酒边谈次率意为之，而无不妙，然亦是天机变幻，终非画手。譬之散僧入圣，啖肉醉酒，吐秽悉成金色。若他人效之，则破戒比丘而已。

以上乃是李日华对唐宋画家的看法，接下来他又提到了元明一些著名画家的绘画特色：

元惟赵吴兴父子犹守古人之法而不脱富贵气，王叔明、黄子久俱山林疏宕之士，画法约略前人而自出规度。当其苍润萧远，非不卓然可宝，而岁月渲运之法，则偷力多矣。倪迂漫士，无意工拙，彼云："自写胸中逸气。"无逸气而袭其迹，终成类狗耳。本朝唯文衡山婉润，沈石田苍老，乃多取办一时，难与古人比迹。仇英有功力，然无老骨。且古人简而愈备，淡而愈浓，英能繁不能简，能浓不能淡，非高品也。

针对李日华的看法，高居翰做出了如下解读："对李日华所处时代而言，所有这些的含义是显而易见的。前辈大师辛勤严谨的绘画风格由于后辈缺乏创见的继承而丧失了原有风貌。那些试图摹仿前辈文人画家即兴作品者所处境遇也不佳，自然，这些一时兴致勃发所致的效果是无法摹仿的，作品中那些令人惊羡的随意、挥洒，很容易陷入简

《雪室读书图》 沈阳故宫博物院藏 收录于《胶州清代画坛三杰书画集》

单化的泥淖。实际上，李日华在论述中却已经洞察当时画坛所面临的危机。毋庸赘言，这个危机反过来仅作用于十七世纪中晚期的个性主义画家及其他画家的作品，并产生了单纯而又新颖的解决问题的方法，这对当时的艺术家及批评家来说是很现实的事。"

如何看待工与拙之间的矛盾，高居翰引用了龚贤的观念："他认为，作家，即职业画家的作品'稳而不奇'，文人画家的作品'奇而不稳'。"接着高居翰谈到了黑古川美术研究所所藏的法若真在1682年所作山水图册中的一则题跋，法在此跋中征引了苏东坡的观念："苏子瞻谓无画才而有画意，仆老矣！得知所谓画亦次意为主，如白云之赠亲耳。"

如何理解这段跋语，高居翰解读说："最后一句话的意思多少有些晦涩，理解下面则是我对其意义的理解。承认自己'无画才'固然可以被认为是人们所惯用的表面自我否定，而用在自谦的一种做法。它也使那些想批判地指出这一点的人们无话可讲，这是中国艺术家喜欢用的计谋。但是在后来的一个题跋中，法若真又重复了同样的说法，这似乎反映了他对于自己作为一个艺术家之有限的真正领悟。那么，他的'画意'指的是什么？它们是否只包括绘画的一种新奇样式及对世界的奇特描绘？当然，法若真的看法包含这两层意义，但是，我相信在他看来'画意'的意义远不止这些，他想探究的是在晚年使他窘困的某一'画意'或'主题'的含义，以提供理解他许多（甚至是大多数）象征性山水画的线索。"

正是这些法若真的自道，以及他的画风所呈现出的拙趣，方引起高居翰深入研究的兴趣，而后他得出了以上的结论。然而对于法若真绘画的成就以及风格的形成，他的乡贤姜启明却看得更高更透彻。姜启明的评语是："善山水，初于宋人郭河阳及元代王黄鹤著力尤深，中年后宦游江南，得见黄山真面目，并结识程正揆、梅清、戴本孝、龚贤等名家，画风大变，以卷云皴参以米家树法，逐渐形成笔墨浮动、气象氤氲的自家面目。所作潇洒拔俗，不染尘霾，独具风骨。晚年笔墨益精，渐臻化境，山川丘壑全以意出，云烟满纸，殊堪卧游。"

能够给出这么高的评语，姜启明是以法若真所绘《溪山云霭图卷》为证，他对该图所展现出的绘画风貌与绘画技巧，总结出了如下文字："画面采用平远与高远相参式构图，展现夏秋季节山雨过后群峦起伏、烟云弥漫的景象。山林中万籁俱寂，不见人间烟火。远山中一弯山泉汩汩而下，奔流宣泄，似要打破深山老林间的萧疏沉寂之气，使人如闻其声、欲饮其甘。作者一反过去笔墨繁缛、皴多染少的常态，而以纵逸之笔随意出之，略施皴擦并辅以淡墨烘染及水法运用，于空灵简淡中得妙处。其树法于淡宕中参以浓笔，层次分明，扶摇婆娑，尤为奇绝。画面中不着一士，不缀一字，把山野林泉的荒寒、空蒙表现无遗，颇有唐人'空山新雨后，天气晚来秋'之境，堪称逸品。"

《溪山云霭图卷》中有三则跋语，其首则为："法黄山先生天姿聪慧，博极群书。国初以五经特荐为兴朝太史，书画冠绝一时，胶之人得其只字片纸，宝若拱璧。第好事者往往鱼鲁莫辨，以赝为真，殊堪叹息。可天禅师者癖嗜翰墨，品题甲乙，不爽毫发。此卷笔墨纵轶，云霭烟横，真得米襄阳一脉，神品也。其裔孙本思究心玄宗，留览释典，与可天师作忘形交，持以相赠，藏之箧笥，不轻出以示人。乾隆丁酉初春，师已归净土矣，徒孙光河工于书，其珍书画也与师等，一日袖此卷索题于余，余顾而嘻曰：每见世家巨族于先人手泽多不能守，而僧家护惜师传，绳绳勿替，其志洵可嘉也夫！乾隆丁酉四月朔日艾西冷文炜题于芝室。"

冷文炜是山东胶州人，颇有书名，精于鉴藏书画碑版，与法若真、高凤翰、柯劭忞、林凤官有"胶东五凤"之称。冷文炜在此跋中讲到了胶州人对法若真的只字片纸都视若拱璧，可见当地人十分喜爱

《溪山春动图》
[日]桥本末吉藏 收录于《胶州清代画坛三杰书画集》

这位乡贤。该图卷的第二则跋语为蒋师辙所写："法黄山先生画在国初有重名，曩未之见。此卷今藏保山吴子明同年处，幸得寓目，如有云气往来纸上，谨题数语以志眼福。光绪二十年仓龙在午良月，上元蒋师辙。"

蒋师辙虽然是南京人，却也跟山东有着关系，因为他曾经参加过《山东通志》的编纂，十分了解山东一地的人文，所以当然知道法若真画作的重要性。姜启明的文中还提到后世著录中，包括乾隆皇帝也喜爱法若真的画作："作为一代书画巨擘，法若真的作品一直为后人珍视，其书画散藏于国内各大博物馆及私人藏家手中，仅《中国古代书画图目》著录的就多达三十二件，其中故宫博物院藏《偃盖篇图轴》还被《石渠宝笈》著录，受到乾隆皇帝青睐。"

姜启明的文中还提到了高居翰藏有一幅法若真的山水卷，难怪高居翰对法若真有着如此深入的研究。对于法若真的研究文章，我还读到了刘婉的硕士论文《清代回族诗人法若真身世交游及其〈黄山诗留〉研究》，从论文的题目，即可知刘婉将法若真视为回族人，其论文中对此做出了考证，首先引用了相关辞典上对法姓来源的记载：

> 《中国回族大辞典》中对"法"姓有记载，且目前关于法姓的来源主要有三种说法：（一）出自姒姓，据山东日照的《法氏宗谱》记载表明中国古代的汉族的法姓源自姒姓，来源自扶风郡；（二）蒙古族姓氏所改，清朝时候，蒙古族中的伍尧姓一族，为适应汉族习惯，取"法"字为姓，得法氏，如清朝乾隆时的文学家法式善；（三）出自齐王法章之后，"法无二宗，天下法氏并出齐王法章之后"。

而后刘婉提到了法氏始祖法若正，论文称法若正原名法都喇："以名字理解亦非出自汉人之名,似回族姓名。"接着其又提到了法氏后裔多为回族人的实况。但刘婉又说:"据今胶州法氏后人介绍:现今生活在胶州的法氏后人认为自己为汉族,他们亦接受济南、青州的两支法氏后人为回族。"然后刘婉得出了这样的结论:"所以,经以上考证,法若真及其法氏家族应为回族。"然而,这种说法我未在其他文章中读到。

关于法若真的生平,他本人晚年曾有自撰年谱一卷,名为《黄山年略》。黄山乃是法若真的号,其别署有北海衲、黄山衲、小珠山人等。裴喆所撰《法若真年谱简编》中称:"(黄山年略)纪事止于康熙十二年(1673)六十一岁。此谱所载,详于宦迹而略于其他,纪事亦偶有误。"但即便如此,仍从中可以看到法若真的生平大略,比如他名与字的来由,《年略》中写道:"正月二十四日巳时生。生之日,先大夫梦有长人伟衣冠来曰:'余扶风人,来汝室。'是日生,因忆汉扶风有法真,遂名之曰若真,字曰汉儒,又字曰师百。是在前万历四十一年。"

对于法若真学习绘画的起因,《年略》中的说法是:"癸亥十一岁,授秦汉文、《孝经》,阴学诗画。先大夫不怿,恐分读书事。有平度老布衣江正阿见而异之,曰:'子未知韵。'授沈韵一册。又数月,见而异之,曰:'子未知律。'复授之律。"

法若真十一岁时偷偷地学习吟诗作画,家里的大人很不喜欢他做这些闲事,认为会分心,影响读书,但当地有位老布衣却认为法若真在作诗方面很有天分,于是教授给他一些作诗的基本法则。法若真也的确好读书,在学习方面十分刻苦。然而他生不逢时,赶上了明末战乱,崇祯十五年(1642),在他三十岁那年清军攻入山东,他带领一家人逃难避入山中,不幸的是误入了清兵的军营,家人拿出所有的值钱之物方救其一命。《年略》中对此有着详尽的描写:

> 壬午三十岁……我朝大兵深入山东，南狩黄河，北猎登莱，予奉先母李太夫人、亡室崔氏、两子南下，将从先大夫任，遇大兵于铁山之阳，士民载道者数万计，皆却走，乃避入上庄杨氏，甫下车兵至，献马、驴去，合力遁楼上图苟活，偶误入兵垒，获之，是在十二月十三日。剥衣背缚，刃加于项、迫于肤，顶受一刀，血沥如雨，不知其痛也。先太夫人与亡室哭楼上，悉坠衣珥赎之得不死。

清顺治二年（1645），法若真又去应乡试，也许是消息闭塞，他不知道这时科考已经不再考五经，《清史稿·选举制》中称："五经中式，仿自明代。以初场试《书》艺三篇，《经》义四篇，其合作五经卷见长者，因有'二十三篇'之目。顺治乙酉，山东乡试，法若真以全作五经文赐内阁中书，一体会试。"对此，《年略》中有着更为详尽的记载：

> 乙酉三十三岁……八月应试，初不知少宗伯孙龙麟先生有不许五经应试之疏也。弟若贞中式正榜。闱中得五经卷二人，一李某，聊城人，置副卷第一，以真卷合主考向某、锁某并同考十五人、直指李某共十八人拜疏封朱墨卷呈御览，以特荐山东异材题请。圣旨："法若真著该布政司使起送来京。"遂送真至礼部候旨，是在十二月内。

看来法若真以五经所写答卷令到考官很满意，于是特意将他与其他一些人的考卷呈现给皇上，皇上下令命法若真直接前往礼部候旨。转年他参加了会试，又以殿试二甲第十一名的成绩被授庶吉士。

法若真的性格颇为刚烈，按照《黄山年略》上的记载，顺治八年（1651）在其三十九岁时，他曾面斥洪承畴：

会九月诏书出内院，例应真与单公拙庵行，是时中堂洪公承畴秉政，思易旧制，好其所私者某，亦假满到京，闻此役留船张家湾以待。予与单拙庵颇有言不宜更旧制，洪公曰："尔方假来，何言此？"予曰："尚有请假甫至，未解舟河下者，其何以故？"洪公曰："彼高品也。"单公不能对，予厉声而上曰："今日序皇华之命，乃以朝廷定制行，非以人品为用舍。即言人品，请先生教之，人之所以有品者，以忠孝大节耳，能忠孝则人品高于千载，不能忠孝，其何为人品？"洪公大怪之，自此与丙戌词臣不相能矣。

还有一件事也能体现出法若真性格上的刚烈，裴喆在《年谱简编》中引用了《清世祖实录》中卷七八中的所载："直隶山东河南总督马光辉、漕运总督沈文奎奏言：'胶州逆镇海时行叛乱，臣等奉诏剿抚，随统官兵渡黄河追至永城，两路夹击，俘斩甚多。时行势穷，杀其党渠李进文等，率子弟及旧部赴军前降。'疏入，下所司叙恤，海时行等令议罪……己卯……兵部奏言：'叛镇海时行等负国厚恩，公行叛乱，称王僭号，杀官屠城，势穷力竭，方行就抚，大逆罪在不放，应俱斩以殉。'从之。"

海时行叛乱发生在顺治十年（1653），当时法若真之父法寰前去劝阻，海时行杀掉法寰及法若真的弟弟法若奭、法若巽，同时遇害的还有他的侄子。朝廷派兵围剿海时行，其见大势已去，杀掉几个亲信后率部投降。由于他在胶州的行为太过恶劣，兵部仍然向皇帝上奏，提出将海时行斩首示众。皇帝批准了这个提议。《年略》载："兵部尚书王公铁山力伸大义，请灭此贼以服天下，上曰可。乃传首胶州以谢死者，真奔丧，手刃其头，祭于先大夫、亡弟、侄之灵而哭之。"

相关部门将海时行的头颅提到胶州以祭奠因此祸而死之人，法若真奔丧回到家乡，见到海时行的头颅后悲愤不已，挥刀痛砍，而后祭奠自己的父、弟及子侄。也许正是这样的刚烈性格，使得后来他在江南任职时，受到了周亮工案的牵连，遭到免职，《年略》中载："总漕帅访取道员周元亮，予与臬司佟公以同官未能遽揭，被参党同，应严黜，奉赦宥，而周公犹深衔之。"

免职后的法若真在江南地区游览一些年，而后前往北京候补，但因各种原因，他未能补以实缺。直到康熙十八年（1679），在其六十七岁时，才被推举前去参加博学鸿词科，然因病未能前去应试。魏象枢在《黄山诗序》中写道："方待御试，股疾忽作，不任步履，铨部拟扶掖入，力辞弗敢从。"

对于法若真晚年为什么在仕途上如此不顺，裴喆在《年谱简编》中有如下分析：

> 《清诗纪事初编》卷六法若真小传："是时冯溥以同乡后进、李霨以同年同在政府，无能为力，必索额图、明珠未入贿，有意抑之。"按：康熙帝素不喜山东人，《清圣祖实录》卷一〇四："朕闻山东之仕于朝者，大小固结，彼此援引，凡有涉于己私之事，不顾国家，往往造为议论，彼倡此和，务使有济于私而后已。又闻其居乡多扰害地方，朕皆稔知其弊。"当亦为原因之一。

因为皇帝对山东人有着不太好的印象，法若真不太可能重新受到重用，他只好返回家乡，把精力用在了绘画创作方面。对于他的绘画风格，后世书画界常把他归在"黄山画派"中。"黄山画派"的成员不一定是黄山人，甚至不一定是安徽人，而是一群扎根黄山、体会黄山、以黄山为绘画主题的画家，它作为一个专有名词出现的时间比较晚，乃是由黄宾虹、潘天寿等人归纳而出，画派的代表人物有渐江、梅清、

《雨余寄怀图》 收录于《胶州清代画坛三杰书画集》

石涛等。法若真之所以被归入"黄山画派",主要是他以山水见长,而另一个原因,则可能是因为他任过安徽布政使。

高居翰在其文中也谈到了法若真的经历:

> 后来,他分别在福建、浙江、安徽等地做官,最后官至副总督。十七世纪六十年代是他整个生涯的高峰,而那时,对于中国文人来说却又是一段困难而又危险的时期,满清政府唯恐暴乱,开始了对书籍的查禁。被迫害的文人达数百人之多。法若真虽幸免于死,但于1670年被罢黜免职,原因是有人说他隐瞒周亮工账款不足一事。尽管后来他又在北京参加了1679年博学鸿词的考试,却未能重获官职,从此他隐居余生,大部分时间是在安徽南部黄山附近度过的。

然而,即便是他担任过安徽布政使,却没有他曾经生活在黄山的直接证据。邓之诚的《五石斋小品》中有"法若真"一篇,该文起首一段为:

> 字汉儒,号黄石,又号黄山,胶州人。顺治三年进士,入词林,官至侍讲。十年外补,是为清代翰林外转之始。待次丁艰,十六年起补福建兴泉道。十八年迁浙江按察使,以母忧归。康熙七年补江南右布政使,九年复以母忧去官,鬻景要园庄以偿赔累。十七年拟补河南布政使未用,遂归隐州西七十里黄山上庄慈元庵。

按照邓之诚所记,法若真晚年隐居的黄山并非是安徽的那座名山,而是胶州的一座同名之山。对此,刘婉的论文中也有这样的表述:"康熙十八年己未1679年,此时法若真六十七岁,离京返回乡,居于胶州黄山。"然而,无论法若真最终是隐居在了哪座黄山,其画作中的拙趣

找到了常州路小学

学校大门

工作人员立即关闭铁栅栏

石头的侧面无字

果真在花坛旁看到一块大石头

法若真故居旧址

石头背面

确为后世所肯定。

  2019年4月26日,这一天的寻访十分紧张,在齐鲁书社副总编刘玉林先生的安排下,由小徐开车,我们由北向南横穿山东半岛,到傍晚时方到达胶州市内。为了赶时间,我们并没有先到酒店办理入住,而是跟着导航先去探看了法若真故居旧址。此前我从网上查得,该旧址即今胶州市常州路小学。

　　赶到小学门前时，学校的大门已经关闭，然而铁栅栏门还未关严，我本想趁机入校探看，警务室内的一位工作人员马上看出了我的企图，他手疾眼快立即关闭了栅栏门，而后直瞪瞪地看着我并不言语。我本想与之理论一番，然念及这是他职责所在，故只隔着铁栅栏门向其请教，校区内是否还有法若真故居遗迹。他听闻我所言，走出大门指着门旁边花园内的一块大石头说："那就是。"

　　顺其所指，果然看到旁边有一块两米多高的随形石，只因赶路匆忙，再加上光线有些暗，我们并没有留意到上面的刻字。而今走到正前，果然看见上面刻着"法若真故居旧址"的字样。我们立即围着这块石头仔细观察，然而石头上除了这几个字之外，并无相应的介绍。刘玉林则在石头下方看到一个粉红色的东西，拿出一看，竟然是一块断了表带的电子表。这种物件曾经风行一时，近些年因为智能手机的冲击几近销声匿迹，而今忽然发现这样的东西，让我三人颇有童趣地仔细观看了一番。

　　看来，任何事情都有其时代的特征，法若真的绘画代表了他的那个时代，而那个时代过去后，即使是这样一位著名的画家，如今也仅留下一块石头作为印记，多少还是让我有些遗憾。

龚贤（1618年—1689年）
扫除蹊径，独出幽异

标题中的评语出自周亮工的《读画录》，原话中还有程正揆对龚贤的褒奖之语："龚半千贤，又名岂贤，字野遗。性孤癖，与人落落难合。其画扫除蹊径，独出幽异。自谓前无古人，后无来者。信不诬也！程青溪论画，于近人少有许可，独题半千画云：'画有繁减，乃论笔墨，非论境界也。北宋人千丘万壑，无一笔不减。元人枯枝瘦石，无一笔不繁。通此解者，其半千乎？'"龚贤的性格颇为孤僻，也可能由于这样的性格，才创造出了幽异的画风，以至于让很少赞许他人的程正揆给出了颇高的评价。

龚贤与樊圻、吴宏、邹喆、谢荪、叶欣、高岑、胡慥并有"金陵八家"之称，而龚贤为"金陵八家"之首。为什么龚贤有这么高的艺术成就呢？除了天赋之外，也有他不肯入俗的思想。美国纽约大都会博物馆所藏龚贤的书画册页上，有其自书的一句话："今人画竟从俗眼为转移，余独不求媚于当世，纪此一笑。"立意不肯媚俗，由此也可看出他刻在骨髓里的孤傲。

性格孤傲并不等于一味排斥传统，龚贤也很讲求对于传统的继承，后世研究龚贤的相关文章，大多会提到他在康熙十三年（1674）所作《云峰图卷》上的一段长诗：

《一道飞泉图》 辽宁省博物馆藏

山水董源称鼻祖，范宽僧巨绳其武。
复有营丘与郭熙，支分派别翻新谱。
襄阳米芾更不然，气可食牛力如虎。
友仁传法高尚书，毕竟三人异门户。
后来独数倪黄王，孟端石田抗今古。
文家父子唐解元，少真多赝休轻侮。
吾言及见董华亭，二李恽邹尤所许。
晚年酷爱两贵州，笔声墨态能歌舞。
我与此道无所知，四十春秋茹茶苦。
友人索画云峰图，菡萏莲花相竞吐。
凡有师承不敢忘，因之一一书名甫。

龚贤在这首诗中列出了上自五代、下至明末，总计七百多年间所涌现出的二十三位大画家。从董源、范宽讲起，而后提到了巨然、李成、郭熙、米芾等，接下来则是倪瓒、黄公望、王蒙，进入明代当然是沈周、文徵明、唐寅、董其昌、李流芳、恽向等，最后讲到了马士英。

在一般人的眼中，大多对龚贤所谈到的前二十二位无异议，唯有马士英，因其人品太差故少有人提及。南明弘光元年（1645），阮大铖、马士英把持朝政，报复复社名士，后来南京被清兵攻陷，弘光帝被俘后，马士英也被杀。但这并不能洗掉他的污名，故而马的才气也因其政治名声为后世所掩。可是龚贤并不在意这些，在他的这首诗中，仍将马视为自己正统的师承之一。

由这首长诗可以看出，龚贤对这些大家的推崇，只是表明他眼中的正统绘画史是怎样的，因为这些人物之间均无师承关系。但龚贤又明确地说，因为"凡有师承不敢忘"，所以他要一一列出这些人的大名,而所列的这些大画家,基本上都是以山水画名世,由此可见,龚贤把山水画看得更重,而他的绘画特长也恰好在这个方面。

就历史文献来看,这二十三位山水画大家中,龚贤只与其中一位有着师承关系,那就是董其昌。在大都会博物馆所藏龚贤十二册页中,龚在其中一个册页的题记中明确写道:"画不必远师古人,近日如董华亭笔墨高逸,亦自可爱。此作成反似龙友,以余少时与龙友同师华亭故也。"龚贤说他在少年之时,曾经跟杨文骢共同拜董其昌为师。然而,清金瑗的《十百斋书画录》癸卷中,录有龚贤说的这样一段话:"近日董华亭宗伯精书盖代,绘事旁兼,实能世其家学,后遂杳无门津。余恐此派失传,亟为摹拟。况晤老人于梦寐,然止可号为优孟衣冠也。"

从这段话看来,似乎董、龚之间并没有直接的师承关系,具体情况到底怎样呢,只能等待新资料的发现了。

关于龚贤的师承,历史上还有一个悬案,那就是《芥子园画传》的作者王概是否为龚贤弟子。萧平先生在《龚贤论》一文中明确指出:"龚贤鲜明的艺术风格和独特的创造,在当时和后世都产生了显而易见的影响。其学生中,王概大约是其学生中最有名的。王概、王蓍兄弟编绘、论订的《芥子园画谱》,流传甚广,影响很大。"而朱良志在《龚贤的"荒原"意象》一文的小注中也明确地说:"他的课徒稿和弟子王概的《芥子园画谱》成为后世山水画学习的津梁。"然而邢晋先生在《龚贤〈课徒画稿〉与〈芥子园画传〉比较研究》一文中,首先引用了清张庚《国朝画征录》中对王概的评论:"工山水,学龚半千笔法。善作大幅及松石等,雄快以取势,苍健或过,而冲和不足也。"而后邢晋做出了这样的比较:"如果王概确实曾拜龚贤为师,那么他必然照着老师的《课徒画稿》临摹过,而他所编著的《画传初集》也一定会收入老师的作品。不过纵观《画传初集》,既没有在各种山水技法中

《山光水影图》 上海博物馆藏

单独介绍龚贤的画法,也没有在第五册'横长各式'一节中收录龚贤的作品。但除了画史记载外,能够直接证明龚贤与王概师徒关系的文字资料并未被发现。"

关于龚贤未能定论的问题还有他的自号。上面所引周亮工《读画录》中,他直接称龚贤为"龚半千",这也是后世对龚的常用称呼。然而,"半千"二字作何解,后世却有着不同的解读。朱良志在《龚贤的"荒原"意象》一文中提到了这个争论:"龚贤有'半千'之号。学界不少人认为,'半千'之号,是狂者心态的体现,自许五百年中没有他这样的画家。他的'岂贤'之号,也被解为'哪里有我龚贤这样贤达的人'。这在很大程度上是一种误解。"

朱良志认为这样的理解并不正确,他的解读是:"半千之号,使用之初可能另有他意,或可能与其故国情怀有关(寓意五百年必有王者出),然而他晚年用此号,当与他追求的艺术境界有关,与他心性拓展的哲学思考有关。"

其实从古代文献来看,有些猜测也并非全无道理。"半千"一词的出处乃是本自《旧唐书·文苑传》:"员半千,本名余庆,晋州临汾人。

少与齐州人何彦先同师事学士王义方，义方嘉重之，尝谓之曰：'五百年一贤，足下当之矣。'因改名半千。"

后世学者认为，龚贤自号"半千"确实有着自诩甚高的心态。但龚贤号"半千"是否就是本自这个原始出处呢？他自己从未说过。而他的朋友周亮工却在《梁公狄与龚半千》尺牍所作注语中称："半千落笔上下五百年，纵横一万里，实是无天无地。"看来，周亮工也认为"半千"乃是一千的一半，即五百年之意。

关于龚贤的争议，还有一点则是他的经历。业界认为龚贤当年所到之处主要在江南地区，但也有的学者说，他曾经游览过泰山，甚至还来到了北京。这种说法都是从龚贤的诗文中找依据，《明末四百家遗民诗》中载有龚贤所作《登岱》一诗：

勒马瞻东岱，嵯峨势独尊。
半空悬日观，一窦仰天门。
气接荆吴白，云归齐鲁昏。
久虚封禅事，碑碣幸长存。

《金陵诗征》中也收录了这首诗，不过在该书中，第一句为"勒马寻东岱"，不管是"瞻"还是"寻"，根据后面的诗句都可说明龚贤登上过泰山。故刘纲纪先生在《龚贤和他的绘画艺术》一文中写道："此行龚贤到达了靠近江苏北部的山东的山阳，即今山东金乡一带，之后又从山阳北上瞻仰了泰山，写有《登岱》一诗，最后到达了靠近山东的河北的鹿城，即今河北束鹿一带。"而顾工在《龚贤的身世、性格与绘画思想》一文中明确写道："入清以后，家破人亡的龚贤孤身漂泊。先在扬州住了一段时间，后应泰州海安镇（今海安县）徐逸的招请，到徐家当教师。大约五年后回到扬州，续弦生子。四十岁时龚贤去过京师，途中有泰山之游。"

不赞成以上说法的有吴国保先生，其在《龚贤游迹考》一文中引用了刘纲纪以上的这段话，而后评价说："这一段话可供商榷处甚多：山阳并非山东地名，它是'淮安'的古称。笔者在《龚贤姓名字号考辨》一文已对'鹿城'进行考辨，此'鹿城'是昆山别称。非河北束鹿，龚贤并未到过河北。"

认为龚贤曾经登过泰山的文章还有很多，吴国保认为这种说法都搞错了，因为龚贤的确登上过泰山，但他所登的那座泰山并非在山东，而是在泰州城内。吴国保在文中举出了清顾銮所著《广陵览古》一书中对泰山的记载："在泰州治西城内。宋绍兴十年开东、西市河，垒土而成，因以州为名。登山四望，距城百里举在目前，京口诸峰隐约可见。宝庆二年，州牧陈垓疏浚山下湖砾，为往来泊舟之次，祀胡瑗于山左。明万历中，兵备舒大猷建岳武穆庙于山巅，以飞尝知泰州，故特祀焉。"看来泰州城内因为开挖河道，将挖出的土堆成了一座山，又因为此山处在泰州城里面，而泰州原本是平地根本没有山，于是就把这座山称之为"泰山"，然此泰山非彼泰山，所以以这首诗来认定龚贤游览过山东泰山，这种说法不能成立。

这倒是很有趣的一种说法。前几年我在泰州城内寻找胡安定遗迹时，曾经找到过这座小土山。以我的目见，这座泰山其实也就是个小土包，而龚贤在《登岱》诗中形容它"嵯峨势独尊"，即使有着艺术夸张，似乎也与事实相距甚远。吴国保认为这是文学家语言，不过是一种艺术手法，"不可据为实境"。可是，龚贤此诗的名称为《登岱》，泰山古称岱岳，但我却不知道泰州城的泰山也被称为"东岱"。吴国保在文中也未举出相应证据。若以此来证明龚贤《登岱》乃是指泰州泰山而非东岳泰山，似乎还需要拿出更直接的证据。

虽然以上的这些疑点未能解决，但并不影响龚贤在绘画史上所创造的成就。龚贤所绘山水画的主体特色可以用一个"黑"字来概括。萧平在《龚贤论》中根据时间变化，把龚贤的绘画特色分为早期、中期、晚期三个阶段，与之相对应的，则称之为"白龚""灰龚"和"黑龚"："龚贤的山水，是由简淡逐渐过渡到繁密浓重的。人们习惯称其简淡一路为'白龚'，称其浓密一路为'黑龚'。在这一过渡的中间阶段，其实有一个'灰龚'时期，而这个词，则是笔者杜撰的。"

看来，"黑龚"才是龚贤山水的最成熟阶段。萧平认为，"黑龚"的形成乃是龚贤借鉴和吸收了米氏云山积墨法的缘故，这种绘画方式对后世影响较大，现代大画家黄宾虹、李可染都是受了龚贤的影响，而后又变化出自己的面目。故萧平在《龚贤论》中总结道："从面目上看，龚、黄山水都是重且黑的，但法有同异，龚纯用积墨，故沉郁中透着苍润和清空；黄则兼用积墨、泼墨和破墨，故老辣、朴厚而丰富。李可染的积墨，早期出于黄宾虹，后期个人面目愈趋鲜明，取大笔铺和积染相结合的方法，黑白分明。然而，所有这些变化，都不可避免地留下龚贤的影子。"

关于龚贤以黑为主的绘画风格，邬建在《龚贤笔墨初论》一文中说道："清初画坛，从'四王'到石涛、八大山人，他们的画都是

《松林书屋图》 旅顺博物馆藏

由董其昌入手，在其主'淡'绘画思想的影响下，最终都是以元四家中的倪、黄、王为宗。龚贤亦是以董其昌为师，但他却走出了另一条路——'守黑'。"

既然龚贤是董其昌的弟子，而董其昌并无"黑"的特点，为什么后来的龚贤却以此来作为山水画的主体风貌呢？邬建在文中又说道："主'淡'是董其昌（思白）的风格，龚贤受其影响，即有早期'白龚'之说，但龚贤从他的老师'思白'那里，却悟出了他的另一面——'守黑'。他没有停留在董的门户，而是反其道而行之，反'淡'为'黑'。在大面积墨的厚积中，经营出神秘而幽深的黑，最终成就了至高至难、独辟蹊径的'黑龚'面貌。"

原来早期的"白龚"就是受董其昌的影响，随着观念的改变，渐渐由白变灰，而后过渡到了黑。到后期，龚贤已完全背离了董其昌的画风，创造出了自己独特的面目。这一面目也为一些时人所不喜，周二学《一角编》中所载《龚野遗山水真迹跋》有这样一句话："当时俗子诋先生画似深山老炭。"看来那时有不少人认为龚贤的画看上去太黑了。秦祖永在《桐阴论画》中也有着类似的说法："墨太浓重，无清疏秀逸之趣。"

其实龚贤的画并不能以一个"黑"字而蔽之，虽然黑是其晚年山水画的主体风貌，但是他也有着很多独创性，比如他提出"润墨鲜，湿墨死"，说明他的黑也能表现出润的特色，如何能做到这一点呢？他在《柴丈画说》中提到："皴法先干后湿，故外润而有骨；若先湿后干则墨死矣。"对于具体的加墨方式，龚贤称："浓树有加七遍墨者，若七遍皆浓墨，则不成树矣，可见浓树积枯成润，不诬也。"

画一棵树要加七遍墨，其目的就是让这种黑色的树显示出润的气韵。具体操作方式，《龚半千山水课徒稿》中称："一遍点，二遍淡加，三遍染。三遍点完墨气犹淡，再加浓墨一层，恐浓墨显然外露，以五遍淡墨浑之。"

原来一个加墨过程，有着这么多的程序，所以龚贤所绘山水，远远看去像是一片黑，然走近细看，却有着深浅明暗的区别。他对自己的这种画法十分自信，在《山水卷》自题中写道：

> 余此卷皆从心中肇述，云物丘壑、屋宇舟船、梯磴蹊径，要不背理，使后之玩者可登可涉、可止可安。虽曰幻境，然自有道观之，同一实境也，引人着胜地，岂独酒哉？

龚贤明确称，虽然画面上的景物都是自己心中想象出来的，但它们都没有违背自然之理，虽然真实的生活中并没有这样一个去处，但欣赏这幅画作的人，完全可以把它们当作实景来对待。可能因为这个原因，龚贤对自己的绘画成就颇为自负，故自称：

> 《画苑》云："王摩诘诗中有画，画中有诗。读至此，真令我愧极矣。唐诸名人，何曾诗中无画，但不能画，不得谓之诗中有画。宋、元诸画家，何曾画中无诗，但不能诗，即能诗不敌右丞，不得谓之画中有诗。今画家见诗人必妒，余谓何不妒王右丞，直甘心焉，独让右丞诗中有画，画中有诗。余于画实无所知，于诗更无所知。奈时代无人，多屈一指，真令我愧极矣。"（《龚贤墨妙册》）

龚贤貌似谦虚地说自己既不懂画，又不懂诗，所以十分仰慕王维，能够做到诗中有画，画中有诗，但说到后来，言外之意是在他的那个时代里，也只有他能够对这些有所理解。确实，龚贤在绘画之外，也创作了大量的诗词。比如他填过一首《青玉案》："多年忘断杭州路，

《秋江渔舍图》 南京博物院藏

忽买棹，长江去。江水滔天阔无数。沙明风定，斜阳影里，几点闲鸥鹭。　半生总被浮名误，文字穷人实天付，好客登车谁肯顾。草椽三架，沙田二顷，此愿能完否。"

在绘画理论方面，龚贤颇有创见，这些创见大多写入了《课徒稿》中。另外他的一些观念，则分别写入了不同画作的题记里面。关于如何绘画，龚贤在题记中说过这样一段话：

> 余弱冠时见米氏云山图，惊魂动魄，殆是神物。几欲拟作，而伸纸吮毫竟不能下，何以故？小巫之气缩也。历今四十年，而此一片云山，常悬之意表，不意从无意中得之。乃知读书养气，未必非画苑家之急事也。余尝终日作画，而画理穷。或经时间作，而笔法妙，此唯学道人知之。余于此不独悟米先生之画，而亦可以悟米先生之书法也。欲得米先生之书画者，必（知）米先生其人而后可。余于此又复瞠乎后矣！

龚贤以个人的绘画经历总结出经验：单一的模仿不可能画出好的画作，必须要提高个人学养，才能够青出于蓝而胜于蓝，而且学画首先要多看，他在《龚半千课徒稿》中说道："未学画先知看画，不知看画，学必差矣……能看不能画，其人不画则已，画必精。能画不能看，其人画可知矣。"

龚贤这段话令"吾眼有神，吾腕有鬼"的我辈大感受用。他说会看画的人，一旦要开始画画，其画作必然会有较高的成就。对于看画的重要性，龚贤又在画跋中做了进一步的阐释："天下之作画者多矣，而识画者几人哉？使作画者皆能识画，则画必是圣手，恐圣手不如是之多也。吾见今之画者皆不必识画，而识画者即不能画，庸何伤。古之画者皆帝王卿相、才士文人，聪慧绝伦而游心艺学。今之画者不过与蒙师、庸医借力以糊口之计。亦曾翻阅宣和之库，览清秘于倪家，探玉山于顾氏乎？多所见，则多所识，高门世胄日与宾客相诋诘，判其真赝，今者不识而明日识之，既能识复能画，则画必有理。"

看画固然重要，而想要提高眼力，达到高水准其实也并不容易，因为在古代，能够看到高水准画作的机会并不多，除非是那些高门大户之家，而龚贤为了能够看到那些画作，也不得不"委屈"自己。他在《廿四幅巨册》跋语中写道："十年前，余游于广陵。广陵多贾客，家藏巨锸者，其主人具鉴赏，必蓄名画。余最厌造其门，然观画则稍柔顺。"

当年的扬州是富商汇聚之地，有钱了就想有文化，所以这些商人的家里大多购藏有很多名画。以龚贤孤僻的性格，他很讨厌与这些俗气的商人接触，然而那个时代没有博物馆、美术馆，想要看到好的画作，开阔自己的眼界，也只能前往富豪家，在豪绅面前掩藏起自己的傲骨。

龚贤强调必须要有开阔的眼界，多看好的名家之作，才能够有所提高，但何为好的画作呢？龚贤在《周亮工集名家山水画册》中用如下一段话表明了自己的观点：

> 今日画家以江南为盛，江南十四郡以首郡为盛。郡中著名者且数十辈，但能呕笔者奚啻千人。然名流复有二派，有三品：曰能品、曰神品、曰逸品。能品为上，余无论焉。神品者，能品中之莫可测识者也。神品在能品之上，而逸品又在神品之上，逸品殆不可言语形容矣。是以能品、神品为一派，曰正派。逸品为别派。能品称画师，神品称画祖，逸品几画圣，无位可居，反不得不谓之画士……

龚贤把天下的画家分为三个层次，认为"能品"和"神品"是正派，而"逸品"是别派。显然龚贤是以南画为正宗，故而萧平在《龚贤绘画研究》一文中总结道："龚贤对于传统的继承，尽管上溯到了五代，于宋、元、明各代皆有所择，历七百年之久，但其所师承的，显然只是其中一个大的派系，即龚贤所确认的'正派'。可以概略为：董巨—二米—倪黄—沈文—董其昌。这虽是江南山水画的一大体系，但自元代以来，主宰着整个中国画坛。"

那么除了强调观念的正统以及开阔的眼界外，还有哪些条件是绘画的基础呢？龚贤认为，高水平的画作必须具有"士气"。他在《课徒稿》中明确指出："画要有士气，何也？画者诗之余，诗者文之余，文者道之余。不学道，文无根；不习文，诗无绪；不能诗，画无理。固知书画皆士人之余技，非工匠之专业也。"

其实他的这种说法就是专业画匠与文人画的本质区别，由此看来，他依然强调要画文人画，而所谓的文人画就是要有士气。龚贤在《柴丈画说》中明确强调：

> 画士为上，画师次之，画工为下。或问曰："画师尚矣，何重士为？"柴丈曰："画者诗之余，诗者文之余，文者道之余。吾辈日以学道为事，明乎道，则博雅亦可，浑朴亦可，不失为第一流人。故（放）诗文字（写）画，皆道之绪余，所以见重于人群也。"

也正因为这一点，朱良志在《龚贤的"荒原"意象》一文中评价他说："在中国文人画发展史上，龚贤是个特别的人物，他是一位好玄思的艺术家，他将中国传统哲学的智慧融入文人画实践中，可以称为文人画历史中的'智者'。"

龚贤晚年住在南京城边的清凉山上,周亮工在《读画录》中写道:"半千早年厌白门杂沓,移家广陵,已复厌之,仍返而结庐于清凉山下,葺半亩园。栽花种竹,悠然自得,足不履市井。惟与方盦山(方文)、汤岩夫诸遗老过从甚欢。"

龚贤厌倦南京太过热闹,搬去了扬州,但是住了一段,又厌倦了扬州,于是又搬回南京,住在了清凉山下,并在此建起了一座庄园,起名叫"半亩园",在此一住就是二十年,直至去世。在康熙二十四年(1685),龚贤给王翚写了封信,请对方画一幅半亩园图,收到此图后,他又给王翚写了两首诗以示感谢。其第一首为:

砚池小海墨浪浪,笺裂蚕绵兔颖长。
我欲烦君图半亩,把衣先要上清凉。

此诗后面龚贤又写了一段记:"余家草堂之南,余地半亩,稍有花竹,因以名之,不足称园也。清凉山上有台,登台而观,大江横于前,钟阜枕于后。左有莫愁,勺水如镜。右有狮岭,撮土若眉。余家即在此台之下,转身东北,引客指示,则柴门吠犬仿佛见之。野贤记。"

以龚贤的孤傲,他何以能让王翚来给自己画园呢?从他写给王翚的信中可以看出,龚贤对这位晚辈后生颇为高看:"自公韩为弟说,先生墨妙不独为吴门第一,竟为天下第一,令弟神魂飞越,正拟买一舟来访,忽闻道驾且至,喜可知矣。所恨荒居稍远,不能日侍左右,顷又闻将欲解缆,使弟恍惚不知所以,无计可留,奈何奈何!子老人至,接得至宝,满弟愿矣。但拙作不敢附去,未免形秽,幸一笑而掷之。"

由此看来,龚贤看重的是对方的艺术水准,并不在意闻道先后。当他收到王翚所绘的半亩园图时,竟然说出了这么一番欢喜雀跃的话:"自春初入夏至秋,略得好梦。日来朝闻鹊语,夜拜灯花,不知主何吉

清凉山正门

还阳泉也是文保单位

此泉处在小亭子之内

由此路下行

兆。项蹬仙使来,手持先生贻赠半亩画幅,展之惊魂动魄,不觉五体投地矣,复何言说,可尽谢忱耶!"

虽然龚贤是三百多年前的人物,然而他当年在清凉山上建造的半亩园竟然留传至今,那里当然就成了我的寻访目标。

如今的清凉山已经成为了南京市内的一处景点,此处不收费。走进公园,我首先在此寻找到了法眼宗的遗迹,而后一路探看,又找到了跟李煜有关的还阳泉,唯独未曾找到龚贤的半亩园。

进入了一个院落

在清凉山公园内向多人询问,无人知道半亩园在哪里。后来遇到一位僧人,我向他请教一番,他认真地跟我说,龚贤的故居如今叫"扫叶楼",此楼位于清凉山公园正门入口处的左侧。回来后查资料方得知:龚贤曾经有一幅自画像,身着僧衣,手持扫帚,做扫叶状,故该楼又被称为"扫叶楼"。

沿着僧人所指方向,我向山下走去,边走边打听,虽然是以扫叶楼来询问,但还是没人能指明方向。我本能地觉得,师父所指之路不会错,于是沿着小路向那个方向边走边看,在山的侧边看到了一个独立的院落,沿着院墙侧边的台阶一路下行,终于找到了入口。

走入院中,看到门口挂着两个匾额,一个写着"御萃坊",另一个写着"御膳坊",两个似乎都与龚贤不沾边,我怀疑这处故居改为了商业用途。走进院中,看到门前摆放着太湖石,院落的另一侧则为山体,这样的布局让我感觉应该是找对了地方,于是站在那里拍照。

来到了纪念馆门前

徐邦达所题匾额

扫叶老人像

左侧展厅摆放方式

正在此时，从屋内走出一位女士，刚想跟她解释自己是来拍扫叶楼的，还未等我张口，她先跟我说："你是来拍扫叶楼的吧？这里不是你要拍的地方。"这句话让我略感意外，但由此也说明，她遇到过不少像我这样自以为是的寻访者。我马上问她，真正的扫叶楼在哪里。她带着我从院落的一个夹道转出，原来扫叶楼就处在这座房屋的前面，两个院落相邻而建。但该处跟扫叶楼是什么关系呢？会不会也是龚贤故居的一部分？回来后查资料方得知，太湖石所在的院落本为"善庆寺",那里虽然不是我的寻访目标,但也有一段历史故事。

而今的扫叶楼门前挂着"龚贤纪念馆"的匾额,楼体全为木制。从建造手法看,应当是近些年重新建造的。此处不收费,走入楼内又看到徐邦达所题"龚贤纪念馆"的匾额。一楼的占地面积约一百余平方米,顶棚为西式建筑方式,厅内摆设则全为中式,正堂位置悬挂着当代人所绘的扫叶老人像,两侧配着萧娴所书对联。纪念馆两侧的墙上以展板形式介绍着龚贤的生平,下方的几个展柜里摆放着一些线装书。浏览一过,均是与龚贤有关的文献,还有一些展板上则是龚贤所作的诗词,说明他在多方面的才能都受到了后世的肯定。

参观完扫叶楼,走出院落时方才看明白:我是从山的后侧穿越来到了这里,而其正路则在相反的方向。沿着正门前的楼梯慢慢向下走,在入口处看到门楣上刻着"古扫叶楼"的匾额,门的右侧则嵌着南京市文保单位的铭牌,上面写着"扫叶楼",两者都没有把此处称作半亩园,不知有着怎样特殊的讲法。

门外的山坡上有一片竹林,在竹林内隐隐可见一尊石雕像,走近细看,站在这里的果真是龚贤。整尊雕像乃是借用一块太湖石巧雕而成,太湖石的皱漏之处,天然成为龚贤的衣衫,乍看上去,不觉令人称奇,再凝神视之,的确有那么几分像是持着扫帚正在扫落叶。而这尊雕像的后墙上,以浅浮雕的形式刊刻着一幅中国画,料想底稿应该是龚贤的画作。我想,如果画作涂成黑色的话也许会更应景,因为那是龚贤画作的主色调。

刚才是从这个小院穿越过来的

竹林之中

后墙上的浅浮雕没有涂成黑色

这里都叫扫叶楼而不叫半亩园

许友（约 1620 年—1663 年）
苍楚有致，无一笔烟火气

许友乃明末清初福建著名文人，关于其才能所在，朱彝尊在《静志居诗话》中称："先生才兼三绝，名盛一时。虞山蒙叟最爱其诗，录之入《吾炙集》，要其篇章字句，不屑蹈袭前人。正如俊鹘生驹，未可施以鞲鞲。"这里所说的"三绝"，乃是指许友在诗歌、绘画、书法方面均为时人所称道，而朱彝尊特意点出钱谦益在《吾炙集》中对许友诗歌的夸赞之语。翻看《吾炙集》，钱谦益在《侯官许友有介》一篇中写道：

> 丁酉阳月，余在南京，为牛腰诗卷所困，得许生诗，霍然目开。每逢佳处，爬搔不已。因序徐存永诗，牵连及之，遂题其诗曰："坛坫分茅异，诗篇束笋同。周溶东越绝，许友八闽风。世乱才难尽，吾衰论自公。水亭频剪烛，抚卷意何穷。"周溶者，字茂山，明州人。尝为余言许友者也。

《全闽诗录》记载："林正青钞本《瓣香堂诗话》云：'瓯香以贵公子负重名，虞山钱牧斋最赏之，收入《吾炙集》。'然予未见是集也。乾隆丙寅秋，在广陵梅花书屋纂修《盐法志》，得与吴门何子未同事。箧中有钞本，因借观。虞山赠诗云：'世乱才难尽，吾衰论自公。'又云：'数篇重咀嚼，不愧老夫知。'其奖借者至矣。子未又云：'此集未曾刻，殊可贵重。'内收录共二十六人，人各数首。独有介采百余篇焉。"以此可见，钱谦益对许友的诗作偏爱到何等程度。

对于许友最擅长的绘画题材，《侯官县乡土志·耆旧录内编二》中记载："工草书，善画竹，酷慕米襄阳，构米友堂，瓣香祀之。"清黄锡蕃所撰《闽中书画录》中所写更为详尽："书画喜摹米襄阳，构米友堂瓣香祀之。画如其诗，苍楚有致，无一笔烟火气。善松鹤，尤工竹，仿管仲姬，柔枝嫩叶，姿态横生。自镌'许友画竹'章，每作竹即用之。入清康熙间，因友累至京师，渡河而北，不复画竹。忽持笔为枯木寒鸦，苍凉之态，不可把视。盖无聊之气，一寄于此耳。诗书画时称三绝，著有《米友堂集》。"

看来许友以画竹最为出名，然入清之后，因朋友之累，被押往北京，自此之后，他不再画竹，转而画苍凉的枯木寒鸦。对于许友的绘画师承，《清史列传·文苑传》中称："少师倪元璐，晚慕米芾为人，构米友堂祀之。著有《米友堂诗集》。"明朝灭亡后，倪元璐自缢殉国，为此，许友作过一篇《祭倪鸿宝师文》，以此可证，许友的确曾拜倪元璐为师。

关于许友的生平简历，清钱林所辑《文献征存录》载："许友初名宰，字有介，侯官人，父豸明进士，官浙江提学参议。友少师事会稽倪元璐，入本朝以诸生终。友善画工书，诗尤孤旷高迥。……又有作画绝句：灵谷皆梅放未曾，石头怀古不堪登，无端传就松针笔，画出青山是孝陵。"

此处亦提及许友在绘画方面的才能，而对于许友的画风所师，傅抱石编译的《明末民族艺人传》写道：

先生之书，初喜诸暨陈老莲（洪绶），后变而瓣香米海岳，

《松石图》 福建博物院藏

晚年镕汇众长，自成一家，遂臻极境。初，特构一室，颜曰"米友堂"。其友黄仲霖笑之曰："小子自大，敢友海岳耶？"因更其室曰箬茧云。画下笔无烟火气，最善墨竹，镌印曰"许友画竹"。又好作小竹，效管仲姬（道升）法，柔枝嫩叶，姿态横生，颇有苍楚之致。惟因栎园事，一渡黄河，则不复画。偶有意兴，辄写枯木寒鸦以寄意，苍凉之态，不可逼视。

以此可知，许友最初喜欢陈洪绶的画风，继而追宗米芾，后来他将两者融为一体，形成了自己的风格。他在追摹米芾时期，因十分痴迷仰慕，还特意将自己的堂号取为"米友堂"，他的朋友看到这个堂号后，嘲笑他太狂妄了，竟敢自称与米芾为友。朋友的调侃令许友有些不好意思，于是将堂号改为箬茧堂。而这段记载中称许友最善画竹，有些画法乃是模仿管道升，这段文字中亦点出许友是受周亮工之累，后来才不再画竹。

关于许友的生活状态，傅抱石在文中有如下描绘：

先生性疏旷，以晋人自命，既负盛名，闽中之士多访之，而无一往报谒者，且不省来者之为谁，以是人多憾之。即相暱者，亦退有后言，先生不问焉，日以酒自遣如故。为人短躯大腹，周身无须毛，宛然如肥媪。栎园尝评先生云："君酒第一，书次之，画竹又次之，诗文又其次也。"先生年不五十而终，或第一之物所致乎？

看来许友很具名士派头，以魏晋时人物为效仿对象，其洒脱之态在福建颇具名气。对于许友的容貌，文中描绘他个矮肚大，周身无毛发，看上去像个肥胖的妇人。此文中又引用了周亮工对许友评语，周认为许友排在第一的本领乃是喝酒,第二为书法,第三才是画竹,而其诗文水准则排在最末位。可惜许友早卒,否则的话,恐怕在各个方面会有更高的成就。

傅抱石在文中的描绘,乃是本自周亮工《印人传》中《书许有介自用印章后》的所载:"予入闽,即首访君,颇为文酒之会,然与君数有离合。君大腹,无一茎须,望之类乳媪,面横而肥,不似文人,字画、诗文恒多逸致,见其手笔者,拟其貌若美好妇人,亦异事也。"

周亮工曾做过福建按察使等职,其到福州时前去拜访的第一人就是许友,正是因为两人经常在一起聚会,所以周亮工能够颇为精准地描绘许友的长相。周亮工说如此长相之人,完全不像有文化的人,但没想到许友在多方面均有才能。对于许友的为人做派,周亮工在此文中亦写道:"性疏旷,以晋人自命,作字初喜诸暨陈洪绶,后变而从米,颜其堂曰'米友'。黄仲霖又不喜君,登其堂曰:'小子遂敢友米耶?'君复更其室曰'箬茧'。君名字数变,书亦数变,晚乃镕汇诸家,一以己意行之,遂臻极境。"

对于许友名字的来由,周亮工在此文中有如下介绍:"许寀,一名宰,字有介,侯官诸生。玉史学宪讳豸者之长子,有忌者谓其所改名犯家讳,以不孝闻之学使者,盖闽音'豸''宰'呼同,亦大可噱事也。遂更名曰友,字有介;已又更名曰眉,字介寿,亦字介眉。"

看来许友原名许寀,一名许宰,他的父亲则名许豸。许友为人洒脱,以至于很多人嫉妒他,于是在他的名字上挑毛病,因为在福建话中"豸"和"宰"同音,有人就以此攻击许宰为人不孝。人言可畏,许宰只好更名为许友。其实家讳这件事,若认真推敲,中国人的名字无论古今均为长辈所起,只有字和号出自本人的喜好,既然其名许宰,哪怕这个名不是出自其父,而是出自其他长辈,至少说明他父亲都不在乎,外人以此来挑毛病,岂不多余?

对于许友各项才能的座次，周的原文为："予尝评君：酒一，次书，次写竹、次诗文。渔洋先生论诗最严，而特爱君诗，尤爱其七言绝句，手录之多至数十首。因裒集近人诗为《感旧》一集，又有句云：'许友八闽风。'其赏识如此。予亦欲刻闽中四亡友诗，陈克张、陈开仲、徐存永与君也。君学识或让三君，而天资敏妙，三君不逮矣。"

把酒评为许友的第一才能，三绝排之后，显然有调侃的成分，毕竟喝酒只是一种爱好，并非特长。这正如李白"斗酒诗百篇"，虽然太白如此能喝，但后世还是把他称为诗仙而并不称为酒仙，所以酒仅是促使才能充分发挥的催化剂，是手段而非目的。许友的三绝之才可能在微醺的状态下才能发挥最高水准，而不能把喝酒视为许友的第一才能。但周亮工既然有此说，亦可看出两人关系是何等密切。从历史文献来看，两人的确是密友，但也正因为这个缘故，许友受到了周亮工的连累，周在文中谈及此事："君为予累，逮入都门，后无恙归。别予去，复多所离合。久之，遂无间言矣。君归未数年即殁。其殁也，盖只四十馀。"

许友受周亮工连累，被逮捕入京，虽然后来放归，但没过几年就病逝了。傅抱石在文中说许友不到五十而逝，周亮工则称是四十多岁，还有的文献上说许友刚刚四十即逝。但无论怎样，许友中年而殁是事实，他的离世，显然跟受周亮工牵连，被逮捕入狱有一定的关系，同时也跟其个人的价值观有关联。

许友出生在仕宦之家，他的父亲许豸是明崇祯辛未进士，曾任过宁绍道等职。许豸为人耿直，被时人所夸赞，这种性格想来影响到了他的儿子许友，顾景星在《白茅堂集》中对许友有描绘之语："崇祯时，闽以僻境宴安，风俗华侈。有介家给既足，娈童舞女，诗酒谈宴，无虚日。任侠结纳，轻视一切。……长不满六尺，肥白如匏，谈笑风发，酒酣操楮，笔墨饱腾。或为诗词，或画枯木竹石，奕奕有致，比之襄阳、眉山。顾胸中常郁促不平，若圈鹿縶鹤，怦怦怫怫不乐生者，则不善世故也。然而风流自胜。"

许豸跟很多文人都有交往，郑珊珊所作《许友年表》中引用了许豸撰《先师钟退庵文集序》："楚钟退庵先生督闽学时，余受知最深，漫有水乳之投。"钟退庵即钟惺，天启元年曾任福建提学佥事，两人应当相识于此时，在这个时段，许豸拜钟惺为师，想来他是通过钟惺又结识了谭元春，而钟、谭乃是"竟陵派"领袖，许豸均与之有密切的关系。

郑珊珊在《许友年表》中还引用了李渔在《〈春及堂诗〉跋》中所言："侯官夫子为先朝名宦，向主两浙文衡。予出赴童子试，人有专经，且间有止作书艺而不及经题者，予独以五经见拔。吾夫子奖誉过情，取试卷灾梨，另为一帙，每按一部，辄以示人曰：'吾于婺州得一五经童子，讵非仅事！'予之得播虚名，由昔徂今，为王会大人所拂拭者，人谓自嘲风啸月之曲艺始，不知实自采芹入泮之初，受知于登高一人之说项始。"

可见，正是许豸的赏识，才使得李渔崭露头角，许豸与这些人的交往，显然也影响到了许友。然而许友如此潇洒的一位文人雅士，却时运不济地赶上了明清易代。陈梦雷在《许母黄孺人传》中称："国朝鼎建，有介先生自以故家子弟，遂自放于诗酒文章。又天性倜傥，不问家人产业。"看来许友沉湎诗酒跟江山易代有直接的关系。民国郭白阳在《竹间续话》中说："相传友以弟宾应清试，耻之。宾亦内疚。同居出入，不敢过友所居之拜云楼，于楼下特凿便门以出入。"

许豸跟绍兴藏书家祁彪佳是很好的朋友，弘光元年（1645）闰六月六日，杭州城被清军攻破后两日，祁彪佳自沉于别墅之水塘，许友闻听后写了篇《祭盟叔祁世培先生文》，该文中写道："甲申都门之变，仅见之祸二百七十年也，以一十七载忧勤之主当之，一时朝士髦鬐莫逮，龈嚼欲穿，此其气之所激，誓不与仇俱生，是宜多有也。迨今岁之事，一君立一君复尔，人将谓天步未回，瞻乌于屋，将有所集。前之激者渐以平矣。故死于北者犹得十有九人，死于南者仅三人而已。何则气再鼓而衰焉耳？……余谓以视南北诸公，两先生犹为难之又难焉者，然在先生则不以为难，而以为乐。"

许友感慨于南明政权建立后很多文人官员观望时局，而南方殉明者仅有三位，由此可见，许友对人性之感慨。他写过一组《愿学诗》，这组诗总计有九首，从诗的题目即可看出许友之心态，它们分别是：《学死》《学盲》《学聋》《学哑》《学为奴》《学乞食》《学担粪》等，他在这组诗的小序中写道：

呜呼！事变至今，每念昔人教走之语，怆然怀中，尚能为闲行缓步于邯郸故道耶？书剑无成矣，去而作万人之敌，予愧未能也。无已，则求为一了百讫之计，向天公乞假庶逸我以死乎？予愧未能也。无已，则给以半死之身，盲之、聋之、哑之，虽曰不死，而犹几于死者之所为乎？予愧未能也。无已，则凭此现在未死之身，置我朝市则奴可、乞可；置我村野，则掏粪可、织履可。既不得死，尚自努力可乎？予愧未能也。无已，则惟有曼声哀唱，作田氏门人，身虽未死，而豫办死时斋粮，以消此欲哭不能、欲泣不可之岁月可也？然予终愧未能也。

许友惭愧于自己不能为明殉身，他考虑到了多种活法，由此可见其心头之悲愤，于是他把大量的精力用在了艺术创作方面，以此来避世。然未曾想，即使这样的活法，也未能让他躲过灾难。这件事正如前文所言，跟周亮工有着直接的关系。

清顺治五年（1648），周亮工任福建按察使，与许友成为了莫逆之交。顺治十二年（1655），周亮工在北京任吏部左侍郎时，遭到了福建总督佟岱弹劾。周在浚在《周亮工年谱》中写道："乙未，四十四岁，正月，赴京师都察院任。即疏言闽事，又陈用兵机宜六事。世祖皇帝嘉纳之，后俱蒙采择行。六月，擢户部总督钱法右侍郎，未几，推吏部左侍郎。七月，福建总督佟岱疏参公在闽事，奉旨回奏，十一月革职，赴闽质审。"

尽管那时的周亮工颇受皇帝赏识，但有人弹劾，他还是被革职了，而后返回福建接受质询。到了顺治十五年（1658）六月，周亮工被逮捕入京，为此受牵连者有上百人之多。黎士弘在《卓初荔寿序》中写道："记乙未、丙申间，故司农周栎园先生，以任方伯时事为言者所中，诏旨见逮。闽中父老子弟，从槛车赴质者约百十人，至身被三木，卒无一人一辞牵引诬服，一时义声震于东南。"

这么多的牵连之人中也包括了许友。经过审判，周亮工被定罪，判为立斩籍没，后来又减刑改徙宁古塔，好在未前往就遇赦获释。对于牵连到许友的问题，顾景星在《哭许友》的诗序中写道："徐存永延寿、陈开仲潃、许有介友，闽中三才子也，为周侍郎亮工所知，侍郎以飞诬被逮，辞及开仲、存永、有介。有永得免，开仲死僧舍。有介同侍郎下请室，侍郎得雪，有介亦释。"

此事对许友来说真乃无妄之灾。他被关在北京监狱期间画了一幅《群鸦寒话图》，周亮工在《哭许有介》中的自注说："君在白云司作《寒鸦夜话图》，予为补长歌。"其所说的《寒鸦夜话图》应就是《群鸦寒话图》，周亮工所作该诗的前半部分为：

许生崛强好画竹，整整斜斜风肃肃。
向北忽不见此君，一心惟爱写枯木。
南司夜夜北风多，呼酒不来可奈何。

> 砚冻杯干不肯睡，秃笔闲从冷炕呵。
> 呵笔摇摇拂败纸，童童偃蹇无树理。
> 灯下微窥龙虎姿，离离欲死不成死。
> 雨鞭风挞老蛟饥，左攫已绝右拏离。
> 心怜欲益好颜色，粉墨两看无所施。
> 浅者屈霜深屈雪，白摧龙骨黑老铁。
> 到底不能看作薪，此公虽苦有高节。

诗中可见关在监狱中的许友生活之清苦，他自此后不再画竹，改画苍凉萧瑟之画。但周亮工依然感慨许友的气节，他在该诗的结尾又称：

> 许生画竹竹尽情，许生画鸦鸦有声。
> 但是一点两点墨，何至遂与群鸦争。
> 许生慎莫悲寒照，会使墨光有奇吐。
> 哕哕天上凤凰鸣，日写梧桐千万树。

顺治十七年（1660）六月，许友终于出狱南还，顾景星在《许有介诗集序》中说："栎园征入部院，有饮章诬告往事，督闽者劾下刑部狱，词及有介，系刑部一载，事解乃出。"可见，许友在监狱中被关了一年，直到周亮工遇赦，他才被放还。然而回到家乡的许友，发现自己的居所已经有十分之九被他人占用，心情之郁闷可想而知。许友受周亮工连累而有此牢狱之灾，并且使得家业衰败，他有没有埋怨之语呢？相关资料未见记载。然而周亮工所刻《尺牍新钞》中收录有许友所写《与周减斋先生》手札一批，其中在第十通中写道：

近来朋友亲戚已绝往来，酒茗聚谈，竟若瑶池王母之宴，安可得耶？寒家之屋，前后左右，已分数姓。友好自居者，仅此屋十之一，主人反为客矣。……尊体千宜自重，定力如先生，自不待嘱。忧患著述，今古亦有不同，并愿先生且焚研瘗笔，暂为枯木，以保雪霜，自有春来，旋荣雨露。

返回家乡的许友已不像以前那样整日里觥筹交错，他跟很多人断绝了往来，当然也许是别人怕受牵连，主动不再与他交往。许友又告诉周亮工说，他家的房屋仅剩下十分之一，如今房子的主人反而像是客人。可见入狱之事对许友的生活有着极大的影响，他人的落井下石也令其心寒。正因为如此，许友嘱咐周亮工说，希望他目前少写文章，不要再多说话，等待时局好转的一天。

对于这件事，罗琴在《周亮工的春秋笔法——两种周集合刻本版本及异文考》论文中予以了如下解读："此信一是叙述其出狱后的窘境，二是劝周亮工'焚研瘗笔'，暂停在忧患间著述，不要因为文字获罪。许友是周亮工最好的朋友之一，虽然许友信是从保护周氏的角度，劝周氏暂停著述，并没有要求周氏著述中不要提及他，但周氏了解许友生性忧郁、身体孱弱，为了保护许友，消除再次牵连许友的可能性，在四卷本中隐去了许友名号。"

罗琴将《周亮工文集》二十四卷本和四卷本的内容进行了仔细对比，其发觉四卷本中大量隐去了许友的名号，而二十四卷本中凡是提到的许友名号，在四卷本中均以"客"或"闽客"来代称。

虽然这样小心，但奢华的日子却一去不复返了。对于他当年的生活方式，顾景星在《许有介诗集序》中有如下描绘："有介为名士，有别墅在乌石山擅园亭，岩壑之胜。崇祯时，闽以僻境晏安，风俗华侈。有介家给既足，娈童舞女，诗酒谈宴，无虚日。任侠结纳，轻视一切。

刘家大院标牌

顺治初,周栎园亮工官方伯,物色得之,奉为上客。"

如此大的落差,当然给许友以很大的心理创伤,故没过多久,他就去世了。中年而殁,令人感慨,然而他的艺术成就却为后世所瞩目。潘汀兰在《明末清初八闽书画第一人——许友》一文中,分别谈到了许友在诗、书、画三方面的成就,比如评价他的书法时称:"许友的书法风格近于王铎,但他在书写的笔力上不如王铎的雄健。他和董其昌、黄道周等书法家,都属明代晚期风格相近,且具有浓厚改革精神的书法家。"而谈及许友的绘画成就,该文引用了《闽中书画录》对许友绘画的评价之语:"画如其诗,苍楚有致,无一毫烟火气。"该文又引用了林琴南对许友绘画的评价之语:"山水树石似石田,而人物则仍元人家法,粗中有细,良非庸手所能梦见。"

这些都可见其才能受到了后世肯定。《福州历史人物》中有林恩燕所撰《许友》一文,文中提及许友之子许遇继承了其父的才能:"许友

文保牌

院中的铁架

一路前行

展馆平面图

子遇,亦工诗,善画松石,有《紫藤花馆诗抄》传世。孙均,兼擅诗画,有《雪村集》,未见刊本。许友可谓世代书画家。"

关于许友故居后来的情况,《福州文史资料选辑》第二十三辑中有《福州名人故居》一篇,该篇有《许友、林佶、刘齐衢、刘齐衔故居》一文。四位名人并提,从侧面说明了许友故居后来的变化情况。其中林佶乃清康熙时著名的藏书家,刘齐衢则是道光二十一年(1841)的进士,刘齐衔为其弟,与兄齐衢为同榜进士。正是因为他们后来的居

刘家大院模型

空房

还原场景

灯笼

住,使得当年的许友故居被称为"刘家大院"。直到今天,当地人仍然这样称呼。

刘家大院位于如今的福州市鼓楼区光禄坊40号至43号。2019年4月6日,在林怡、林星两位老师的带领下,我在福州市内探访一些历史遗迹,许友故居就处在著名的三坊七巷旅游街区内。

这一天是周六,三坊七巷内的游客熙熙攘攘,没走出多久,林星老师就不见了踪影。林怡打了几个电话,林星均未接听,也许是嘈杂的

古今交汇

提到了许豸和许友

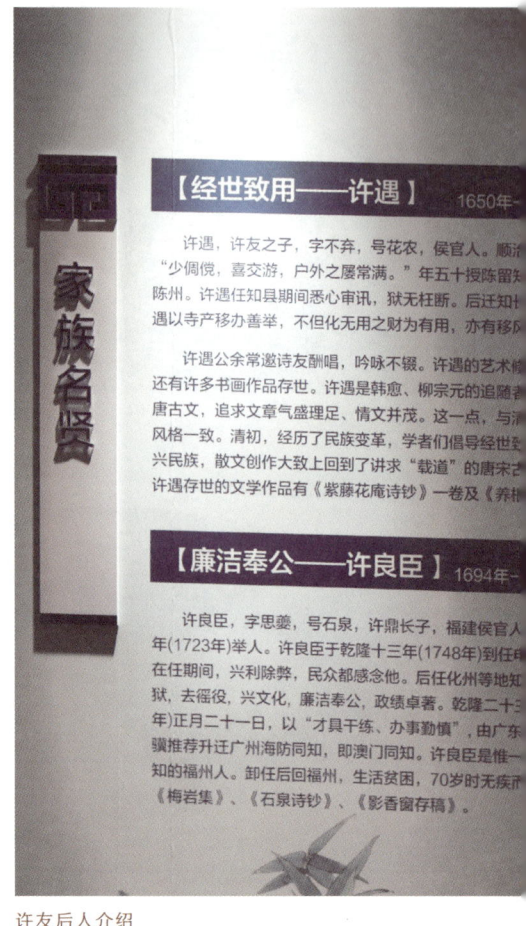

许友后人介绍

环境使得她完全听不到电话铃声吧。林怡决定我们两人先到刘家大院内探访，而后再等林星回电话。

走到刘家大院门前，可以看到此处挂着省级文保牌，门票每人十五元。进入其中，院里立着一些铁架，林怡因为常来此处，她告诉我说，这个架子上原本盖着玻璃板，后来因故撤下，但架子还立在这里。

我们沿着游览路线一路参观。刘家大院面积很大，在一间大厅内，看到了三坊七巷的模型。林怡向我讲述着这一带的变迁过程,从上面也可看到当年的许友故居要比眼前所见的大许多。在一些庭院内还看到了民俗雕塑,这样的场景显然与大院内原有的严肃氛围不相符。

如今刘家大院虽然建筑部分已经恢复起来,但里面的填充物大多为后配,还有很多房间空无一物。相关部门在其中一些房间内摆放了小型的雕塑,以此来还原当年的一些场景和细节。还有的房间内挂着一些灯笼,想来这是福州当地特色之物。有意思的是,其中一个厅房内制作了一组蜡像,从这些人的装束看,既有官员也有平民,而他们的衣着兼有明、清两代风格,甚至还有民国装扮,这样的时空交错,反而能够产生另一种戏剧效果。

在另一个大厅内,我看到了福州许氏介绍展板,其将许豸称为"开山之祖",对于许友的介绍,则冠以"高风竣节"的评价之语。此展板上也谈到了许友的"三绝"之誉,称他乃是"许氏家族承上启下的重要人物",同时也谈到了他传世的书画作品。其他的展板上则讲到了许友之子许遇以及许家多位名人,看来许友虽然遭受无妄之灾而过早离世,但祖荫尚在,后来仍然出了多位名人。

戴本孝（1621年—1691年）
擅长枯笔，深得元人气味

戴本孝是清初画家，字务旃，号鹰阿山樵，安徽和县人，属于正统的遗民画家。束新水在《从实景到画景：戴本孝澄怀味象画故国》中给出了这样的界定："严格地说，遗民必须生活在新旧两个王朝交替之际，无论他们在前朝是否出过仕、有过功名，都不应在新朝参加科举考试博取功名，更不能做官。另外，作为一个遗民，他的内心深处应该要有强烈的遗民意识。如此看来，梅清、石涛都谈不上是真正的遗民，而渐江、戴本孝就是。"

阮荣春在《清初画坛率先吹起的反复古号角——戴本孝学术思想浅析》一文中，将清初山水画坛的大势分为两派："一是以'四王'为首的'复古派'，他们凭借政治势力，将赵孟頫、董其昌先后掀起的复古之风更推至前所未及之深渊。他们惟趋模拟之一途，以古人笔墨为不易之程式、迷津之宝筏。由是'家家一峰，人人大痴'，到了'画不师古，如夜行无烛，便无入路'的地步。"

阮荣春在文中分出的第二派则为："与之对立的则是以遗民画家为代表的'革新派'（或曰'遗民派'），他们人数虽少，但屈疆于时，在政治上采取了不与清统治者合作的态度；在艺术上亦锋芒烁烁，直与复古派相抗争。他们一反模拟时习，强调师法自然，抒写作者性情，以及'借古开今'等主张，给一派死寂的画坛带来了生机。"

由此可知，作为遗民派画家的戴本孝，因该派有着不同于时代的画理，故而又被归之为革新派。后人之所以给出这样的归类，当然与戴本孝的人生经历有直接关联，这种关联要从他父亲讲起。光绪版的《直隶和州志·人物志》对戴重的重要经历有如下记载：

> 戴重，字敬夫，性至孝，喜谈王伯大略，能诗，善属文，下笔数千言立就。年四十为诸生，崇祯甲申，拔贡生，廷试第一。马士英当国，以重应制语切时政，深衔之，将中以罪，中允赵士青争之，乃寝。初得湖州推官，士英索其澄泥砚，不与，乃改廉州。未任，会国变，遂与王元燮结太湖义旅，为一军，吴江吴阳、宜兴卢象观相椅为首尾。攻复湖州，碟降者，三失而三复。转战三月，被流矢洞胸，潜居僧寺，作绝命词十五首，绝粒而死。友人私谥曰："文节先生"。

戴本孝的父亲戴重原本是一位文人，崇祯末年廷试第一，因与马士英关系恶劣，遂被贬。崇祯帝自尽后，戴重与王元燮在太湖地区组织了一支军队来抗清，经过三个月的苦战，戴重被流矢所伤，潜伏到寺院内，后来因为不愿苟且偷生，竟然绝食而亡。

章学诚主纂的《和州志》中记载戴家情况更为详细。该志称戴本孝的远祖随明太祖朱元璋征战时因攻取和阳有功，得以食千户，获赐宅地，戴氏子孙在和州已传十代。戴重参加了复社，崇祯十五年（1642），他曾上书皇帝提出迁都陕西，然而他的建议未得到重视。南京被清军攻陷后，戴重与潘国赞等人召集两千余人来抗清。关于戴重被流矢穿胸后的情形，《和州志》中写道："及重被创危急，本孝潜用小舟载归，时逻徼甚严，咫尺皆有厉警，重卧舟中创甚，本孝宛转支应诘者，卒得脱去。即护重将家，航江千里遁归。"

根据记载，戴重受伤时，戴本孝赶到了身边，将父亲藏于舟中，而后与拦截者斗智斗勇，终于将父亲送回家乡。然而戴重不愿意因为自己的事连累乡里，故离家进入深山古寺出家为僧，同时将家中老小留在家乡由长子戴本孝负责照应。躲入深山的戴重，仍然以苟且偷生为耻，于是不顾子女们的哀求，绝食而亡。

父亲的刚烈与忠孝给戴本孝留下了深刻记忆。戴重有五个儿子，以本孝为长。本孝按照父亲的嘱托，在战乱年代率领家人辗转多地，生活十分困顿。待时局安定之后，他又率领家人回到故乡，隐居在鹰阿山庄，这一住便是十几年。

清康熙初年，远游多年的二弟戴移孝返回家乡，娶妻定居。于是戴本孝将家中老小转托戴移孝来照料，自己开始到各地游览。在饱览大好河山过程中，他以自然为师，创作了一系列山水画。《和州志》中称：

> 本孝因得肆力于诗古文词间，以其余慧，习绘画业，临摹金石古文，若隶楷法书，皆有事外远致。重卒后，以布衣遨游四方。因陟泰山，走京师，西访周秦古道，登华岳之巅，所览山川云物，奇谲变化，胸中岳岳不可遏抑，即奋笔为图画，作太华分形图十有二，所得颇自经奇。是时高隐之士，意气颇放，率以绘事见长，若徐枋、萧云从、江弘仁辈，皆以意所独构，咸自名家。本孝兼擅其长，颇为时所推许。

康熙元年（1662）冬，戴本孝在歙县见到了渐江和尚。这次相见可谓戴本孝艺术人生的转折点，尽管戴本孝比渐江小十岁，却从渐江那里吸收了不少绘画观念。渐江是新安画派的代表人物，师法倪瓒，却又不"专摹云林"，他的绘画方式乃是以自然为师，尤其以画黄山见长。渐江的疏体山水画风给戴本孝以很大影响，后来戴本孝几次上黄山游览，通过观察实景来绘黄山景色。

某次渐江前往庐山，戴本孝为其饯行，渐江离去时，戴本孝为他写了一首诗："林光山气最清幽，添个茅亭更觉投；读罢蒙庄《齐物论》，端居一室得天游。"（汪世清、汪聪《渐江及其师友活动年表》）次年年底，渐江圆寂于五明寺，戴本孝在《山水画册》中题写道："似此云泉树，生居黄农天，奇影落人世，悔做画图传。"这首诗作乃是对黄山景色之描写，而其又题道："黟海松石，古人多未见，况画可摹邪。引为近玩，仙帝所嗔，余与友渐公不能无谮也，彼盆松囊云者，当复如何。"由此可见戴本孝对渐江的怀念。

康熙十四年（1675），戴本孝已年过半百，又再次登临黄山。广东省博物馆藏有他所绘《黄山图册》，束新水对该册评价说："戴本孝的黄山松很有个人特色，他的《黄山绝壁松图》从实景到画景的过程中运用了多种艺术手法，其中借景法的运用尤为巧妙。"对于其中一图的画风，束新水又说道："此画上戴本孝题'仿范华原笔意'，即模仿北宋画家范宽的笔意，但细看此画用笔、用墨似乎范宽的影子不大，还是戴本孝本人的绘画风格居多。北宋画家用笔笔笔见笔，无论勾山石之形还是皴山石结构都明显地见到用笔，而戴本孝则不然，焦墨勾山石之形，再以更干枯之笔皴擦山石结构，很难看出明确的用笔，这也是戴本孝绘画的特点之一，与范华原的风格并没看出太多的紧密联系。"

戴本孝与金陵画家龚贤也有密切交往。龚贤的山水讲究用墨，最擅长积墨法，而戴本孝作画也喜干笔焦墨。从绘画技法而言，两人的积墨法有相类似处，戴本孝晚年作品《焦墨山水图卷》就是以焦墨来写元人意境，此画在风格上与龚贤作品颇有相似之处，以至于后世学者认为此画有可能是龚贤代笔。可见，两人在绘画用笔方面颇为相像。

《苍松劲节图》 安徽博物院藏

劲节古何奇可擎不可即托根颇孤僻岁岁扫白日山中古人此一片峥嵘骨援毫写丽思六月寒瑟瑟洋春勿忌龙蛇任信屈卮曾遘荠裸仰止恒芟失画时己未六月上澣寒梅山之陬饯范华原华法庵阿山老祖东 [印][印]

戴本孝作过一首《赠龚半亩》的诗："古人真迹不易见，尘眼犹难辨真赝；真山原是古人师，古人尝对真山面……慨叹尚多向千载，何必古人皆同时；本来爻象写心境，六法各显河山影。"戴本孝在诗中明确表达了以自然为师的绘画观念。

薛永年先生在《戴本孝三题》中颇为详尽地讲到了戴本孝与冒襄一家的交往。戴本孝年幼时就跟随父亲前往金陵拜会过冒襄，后来戴家又住在南京大报恩寺长达五年之久，戴本孝晚年每次来金陵都住在大报恩寺，为此他得以结识石涛。石涛在戴本孝的画作上多有题款，其在《访戴鹰阿图》上题诗：

> 迢迢老翁昨出谷，夜深还向长干宿。
> 朝来杖策访高踪，入座开轩写林麓。
> 细雨霏霏远烟湿，墨痕落纸虬松秃。
> 君时住笔发大笑，我亦狂歌起相逐。
> 但放颠，得捧腹，太华五岳争飞瀑。
> 观者神往莫疑猜，暂时戴笠归去来。
> 夏日访迢迢谷戴鹰阿于长干里，纵观作画，雨中戴笠而归。

长干寺就是大报恩寺的别称，从此诗中可以看出两人关系之密切。两人同是著名画家，想来在画理方面也多有探讨。谢砚在《我欲栖心归淡远，复嫌违俗过于疏——清戴本孝绘画风格与思想略论》一文中则称："戴本孝有'以天地为真本''我用我法'之原则，石涛亦言'我自用我法'。石涛的早期绘画风格在一定程度上受戴本孝影响。"

戴本孝与梅清之间也有交往。戴本孝比梅清大两岁，他们在书法方面多有交流。梅清在《雪中怀白发老友三十三首》中写道："有客鹰阿能学仙，银髯飘向雪中妍。风流不逐狂年少，兰若呼为诗画船。"

从上述内容可以看出，戴本孝与黄山画派中的名家多有密切交往。尽管有的学者认为戴本孝并不属于黄山画派或新安画派，可是大多数的文章论述中，仍然将戴本孝视为新安画派中的一员，而许宏泉在《写生·写心——戴本孝黄山之行及其〈黄山图册〉》一文中写道："我认为，戴本孝的绘画艺术，渐江的冷峻、梅清的绵连、石涛的野逸、程邃的苍润、查士标的散淡，皆蕴藉其中，而朴茂一境皆出诸人之上，可谓集'黄山画派'之大成。即以戴本孝列黄山画派之首亦不为过。"

关于戴本孝的绘画理念，后世引用最为广泛的乃是他在七十一岁时所作《象外意中图卷》中的题记：

> 六法师古人，古人师造化。造化在乎手，笔墨无不有。虽会诸家以成一家，亦各视其学力天分所至耳。脱尽廉纤刻划之习，取意于言象之外，今人有胜于古人。盖天地运会与人心神智相渐，通变于无穷，君子于此观道矣。余画初下笔，绝不敢先有成见，一任其所至以为起止。屈子《远游》所谓"一气孔神，无为之先"，宁不足与造化相表里耶？

戴本孝在这里探讨了绘画应当师造化还是应当师六法的问题。六法的概念最早见于南齐谢赫的《古画品录》，虽然在此之前的诗文中也有人提到六法，但却是谢赫将这种观念整合成为一种固定的说法，并且使六法逐渐成为品评绘画水准的尺度。然而到了戴本孝这里，原本被历代画家奉为圭臬的六法似乎颇具争议。

关于师法自然，早在康熙七年（1668）戴本孝初次登华山时，就在其所绘的《华山图册》上写道：

阁上西岳，现云烟变态。倏忽万状，秋瀑惊飞，玉莲迸落，对之尤奇，非世间"六法"所可方物者。关同、范宽辈，笔法皆以太华为真本。余家贫，不能得见古人名迹，不知古人真本何尝一日不在天地间，但识其意者寡耳。

戴本孝明确地说，自然景色的壮美是六法所不能涵盖的，而后他举出关仝和范宽等大名家的例子，他说这些人的笔法都是以华山为本，言外之意是并不以六法为本。虽然戴本孝自称因为家里贫穷，不能看到太多名人作品，故只能师法自然，但这也足以说明，他认为自然界的奇景所表达的概念远远不是六法所能涵盖的。

对于戴本孝的这段题记，陈传席在其专著《中国山水画史》中评价说："显然，本孝对宗炳的'道'甚为服膺，而对谢赫的'六法'却不以为然。实际上，宗炳论画重在'道'和'理'。谢赫在宗炳之后，开始论'法'。画本来就是'道'，而不是'法'，'法'只是为'道'服务的一种手段，画以道为归，而不能以法为归，得道则可以忘法。'法'也是有限的（无多德），认真地'澄怀'，充实自己的心胸，改变自己的气质，才是无限（岂有涯）的，造化在乎手，笔墨也就无不有了。"但陈传席同时又强调："本孝对'六法'并非一概否认。他题画云：'名山之奇，皆非尘想所及，变现不可端倪，古人所以独尊气韵也。'但他更能认识到'气韵'的本源，出自'人心''澄怀'，来于'山川以形媚道'，'一气孔神，无为之先'，而不在'六法'的本身。"

不少学者认为，戴本孝的这种观念来源于宗炳的"澄怀观道"，谢砚在《我欲栖心归淡远，复嫌违俗过于疏——清戴本孝绘画风格与思想略论》中认为戴本孝在《象外意中图卷》中的题记："是戴本孝对于绘画的自我观点，也是其不喜谢赫'六法'的原因。'六法'总结得再深刻得理，戴本孝的态度依旧是嗤之以鼻。'欲将形媚道，秋是夕阳

《华岳十二景图册》(之一) 上海博物馆藏

《华岳十二景图册》（之二） 上海博物馆藏

《白龙潭图》局部 安徽博物院藏

佳。六法无多德，澄怀岂有涯。'在他的观点里，绘画这门艺术不该由'法'来约束讲究，只要合乎其道，顺应内心，便是大功告成。戴本孝作画时常以自然将自己改变而'澄怀'，这正是受道教之影响。所谓'道者，不可须臾离也'。宗炳所提出的'圣人含道映物，贤者澄怀味像''山川以形媚道'，戴本孝看来甚为在理。"谢砚以此来说明："可见戴本孝与宗炳在绘画的美学本源与形式因素上有不谋而合的观点。然戴本孝对宗炳这位隐士'澄怀观道'的极为肯定，并不意味对'六法'完全摒弃，只是不认同'法'，认为'法'在绘画中尚不足以作为真正的美学原则，或者说'法'并不可称为绘画美感之根本。戴本孝认为，'法'固然重要，然只有'心'与'情'的真实充分运用，审美对象最深层的精神才会被感悟激发出来。以内心所感去细细捕捉山水间的生动气韵，这才是创作的本源，故不宜将'法'作为品评绘画的限定。"

其实戴本孝在其晚年所绘一幅山水轴的题记中，就明确地谈到了他对宗炳观念的欣赏：

> 宗少文论画云，"山川以形媚道"，乃知画理精微，自有真赏，非他玩可比，仙凡之别，触景见心，仁智所乐，不离动静，苟非澄怀，乌足语此。

对于这段话，阮荣春认为，戴本孝首先注意到宗炳《山水画序》中所畅叙的"道"与南齐谢赫"六法"之间对立的关系，同时该文又称："戴本孝画上题句'取意于言象之外'源出宗炳，但他又赋与新义。宗炳认为，画山水只有'以形写形，以色貌色'，与物象形貌相似，才能'应会感神，神超理得'。这一思想一直影响到清代，我们在前面引援笪重光说的'精致入理，几乎入道'即是一例。而戴本孝则反对宗炳的这一主张，即反对对物象外在形貌的如实精致描摹，要求'脱尽廉纤刻划之习'，重在山水之神与人心神智的相渐。所以他在画山水下笔时，'一任其所至以为起止……宁不足与造化相表里'。可见，戴本孝所信奉的'无为'思想，已不只是求取心境上的超脱，在笔墨表现的形式上，亦贯穿了'得意忘象''损之又损，以至无为'的老庄思想了"。

戴本孝除了以自然为师，同时也会临摹前人画作。张舜徽在《艺苑丛话·品书画第一》中称：

> 休宁戴本孝，字务旃，号鹰阿山樵。工诗，善画山水，恒以枯笔写元人法。余昔见其墨笔山水画册，凡八开。全用干墨涂染而成。清深幽远，自具一格。每帧题五言诗一首，气韵亦高。下方分盖"翁同龢书画记""松禅所得""翁氏珍秘""叔平"诸印，知曾为常熟所藏，非可多觏之物也。

可见，戴本孝的绘画特色乃是以枯笔临摹元代名家作品，他所作《仿云林十万图》就是模仿倪瓒的作品，其在该画中题写有如下诗句：

> 我欲栖心归淡远，复嫌违俗过迂疏。
> 即看磊落崁崎处，可似倪迂十万图。

从此诗可以看出，戴本孝颇为欣赏倪瓒疏淡的画风，然其也并非一味地模仿，故他在《翁氏山水册》之二写道："倪迂过于简寂，故变其法，不必拘于一家也。"

对于元代的名家，戴本孝更为推崇王蒙，他在《山水册》中题有如下诗句：

> 卓哉黄鹤翁，香光因居士。
> 岂有贤渭阳，翻以似为耻？
> 渴笔貌孱颜，千秋寄仰止。

当年王蒙隐居在黄鹤山，故以黄鹤山樵为号，而戴本孝曾一度隐居于鹰阿山，故也自号鹰阿山樵。

关于戴本孝绘画喜欢用枯笔的问题，张庚在《国朝画征录》中称："同郡戴本孝，号鹰阿山樵，山水以枯笔写元人法，小幅及册页颇可观。"秦祖永在《桐阴论画》中载："戴务旃本孝，山水擅长枯笔，深得元人气味，大幅罕见，所作卷册小品，雅与程穆倩笔意相似。盖穆倩务为苍古，脱尽窠臼，鹰阿取法枯淡，饶有韵致，两家画各有所长也。"

以上两处引文都谈到了戴本孝擅长枯笔，对此，张一弛在《枯笔的审美心影——以戴本孝绘画为中心的意境探赜》一文中予以了详细论述。此文首先谈到了哪些画家喜欢用枯笔："学者李明曾根据《国朝画征录》中的记载，对明清之际擅'渴笔勾勒'的画家作了统计，其中包含了王时敏、邹之麟、徐枋、程邃、恽本初、戴本孝、吴历等三十七人。傅申先生也曾做过类似统计，列举了如董其昌、程嘉燧、陈洪绶、弘仁、程邃、戴本孝等二十七人，这些画家主要集中于江南地区，以金陵、松江、新安三地为主，这三地也正是明末遗民画家所集中的区域。由此可以推测，枯笔风尚流行的原因不仅仅在于承继而来的元人传统，抑或有来自董其昌之影响。从枯笔画家的活动范围来看，遗民意识也很可能是其选择枯笔作画的另一个缘由。"

张一弛又提及戴本孝乃是枯笔方面最具特色的两位画家之一："虽然在明末清初之际，以枯笔作画已渐成风尚，然而集中体现枯笔之意的画家，推程邃、戴本孝二人。程邃笔墨枯焦，笔劲厚重，王昊庐称其枯笔为'润含春泽,干裂秋风'。而戴本孝之枯笔,以简淡为主,更近于元季倪瓒之'枯',且其对'枯笔'之法、'枯淡'之风亦有论述。"

对于这一点,薛永年在《戴本孝三题》中也指出了这两位画家之名:"对于专务干笔的画家,不仅要懂得一般意义的湿笔形态与一般意义的干笔形态的区别,而且要明了干笔画法中的'虚实'和'有无'的变化。如果把一般的湿笔称之为'实'或'有',把一般的干笔称之为'虚'或'无'的话。那么对于干笔画家,还必须根究虚中之实与无中之有,又因为所谓的干笔画法时或也需要湿笔的映衬和补充,干笔画家又不能不寻求实中之虚与有中之无。适应这种技法发展的必然性,一批有真知灼见因而也获得突出成就的干笔画家出于明末清初。戴本孝与程邃可说是引人瞩目的代表人物。程邃用'无'与'有'总结了这方面的经验。他说:'于有处见无、于无处见有,始得谓之写意。'戴本孝则用'虚'与'实'分析了这方面的道理。他说:'笔法能实其所虚,复能虚其所实,此亦天地自然之理。'"

戴本孝为什么有这样的偏爱呢?后世学者大多会引用他的这首诗来表明其观念:

老来泓颖不嫌枯,扫落云山淡欲无。
翻笑为淋手颠倒,最分明处最模糊。

由以上这些即可看出,戴本孝在绘画面貌上的独特性,以上引文也大多提及戴本孝主要创作小幅作品,大幅颇为罕见。南通博物苑的王晓媛在《从〈陶渊明诗意屏〉探究戴本孝隐逸画风》一文中提及该单位藏有戴本孝所绘《陶渊明诗意山水屏》,对于该画的尺寸,文中写道:"全屏共十二幅,为绢本,设色,纵168.5厘米,横54厘米。戴

长江轮渡路口

雨中寂景

终于来到村口

纪念馆指示牌

本孝传世作品较少,一生作画多为卷册小景,如此尺幅完整的山水屏更是罕见,可为戴氏的至精之作。"而对于该画的内容,文中则提及:"十二屏其中四幅,戴本孝引用了陶渊明的《饮酒》三首和《读山海经》,'结庐在人境,而无车马喧''故人赏我趣,挈壶相与至''吾生梦幻间,何事绁尘羁''欢然酌春酒,摘我园中蔬'。画幅中山势连绵,飞瀑如练,白帆点点,林木葱郁,溪流蜿蜒,观者仿佛随着画家的笔端走进那宁静、清幽的村庄,领略那繁木林荫之下凉风吹襟的惬意,小酌的欢愉、采摘的乐趣,回归本心真我的心态跃然纸上。戴本孝以缥缈的画面,撩拨人心,尽显一个隐逸之士内心的期盼和向往。"如此大幅的作品,我却未曾寓目,看来有机会时定要前往南通一观。

2019 年 7 月的最后一周,我在安徽境内寻访,因为赶上暑期,高铁票颇难买到，故几经辗转始终在安徽境内由南到北地折腾。25日这天来到了马鞍山市，安顿住处放下行李后，我上街找出租车准备前往和县石杨镇花园戴村，去探访戴本孝的遗迹。

从地图上看，马鞍山离和县不远，只是隔着长江，但两者之间却没有跨江大桥，我在路边看到几辆排队的出租车，于是走向第一辆向他出示寻访单。司机告诉我，这个地点在和县的最北端，已经接近省境，他听闻我拍照后还要返回，于是开价四百元。我问他价格为何如此之贵，他解释说这已经包括了过桥、过路费，既然如此，我坐上此车请其立即前往。

司机在路上边走边给朋友打电话，马鞍山的口音与南京话颇为相像，故我能听懂他的方言。他的朋友告诉他说从南北两侧绕长江大桥距离太远，不如坐轮渡过江，于是司机综合了他们的意见，建议我们这样走，我对此当然没有异议。于是开车前往轮渡站点。在路上，原本炎热的天突然下起了雨，而我们的车恰好赶上了这趟轮渡的最后一个空隙，我看到司机交了二十五元的费用。

马鞍山这一段江面颇宽，汽车轮渡以S型的方式横跨长江，也许是下雨的原因，江水有些泛黄，司机建议我站在车外看风景，他说这样可以关掉车上的空调。我的伞落在了酒店未带出来，故只能坐在闷热的车内，司机却站在雨中潇洒地抽着烟。我注意到他会遮着香烟，以防被雨浇灭，看来他在这方面颇有经验。

到达对岸后，司机跟着导航前行。这条路两边的树木长得颇为茂盛，道路不宽，一个小时的行程内仅遇到了一辆汽车。快到达目的地时，导航所指之路却与眼前所见不同。因为这里又开了条新路，我的感觉是越走越不对，建议司机返回。返回时在一路口遇到一人正在整理一些带着孔的管道，司机前往问之，终于问明白了目的地，原来车不能驶入新路，在岔口之处需要拐上一条很窄的水泥小路，沿此小路

沿着小路前行

前行不到一公里就有一个小村庄。

从村边的情况看，这一带进行过全新的整修，也许是新农村建设的产物，村口的标牌上却写明这里是"花园中心村"。我不确定这是不是我要找的戴村，而司机却注意到路边有个指示牌上写明"戴本孝纪念馆"，于是我们沿此指示牌将车停到了一个停车场内。

站在这里望过去看不到纪念馆，在路边遇一老农，他告诉我们由此右转还要前行几百米，司机刚开出一段路就说此路无法掉头，故我只好下车步行前往，请司机把车停在那个小停车场内。

小路的两边用细竹竿做成栅栏，两侧是面积不小的池塘，水面上长满了植物，看不到"天光云影共徘徊"的美景。走到对岸时，看到一个新建的小亭，亭名"碧落"，里面立着一块刻石，刻石的名称为"重修戴氏父子墓记"，看来戴本孝墓离此不远。由此接着前行，两百米处右侧有一个新建的仿古院落，影壁墙上挂着招贴布，上面写着

亭名

重修戴氏墓记

戴本孝纪念馆

刻石的排列方式

新做的牌坊

"三戴"墓

戴本孝墓　　　　　　　　　　　奇特的字体

装饰墙

"戴本孝纪念馆开馆典礼暨书函笔会",看来这里就是所说的戴本孝纪念馆。

走入馆中,里面占地约两亩,只盖了一排平房,院墙上嵌着一些刻石,浏览一过,全部是戴本孝所写题画诗。纪念馆锁着门,透过玻璃向内张望,里面悬挂着一些当代人的书画作品,并未看到戴本孝的仿品。将几个门一一看过,每个门都上了锁。隔着院墙我还看到侧旁有一个石牌坊,上刻"三戴墓园"字样。

走出纪念馆的院落,沿着侧旁的水泥路向山坡下走去,墓园的石牌坊乃是新立,沿着牌坊下的小路前行约二百米,我在一个山坡的空地上看到了三戴墓。

这块平地约两百平米大小,并列着三个墓丘,戴重墓居中,左侧是戴本孝墓,右侧的墓碑则以怪体刻着"诗人戴移孝之墓"的字样,这种刻碑方式颇为罕见。三座墓均有墓围,直径大小相当,附近没有看到其他的古刻石,由此可感觉到该墓乃是新近修复而成。

拍照完毕后原路返回时,司机找了过来,他好奇我拍了哪些地方。我请他自己过去看,而我回到停车处去看那堵未来得及拍照的艺术墙。这堵墙用竹竿做背景,上面嵌着一些农具,同时还写着"本孝题诗"字样,可见当地颇以这位画家为傲。

司机返回后,又沿着来时之路一路回驶,登上轮渡前,他却停了下来,摇下窗户向旁边的小贩招手,一个人递过来三个烧饼,司机给他五元钱,我们登上轮渡后司机把烧饼递给我,同时说过路费多收了你十元钱,而和县的烧饼最为有名,就把这个送给你吃吧。我接过烧饼很快吞下一个,味道果真异于他处,而此时因为雨过天晴,我看着江上的船慢慢驶过,心情也为之悠然起来,又想起《泰坦尼克号》的那些经典镜头里没有吃烧饼的场景。不过,我觉得自己也很浪漫。